edition lichtland

edition Lichtland
Stadtplatz 4, 94078 Freyung
Deutschland

Titelbild: Markus Bogasch
Gestaltung: Edith Döringer
Satz: 4m grafik, Melanie Lehner

1. Auflage 2012

ISBN: 978-3-942509-19-0
www.lichtland.eu

PETER BIBER

TETAPHRATE

edition Lichtland

Vielen Leserinnen und Lesern dürfte das Vorbild der Stadt M. – sie ist ein Hauptschauplatz dieser Geschichte – mehr oder weniger gut bekannt sein. Gelegentliche Abweichungen, insbesondere im Hinblick auf die Räumlich- und Persönlichkeiten des Ägyptischen Museums, sind aus erzählerischen Gründen beabsichtigt.
Was derlei Maßnahmen betrifft, kann ich mich auf einen so großen Schriftsteller wie Graham Greene berufen, der zeitweise sogar im selben Metier tätig war wie Alfons Dirnberger, mein Protagonist.
Dennoch möchte ich die Leitung und alle Mitarbeiter des Staatlichen Museums Ägyptischer Kunst im wirklichen M. ausdrücklich um Nachsicht bitten. Jeder Leserin und jedem Leser sei ein Besuch – schon um der Augen der Königin Sat-djehutj willen – wärmstens empfohlen.

P. B.

Dies ist eine frei erfundene Geschichte mit frei erfundenen Charakteren. Mit dem Großvater des Engländers hatte freilich ein gewisser Smith ein unerfreuliches Erlebnis, aber davon ist schon an anderer Stelle erzählt worden.

Methus‘lah lived nine hundred years,
Methus‘lah lived nine hundred years,
But who calls dat livin‘
When no gal will give in
To no man what‘s nine hundred years?

Ira Gershwin, Liedtexter

Natürlich gibt es nichts Übernatürliches.
Aber was die Natur zulässt,
ist in den Randbereichen unklar.

Franz-Michael Haberl, Romanfigur

Zwei Dinge, sagten die Leute, habe der Junge von seinem Großvater geerbt: die Klarinette, die er spielen konnte wie der Teufel, und den Hang zur Schwarzfischerei. Der Junge selbst sah keinen Anlass, Zweiteres abzustreiten, nicht einmal in Gegenwart des Dorfpolizisten Kegelmaier. Wusste er doch, dass der ihn ganz bestimmt in Ruhe lassen würde. Und die anderen, die Kartenfischer, zählten nicht. Die hatten schon dem Großvater das Handwerk nicht legen können.

Dass es ein drittes Erbe gab, das der alte Dirnberger seinem Enkel hinterlassen hatte, wussten die Leute nicht. Das war gut so, denn sonst wären – legal hin oder her – alle, die sich halbwegs mit Schnur und Haken auskannten, ständig unten am Fluss gewesen. So aber war der Junge auch an diesem drückenden Hochsommernachmittag ganz allein.

Er liebte den Anblick des unendlich breiten Wasserbandes, das träge an ihm vorbeizog. Dem Fluss vertraute er seine Sehnsüchte, seine Wünsche an und stellte sich vor, wie sie sich in den murmelnden Wasserwirbeln auflösten und in ferne, verbotene Länder getragen würden. Weit über ihm flüsterten die kirchenhohen Eschen des Auwalddschungels. Tom Sawyers und Huckleberry Finns Mississippi hätte nicht verzauberter sein können.

Er setzte sich auf einen der großen abgerundeten Steine, die hier eine natürliche Uferbefestigung bildeten. Die derbe Angelrute und den Rucksack legte er neben sich. Vor ihm lag eine etwa fünfzehn Meter breite Bucht. Ihr Wasser war ruhig, aber nicht mehr als fünf, sechs Meter draußen rieb sich daran die gewaltige Hauptströmung. Dabei entstanden tückische Strudel, die plötzlich schmatzend an der Oberfläche auftauchten und dann so schnell verschwanden, wie sie gekommen waren. Er sah zu, wie Blätter, unvorsichtige Insekten, die auf der Wasseroberfläche gelandet waren, und gelegentlich ein Stück Treibholz unvermittelt in die dunkle Tiefe gerissen wurden. Im ruhigen Wasser störten grazile Ringe die Quecksilberglätte, liefen auseinander und vergingen wieder. Botschaften von der anderen Seite des Spiegels.

Kleine Fische, Lauben und Rotaugen wahrscheinlich, begannen winzige Mücken von der Oberfläche zu zupfen. Ein ganz normaler Tag. Nur ein klein wenig anders.

*

Zu einer völlig anderen Zeit, an einem völlig anderen Ort war ein Goldhamster, nennen wir ihn Buzi, wie es die Gewohnheit seines Besitzers war, damit beschäftigt, Weizenkörner aus dem linken hinteren Eck seines Käfigs in die kleine Hamsterhütte im rechten vorderen Eck zu transportieren. Es war stockfinster. Weil aber Goldhamster im Gegensatz zu Menschen nachtaktive Tiere sind, störte sich Buzi an der Dunkelheit nicht im Geringsten. Wenngleich sein Käfig nur vierzig mal sechzig Zentimeter maß, was eine diagonale Transportentfernung von ungefähr zweiundsiebzig Zentimetern ergibt, war Buzis persönlicher Kosmos praktisch unbegrenzt. Sein Weg zu den Futtergründen führte nämlich nicht einfach quer über den Käfigboden, sondern durch ein Hamsterrad, das jede Nacht die unendliche, duftende Weite der Hochebene von Aleppo, der Heimat seiner Vorfahren, die jeder Goldhamster als vage Erinnerung in sich trägt, vor ihm ausbreitete.

Was Buzi empfindlich stören konnte, waren nächtliche Aktivitäten, deren Urheber nicht er selbst war. Das lag im Wesentlichen daran, dass zur genetischen Erinnerung der Goldhamster an die Hochebene von Aleppo auch Wesen wie Füchse, Schakale, Eulen und Schlangen gehören. So ist es zu erklären, dass Buzi erstarrte, als er ein leises Schlurfen von außerhalb des Käfigs hörte. Er duckte sich in die Hamsterstreu, die beruhigend nach Hanf roch, und hoffte, nicht bemerkt zu werden. Das Schlurfen kam näher. Mit den scharfen Sinnen eines Wesens, das im großen Plan der Natur meistens die Rolle der Beute spielen muss, konnte Buzi trotz der Finsternis ausmachen, dass er es mit zwei Eindringlingen von beträchtlicher Größe zu tun haben musste. Sie kamen näher. Von beiden Seiten. Buzis kleines Hamsterherz begann zu rasen. Das waren keine Füchse, keine Schakale, keine Eulen und schon gar keine Schlangen, es war eine Gefahr jenseits der Dinge, für die Goldhamster Begriffe haben. Das Schlurfen erstarb. Dafür hörte er bedrohlich ruhige Atemzüge ganz dicht über den Gitterstäben, die am Tag sein Himmel waren. Die Luft roch süßlich. Es war ein Duft, den er eigentlich mochte. Er kannte ihn von warmen Sonntagnachmittagen, an denen sein Besitzer Besuch hatte, nur war er entschieden ins Eklige übersteigert. Der zischende Atem war ganz nahe. Er kroch sanft über den Rücken des Hamsters, der sich zitternd tiefer in die Streu drückte. Buzis Instinkt wusste, dass er entdeckt war und entschloss sich zu einem verzweifelten Strategiewechsel. Mit einem Satz, den man so einem pummeligen kleinen Wesen nicht zugetraut hätte, sprang er in das Hamsterrad und rannte um sein Leben.

Goldhamstern und Menschen ist der Glaube gemeinsam, man könne seinem Schicksal mittels eines Hamsterrades entgehen.

*

Auch in einer Stadt wie M., der man immer noch eine gewisse Gelassenheit nachsagt, gibt es Viertel, in denen den Businessmen und -women aller Krawatten- und Broschenfarben das Pflaster gehört. Wie Meerschweinchen in einer Zoohandlung wuseln sie durcheinander, tauchen aus dunklen U-Bahn-Schächten auf und verschwinden in Hauseingängen, nicht ohne – auch das haben sie mit den Meerschweinchen gemeinsam – eine Aura absoluter Wichtigkeit um sich zu verbreiten. Auch an jenem Spätsommermorgen, vielleicht fünfundzwanzig Jahre nach dem seltsamen Erlebnis eines Jungen an einem großen Fluss, waren die Geschäftsleute in der Fußgängerzone nahe dem Justizpalast vollauf mit ihrer eigenen Bedeutung beschäftigt. Daher fiel ihnen die eigentümliche Gestalt kaum auf, die sich, gemächlich einen Hamburger kauend, von einer Rolltreppe aus dem Untergrund ans Tageslicht befördern ließ. Gekleidet war der überaus dicke Mann in einen makellosen grauen Maßanzug. Über dem schwarzen Hemd trug er eine knallrote Krawatte, deren Muster, wie man nur aus nächster Nähe hätte sehen können, aus zahllosen winzigen Schlitten mit Rentiergespann bestand. In der rechten Hand trug er einen abgewetzten braunen Aktenkoffer von der Größe einer Werkzeugtasche. Sein schulterlanges schlohweißes Haar und sein prächtiger, ebenso weißer Vollbart gaben nur wenig von seinem breiten, rotbackigen Gesicht mit den zu Schlitzen verengten Augen frei. Am oberen Absatz der Rolltreppe angelangt, blieb er stehen und sah sich in aller Ruhe um, so wie ein Holzhauer, der überlegt, in welche Richtung er einen Baumriesen fällen soll. Die empörten Rufe der Geschäftsleute, die ihm die Rolltreppe in den Rücken quetschte, nahm er mit einer gewissen Verzögerung wahr. Er trat zur Seite und nickte den Vorbeihastenden freundlich zu, die ihn ihrerseits mit strafenden Blicken bedachten. „Passen Sie doch auf, Sie Weihnachtsmann!“, schnauzte ihn einer an.

Froh, wieder an der frischen Luft zu sein, genoss er den morgendlichen Windhauch unter den Stadtbäumen und ging ruhigen Schrittes die Straße entlang, wobei er die Hektik um sich herum, wenn überhaupt, dann amüsiert zur Kenntnis nahm. Vor der Tür eines schmucklosen Geschäftshauses aus den fünfziger Jahren machte er Halt und schob sich das letzte Stück Hamburger in den Mund. Beinahe hätte er sich, Sklave seiner Gewohnheit, die Hand an der Hose abgewischt, besann sich aber im letzten Augenblick eines Besseren.

Er besah sich die Messingschilder neben der Tür. Immobilienmakler, Rechtsanwälte, eine Hautarztpraxis – unwillkürlich musste er sich im Nacken kratzen – ah, da war sie, die Plakette mit dem eingravierten Adler, der die liegende Acht in seinen Klauen trug. *I.A.W. ehem. C.I. e.V. 5. Stock* war darunter zu lesen. Er trat ein, zwängte sich in den Aufzug und fuhr nach oben. Der in kaltem Weiß gehaltene Flur führte ihn zu einer Tür, an der ein Messingschild – Adler mit liegender Acht – angebracht war. Als er eintrat, erwartete ihn schon die Leiterin der Geschäftsstelle, eine etwas zu stark geschminkte Blondine Mitte vierzig. „*Good morning,* Helga!“, rumpelte er ihr mit der bedingungslosen Fröhlichkeit entgegen, zu der nur echte Amerikaner fähig sind.

„Schön, dass Sie da sind, Mr. Claus. Heute früh war hier schon der Teufel los!“

„*Well* … äh … hat er viel kaputt gemacht?“ Er klang leicht verwirrt. Mit Metaphern außerhalb seiner Muttersprache tat er sich immer noch schwer, obwohl er es in Sachen Multilingualität inzwischen beachtlich weit gebracht hatte. Kein Kunststück, bei der Zeit, über die er verfügen konnte.

„Nein, nicht *der* Teufel, ich meine, viele Leute wollten heute schon etwas von mir.“

„*What?* Sie sind doch keine … wie sagt man? Diese ungezogenen *people* sollen nur kommen!“ Er ballte seine Fäuste in ehrlicher Entrüstung.

„Mr. Claus. Alles ist in Ordnung. Ich wollte nur sagen, dass es heute früh schon viel Arbeit gegeben hat.“

„Äh, *well,* … gut. Aber lassen Sie sich in Zukunft nicht alles von den Leuten gefallen.“ Helga seufzte leise. So sehr sie ihren Chef schätzte, war sie doch froh, dass er die Geschäftsstelle Deutschland-Süd nicht allzu häufig zu besuchen pflegte.

„Was ist es denn alles, Helga?“

„Das meiste ist Routine. Jemand sitzt fest wegen Papieren, die angeblich von uns sind, einige Versicherungsfälle, eine kommt mit der neuen Identität nicht klar, die wir ihr verschafft haben, einer unserer Depressiven brauchte Betreuung, wollte sich erschießen, konnte natürlich nicht funktionieren, ist jetzt noch depressiver, ach ja, und noch ein Neuzugang, wollte später wiederkommen, wenn Sie da sind. Ich kümmere mich um die Akte."

Das Telefon klingelte. „Sehen Sie, da ist schon der Nächste." Sie nahm den Hörer ab.

„*Immortals' Association Worldwide* – Vereinigung der Unsterblichen Weltweit e.V., Geschäftsstelle Deutschland-Süd, Helga Kronthaler, was kann ich für Sie tun?"

*

Verdammt. Mikka, seinen Partner, hatten sie schon erwischt. Kasperi warf einen Blick zurück. Die Nacht war tintenschwarz. Auf der regennassen Vorstadtstraße sah er im Schein einer Peitschenlampe die grotesk verrenkte Gestalt liegen. Alles war voller Blut. Sogar eines der überdimensionalen Wahlplakate direkt unter der Laterne hatte etliche Spritzer abbekommen. Der Politiker sah jetzt aus wie Graf Dracula. Das kam der Wirklichkeit wohl näher als zuvor. Kasperi konnte diesen Gedanken amüsant finden, ungeachtet der Gefahr, in der er sich befand. Nun gut, in diesem Leben war mit Mikka nichts mehr zu machen, *no niin,* vielleicht im nächsten wieder. Kein Mensch, kein Tier, kein Auto auf der Straße. Beklemmende Stille. Aus der Mauernische heraus, in der er Deckung gefunden hatte, versuchte er die spärlich beleuchtete Umgebung auszuspähen. Er brauchte ein paar Minuten, bis er es bemerkte: Die Eingangstüren zum Supermarkt schräg gegenüber waren nicht ganz geschlossen. Dort drin mussten sie sein. Er schob ein neues Magazin in seine 45er Automatik. Mit einem sanften Klick rastete es ein. Er lud die schwere Armeepistole durch, genoss das satte, Vertrauen vermittelnde Geräusch und entsicherte die Waffe. Dann rannte er los.

Schon nach den ersten fünf, sechs Schritten schlugen gleißende Lichtblitze neben ihm ein. Dort, wo sie auf den Teer trafen, verwandelten sie ihn in eine Blasen werfende, schmatzende Masse. Auf dem Dach waren sie also, die Schweine. Er musste es zur anderen Seite schaffen, bevor sie den ganzen Parkplatz zum Kochen brachten. Mit der Gewandtheit des Profis, der er war, schlug er Haken, schlängelte sich durch das tödliche Gewitter, sprang über brodelnde Teerpfützen und rettete sich mit einer Hechtrolle hinter einen der betonierten Pflanztröge. Wieder Stille. Die erste Etappe war geschafft. Er drückte sich mit dem Rücken an die Mauer des Supermarktes, die Waffe in der erhobenen rechten Hand. Hier war er vom Dach aus nicht mehr zu sehen. Gut. Er wartete. Wahrscheinlich glaubten sie, er sei jetzt einer der qualmenden Teerbrocken auf dem Platz. Umso besser. Zwei Ratten huschten in einiger Entfernung durch den Lichtkegel der letzten heil gebliebenen Parkplatzlampe. Die Masten der anderen Laternen glühten orangerot, sie waren bizarr verformt. Kasperi musste an asiatische Schriftzeichen denken. Weder vom Dach noch aus dem Inneren des Supermarktes waren Geräusche zu hören. Er legte sich auf den Bauch und robbte unterhalb der großen Auslagenfenster an der Mauer entlang zu den Eingangstüren. Wie erwartet standen sie einen Spalt offen.

Er glitt durch die Tür, ging hinter einem Regal voller Hundefutter in Deckung und sah sich um. Alles war in schwaches grünliches Licht getaucht. Die Nachtbeleuchtung.

Schritte. Sie kamen näher.

Jemand patrouillierte zwischen den Regalen.

Kasperi schlich lautlos zum Ende des Hundefutterangebotes und lugte in den Quergang. Er brauchte nicht lange zu warten, da sah er eine ungeschlachte Gestalt hinter einer

Regalreihe hervorkommen und gleich wieder hinter der nächsten verschwinden.

Einer ihrer Wächter. Schwer bewaffnet. An einer Leine lief ihm eines dieser tintenfischartigen Wesen voraus, die sie gewöhnlich als Spürhunde einsetzten. Drei Regalreihen, jede an eine solide Stahlwand montiert, trennten den Feind noch von ihm. Gut. Kasperi nahm eine Handgranate vom Gürtel. Die Hundefutterdosen zitterten unter den nahenden Schritten. Kasperi zählte mit. Wenn sein Timing versagte, dann war er verloren. Der Wächter bog in den Gang neben ihm ein. Er war jetzt auf der anderen Seite des Regals. Kasperi zog den Splint der Handgranate, zählte bis acht, warf sie mit einer sachten Handbewegung über das Regal und duckte sich. Die Schritte hielten an.

Dann kam die Explosion.

Metallsplitter sirrten über ihn hinweg, Lawinen von Konservendosen krachten auf die Fliesen. Kasperi stand auf. Neben ihm matschte ein zerfetztes Tentakel auf den Boden. Mit gezogener Waffe ging er auf die andere Seite. Inmitten einer mit Glasscherben gespickten Pfütze aus Barbecuesoßen, Mayonnaise und einer stinkenden grünlichen Flüssigkeit lagen weitere zuckende Fangarme. Der Polyp hatte sich offenbar sofort auf die Granate gestürzt. Kasperi wandte sich dem Wächter zu. Der lag auf dem Rücken, etwa zwei Meter von seinem abgerissenen rechten Bein entfernt. Ein hässliches Wesen, menschenähnlich, das Gesicht eine Mischung aus einer Brutalversion von Mr. Spock und einem Eber, das Ganze verpackt in eine Rüstung, die der von mittelalterlichen japanischen Kriegern ähnelte. Interessiert sah Kasperi zu, wie der Wächter versuchte, sich einen Klumpen fremdartiger Eingeweide zurück in die Bauchhöhle zu stopfen. Als er Kasperi über sich erblickte, stieß er ein heiseres Brüllen aus und wollte wegrobben. Kasperi richtete die 45er auf das Gesicht und zielte zwischen die vor Entsetzen geweiteten Schweinsaugen.

Was der Wächter schrie, verstand er nicht. Wozu auch? Er drückte ab.

*

An einem recht bekannten Platz in M. träumte ein Mann einen musikalischen Tagtraum. Das kleine Thema, das ihm beim Frühstück in den Sinn gekommen war, ließ ihn seit Stunden nicht mehr los. In seiner Vorstellung konnte er hören, wie er es auf seiner Klarinette mit melancholischem, ruhigem Swing und verhaltener Intonation wieder und wieder zelebrierte, mit immer raffinierteren Verzierungen versah, sich improvisierend immer weiter davon entfernte und sich schließlich, als die Spannung fast unerträglich geworden war, ganz in die schlichte Melodie zurückfallen ließ. Klavier und Kontrabass begleiten ihn mit einer nie gekannten Einfühlsamkeit, er setzt den Rettich wieder an die Lippen, zu einem neuen Höhenflug, erst den Des-Septakkord ganz rettichmäßig auskosten, dann eine Folge von Sechzehntelrettichen und … „Schlafen Sie, guter Mann? Ich kriege einen Rettich!" Die schrille Stimme – wie lange mochte sie schon auf ihn eingeredet haben? – zerriss den Vorhang der Harmonien und er war wieder zurück in der Welt des Trivialen.

Alfons Dirnberger, Ende dreißig, groß, etwas stämmig, blickte missmutig an sich hinunter. Er trug die grüne Schürze eines Gemüsehändlers. Eine Beleidigung für einen Profi. Um ihn herum, in den überbordenden Regalen und Auslagen seines Standes, drängten sich Wirsing, Schwarzwurzeln, Sellerie, Porree, Blumenkohl und noch eine Menge anderes Gemüse. Das meiste davon kannte er gar nicht. Genau genommen hasste er das Zeug. Manches roch schon wieder muffig, davon bekam er Kopfschmerzen, aber er fühlte sich nun wirklich nicht auch noch dafür zuständig, diesen Saustall auszumisten. Die Idee mit dem Markt war natürlich vom Chef gekommen, schon vor etlichen Jahren. Der Chef musste sich ja auch nicht in die Bude hineinstellen, der nicht. Auf den Einwand, dass auf einen Markt auch zwangsläufig Kunden kämen, die den Betrieb ebenso zwangsläufig störten, wurde ihm, Dirnberger, stets beschieden, dass eine bemessene Zahl von Kunden doch genau das sei, was man wolle, und dass er die Zahl seiner Kunden doch ganz einfach durch Unfreundlichkeit reduzieren könne, ja sogar solle. Letztere mache sogar das eigentliche Wesen eines Marktes in M. und ganz speziell des weltberühmten V-Marktes aus. Dirnberger war nun beileibe nicht bestrebt, *everyone's darling* zu sein, aber das Unfreundlichsein lag nicht in seiner Natur. Anstatt ihn hier den Bärbeißigen spielen zu lassen, sollten sie ihm endlich wieder einen richtigen Auftrag geben, sonst würden ihn die Melancholie und die Einsamkeit seines Herzens noch vollends auffressen.

„Haallo! Müssen Sie den Rettich erst pflücken oder wat?" Touristin, sechzig, Ruhrgebiet. Nur schnell loswerden.

Er drehte sich wortlos um, langte eine der speckigweißen Wurzeln aus einer Kiste, ließ sie auf die Waage plumpsen und – wog man einen Rettich eigentlich? – warf einen flüchtigen Blick auf den wild gestikulierenden Zeiger.

„Acht Euro fünfundzwanzig." Die Touristin hob die Augenbrauen, zahlte aber den geforderten Preis.

„Wie macht man eigentlich einen Rettich?"

„Den kann man nicht selber machen. Der liebe Gott lässt ihn wachsen. Er nimmt Wasser, Licht und Erde …"

Das genügte. Die Frau verschwand grußlos mit ihrem Rettich in Richtung Heiliggeiststraße. Dirnberger kam sich wie ein Idiot vor. Zum Ältliche-Damen-Vergraulen hätte er nicht zu studieren brauchen.

Die Turmuhr des Alten Peter hoch über ihm zeigte dreiviertel elf. Er sah sich um. Heute tat sich aber auch gar nichts, was die Zeit verkürzt hätte. Weder drüben bei den ewig sonnenbebrillten Russen noch bei den Israelis, den Amerikanern, den Franzosen, den Engländern, den Libyern, Ägyptern und all den anderen. Die Trägheit dieses für M. so typischen Spätsommervormittages musste sie alle erfasst haben, genau wie ihn. Wie viele echte Händler gab es hier überhaupt noch? Vier, fünf vielleicht, wenn es hoch kam. Er schaute hinüber zu den Finnen. Heute war da wieder Purkki Palatainen, ein Prachtexemplar von einem heruntergekommenen Wikinger, und bot eingedostes Rentierfleisch feil.

Bei dem herrlichen Wetter lief der Biergartenbetrieb im Schatten der strotzend grünen Kastanien auch schon am Vormittag recht gut. Dirnberger mochte den Duft von gebratenen Hähnchen und frischen Brezen. Von der Frauenstraße her kam gedämpfter Verkehrslärm, ein ruhiges Auf und Ab wie Meeresrauschen, gelegentlich durchschnitten vom Dopplerheulen eines Martinshorns. Das Stimmengewirr der Biergartenbesucher verband sich zu einem gemächlichen Rieseln und Plätschern, die Farben und Düfte der fremdartigen Früchte und Gewürze in den Auslagen seiner Kollegen, das goldgelbe Bier in den gläsernen Maßkrügen, die grau-grün-violett schimmernden Tauben auf dem Denkmal des Komikers, alles wurde zu einem einzigen Eindruck von Licht und Farbe, von Duft und Rhythmus. Und da ist es wieder, das Pulsieren des Kontrabasses. Das Klavier knüpft einen mit orientalischen Mustern in Blau, Rot, Schwarz und Gold verzierten Teppich aus zarten Akkorden. Er genießt die Spannung, die sich langsam aufbaut, wartet auf seinen Moment, er spürt die Klarinette an seinen Lippen, jetzt …

Da wird ihm schwarz vor den Augen.

*

Mit zusammengekniffenen Augen prüfte der Junge den Himmel. Die Wolkenberge im Westen waren weit weg, aber sie schienen näher zu kommen. Konnte gut sein, dass sie noch ein Gewitter im Gepäck hatten. Keine angenehme Aussicht, aber sie hatte auch ihr Gutes: Mit Kartenfischern war unter solchen Vorzeichen normalerweise nicht zu rechnen. Er lachte laut, um sich Mut zu machen. Was wussten die schon?

Mit Handgriffen, die er im Schlaf beherrschte, montierte er sein Gerät. Die vierhundert Meter siebziger Schnur auf der klobigen Rolle würden schon genügen. Mit so etwas zog man anderswo Haie ins Boot. Im Rucksack fand er ein zweihundert Gramm schweres Sargblei und schob es auf die Schnur. Vor das Blei knüpfte er einen grobschlächtigen Wirbel und daran ein Stück sechziger Schnur mit einem sehr großen, nadelspitzen Haken am anderen Ende, genau so, wie es ihm der Großvater gesagt hatte.

*

Während Helga Kronthaler ihrem Anrufer beizubringen versuchte, dass sie für sein Problem nicht zuständig sei, zog sich Mr. Claus in sein Büro zurück. Obwohl Helga täglich lüftete, haftete ihm der trockene Geruch eines Raumes an, der selten genutzt wird. Das große, helle Chefzimmer beherrschte ein wuchtiger altväterlicher Schreibtisch aus Eichenholz, der so gar nicht zur kühlen Atmosphäre der Geschäftsstelle passen wollte. Mr. Claus ließ sich auf den eigens für sein Gewicht angefertigten Drehstuhl plumpsen, der die Last mit einem leisen Zischen abfing. Zufrieden schaute er sich um. Der offene Kamin war nur eine Attrappe. Und mochte er auch mit seiner aus roten Ziegelsteinen gemauerten Einfassung deplatziert wirken, so vermittelte er Mr. Claus doch die Heimeligkeit, die er brauchte, um sich wohl zu fühlen. Auch die Hängelampe aus abgeworfenen Rentiergeweihen trug nicht unwesentlich dazu bei. Hohe Regale standen an allen Wänden, doch nur eines davon enthielt ein paar einsame

Bücher und Aktenordner. Die anderen beherbergten ein ungewöhnliches Sammelsurium. Hier trafen sich Tamagotchi mit Modellbahnloks, Teddybären mit Dinosaurierfiguren, Kullertränchenpuppen mit Feuerwehrautos, Aufziehmäuse mit Dampfmaschinen. In jedem seiner vielen Büros auf der Welt gab es eine ähnliche Sammlung. Schließlich hatte ihn die Liebe zu Spielzeug zu dem gemacht, was er war. Dass er auch Kinder gut leiden konnte, kam seiner Sache natürlich entgegen. Zufrieden rückte er das klobige Namensschild auf dem Schreibtisch zurecht. Darauf stand in großen, aus Nussbaumholz geschnittenen Buchstaben *Claus E. Santa* und etwas kleiner darunter *Chairman.* Sein Telefon klingelte.

„Hier ist Helga. Der Neuzugang steht gerade vor mir, Herr Franz Wieselhuber, Elektrikermeister. Akte ist auf Ihrem Bildschirm."

„Danke, soll reinkommen."

Mr. Claus lächelte. Er liebte es, Neuzugänge einzuweihen, wegen des großen Auftrittes.

Die Tür ging auf. Helga schob einen mageren älteren Mann herein. Er trug eine abgewetzte Latzhose, aus deren rechter Seitentasche ein gelber Zollstock ragte. In beiden Händen hielt er einen olivbraunen Handwerkerhut, den er ständig hin und her drehte. Seine Blicke sprangen kreuz und quer durch den Raum wie Heuschrecken.

„Kommen Sie nur herein, Herr Wiesenhummer!", dröhnte Mr. Claus mit aller ihm zu Gebote stehender Herzlichkeit.

„Äh nein, *Wieselhuber*", erwiderte der andere leise.

„Setzen Sie sich doch, Herr Rieselhuber. Sie sehen aus, als hätten Sie seit Tagen nicht geschlafen."

„*Wieselhuber.*"

„Ja, *right,* … richtig. Also, Sie fragen sich sicher, warum wir Ihnen geschrieben haben."

Vorsichtig, als hätte er es mit einem gefährlichen Tier zu tun, setzte sich Wieselhuber in einen der braunen Ledersessel gegenüber Mr. Claus' Schreibtisch. Er wirkte darin noch verlorener.

„Sie haben geschrieben, dass es dringend und wichtig ist."

„So ist es. Herr Wieselzuber, was meinen Sie, fühlen Sie sich seit ein paar Tagen vielleicht irgendwie *strange,* äh ... anders?"

„*Wieselhuber.*"

„Ja, natürlich. Aber zurück zu meiner Frage, Herr Whistlehuber ..."

„*Wieselhuber.*"

„*Right.* Hier in meiner Akte steht, Sie haben am zwölften August, vor fünf Tagen also, insgesamt – *oh, boy* – viertausendsiebenhundert Stromschläge in einer Minute ..."

„*Wieselhuber* heiße ich. Bitte. Ich habe nur noch meinen Namen. Mehr nicht." Der kleine Mann klang verstört.

„*Cheer up, Mr. Wieselhubler!*" Mr. Claus versuchte zu strahlen.

„Ihnen kann man gratulieren, Sie haben sozusagen ... alles!"

„*Wieselhuber.*"

„*Okay, okay!* Jetzt hören Sie mir mal zu."

Mr. Claus konnte nur mit Mühe seinen Ärger in Zaum halten. Dieser Schwachkopf ließ einfach nicht zu, dass man ihm sein Glück erklärte. „Sie sind hier bei der *I.A.W. – Immortals' Association Worldwide,* auf Deutsch *Weltweite Vereinigung der Unsterblichen e.V.,* früher bekannt als *Congregatio Immortalium,* und ich kann Ihnen sagen, dass Sie durch den Vorfall vom zwölften August unsterblich, ich wiederhole U-N-S-T-E-R-B-L-I-C-H geworden sind! *Well?*"

„Oh."

Genug. Mr. Claus beschloss, dass dieser Kerl zu dämlich für einen genüsslichen Auftritt war. Ein Fall für die 08/15-Leier. Die kannte er auswendig. In siebzehn Sprachen. Er holte tief Luft und schaltete auf Fremdenführerton.

„*Right.* Hören Sie zu, mir ist völlig klar, dass Sie noch gar nicht begreifen können, was mit Ihnen passiert ist. Ich werde

Ihnen alles erklären. Also, es gibt immerhin mehrere tausend Unsterbliche auf der Welt. Manche schon ziemlich lange, ich meine seit der Altsteinzeit, andere, wie Sie oder mich, noch gar nicht so lang. Sie fragen sich vielleicht, wie man denn unsterblich werden kann. Nun, da gibt es mehrere Möglichkeiten. Das kann zum Beispiel durch ein starkes physikalisches Ereignis kommen, einen oder mehrere Blitz- oder Stromschläge in einer genau auf den Körper angepassten Dosierung, wie bei dem guten Ben Franklin oder bei Ihnen, das ist die häufigste Tour. Es gibt aber auch andere, seltenere Möglichkeiten. Verwünschungen oder Flüche haben tatsächlich die Kraft, jemanden für immer oder zeitweise unsterblich zu machen. Das gab es früher immer wieder, aber seit der Aufklärung macht so etwas kaum noch jemand."

„Sie meinen, es kann sein, dass ich gar nicht für immer unsterblich geworden bin?", fragte Wieselhuber. Plötzlich wirkte er angespannt und interessiert, was Mr. Claus hocherfreut zur Kenntnis nahm.

„*Don't worry,* nein in Ihrem Fall ist es völlig klar. Sie sind U-N-S-T-E-R-B-L-I-C-H, solange das Universum existiert und vielleicht sogar noch länger. Ist das nichts?"

„Oh." Wieselhuber sank augenblicklich in seine Lethargie zurück. Mr. Claus dröhnte weiter. „Andere werden einfach deshalb unsterblich, weil irgendwann einmal eine genügend große Anzahl Menschen an sie geglaubt hat. Dazu gehören die Leute, die als die Götter der verschiedenen Weltreligionen bekannt sind, alles prächtige Kerle und, *with due modesty,* auch ich. Sie haben sicher erraten, wer ich bin?"

Wieselhuber überlegte. „Sie sind einer aus der Fernsehreklame. Für panierten Gefrierfisch. Glauben das wirklich so viele Leute?"

Der Weihnachtsmann ertappte sich bei der Vorstellung, Wieselhuber paniert in ein Gefrierfach zu stopfen. Er zwang sich zu einem säuerlichen Lächeln. „*Anyway.* Ist ja auch egal. Ich bin auf jeden Fall noch für die nächsten achtunddreißig Jahre Präsident dieser Vereinigung und als solcher möchte ich Sie in unserem Kreis, äh … willkommen heißen und Ihnen eine *lifetime membersh…* Mitgliedschaft anbieten."

„Woher wissen Sie überhaupt von mir?", fragte Wieselhuber schüchtern.

Der Weihnachtsmann schielte zur Zimmerdecke. Also noch eine Handvoll Perlen vor die Säue. Zum Glück hatte er auch dafür einen Standardtext.

„*Listen,* … äh, hören Sie zu: Egal, wie man unsterblich wird, es bedeutet auf jeden Fall, dass der Körper eine ungeheure Energie aufnimmt. Und das auf eine besondere Weise, bei der die *IRM,* die *Ideale Raum-Matrix* der Anordnung aller seiner Moleküle auf immer gespeichert wird. Wie das ganz genau funktioniert, wissen nicht einmal unsere Physiker, es ist jedenfalls einer von diesen Quanteneffekten. Ah, *well,* wenn nun der Körper diese Energie aufnimmt, dann gibt das eine ganz typische elektromagnetische Störung. Diese Störung nehmen wir wahr, über, äh … *mobile-phone*-Masten oder Satelliten, wir, das heißt, ich habe uns bei diesen *boys* eingekauft. Damit können wir sehr genau feststellen, wo es passiert ist. Dann müssen wir nur noch herauskriegen, wer unser Neuzugang ist. Das ist auch nicht so schwer, zumindest bei Fällen wie Ihnen. Der Gesuchte muss nämlich jemand sein, dem zur uns bekannten Zeit am uns bekannten Ort etwas absolut Außergewöhnliches zugestoßen ist. Das steht meistens am nächsten Tag in der Zeitung. Wir melden uns dann."

„Oh."

„Weil nun der Körper seine *IRM* nicht mehr vergessen kann, findet kein Verschleiß mehr statt. Alles, was sich abnutzt, wird perfekt ersetzt. Altern gibt es damit nicht mehr. *No aging.* Können Sie mir folgen?"

Auf einmal wirkte Wieselhuber wieder angespannt. „Ja, aber, wenn nur der Verschleiß ersetzt wird, dann bin ich ja doch nicht ganz unsterblich. Ich könnte ja unter eine Dampfwalze kommen, oder …"

„*Don't worry, man!* Die Bindung Ihres Körpers an die *IRM* ist so stark, dass Sie sogar in eine, äh, äh …, Wurstmaschine fallen könnten! Ihre Bestandteile würden nur kurz voneinander getrennt bleiben, bis die Matrix sie wieder zusammenzwingt. Natürlich ist so etwas nicht angenehm, aber sterben müssen Sie deswegen nicht."

Wieselhuber kratzte sich am Hinterkopf. „Und ich kann wirklich nicht mehr sterben, egal, was passiert?"

„*Well done,* … äh, genau. Und darum sollten Sie bei uns Mitglied werden. Wir sagen niemandem von den anderen, wer wir wirklich sind, aber trotzdem, oder vielleicht gerade deshalb, sind wir eine recht gute Interessenvertretung. Auf die subtile Art. Als Mitglied bekommen Sie auch unsere internationale Clubzeitschrift *Eternity Today.*"

Mr. Claus hielt kurz inne. Jetzt war es Zeit für die unvermeidliche Frage. Und da war sie auch schon:

„Muss ich etwas bezahlen?"

„In Ihrem Fall wohl nur einen symbolischen Betrag. Unsere Mitgliedsbeiträge sind vom Vermögen abhängig, und weil wir etliche Götter, Gurus und einen *management consultant* unter uns haben, haben wir mehr Geld, als wir ausgeben können."

„Oh."

„Und wenn Sie bei uns Mitglied sind, helfen wir Ihnen bei allen Problemen, in die Sie wegen Ihrer Unsterblichkeit kommen werden."

„Oh?"

„Zum Beispiel sind unsere Zeitmanagementkurse sehr beliebt. Normale Leute haben das Problem, dass sie eine begrenzte Zeit möglichst gut einteilen müssen. Wir haben das gleiche Problem, nur ist die Zeit unbegrenzt. Das macht die

Einteilung schwierig. Man braucht ganz andere Techniken. Die lernen Sie bei uns."

„Oh."

Kannte dieser Stockfisch auch noch andere Wörter? *Anyway.* Nur noch den Text abspulen, Mitgliedschaftsantrag überreichen, *goodbye.* „Dann ist es ja auch so, dass Sie von etwas leben müssen. Die meisten Berufe erübrigen sich aber irgendwann. Dafür haben wir unseren Umschulungsservice. Sehr erfolgreich übrigens. Unser Mitglied Nuangrr zum Beispiel, unsterblich seit dem frühen Neolithikum, ist heute einer der bestbezahlten Rock-Drummer. *Well,* und wenn Sie zu den Leuten gehören, denen die Schwierigkeiten nachlaufen wie die Küken der Henne, dann sollten Sie unser Versicherungsangebot gegen lebenslange Haftstrafen in Betracht ziehen."

Mr. Claus machte eine Pause, damit Wieselhuber *Oh* sagen konnte.

„Wir helfen Ihnen auch beim Papierkrieg. Kein Mensch glaubt Ihnen, dass Sie unsterblich sind und schon gar nicht eine Behörde, eine Bank oder ein Notar. Wenn Sie Ihre Unsterblichkeit beweisen wollen, kommen Sie nur in Schwierigkeiten, aber glauben wird Ihnen niemand, *old boy.* Also müssen Sie in gewissen Abständen Ihre Identität wechseln, sich neue Papiere zulegen, Ihr Vermögen an sich selbst vererben und was sonst noch so alles anfällt. Hier steht alles drin, können Sie behalten."

Wieselhuber nahm das Büchlein entgegen, scheinbar ohne es wirklich wahrzunehmen.

„*Well,* Herr … Wis…, Wil…, Wieselhuber. Ich gebe Ihnen den Antrag auf Mitgliedschaft einfach mal mit. Sie füllen ihn aus und schicken ihn zurück. Wenn Sie Fragen haben, rufen Sie bitte Frau Kronthaler an."

Wieselhuber nahm das Formular, faltete es ungeschickt zusammen und stopfte es in die Brusttasche seiner Latzhose.

Mr. Claus stand auf, um ihn zu verabschieden, da fiel sein Blick nochmals auf den Bildschirm.

„Eines wollte ich Sie noch fragen, *man.* Hier steht, dass es zu Ihrer Unsterblichkeit gekommen ist, als Sie sturzbetrunken versucht haben, die große Zentrifuge der Wellmeier-Molkerei zu reparieren. Sie haben drinnen mit stromführenden Kabeln hantiert und Ihrem Lehrling draußen zugerufen, er solle den Schalter der Zentrifuge auf *on* stellen, es könne nichts passieren. Zufällig hatten Sie genau die richtige Menge Alkohol im Blut, bekamen durch die Drehung der Zentrifuge genau die richtige Zahl von Stromschlägen in genau der richtigen Dosierung bei genau der richtigen Radialbeschleunigung … Sie haben es entweder bewusst darauf angelegt, unsterblich zu werden, was, nebenbei gesagt, fast immer tödlich endet, oder Sie sind, *I beg your pardon,* der unfähigste Handwerker der Welt und haben dafür auch noch den Hauptgewinn bekommen. Ich freue mich ja für Sie, aber wie kommt man dazu, so etwas zu tun?"

„Kennen Sie den Sinn?"

„Den Sinn einer Zentrifuge?"

„Nein, ich meine, was ist der Sinn von allem, von der Welt, vom Leben?"

„Nun, also, *well, the meaning of it all* … der Sinn des Lebens ist, dass man … äh … ich denke, ist das nicht klar? Sehen Sie … zum Beispiel …"

Wieselhuber winkte ab. Er sah unendlich müde aus. „Ich kann ihn jedenfalls nicht erkennen. Darum habe ich mir Mut angetrunken. Weil ich mich umbringen wollte. In der Zentrifuge. Ich möchte jetzt gehen."

„Oh", sagte Mr. Claus.

*

Jetzt war Eile geboten. Den Lärm mussten alle gehört haben. Kasperi rannte durch das Labyrinth aus Regalen und Warenständern auf die gegenüberliegende Seite der Halle zu, wo er die Treppe zum zweiten Stock vermutete. Er musste es irgendwie nach oben schaffen.

Vielstimmiges Gebrüll und lautes Trampeln brandeten auf. Es kam rasch näher.

Er hechtete hinter einen Informationsstand. Über dem Stand hing ein mit bunten Blümchen und dem Logo der Supermarktkette verziertes Schild: *Denken Sie an Ihre Treuepunkte!* Seine Füße stießen an etwas Hartes. Er bückte sich. Kaum zu glauben, da lag, einsatzbereit, ein waschechter Brunswick-Flammenwerfer. Der kam wie gerufen. Keine Zeit, über das *woher* nachzudenken. Hauptsache war, dass er mit so einem Monstrum umgehen konnte. Er hängte sich den Riemen über die Schulter und lugte aus seiner Deckung. Rechts von ihm führte tatsächlich eine breite Treppe in den zweiten Stock. Von dort kamen die Geräusche, sehr laut jetzt.

Zwölf oder dreizehn Wächter stürmten mit gezogenen Waffen die Treppe herunter, blieben kurz stehen, erblickten das Chaos und trampelten, alle zugleich, auf ihren toten Kameraden zu. *Fast schon rührend dämlich,* dachte Kasperi. Er stand auf und stützte den Flammenwerfer auf die Theke des Informationsstandes.

„Hey!"

Alle drehten sich zu ihm um.

„Denkt an eure Treuepunkte!", brüllte Kasperi und tauchte sie in eine Flut von Feuer.

Ein Pandämonium brach los. In das automatisch ausgelöste Geheul der Feuersirenen und das Zischen der Sprinkleranlage mischte sich das Brüllen der brennenden und halb verbrannten Aliens, die sich am Boden wälzten oder geblendet gegen jedes Hindernis stoßend durch den Raum torkelten. Rauch und Dampf trübten die Sicht. Kasperi beschloss, dass es keinen Sinn machte, sich auf diese Weise alle sechs Stockwerke hochzuschlachten. In der Zeit wäre sein Zielobjekt schon auf Nimmerwiedersehen verschwunden. Es musste noch einen anderen Weg nach oben geben. Er stellte den Flammenwerfer zurück unter den Tisch. Hinter sich sah er eine Tür mit der Aufschrift *Nur für Personal.* Den Wächter, der sich in dem kleinen Büroraum dahinter versteckt hatte – ein Drückeberger? – erledigte er *en passant* mit der 45er. Das Schloss der Blechtür in der gegenüberliegenden Wand schoss er auf und trat ins Freie. Die Feuertreppe. *Paska!* Diese Seite des Gebäudes und der rückwärtige Hof waren hell beleuchtet. Erschwerte Bedingungen also.

Er hatte schon zwei Stockwerke unter sich gelassen, da versengte ein grüner Lichtstrahl die Mauer knapp neben seiner linken Hand. Er blickte nach unten. Am Einstieg der Feuertreppe stand jetzt einer der Aliens, für den der Flammenwerfer nicht genügt hatte, noch qualmend, mit halb verkohltem Gesicht, und richtete eben wieder seine Laserpistole auf ihn. Kasperi war schneller. Ein Schuss aus der 45er traf den Soldaten in die Brust und warf ihn in das Geländer, wo er wie gekreuzigt hängen blieb. Sein Todesschrei und der Knall waren nicht ungehört geblieben. Vom Dach her stiegen drei seiner Kameraden in die Feuertreppe ein. Auf dem filigranen Gerüst behinderten sie sich gegenseitig, grobschlächtig, wie sie waren. Kasperi zog den *Pocket Freezer,* kaum größer als die 45er, aus der Gürteltasche, beugte sich weit nach hinten und richtete ihn der Reihe nach auf die drei Gestalten. Einer nach dem anderen erstarrten sie, kippten wie in Zeitlupe über das Geländer, stürzten in die Tiefe und zersplitterten auf dem Hof in tausende scharfkantige Eisstücke. *Cool, dass die Muster jedes Mal anders aussehen,* dachte Kasperi und kletterte nach oben.

Auf dem Flachdach lag ein mattsilberner Tropfen von der Größe eines Reisebusses inmitten eines Sees aus kaltweißem

Licht. Das Raumschiff. Die drei übergroßen Triebwerke am Heck summten leise. Kasperi duckte sich hinter einen Abluftschacht. Aus dieser Deckung heraus konnte er die am Rand des Daches aufgebauten Strahlenkanonen sehen, mit denen sie auf ihn geschossen hatten. Kein Soldat weit und breit. Suchten die jetzt alle unten nach ihm? Ein Knirschen. Er fuhr herum. Fünfzehn Meter schräg links vor ihm öffnete sich eine Dachluke. Ihr entstiegen einer der ungeschlachten Wachsoldaten und eine deutlich kleinere humanoide Gestalt, die in einen langen purpurroten Umhang mit goldenen Säumen gehüllt war. Das musste er sein, General Merwan, den er, Kasperi, unschädlich machen sollte. Das, was Kasperi von Merwans Körper sehen konnte, wirkte wie aus graublauem Plastilin modelliert, sehr zerbrechlich, ganz im Widerspruch zu der Macht, die er verkörperte. Am auffälligsten jedoch waren die beiden schwarz spiegelnden Augen, tropfenförmig wie das Raumschiff, die den großen Kopf fast gänzlich einnahmen.

Das Summen der Triebwerke schwoll zu einem Dröhnen. Kasperi schreckte hoch. Er hatte in seiner Faszination tatenlos zugesehen, wie Merwan und der Soldat in das Raumschiff eingestiegen waren. *Paska.* Jetzt gab es nur noch eines. Er sprang auf, riss die Bazooka von seinem Rücken, richtete sie auf das untere Triebwerk …

„Ruhig Blut, *special agent.* Ich komme zu Ihnen heraus“, sagte eine sanfte Stimme in seinem Kopf.

Der Triebwerkslärm ließ wieder nach. Surrend öffnete sich eine ovale Luke im Raumschiff. Eine Treppe wurde ausgefahren. Merwan stieg mit ostentativer Langsamkeit aus und stellte sich vor Kasperi. Sie waren beide etwa gleich groß.

„Ich muss zugeben, Sie haben meinen Leuten einigermaßen zugesetzt. Es waren allerdings auch nur … Reservisten. Wir hatten hier nicht mit Ihnen gerechnet, sonst hätten Sie es mit meiner … Leibgarde zu tun bekommen.“

Der winzige Mund bewegte sich nicht. Trotzdem hätte Kasperi Merwan nicht deutlicher hören können.

„Wie auch immer. Ich kann mutige Leute gebrauchen. Wollen Sie in meine Dienste treten? Geld spielt keine … Rolle. Ihre Kampftechnik könnten Sie bei uns noch etwas … verfeinern. Nein?

Sehen Sie, ich bin … reich und … mächtig. Es wäre nicht klug, wenn Sie mich jetzt … liquidieren. Ich vergesse nie jemanden, der mir einmal geholfen hat. Euch Menschen bedeutet doch … Familie etwas. Das ist bei uns auch so."

Er wies nach hinten. Drei Gesichter, ähnlich wie das von Merwan, zwei kleine und ein größeres, drückten sich von innen an die runden Fenster des Raumschiffs.

„Ich persönlich fürchte mich nicht vor dem … Ende, aber sehen Sie, die drei wären hilflos, wenn sie mich nicht mehr hätten. Und Sie sind doch ein … vernunftbegabtes Wesen. Warum sollten wir beide uns nicht … arrangieren?"

Kasperi wirbelte herum, zog die 45er und schoss die beiden Soldaten nieder, die hinter ihm aufgetaucht waren. Er hatte ihre Spiegelbilder in Merwans Augen gesehen.

„Und nun zu Ihnen, Merw…"

Doch Merwan war verschwunden. Die Triebwerke des Raumschiffs dröhnten jetzt ohrenbetäubend. Ihr Beben übertrug sich auf das Haus, das zu einem riesigen Resonanzkörper geworden war. In einer einzigen geschmeidigen Bewegung steckte Kasperi die Pistole ins Halfter, nahm die Bazooka nach oben und feuerte. Die Hohlladung raste ins Heck des Raumfahrzeugs, bohrte sich kreischend durch Stahlschichten und erreichte schließlich den Reaktor.

Der Feuerball war von einer eigenwilligen Schönheit.

Kasperi nahm zur Kenntnis, dass er noch lebte. Er wartete ein paar Sekunden, dann richtete er sich auf. Der Lüftungsschacht, sein Schutzschild, war angeschmolzen. Dort, wo eben noch das Raumschiff gewesen war, gähnte ein Abgrund. Es war ganz still.

Aus dem Nichts dudelte ein Jingle wie in der Fernsehwerbung. Eine Art Leuchtreklame malte sich vor Kasperis Augen an den Nachthimmel:

Congratulations, you have just completed Level 21.
Would you like to proceed to Level 22?
Yes/No

Kasperi lehnte sich in seinem ausgeleierten Drehstuhl zurück und nahm einen Schluck Cola aus der Flasche. „Na bitte."

*

„Huhu! Überraschung!" Zwei weiche Hände deckten Dirnberger von hinten die Augen ab. Diese Hände, diese Stimme konnten nur einem einzigen Menschen gehören.

„Was gibt's, Trudi?" Unwirsch schüttelte er ihren Griff ab.

„Bist du mir böse, Fons?" Vor ihm stand, ein wenig übergewichtig, aber gar nicht unansehnlich, Trudi Lehrmoser, die Teamassistentin der Zentrale. Die kurzen rotbraunen Locken standen ihr gut, fand er. Sie schaute ihn von unten aus großen Kulleraugen an.

„Hast du im Büro keine Arbeit?", raunzte er halb im Spaß, halb im Ärger wegen des verpatzten Tagtraums. Trudi verzog ihren Schmollmund.

„Eigentlich solltest du dich über die Ablösung freuen."

„Hör doch auf, Trudi. Bis dahin sind es fast noch zwei Stunden."

„Na dann, bis in zwei Stunden. Ernesto und ich gehen so lange einen Kaffee trinken."

„Ernesto?"

„Der neue Praktikant. Er hätte dich abgelöst. Ci-a-o!"

„Bleib da. Wo ist der Ernesto?"

„Ern-ee-sto!" Aus dem Schatten des Standes schritt ein kerzengerader junger Mann, fast ebenso groß wie Dirnberger. Helles Haar mit pomadefixierter Welle, penibel nach rechts gescheitelt, fester stahlblauer Blick. Mit seiner teuerlegeren Kleidung – honigbraune Cordhose über tadellos schwarz glänzenden Schuhen, Halstuch unter der Markenwachsjacke – hätte er einem Katalog für gehobene Jagdausstattung englischen Stils entsprungen sein können. Dirnberger wusste sofort, dass er Ernesto nicht mochte. *Kennst du einen, kennst du alle*, dachte er. Trudi stellte ihn vor.

„Ernesto Emilio von Knappertsheim, Major Alfons Dirnberger."

„Sehr erfreut, Herr Major."

„Schon in Ordnung." Dirnberger wusste, dass Leute wie Ernesto Menschen einfacher Herkunft wie ihn insgeheim verachteten. Hatten den Dünkel schon mit der Muttermilch aufgesogen.

„Sind Sie eingewiesen, Herr von Knappertsheim?"

„Im Wesentlichen ja, Herr Major."

„Dann ziehen Sie sich die Schürze über, damit Sie auch glaubwürdig wirken." Ernesto gehorchte und wirkte zu Dirnbergers heimlicher Freude dabei nicht ausgesprochen elegant.

„Sie wissen, was der V-Markt in Wirklichkeit ist?"

„Ein zwangloser Treffpunkt der Geheimdienste, auf dem freies Geleit für alle gilt. Dient dem Zweck des ungefährlichen gegenseitigen Informierens, Belauerns und Verhandelns. Hat seit seinem Bestehen schon etliche internationale Krisen verhindert. Der Geschäftsbetrieb ist Tarnung. Eingerichtet vor fünf Jahren aufgrund einer Idee von Herrn General …"

„Schon gut, Sie wissen Bescheid. Was Sie zu tun haben, wissen Sie auch?“

„Jawohl, Herr Major: Bewegungen aller Art bei den anderen Diensten beobachten, Protokollierung in Formblatt F IV11, Beschreibung unbekannter Personen nach Dienstanweisung K III9, bei auffälligen Vorkommnissen standardisierte Meldung an die Zentrale über abhörsicheres Standtelefon.“

„Sehr gut. Eines fehlt noch.“

„Herr Major?“

„In diesem Stand vergammelt schon einiges. Misten Sie gründlich aus.“

„Jawohl, Herr Major.“

*

Nachdem er Wieselhuber verabschiedet hatte, nicht ohne einen Hinweis auf die der *I.A.W.* angegliederte Selbsthilfegruppe der depressiven Unsterblichen, versuchte Mr. Claus, sich in die Akten zu vertiefen, die ihm Helga auf den Schreibtisch gelegt hatte. Der Bund der unsterblichen Verwaltungsbeamten Deutschlands, auch eine Untereinheit der *I.A.W.*, beantragte die Einführung eines Zusatzblattes zum Formblatt für die Mitgliedsanträge, weil etliche theoretisch denkbare Sonderfälle bisher nicht … nein, er schaffte es nicht, sich auf diesen *rubbish* zu konzentrieren. Zu sehr ärgerte ihn sein Erlebnis von eben mit diesem … Winselhuber, der ihm die Sinnfrage gestellt hatte. Wie ein Schuljunge hatte er herumgestottert, er, der Präsident der *I.A.W.!* Das durfte auf keinen Fall noch einmal passieren.

„Helga!“

„Ja, Mr. Claus?“

„Stellen Sie in der nächsten Stunde keine Anrufe zu mir durch, auch keine Besucher bitte. Ich muss nachdenken.“

„Natürlich, Mr. Claus.“

Er begann hinter seinem Schreibtisch auf und ab zu gehen. Was war der Sinn? Was war *sein* Sinn? Klar, die Arbeit. Da war die Arbeit für die *I.A.W.*, aber noch wichtiger: seine Mission als der Weihnachtsmann. Das war Knochenarbeit, nach wie vor, aber sie brachte ihm Erfüllung. Bestand der Sinn des Lebens also in Arbeit? Daraus folgte aber, dass das Leben von Arbeitslosen oder Arbeitsunfähigen keinen Sinn hätte. Mr. Claus mochte für diese Idee nicht den nötigen Zynismus aufbringen. Lag der Sinn im Anhäufen von Reichtümern oder Wissen, in extravagantem Sex? Nein. Das Leben von Armen, weniger Intelligenten oder Impotenten konnte doch nicht sinnlos sein. Sollte man sein Leben einer Idee widmen, die den Menschen Glück versprach? Schon besser, aber die meisten dieser Ideen hielten konkurrierende Ideen gleichen Ziels für absolut ungeeignet, schädlich und daher bekämpfenswert. Von den daraus resultierenden Konflikten konnte man täglich in der Zeitung lesen und dazu auch, dass sie die meisten Leute ziemlich unglücklich machten. Das Angebot der Religionen war klar: Der Sinn des Lebens sei, den Willen des jeweiligen Gottes zu erkennen und danach zu leben. Auch gut, nur hatte er als Präsident der *I.A.W.* das Privileg, die meisten Götter persönlich zu kennen. Da gab es die einen, die eher derb veranlagten, die mit der angenehmen Gestaltung der eigenen Existenz vollauf beschäftigt waren, und die anderen, die so anders waren, dass schon das Erkennen ihres Willens nur einen winzigen Bruchteil der Menschheit nicht überfordert hätte …

„Nein, Sie können jetzt nicht zu ihm!“ Das war Helga, schrill und nervös.

„Wir werden sehen.“ Eine dunkle Stimme, völlig unaufgeregt.

„Ich bin die Leiterin dieser Geschäftsstelle und ich sage Ihnen, dass Sie verschwinden sollen!“

„Ich bin beeindruckt.“

Mr. Claus konnte hören, dass die Fremde unter konsequenter Nichtbeachtung der zeternden Helga auf seine Bürotür zuging. Immer noch ärgerlich wegen Wieselhuber, freute er sich schon auf den gepfefferten Empfang, den er der unverschämten Besucherin bereiten würde. Er baute sich hinter seinem Schreibtisch auf und holte tief Luft. Ohne vorher anzuklopfen, trat die Frau ein.

„*Hi Santa!*“

Bei ihrem Anblick fragte sich Mr. Claus, ob er die Option *Sex als Sinn des Lebens* nicht voreilig verworfen hatte. Er atmete aus.

„Guten Tag, äh … wie nennst du dich zurzeit?“

„Susan. Susan Myers.“

In diesem Moment öffnete sich die Bürotür wieder. Helga. Zinnoberrot im Gesicht, trotz der Schminke.

„Soll ich die Polizei anrufen, Mr. Claus?“ Susan Myers wandte nicht einmal den Kopf nach ihr um.

„Schon gut, Helga. Alles in Ordnung. Miss, äh …“

„Myers“

„… Miss Myers und ich sind alte Bekannte.“

Helga knallte wortlos die Tür zu, stöckelte an ihren Arbeitsplatz zurück und rumpelte mit den Schreibtischschubladen, dass man es bis in Mr. Claus’ Büro hören konnte.

„Na, Santa, nicht so leicht, vernünftige Leute für die billigen Jobs zu bekommen, was? Ich möchte mich übrigens gerne setzen.“

„Ja, äh, bitte setz dich doch.“

Eigentlich wollte Mr. Claus Susan Myers nicht anstarren, aber was hat ein Mann seinem Unbewussten schon entgegenzusetzen? Zumal dann, wenn eine Frau vor ihm steht, neben der auch Bond-Girls – und Mr. Claus hatte einige von denen kennen gelernt, rein beruflich, versteht sich – eher durchschnittlich aussehen. Noch dazu der hochgewachsene afrikanische Typ, für den er schon immer eine Schwäche gehabt hatte.

Nichts an ihrer Erscheinung wirkte gezwungen oder künstlich wie so vieles an Helga. Den sommerlichen Temperaturen angemessen trug sie ein hellgrünes T-Shirt, einen kurzen orangen Rock und ein leicht tailliertes hellgraues Sakko. Mr. Claus war sich sicher, dass sie auch mit einem Rupfensack bekleidet umwerfend ausgesehen hätte. Abgesehen von dem länglichen Jadestein, den sie an einem Lederband um den Hals trug, hatte sie auf Schmuck verzichtet. Ihrem Aussehen nach war sie Ende zwanzig, aber unsterblich war sie schon vor etlichen tausend Jahren geworden. Die genauen Umstände kannten weder Mr. Claus noch die Datenbank der *I.A.W.*

Sie nahm mit übereinandergeschlagenen Beinen in demselben Sessel Platz, in dem zuvor Wieselhuber gesessen hatte. Mr. Claus nahm zur Kenntnis, dass sie unter dem T-Shirt offensichtlich keine weitere Wäsche trug. Er rückte seine Krawatte zurecht.

„Du willst sicher wissen, was du für mich tun kannst."

„Ja? Äh … genau. Was kann ich für dich tun?"

„Erinnerst du dich dunkel an unser letztes Gespräch? Dein Büro in Kapstadt war genauso geschmacklos eingerichtet wie dieses hier."

„Hm, du hattest ein tolles Kostüm an. Stand dir ausgezeichnet."

„Danke. Du bist seitdem noch dicker geworden. Was wir besprochen haben, weißt du auch noch, nehme ich an?"

Sie duftete nach Karamell, ein Hauch nur. Mr. Claus versuchte nachzudenken. Die Ergebnisse ließen mangels Konzentration zu wünschen übrig.

„Äh … ich wollte dich zum Essen einladen, aber du hattest schon etwas vor, oder?"

„Denk zur Abwechslung mal geschäftlich. Ich helfe dir: Es ist weiß und man macht es aus Bäumen …"

„Deine Papiere!" Mr. Claus schlug sich mit der flachen Hand an die Stirn.

„Geburtsurkunde, Zeugnisse, Pass und was man sonst noch für einen Identitätswechsel braucht. Ich habe dir die Liste in Kapstadt gegeben. Ich hoffe, du hast nicht Origami damit gemacht."

„Also weißt du, so ein Ferkel bin ich nicht!"

„Was du meinst, heißt Kamasutra. Hast du dir's wenigstens notiert?"

„Kamasutra?"

„Nein. Hast du die Liste noch?"

„Der Computer hat sie. Ich habe den Auftrag doch gleich in Kapstadt eintippen lassen, aber dann muss ich wohl vergessen haben, ihn freizugeben. Moment."

Er war froh, die Datenbank einigermaßen bedienen zu können, so dass er nicht Helga in ihrer momentanen Laune bitten musste. In Kürze hatte er den Eintrag von *Myers, Susan* auf dem Bildschirm. Unter *orders* fand er die Liste der bestellten Dokumente. Das Kästchen *approved* war tatsächlich nicht angekreuzt.

„Da haben wir's, Susan, alles meine Schuld. Ich gebe jetzt den Auftrag frei, und zur Wiedergutmachung lade ich dich heute Abend ein. Ich habe eine schöne Hotelsuite hier, Essen wird aufs Zimmer gebracht …"

„… und danach legst du *Rudolph, the red nosed reindeer* auf und machst das Licht aus? Nicht auch noch du, Santa! Du weißt doch, gegen so etwas bin ich völlig immun."

„Aber ich bin nicht immun, Susan. Und ein gewöhnlicher Mann bin ich auch nicht. Ich bin immerhin der Weihnachtsmann!"

„Nimm eine kalte Dusche, Weihnachtsmann. Wann sind meine Papiere fertig?"

„Hm, im Moment sind unsere Spezialisten völlig belegt, aber warte mal …", er zählte mit den Fingern die Wochen ab, „Ende September bis Mitte Oktober werden sie fertig. Ich melde mich, wenn du sie abholen kannst. Ich bin dann schon wieder in Helsinki. Du weißt, solche Dokumente übergeben wir nur persönlich."

„Abholen? Wenn du etwas wiedergutmachen willst, dann bewegst du dich gefälligst mit den Papieren zu mir. Ich erlaube dir hiermit, mich für diesen Zweck zu orten."

„Gut. In Ordnung." Er ging den Auftrag noch einmal durch. „Du wolltest ausdrücklich nicht, dass wir dir eine Lebensgeschichte für deine nächste Identität stricken, oder? Ich kann dir nur sagen, wir haben die besten Leute für so etwas. Die gehen deine Vergangenheit durch und machen daraus eine neue *story*, die du beinahe selbst glaubst."

„Danke. Ich kauf mir lieber was zum Anziehen."

„Ja, dann … Susan?"

„Ja?"

„Bin ich für dich wirklich nichts weiter als ein gewöhnlicher Mann?"

„Du bist ungewöhnlich schwer von Begriff."

„Aha."

Sie stand auf. „Nimm's nicht so schwer. Frag lieber deine Büromaus, die wartet vielleicht darauf."

„Noch etwas, Susan."

„Was kann ich unscheinbares Mädchen noch für dich tun?"

„Du bist schon viel länger … im Geschäft als ich. Weißt du vielleicht … Was ist der Sinn?"

Sie verstand sofort.

„Ich denke, der Sinn besteht darin, die Frage nicht zu stellen. *Bye,* Santa."

Draußen ging sie wortlos an der immer noch kochenden Helga vorbei, drehte sich aber in der Tür um.

„Helga?"

„Was wollen Sie?"

„Wenn *Sie* wollen, dann gehört er", sie deutete mit dem Daumen in Richtung von Mr. Claus' Büro, „heute Nacht

Ihnen. Sie sollten aber die Farbe abmachen. Sonst hat er hinterher alles im Bart. Auf Wiedersehen.“

Im Aufzug und auf der Straße ließ sie das Gespräch mit Mr. Claus Revue passieren. Ja, er war auf seine Art ein Trottel, aber kein unangenehmer, und sicher ein guter Präsident für die I.A.W. Beunruhigt hatte sie nur das Angebot, für eine fiktive Lebensgeschichte in ihrer Vergangenheit zu recherchieren. Das war ein neuer, gut gemeinter Service, aber sie würde ihn unter keinen Umständen in Anspruch nehmen. Nicht auszudenken, wenn irgendein weniger angenehmer Trottel als Mr. Claus hinter ihr Geheimnis käme. Unter den anerkennenden Blicken einer Gruppe *junior businessmen* verschwand sie in dem U-Bahn-Schacht, durch den Mr. Claus am Morgen die Bühne betreten hatte.

*

Zur selben Zeit saß Dirnberger mit Trudi an einem etwas abseitigen Tisch im Garten eines nahe gelegenen Cafés. Von dort konnten sie den Stand des UGB einsehen, wo Ernesto missmutig Kisten stapelte. Die Abkürzung UGB bedeutet *Unabhängiger Geheimdienst von B.,* wobei B. für den süddeutschen Freistaat steht, dessen Hauptstadt M. ist. Eingeweihte Spötter erklären das U zutreffend mit *unbedeutend.*

Krachend ging einer von Ernestos Kistentürmen zu Boden. Einige Passanten lachten.

„War ich zu gemein zu ihm? Diese Typen sind unausstehlich.“

„Ich finde, er ist ein sehr kultivierter junger Mann, der soo viel über sich erzählen kann. Ganz anders als du, Fons. Du lässt ja niemanden an dich heran.“

„Kennst du Edgar Allan Poe, Trudi?“

„Ein Freund von dir?“

„Irgendwie schon. In einer seiner Geschichten sagt er, dass das beste Versteck für eine Sache darin besteht, sie gar nicht zu verstecken.“

„Und deinem Freund geht es gut?“

„Dieser Markt kommt mir auch so vor. Man könnte so einen Geheimdiensttreff hinter dreifach verschlossenen Türen und einem Elektrozaun stattfinden lassen – sofort würde alle Welt dahinter alles Mögliche vermuten. Irgendein Reporter würde schon herausbringen, was dort los ist, und es in der Öffentlichkeit breittreten. Und hier“, er beschrieb mit der Hand einen Halbkreis, „hier ist es offensichtlich. Jedem, der auch nur einmal bei uns etwas kaufen wollte, müsste klar sein, dass das kein echter Markt sein kann, bei unserer Preisgestaltung und Unfreundlichkeit. Trotzdem merkt es keiner. Pass auf.“

„Die Händler sind alle Geheimagenten!“, brüllte er in die Menge. Kaum jemand nahm von ihm Notiz. Ein älterer Herr am Nachbartisch verschluckte sich vor Lachen an seinem Mineralwasser.

„Siehst du? Stell dir vor, irgendein Schreiberling könnte sich eine Geschichte über diesen Markt einfallen lassen, von mir aus eine, in der wir beide vorkommen. Manche würden die Idee amüsant finden, aber darauf, dass es die reine Wahrheit ist, käme garantiert niemand. Wahrscheinlich war das die einzige gute Idee, die unserem Chef je gekommen ist. Trotzdem tut es mir leid um den echten Markt, den es hier einmal gegeben hat.“

„Fons, weil du gerade vom Chef sprichst …“

„Ja?“

„Beinahe hätte ich's vergessen: Ich soll dich unbedingt zu ihm bringen. Deswegen die Ablösung. Es ist was Wichtiges.“ Dirnberger nickte, kalkulierte den Preis für die beiden Espressi, rundete großzügig auf und legte das Geld auf den Tisch. Luigi, der Kellner, der kurz darauf den Betrag einsteckte, hätte nicht sagen können, wohin Trudi und er verschwunden waren.

*

Kasperi war zufrieden mit sich. Level 21 bei *The Last Days of Mankind* war eine reife Leistung. Demnächst würde er zurückkehren und Level 22 aufmischen. Jetzt musste er sich noch ein wenig in der angrenzenden, noch viel unübersichtlicheren Welt bewähren. Die Unübersichtlichkeit fing schon mit dem Zimmer an, das er in eben dieser Welt bewohnte. Schulhefte, CDs, Hamburgerschachteln, Comic-Hefte, Filzstifte, Computerzeitschriften, leere Cola-Flaschen und Bücher über professionelles Programmieren verteilten sich in unterschiedlichen Sedimentationszuständen über den Schreibtisch, den Fußboden, sein Bett und die einfachen Holzregale an den Wänden.

Durch die angelehnte Zimmertür hörte er das Telefon klingeln.

Kasperi sprang auf und eilte zur Tür. Beinahe wäre er auf einer Kaufhaus-Stockmax-Plastiktüte ausgerutscht und mit dem Kopf gegen die Türzarge geknallt, was dieser Geschichte eine völlig andere Wendung gegeben hätte. So aber meisterte er den Hindernislauf bis zur Tür und gelangte von dort in wesentlich geordnetere Teile der großzügigen, im Zentrum von Savonlinna gelegenen Altbauwohnung. Die nüchterne Einrichtung mit den Designermöbeln und großflächig eingesetzten Farbeffekten an den Wänden gefiel Kasperi. Sie dokumentierte den guten Geschmack seiner Partner in dieser Welt, die sich gerne als seine Eltern bezeichneten. Das Telefon stand auf einem Stahltischchen neben dem roten Sofa. Kasperi nahm ab.

„Ja?"

„Kasperi, ich bin's, Mama. Ist alles in Ordnung? Papa und ich, wir machen uns Sorgen!"

„Nicht nötig Mama, ich komme alleine klar. Ich habe eben Merwan in Level 21 von *The Last Days of Mankind* besiegt."

„Du bist gerade mal fünfzehn Jahre alt. Willst du nicht doch noch kommen und die Sommerferien mit uns am See verbringen? Onkel Paavo würde dich abholen."

„Das geht nicht. Ich muss endlich herausfinden, in welchem Level wir hier festsitzen."

„Kasperi, fang nicht schon wieder damit an. Es gibt keinen Level!"

„Natürlich ist es noch kein hoher Level, vielleicht nur so ein Tutorial, das man schaffen muss, bevor es überhaupt richtig losgeht … Du und Papa, ihr wisst wirklich nichts?"

Schluchzen am anderen Ende. Kasperi fuhr unbeirrt fort: „Das Tückische an diesem Level ist, dass das Ziel nicht ganz klar ist. Reichen gute Noten in der Schule oder muss ich schon mit Geld machen anfangen?"

„Du verdienst doch schon ganz schön bei diesem Börsenspiel an der Schule. Und gute Noten hast du auch." Das stimmte. Kasperi war eines der Asse der Pisa-Studie.

„Trotzdem. Auf Verdacht in einem Level rummachen bringt nicht viel. Weißt du, wenn dieser Level geschafft ist, dann muss es aus dieser Welt auch einen Weg nach draußen und wieder hinein geben, so wie man aus *The Last Days of Mankind* in mein Zimmer kommt. Die Levels müssen die Verbindungen zwischen verschiedenen Welten sein. Das ist cool! Ich möchte wissen, wie viele es sind."

„Und was willst du tun, um es herauszukriegen?" Die Mutter klang ein bisschen weniger traurig.

„Weiß ich noch nicht."

„Vielleicht findest du einen Hinweis, wenn du zur Abwechslung mal dein Zimmer aufräumst."

„Mama, der Entropiesatz ist ein Naturgesetz. Glaubst du im Ernst, ich verschwende meine Zeit damit, dagegen anzukämpfen?"

Sie lachte. „Wenn du so redest, klingst du fast wieder wie ein normaler Fünfzehnjähriger. Ich hab dich lieb, Kasperi."

„Ich dich auch, Mama", sagte Kasperi, weil er wusste, dass das eine der Konventionen auf diesem Level war.

„Gut Kasperi, ich ruf dich morgen wieder an."

„Nein Mama. Ich melde mich. Keine Nachricht heißt gute Nachricht."

„Aber … na gut. Bis bald, Junge."

„Ja, Mama."

Kasperi legte auf und ging zurück in sein Zimmer. In einem Punkt hatte er seine Mutter angelogen. Er wusste sehr wohl, wie er diesem Level auf den Grund gehen wollte.

Seine Erfahrungen mit den Levels, die er bisher geknackt hatte, ließen nur einen Schluss zu: Man musste den normalen Betrieb massiv stören. Dann zeigten sich die Schwachstellen des Levels, dann kam Information zum Vorschein, die man strategisch nutzen konnte. Das hatte sich gerade wieder in *The Last Days of Mankind* gezeigt. Nun waren Computer zwar Tore in andere Welten, aber sie waren eindeutig noch auf dieser Seite des Levels, um den es Kasperi ging. Und mit Computern kannte er sich aus. Mehr noch: Er war einer der versiertesten Hacker seiner Generation. Seine Spezialität waren Viren, und er war stolz darauf, dass bereits vier seiner Schöpfungen in Fachkreisen als überaus hartnäckig galten und demnach den Level gehörig erschütterten. Ihre Ausbreitung und die Reaktionen darauf verfolgte er im Internet. Er schaltete seinen Rechner ein. Sanft lief die Lüftung der Maschine an, ein Geräusch, das ihm Geborgenheit vermittelte. Nach dem Booten verband er sich mit dem Internet. Es galt noch einige Rootkits in Umlauf zu bringen. Zuvor holte er gewohnheitsmäßig seine E-Mails ab. Jede

Menge Spam. Natürlich. Die Betreffzeilen waren immer die gleichen:

„Glückwunsch! Sie haben GEWONNEN"
„God bless you"
„Eine junge Dame möchte sich mit dir treffen"
„Better and cheaper than Viagra"
„Kasperi Makkukonen: Be younger!"
„Important Information from your Bank"
„Bitte um Kontaktaufnahme"
„Streng vertraulich"
„Earn 10.000.000$ FOR NOTHING"

Kasperi seufzte. Das waren die Ablenkungsmanöver, die einem in diesem Level auf Schritt und Tritt begegneten. Er markierte die gesamte Liste, wollte gerade die Delete-Taste drücken, da fiel sein Blick noch einmal auf *„Bitte um Kontaktaufnahme"*. Vielleicht doch eine echte Nachricht, auch wenn die Absenderadresse ebenso nichts sagend war wie bei den anderen. Er las:

...
Subject: Bitte um Kontaktaufnahme

Sehr geehrter Herr Kasperi Makkukonen,

seit einiger Zeit halte ich mich über Ihre Aktivitäten auf dem Laufenden. Lassen Sie mich Ihnen sagen, dass ich von Ihren Fähigkeiten mehr als beeindruckt bin.

Ich hätte eine interessante Aufgabe für jemanden wie Sie, die wahrscheinlich den Rest des Sommers in Anspruch nehmen dürfte. Neben einer großzügigen Entlohnung kann ich Ihnen hervorragende Arbeitsmöglichkeiten bieten und darüber hinaus – dessen bin ich mir sicher – dürften Sie dabei einige für Ihr Weiterkommen wichtige Erfahrungen machen.

Ich würde mich über eine positive Antwort Ihrerseits sehr freuen. Sollten Sie interessiert sein, dann schlage ich vor, dass wir uns in nächster Zeit treffen. Haben Sie Verständnis dafür, dass ich meinen Namen vorerst nicht nenne.

Es grüßt Sie herzlich
Ihr
E.B.

Es klappte also. Man konnte ihn nicht mehr ignorieren. Er klickte auf *Reply* und tippte seine Antwort:

Schön, dass Sie kooperativ werden. Wie heißt dieser Level?

*

Hans-Werner Magerknecht, von seinen wenigen Freunden *Werni* genannt, überlegte, ob er nach Hause gehen sollte. Seit Stunden hatte er vergebens hinter der starken Eiche gewartet, und langsam wurde es ungemütlich. Um diese Zeit kühlten auch warme Sommernächte empfindlich ab. Er zog den Bundeswehrparka über seinem blauen Trainingsanzug enger. Es musste jetzt ungefähr vier Uhr morgens sein. Der Sandweg wand sich in weiten Kurven durch den Park. Vereinzelte Laternen verwandelten ihn in ein schwarz-gelb gschecktes Band, eine Riesenschlange unter den mächtigen Laubbäumen. In solchem Gelände fühlte sich Werni zu Hause. Und das nicht etwa wegen der Ästhetik der nächtlichen Grünanlage. Was er wieder einmal dringend brauchte, war eine Frau. Und weil Frauen ihn wegen seiner Unappetitlichkeit für gewöhnlich mieden und er Nervenkitzel mochte, lieh er sich – wie er das nannte – hin und wieder eine für eine Viertelstunde. Je heftiger die Gegenwehr, desto schöner für ihn.

Gerade als er endgültig aufgeben wollte, hörte er Schritte, die sich von Süden her näherten. Eine jüngere, aber nicht mehr ganz junge Frau. Sie war offensichtlich nicht in Eile. Etwa dreißig Meter von ihm entfernt erschien sie im Lichtkegel einer Laterne. Ein weißer Umhang. Seide wahrscheinlich, der Leichtigkeit nach zu urteilen, mit der er sie umwehte. Bei Gott, was für eine Figur! Wellen warmer Erregung fluteten sein Rückenmark aufwärts. Als sie näher kam, sah er, dass ihre Haut so dunkel war wie poliertes Ebenholz. Sein erstes *Schokoplätzchen,* wie er mit heißer Vorfreude feststellte. Sie war barfuß. Und völlig ahnungslos war sie offenbar auch. Umso besser für sie, dann konnte sie heute etwas in Sachen Vorsicht dazulernen. In weniger als einer halben Minute würde er sich auf sie stürzen, ihr den Mund zudrücken, sie ins Gebüsch zerren und … Sie tauchte wieder in die Dunkelheit ein. Wenn sie herauskäme, genau an der nächsten Grenzlinie zwischen Licht und Schatten, musste er zupacken. Jetzt gleich.

Warum kam sie nicht?

Verdammt. Sie war stehen geblieben, und die Dunkelheit machte sie fast unsichtbar. Hatte Sie sein Keuchen gehört? Deutlich sehen konnte er nur den Widerschein ihrer Augen. Sie schienen – weit aufgerissen – genau auf sein Versteck zu starren.

Jetzt oder nie, befahl sich Werni.

Doch da begann die Frau zu sprechen. Leise erst, zischende Silben flüsternd, dann mehr und mehr anschwellend, in eine Art Gesang übergehend. So etwas hatte Werni noch nie gehört. Für ihn klang es, als ob ein Dämon beschworen werden sollte. Sie kam näher. Werni wollte nur noch weglaufen, aber seine Muskeln reagierten nicht. Immer deutlicher sah er das Weiße in ihren Augen, die schimmernden Zähne und den wehenden Seidenumhang. *Sie ist ein Vampir,* schoss es Werni durch den

Kopf, *oder etwas Schlimmeres.* Auf die Rolle des Opfers war er nicht vorbereitet. Er hatte weder Knoblauch noch irgendetwas dabei, das als ein Kreuz hätte herhalten können.

Lieber Gott, beschütze mich! Nur dieses eine Mal!, flehte Werni in Gedanken. Zum ersten Mal in seinem Leben hatte er Todesangst.

Die Frau war nur noch einen Meter von ihm entfernt. Sie blieb stehen. Wie von einer fremden Kraft gepackt schüttelte es ihren Körper. Als sie ihren Kopf in den Nacken legte und ein grauenhaft tremolierendes Wolfsgeheul in die Krone der alten Eiche schrie, riss die unsichtbare Leine, die Werni festgehalten hatte. In rasender, stolpernder Flucht verschwand er, mehrmals sich selbst überholend, ins Dunkel.

Am Morgen fanden der städtische Gärtner Josef Berndorfer und sein Gehilfe Ali Dörgan bei ihrer ersten Runde den schlotternden Werni, der sich unter einer Parkbank versteckt hatte. Er stank entsetzlich. Seine blaue Trainingshose war völlig verdorben.

*

„Herrgott Dirnberger, wo bleiben Sie denn so lange?" Der Chef war nervös wie Brausepulver. Aus dem protzig-repräsentativ eingerichteten Büro im obersten Stockwerk eines Hauses in der Prälat-Zistl-Straße konnte man auf den V-Markt hinunter sehen. Obwohl er den Dienst dort hasste, wäre Dirnberger jetzt liebend gern unten gewesen. Der Chef, General Paul Bilchlinger, hampelte wie eine Aufziehfigur hinter seinem viel zu großen Schreibtisch hin und her. Bilchlinger, mittelgroß, oder besser: mittelklein, mager, Ende fünfzig, früh ergraut, hielt sich, das wusste Dirnberger von Trudi, für einen unwiderstehlichen Verführer. Dirnberger hielt ihn von ganzem Herzen für etwas anderes.

„Was grinsen Sie, Dirnberger? Wir haben gleich einen wichtigen Termin!"

Der Chef strich ein sich widerspenstig einrollendes Blatt Papier auf der sonst leeren Mahagoniplatte flach.

„Während Sie auf dem Markt waren, ist ein Fax gekommen. Wir beide müssen dringend in …", er warf einen demonstrativen Blick auf seine Rolex-Imitation, „zwanzig Minuten beim Herrn A-Emm-Pe sein."

„Ihn festnehmen?"

„Über Ihre Respektlosigkeiten reden wir hinterher!", fauchte Bilchlinger. „Weiß der Henker warum, aber der Herr A-Emm-Pe legt Wert darauf, dass ausgerechnet Sie mit dabei sind."

Der Chef war ein Politischer. Einer, der deshalb auf seinem Posten saß, weil er lange genug den richtigen Leuten den Hintern eingeseift hatte. Man brauchte hierzulande kein Geheimdienstler zu sein, um zu wissen, wer die richtigen Leute waren.

„Ihr berufliches Fortkommen, Dirnberger, das wird ihnen nicht entgangen sein, hat sich ja in letzter Zeit verlangsamt. Ich meine, Sie hatten schon einige passable Erfolge, mit viel Glück, versteht sich, aber das ist eben nicht alles. Etwas mehr Respekt und vieles geht ganz von selbst. Unser Praktikant zum Beispiel, der junge von Sowienoch, äh, Knappertsheim, der hat das verstanden. Erstklassiges Offiziersmaterial."

„Stimmt. Ich habe selten jemanden so gekonnt Krautköpfe sortieren sehen."

„Was Sie noch vermehrt üben werden. Es wird mir ein Anliegen sein."

„Was will denn der A-Emm-Pe von uns?"

„Das wird der *Herr* A-Emm-Pe nicht einfach auf ein Fax schreiben lassen, wenn es wichtig ist. Meine Güte, Dirnberger, haben Sie wirklich nichts Besseres anzuziehen?"

Der Chef trug einen nachtblauen Zweireiher, ein eierschalenfarbenes Hemd und eine weinrote Krawatte mit einer protzigen Nadel. Seine Schuhe glänzten wie frische Auberginen.

„Jeans und karierte Hemden sind die beste Tarnung, weil übliche Berufskleidung der Gemüseverkäufer. Ihre Worte."

„Ein guter Beamter und Offizier hat immer eine Garnitur tadellose Kleidung im Büro, für den Fall, dass er zu einem Vorgesetzten muss."

„Bei mir rentiert sich das nicht. Gehen wir?"

*

„Hör zu", sagte der Großvater, als sie wieder einmal an einem duftenden Sommerabend draußen am Fluss waren, „außer meiner Klarinette, sei gut zu ihr, und ein paar alten Angelruten wird dir kaum etwas von mir bleiben. Aber eines muss ich dir noch mitgeben. Was du damit anfängst, liegt an dir."

Der Junge sah ihn von der Seite an. Der Großvater nickte. Es sah aus, als wolle er sich selbst versichern, dass es schon richtig sei, den Jungen einzuweihen. „Der Fluss hat ein Geheimnis", fuhr er nach einer Weile fort, „hinter das die Kartenfischer mit ihrer Dutzendfantasie nie kommen werden. Aber einer wie du und ich kann seinem ganzen Leben eine andere Richtung geben, wenn er's richtig anstellt. Es gibt Sachen auf der Welt, die kann keiner erklären, auch nicht der klügste Professor. Aber die Wirklichkeit hat sich noch nie darum gekümmert, ob jemand an sie glaubt oder nicht." Er lachte, aber der Junge konnte dahinter die Krankheit hören.

„Ist es ein schlimmes Geheimnis?", fragte er.

„Kommt darauf an." Der Großvater zuckte mit den Achseln. „Es hat mit dem seltsamsten Fisch im Fluss zu tun."

*

Der Alt-Ministerpräsident, meist weniger zungenbrecherisch *AMP,* gesprochen „A-Emm-Pe“, genannt, war nervös. Wie ein grauer Storch stakste er in seinem Dienstzimmer auf und ab. Auch wenn er nicht mehr ganz vorne dran war, der Drang zum Mitmischen wollte nicht von ihm ablassen. Den Brüdern und Schwestern war das vielleicht zu viel geworden und so hatte man ihn kurzerhand zum Geheimen Minister für Geheimangelegenheiten und damit zum Dienstherrn des in seiner Bedeutung einem Blinddarm vergleichbaren UGB gemacht. Ein Trostpflästerchen, das sie ihm eher eilig als liebevoll auf die Backe geklebt hatten. Aber wer konnte schon wissen, ob nicht gerade darin seine Chance steckte …

Dirnberger und Bilchlinger hatten in der nachtschwarzen Sitzgarnitur für Gäste Platz genommen. Es roch nach neuem Leder. Von den Wänden schauten die Vorgänger des AMP würdevoll auf sie und das eigenartige Arrangement auf dem Besuchertisch herab.

„Wo bleibt nur der Haberl? Bei diesen so genannten, äh, Wissenschaftlern ist schon viel zu viel eingerissen. Reformfälle, wo man hinschaut!“

„Sie sagen es, Herr Alt-Ministerpräsident.“ Bilchlinger verhielt sich erwartungstreu. *Schleimer,* dachte Dirnberger.

Es klopfte.

„Ja?“ Der AMP stoppte abrupt und drehte sich auf dem Absatz zur Tür hin um.

Ein dicklicher kleiner Mann Anfang oder Mitte fünfzig trat ein. Schütteres, nach hinten gekämmtes Haar. Gelehrtenblässe. Dirnberger fühlte sich ein wenig an Edward G. Robinson erinnert. Die O-Beine steckten in einer braungrünen Cordhose mit Eierflecken im Schritt.

„Komme ich zu spät?“ Eine sonore, tragende Stimme, nicht das Stubenhockernuscheln, mit dem Dirnberger gerechnet hatte.

„Wir sind ja schon froh, dass Sie überhaupt Zeit für uns haben, Herr D-o-k-t-o-r Haberl!“, entgegnete der AMP giftig und wies mit einer eckigen Handbewegung auf die Sitzgruppe.

Haberl nahm neben Dirnberger und Bilchlinger Platz und nickte ihnen freundlich zu. Dass auf dem Couchtisch vor ihm ein dreibeiniger Drehhocker, eine Art Holzgriffel mit einem am stumpfen Ende eingeklemmten Stück Pappe und – gebettet auf das Titelblatt einer älteren Ausgabe der Süddeutschen Zeitung – ein toter Goldhamster lagen, schien ihn nicht im Geringsten zu überraschen.

Der AMP nahm seinen Storchenschritt wieder auf.

„Meine Herren, gestern Nacht ist, gar nicht weit von hier, in unsere Staatssammlung Ägyptischer Kunst eingedrungen, äh … worden. Wenn man sich jetzt fragen würde, dann, äh, könnte man sich natürlich jetzt fragen, wozu wir uns so eine Sammlung hier und jetzt überhaupt leisten. Aber das fragen wir uns jetzt nicht, weil wir uns jetzt etwas anderes fragen, meine Herren: Es fehlt nur ein einziger Gegenstand, und wir müssen uns jetzt, äh, fragen, wo-der-jetzt-ist!“ Er bedachte Haberl, dem das nichts auszumachen schien, mit einem vernichtenden Blick und atmete tief durch.

„Ein Gegenstand, dem wir in all den Jahren zu wenig Aufmerksamkeit geschenkt haben. Unser Herr Doktor Haberl arbeitet bei der Staatssammlung und steht als ein so genannter, äh, Experte für, äh, äh …“

„Altägyptischen Okkultismus“, warf Haberl ein.

„… auf unserer Gehaltsliste. Er wird Sie jetzt mit den Einzelheiten vertraut machen.“

Haberl zuckte mit den Schultern.

„Zunächst ist nicht einmal klar, wie sich die Täter Zugang zur Sammlung verschafft haben. Wenn nicht der bewusste Gegenstand abgängig wäre und wenn wir nicht das hier“, er umriss mit der Handfläche Hocker, Griffel und Hamster,

„an seiner Stelle gefunden hätten, dann wäre uns gar nicht aufgefallen, dass jemand eingestiegen ist."

„Was fehlt denn eigentlich?" Dirnberger bemühte sich, nicht allzu interessiert zu klingen.

„Eine Vase. Sie stammt vermutlich aus Alexandria. Angefertigt worden ist sie in den letzten Tagen des alten Ägyptens, wenn Sie so wollen. Das ist die Zeit der Kämpfe zwischen Octavian und Marcus Antonius."

„Kunsthistorisch wertvoll?", hakte Dirnberger nach. Das Ticktack der Schritte des AMP wurde schneller.

„Nicht kunsthistorisch." Haberl fummelte eine alte Schwarz-Weiß-Fotografie aus seiner Brusttasche.

„Das neueste Bild, leider. Sehen Sie? Einfachste Arbeit, keine Henkel, nicht einmal glasiert. Ungewöhnlich simple Ornamentik. Der Töpfer hat einfach nur dicht an dicht, von oben bis unten umlaufende Ringe in den weichen Ton gezogen. Klassische Form, größter Durchmesser in der oberen Hälfte. Sechzig Zentimeter hoch, neunundzwanzig breit. Eine schlichte Schönheit, aber durchaus nichts Besonderes."

„Kommen Sie endlich auf den Punkt, Haberl", sagte der AMP mit erzwungener Ruhe.

„Nun ja. Eine Besonderheit gibt es." Er zögerte.

„Hätten Sie die Güte, endlich auf den Punkt zu kommen?", rief Bilchlinger, der es an der Zeit fand, wieder etwas zu sagen, was dem AMP gefallen könnte. Zur Bekräftigung seiner Führungsqualitäten wagte er einen mittelstarken Fausthieb auf den Tisch. Die Schnurrhaare des toten Hamsters zitterten.

„Römische Quellen bringen die Vase mit dem Fluch der Pharaonen in Verbindung", sagte Haberl.

Dirnberger musste lachen. „Im Ernst?"

„Nun ja. *Nichts Genaues weiß man nicht,* wie man bei uns sagt", entgegnete Haberl etwas pikiert. „Aber es heißt, die Vase sei dabei gewesen, als der Fluch zum letzten Mal ausgesprochen worden ist."

„Da wird alles Mögliche dabei gewesen sein."

„Sicher, aber da gibt es den Hanns Methodios Ebermayr, einen Nürnberger Kaufmann. Geboren um 1450, Halbgrieche. 1502 ist er der Hexerei schuldig gesprochen und hingerichtet worden."

„Wegen der Vase?"

„Natürlich."

„Sie hat ihm gehört?"

„In seiner Hinterlassenschaft findet sich ein Brief an einen seiner Freunde. Davon gab es nicht viele. In dem Brief heißt es, er verdanke dieser Vase seinen ganzen, nicht unbeträchtlichen Wohlstand. Durch sie, schreibt er, konnte er sein Vermögen vor Schurken bewahren und seine Konkurrenten zerschmettern oder so ähnlich. Am Ende hat ihn jemand bei der Inquisition angezeigt."

„Eine schlimme Zeit für Spaßvögel."

„Er hat ein Porträt von sich malen lassen", erwiderte Haberl. „Es hängt drüben in der Alten Pinakothek. Sehen Sie sich's an. Auf mich wirkt er nicht wie ein Lachwurz."

„Und Sie glauben, der Fluch steckt in der Vase?"

„Ich will es nicht ausschließen."

„Wie steht's mit einer Gebrauchsanweisung? Ich meine, hat der Ebermayr nichts dergleichen hinterlassen?"

„Fehlanzeige, leider. Er hatte keine direkten Nachkommen und seinen Erben, entfernten Verwandten, wollte er die Sache schwer machen. Es gibt eine höhnische Bemerkung in seinem Testament, sie sollten selbst hinter das Geheimnis kommen, so wie er auch. Er macht kein Hehl daraus, dass er sie für zu dumm hält. Da hat er wohl Recht gehabt."

„Und wenn er der Vase alles nur angedichtet hat?"

„Wer weiß?" Haberl hob die Schultern.

„Und genau das ist der Punkt!" Der AMP, hochrot im Gesicht, immer noch auf und ab gehend, schoss einen Zeigefingerblitz auf Haberl ab.

„Wir-wissen-überhaupt-nichts, weil so jemand, wie der von uns, äh, nicht unangemessen bezahlte Herr D-o-k-t-o-r Haberl es nicht für nötig hält, uns darüber zu informieren, dass sich ein Gegenstand mit möglicherweise enormem Potenzial im Besitz des Freistaates befindet! Offensichtlich sind andere Leute von ebendieser Potenz, äh, fruchtbaren, äh, äh, furchtbaren Kraft überzeugt. Weil es ja klar ist, dass die Vase sonst nicht gestohlen worden wäre! Ein Wort von Ihnen, äh, Haberl, dann hätten wir investiert und von mir aus eine zwanzigköpfige Expertengruppe auf, äh, an das Problem, äh, einfach draufgesetzt hätten wir die. So lange, bis das Rätsel gelöst gewesen wäre. Und wenn es Jahre gedauert hätte!"

Bilchlinger machte den Mund auf, weil er etwas Zustimmendes äußern wollte, aber der AMP war schneller.

„Meine sehr verehrten Herren …", er begann sich warmzureden wie in den alten Zeiten, „stellen Sie sich vor, wie man mit derartigen Hilfsmitteln die Staatskasse entlasten könnte. Eine Revolution im Objekt- und Personenschutz! Kernkraftwerke, Rüstungsbetriebe, Versorgungseinrichtungen, Dienstreisen von Menschen wie mir und, äh, … mir! Bedenken Sie die Einsparungspotenziale bei der Polizei! Ein wahrer Segen in den Händen des Innenministeriums! Lasst Sie nur kommen, die Protestanten, äh, Demonstr…, äh, Banditen allesamt, sage ich, die werden es schon sehen, wie wir in diesem Freistaat uns zu wehren wissen!" Er senkte die Stimme.

„Und, meine sehr verehrten Herren, Sie wissen so gut wie ich, wie viele fehlgeleitete Subjekte es leider inn…, äh, außerhalb unserer Partei gibt. Die können froh sein, dass wir sie frei heruml…, äh, eigentlich respektieren wir, äh, sind es ja nicht viele. Aber sich mit denen Wahlkampf für Wahlkampf herumschlagen zu müssen, das-kann-es-doch-nicht-sein! Da könnte man ganz elegant einiges machen! Dieses ewige Diskutieren kostet doch nur das Geld der Part…, äh, Bürger und das – ich sage es in aller Deutlichkeit – sind am Ende wir alle, meine sehr verehrten Herren!“

Er wischte sich eine nach vorne gefallene Haarsträhne aus der Stirn.

„Nun, meine Herren, ich habe Sie kommen lassen, weil ich diesen Fall in die Hände des UGB legen möchte. Es ist mir wichtig, dass sich Herr Dirnberger der Sache annimmt. Unter Ihrer bewährten Leitung, natürlich, Herr Bilchlinger.“

„Selbstverständlich, Herr Alt-Ministerpräsident. Allerdings … ich habe sehr viele gute Leute, die einen Fall gebrauchen könnten, und Herr Dirnberger ist zurzeit stark … äh, überlastet, Sie verstehen?“

Der AMP schüttelte energisch den Kopf.

„Ich bestehe auf Herrn Dirnberger. Dieser Fall braucht den Mann, der vor fünf Jahren mit nichts als einer, äh, äh, Schachtel Kaugummi und einer Fahrradpumpe bewaffnet die von Niedersachsen aus angezettelte Weißwurstkrise im Keim erstickt und gleichzeitig unserem Landwirtschaftsminister den Post…, äh, das Leben gerettet hat! Wo wären wir heute ohne ihn?“

„Danke, Herr A-Emm-Pe. Was genau ist mein Auftrag?“ Dirnberger beobachtete mit Genugtuung, wie Bilchlinger seinen Ärger hinunterschluckte.

„Finden Sie so schnell wie möglich heraus, Dirnberger, wer die Vase jetzt hat. Verhindern Sie unbedingt, dass sie gegen uns eingesetzt wird. Notfalls, aber nur im äußersten Notfall müssen Sie das Ding zerstören. Was ich aber wirklich von Ihnen erwarte, ist, dass Sie den bewussten Gegenstand diskret und wohlbehalten zurückbringen, egal woher, damit wir sein

Rätsel lüften und ihn …", seine Augen glänzten gefährlich, „zum Wohle aller einsetzen können."

„Verstehe. Auch wenn ich davon überzeugt bin, dass diese Vase kein Geheimnis hat, zumindest kein übernatürliches."

„Alles, was in diesem Universum geschehen kann, ist natürlich", schaltete sich Haberl ein. „Wenn Flüche zur Ausstattung des Kosmos gehören sollten, warum sollte es dann keine Gegenstände geben können, die sie tragen?"

„Sagen wir einfach, ich werde versuchen, die Vase zurückzubringen. Ich fürchte nur, Herr A-Emm-Pe, dass Sie enttäuscht sein werden."

„Lassen Sie das meine Sorge sein, Dirnberger. Für die Kripo am Tatort ist es ein normaler Kunstraub. Sie hat Ihren Weisungen zu folgen, Trennungsprinzip hin oder her, ich habe das schon so hing…, äh, eingerichtet. Herr Bilchlinger wird meinem Sonderreferenten, Herrn Ministerialdirigent Geierl, mindestens einmal wöchentlich über den Stand der Angelegenheit Bericht erstatten."

„Jawohl, Herr Alt-Ministerpräsident." Bilchlinger salutierte schneidig.

„Nur zum Verständnis, Herr A-Emm-Pe. Die Aufklärung von Diebstählen ist doch Zuständigkeit der Polizei", warf Dirnberger ein. „Warum …?"

Der AMP stützte sich mit beiden Händen auf den Tisch. Seine dottergelbe Krawatte wellte sich über den toten Hamster. „In diesem Kreis kann ich offen sprechen, meine Herren. Diesen Herrschaften gelingt es seit Monaten nicht, so einen, äh, Bagatellbanditen wie den Saunaschmierer von M., Sie wissen Bescheid, dingfest zu machen. Alle Welt lacht über uns. Unsere Beziehungen zu Finnland sind praktisch eingefroren. Und meinen Sie wirklich, da soll ich zulassen, dass eine Angelegenheit, in der äußerste Diskretion noch zu wenig ist, in die Verantwortung dieser Schwachk…, äh, äh, äh, Leute gerät? Die können es nicht! Ein Reformfall, der ganze Betrieb."

Bilchlinger nickte bedeutungsschwer. Der AMP richtete sich auf und rückte seine Brille gerade.

„Und bedenken Sie, meine Herren, hinter der Sache könnten ausländische Mächte stecken. Das heißt, dass eventuell verdeckte Aktivitäten auf fremdem Boden notwendig werden. Deshalb habe ich mich entschlossen, Sie einzuschalten."

„Und dieses Stillleben vor uns stammt also von den Tätern?" Langsam ergriff die Gewissheit, endlich wieder auf – wie er es nannte – Raubfischjagd losziehen zu können, von Dirnberger Besitz.

„Das trifft auf den Drehhocker und den Griffel zu. Die Kripo sagt, weder Fingerabdrücke noch sonst etwas. Der Hocker ist ein Massenartikel aus einem schwedischen Möbelhaus. Den Griffel haben sie wahrscheinlich selbst gebastelt", entgegnete Haberl. „Was den armen Buzi betrifft …"

„Buzi?"

„Der Goldhamster von unserem Hausmeister, Herrn Wimmer. Der hat den Käfig mit dem Buzi in der Nacht immer in den Ausstellungsraum gebracht, wo auch die Vase aufgestellt war. Er ist nämlich nachtaktiv."

„Der Hausmeister?", fragte Bilchlinger dazwischen.

„Nein, der Buzi. Der Herr Wimmer war der Meinung, dass der Buzi sich zwischen den ägyptischen Kulturdenkmälern besonders wohl fühlt. Immerhin kommen doch die Goldhamster alle aus Syrien, und von uns aus gesehen ist das ja fast schon das Gleiche wie Ägypten, sagt der Herr Wimmer. Auf jeden Fall lag der Buzi heute früh tot in seinem Käfig."

„Zufall. Die werden doch nur zwei Jahre alt."

„Kann sein, aber der Buzi muss diese Nacht wie wahnsinnig gerannt sein. Die Lager von seinem Hamsterrad waren ausgeglüht. Und schauen Sie, wie verdreht er daliegt. Liegt so ein toter Hamster da?"

„Hat er schon immer so gestunken? Ich meine, er ist ja erst seit gestern Nacht …"

„Diese Körperhaltung, Herr Dirnberger, ist genau die gleiche, in der man in Ägypten die Skelette verunglückter Grabräuber gefunden hat."

*

Schweißgebadet richtete sich Susan im Bett auf. Was für ein entsetzlicher Traum! Durch die geschlossenen Vorhänge drang das Licht der Morgensonne in ihre Luxussuite. Die Nachttischuhr zeigte sieben Uhr siebzehn in hässlichen Leuchtziffern. Noch genügend Zeit. Sie stand auf, um beim Zimmerservice ein Frühstück zu bestellen und erschauerte über dem Schmirgeln von Sand unter ihren Sohlen. Also war sie wieder draußen gewesen. Meistens hatte sie sich im Griff, aber in letzter Zeit kam es wieder öfter vor.

Was wusste schon dieser Breitarsch von einem Weihnachtsmann darüber, was es wirklich hieß, unsterblich zu sein? Der beglückwünschte noch jeden Neuen. Aber Claus war eben, wenn es hoch kam, gerade einmal zweihundert Jahre im Geschäft. Was war das gegen ihre fast schon viertausendsiebenhundert? Was wussten solche Parvenüs schon über das Gefühl, wenn der Verstand, an der Grenze seiner Kraft, sich an die Erinnerungen von Jahrtausenden klammert? Erinnerungen an das *Woher*, ohne die ein Mensch ein Niemand ist? Sie fürchtete nichts mehr, als dass ihr Gedächtnis unter der ständig wachsenden Last zusammenbrechen könnte. Demenz in alle Ewigkeit.

Diese Angst war es, die ihr nachts immer quälendere Traumbilder schickte, die sie mit unbändiger Gewalt nach draußen trieb, wo sie versuchte, ihr Schicksal abzuschütteln, es sich von der Seele zu schreien. Halt gab ihr nur der einzige Gegenstand, der sie von Anfang an durch die Zeiten begleitet hatte. Sie streifte sich das dünne Lederband vom Hals. Der Jadestein. Nichts weiter als ein länglicher, geschmeidig in sich gedrehter Tropfen von der Größe eines kleinen Fingers. Aber seine schiere Gegenwart war ihr Anker in der Zeit, war die tröstende Gewissheit, kein Treibgut, sondern ein Mensch mit Wurzeln zu sein. Sie drehte den Stein zwischen den Fingern. Die grünweißen Schlieren verliehen ihm eine träge Lebendigkeit. Was er darstellte, war für einen Uneingeweihten nicht mehr zu erkennen. Zu oft hatte Susan ihn nächtelang in ihren Händen gedrückt, wenn die Panik sie schüttelte. Schweiß und Reibung hatten die feinen eingravierten Linien fast völlig getilgt. Aber für jemanden, der Bescheid wusste, war die Form dadurch nur noch deutlicher geworden. Susan war sich allerdings sicher, dass es so jemanden außer ihr nicht mehr gab.

Es klingelte an der Tür.

„Zimmerservice, Miss Myers, ich bringe Ihr Frühstück!“

Sie öffnete. Vor ihr stand, etwa zwei Köpfe kleiner, ein pickeliger Hotelpage in Uniform. Genauer gesagt wirkte er wie ein in Gips gegossenes und bemaltes Abbild eines Hotelpagen mit Tablett, offenem Mund und weit aufgerissenen Augen, die sie anstarrten. Nur das Frühstück sah echt aus und duftete auch so. Der Page starrte weiter. Susan bemerkte, dass sie ihren Seidenkimono recht offen trug und zog ihn etwas enger. Der Junge hatte wohl noch nie eine Frau gesehen. Ganz neu im Hotelfach wahrscheinlich.

„Worauf warten Sie denn? Geben Sie's mir!“

„J-jetzt gleich?“

Susan musste lächeln. Sie ging nach drinnen, fischte einen Fünfeuroschein aus ihrer Designergeldbörse und steckte ihn dem Pagen an die Mütze.

„Nur das Frühstück bitte.“

Sie nahm ihm das Tablett aus den Händen und schob die Tür mit dem Fuß zu.

Immerhin ein herrliches Frühstück. Der Duft des Kaffees, afrikanische Hochlandsorte, Heimatgefühl inbegriffen, mischte sich mit der bodenständigen Note von Rührei, Schinken, Bratwürsten und frischen Semmeln. In Deutschland war das englische Frühstück besser als das Original, sofern man sich das richtige Hotel leisten konnte. Bauernfrühstück nannten sie es hier. Bauernfrühstück. In ihrer Jugend, bevor das mit der Unsterblichkeit passiert war, hatte man das vielerorts wörtlicher genommen als heute. So etwas war in diesen Tagen zum Glück nicht mehr üblich. Trotzdem, fand sie, hatte es die Menschheit auf dem Gebiet der Kultur seither nur zu bescheidenen Fortschritten gebracht. Das trotz aller Sonntagsreden und trotz – oder vielleicht wegen – der rasenden Entwicklung der Technik. Manchmal konnte sie diesen Gedanken sogar tröstlich finden. In einem Leben wie dem ihren war jede Konstante etwas wert.

Beim Essen besserte sich ihre Stimmung. Ihre Angst, bei Nacht ein drohend aufragendes Gebirge, schrumpfte bei Tageslicht zu einem zwar immer noch beträchtlichen Hügel, dem aber irgendwie beizukommen sein musste. Wie viel Zeit ihr wohl noch blieb? Ärgerlicherweise war ihr das Rätsel bis vor kurzem völlig egal gewesen. Anders sah sie das erst seit wenigen Jahren, seit ihr Verstand immer häufiger rebellierte, seit die schiere Vorstellung der Ewigkeit sie panisch werden ließ. Und dann: ihr anderes Geheimnis. Nicht auszudenken, irgendeinem Typen auf Jahre, Jahrzehnte hinaus ausgeliefert zu sein.

Vom Nachttisch her ertönten immer wieder die ersten vier Takte des C-Dur Präludiums aus Johann Sebastian Bachs Wohltemperiertem Klavier. Unglaublich, dass ein Hotel dieser Kategorie Bach zu einer Telefonklingel degradieren konnte. So viel zum Stand der Kultur. Sie nahm ab.

„Hi, Susi-Baby! Wann gedenkst du denn deinen hübschen Hintern ins Studio zu schaukeln?“

Gary Mühlbauer aus Zwentendorf an der Donau. Niederösterreicher und Eventmanager.

„Bin ich schon einmal zu spät gekommen, Gary?"
„Sei doch nicht gleich eingeschnappt, Süße. Ich hänge mit zwanzigtausend Steinen in der Sache drin. Da darf ich doch sichergehen, dass du auch wirklich dran denkst, net wahr?"
„Denken ist mein Hobby. Bis um elf dann."
„Und … Susan?"
„Ja?"
„Man hat mir geflüstert, dass du morgen schon wieder nach New York weiterjettest. Ich nächste Woche nach Prag und hinterher gleich was für die Russen organisieren. In Moskau. Wer weiß, wann wir uns das nächste Mal begegnen."
„Kismet."
„Vergiss die Intellektuellen. Was du brauchst, ist ein echter Kerl. Ich könnte da was für dich tun, Baby. Letzte Chance heute Abend."
„Gary, du weckst einen meiner elementarsten Triebe."
Kurze Pause auf der anderen Seite. Verhaltenes Schnaufen.
„Welchen denn, Süße?"
„Den Fluchtinstinkt, du Vollidiot." Sie warf den Hörer auf die Gabel.

*

„Hier ist es passiert." Haberl, der das flüsterte, und Dirnberger standen in einem hohen Ausstellungsraum. Die Wände, der Boden, die Decke waren in einem samtigen Schwarz mit einer Andeutung dunkelsten Nachtblaus gehalten. Die Beleuchtung war sparsam, aber meisterhaft eingesetzt. Durch einige Dachluken weit oben schoben sich Balken von Licht in die Dunkelheit und setzten die Exponate perfekt in Szene. Gegenwart und Vergangenheit berührten sich. Lebensgroße, modern gestaltete Tonfiguren schienen förmlich mit Gebrauchsgegenständen zu hantieren, die ihren Weg aus den Tiefen der Zeit bis hierher gefunden hatten.

Der Künstler hatte gar nicht versucht, altägyptische Plastiken zu imitieren. Gerade die fließenden Glasuren verliehen den Figuren das Leben, das ihre Werkzeuge zur Geltung brachte.

Da war ein Bäcker mit einem der ältesten erhaltenen Exemplare von einem Nudelholz, ein Beamter mit Griffel und Papyrus im Schneidersitz, der zeitlos-unwillig zu Dirnberger aufblickte, ein Jäger mit Pfeil und Bogen, wohl auf Antilopen aus, ein Fischer mit seinem langen Speer, der mit Blicken eine imaginäre Wasserfläche absuchte, ein Bauer am Pflug, krumm unter der Last, ein Töpfer, vor der Scheibe sitzend, die Hände einen unsichtbaren Gegenstand formend. Dirnberger ließ die Stimmung des Raumes auf sich wirken, stellte sich den Bäcker, den Beamten, den Jäger, den Fischer, den Bauern und den Töpfer lebendig vor …

„Was fällt Ihnen auf, Herr Dirnberger?" Haberl sprach leise, als sei eine sakrale Verrichtung im Gange, die er nicht stören wolle.

„Dem Töpfer fehlt sein Werkstück", gab Dirnberger in gedämpftem Ton zurück. „War sie das?"

„Ja."

„Warum hat der Töpfer keinen Glassturz wie die anderen? Haben den die Diebe …"

„Aber nein, vor zwei Tagen hat der Herr Wimmer …"

„… der Besitzer vom seligen Buzi?"

„Genau. Er ist beim Kehren mit dem Besenstiel an den Glassturz gestoßen und hat ihn zerbrochen. Da war der Teufel los hier drin. Alarmanlage, Polizei, die Besucher wie kopflose Hühner. Wimmer schwört bei seiner Ehre, dass sich der Besen plötzlich aus seinen Händen winden wollte. Dabei ist es passiert, sagt er."

„Waren viele Besucher da?"

„Ja, natürlich. Sonntagnachmittags haben wir ermäßigte Eintrittspreise, da kann man hier drin nicht mehr umfallen."

„Und warum kehrt er ausgerechnet dann?“

„So als Andeutung. Damit die Leute daran denken, dass es nur noch drei Stunden sind, bis das Museum geschlossen wird.“

„Wenn der Glassturz kaputt war, dann war wohl auch die Alarmanlage außer Betrieb?“

„Die für die Ein- und Ausgänge zu diesem Raum natürlich nicht. Aber der Töpfer und die Vase waren ungeschützt, das stimmt.“

„Großartig.“

Urplötzlich gleißendes Licht.

„Sakra, wie kann man es denn in dieser depperten Finsternis aushalten?“ Dirnberger und Haberl, jäh geblendet, fuhren herum. Durch den Eingang presste sich, die Wurstfinger noch am Beleuchtungshauptschalter, Kriminalkommissar Eberhard Zeck. Dirnberger, der die Angewohnheit hatte, insgeheim Spitznamen zu vergeben, führte ihn treffender, in Anlehnung an eine Kinderbuchfigur, als *Eduard Speck.*

„Ja, da schau her, der Dirnberger! Ich hab's ja gewusst, dass heut noch ein Unglück passiert.“

„Das kommt darauf an, Herr Zeck. Was haben Sie herausbekommen?“

Zeck rollte mit den Augen.

„Genau so habe ich mir das vorgestellt. Wir ehrlichen Kriminaler machen die Arbeit, der UGB kommt daher, hat keine Ahnung vom Handwerk und kassiert den Erfolg. Eh klar.“

„Immerhin waren Sie schon erfolgreich auf Nahrungssuche. Hoffentlich ist es kein Beweisstück.“

Eduard Speck war berüchtigt dafür, Tatorte nach Essbarem abzusuchen und regelrecht leerzufressen, noch bevor er mit seinen Ermittlungen begann. In der Linken hielt er eine Dauerwurst, von der er genüsslich abbiss.

„Ach wo, Dirnberger, drunten im Keller liegt ein halber Tisch voll. Kannst dir bestimmt auch eine nehmen. Super luftgeselchte Wurst. Ein bisserl hart und eine Spur zu dürr vielleicht, aber hervorragend abgehangen. Gehören die Ihnen, Herr Doktor?"

„Nicht dass ich wüsste."

„Schade. Mich würd' interessieren, welcher Metzger die macht."

„Interessiert Sie nebenbei auch, dass hier etwas gestohlen worden ist?"

„Mein Job. Und am meisten freut mich dabei, dass du, Dirnberger, in der Sache völlig überflüssig bist."

Der Speckglobus, die Nordhalbkugel im verschwitzten Hawaiihemd, die Südhalbkugel bis zum Äquator grau behost, bebte vor Heiterkeit und Schadenfreude.

„Ich habe nämlich den Fall schon gelöst. Und so eine Wurst …" Zeck schnupperte und biss ein daumenlanges Stück ab. „So eine Wurst kann man nur machen, wenn man sich Zeit lässt und nicht überall Hektik verbreitet. Das wirst du nie verstehen, Dirnberger."

„Gelöst?" Dirnberger hoffte, dass Zeck seine Enttäuschung nicht bemerkte.

„Wir einfachen Kriminaler sind auch nicht blöd, Dirnberger, das musst du dir merken."

„Schießen Sie los, Marlowe …"

„Der Wimmer war's, eh klar."

„Im Ernst? Hat er gestanden?"

„Ach woher. Der verstockte Uhu sitzt immer noch auf dem Revier. Aber der ist bald so weit, die Indizien sprechen alle gegen ihn."

„Haben Sie die Vase?"

„Natürlich nicht. Die hat er irgendwo versteckt."

„Und was wollte er damit?"

„Was weiß denn ich? Irgendwie hätte er schon Geld daraus gemacht. Gibt ja genügend Leute, die ganz heiß auf so altes Geraffel sind."

In Haberl, krebsrot, hatte es schon gebrodelt, seit Eduard Speck aufgetaucht war. Jetzt kochte er endgültig über: „Sind Sie noch bei Trost? Der Herr Wimmer ist absolut vertrauenswürdig. Seit über fünfundzwanzig Jahren bei uns beschäftigt. Vereidigt. Kann wochenlang nicht schlafen, wenn zwei Cent in der Eintrittskasse fehlen. Und dann kommen Sie, Sie …!"

„Na, na, *Dottore,* langsam." Der Speckplanet verwandelte sich in eine milde Sonne, die die Anwesenden ins Licht ihrer Überlegenheit zu tauchen beliebte. „Euch Akademikern braucht einer bloß ein bisschen den ehrlichen Trottel vom Land vorzumachen, Herr Professor hin, Herr Doktor her, und schon seid ihr eingewickelt. Das kann sogar der Wimmer. Aber eins muss man euch lassen."

„Ja?"

„Gute Wurst habt ihr." Er verschlang das letzte Stück. Die bösen Blicke von Haberl verglühten in der äußeren Atmosphäre des Speckplaneten.

„Wie kommen Sie jetzt auf den Herrn Wimmer?"

„Ich mach's langsam für dich, Dirnberger. Der Wimmer haut den Glaskasten kaputt. Versehentlich, sagt er, kann ja in dem Gedränge leicht passieren. Damit fällt der Alarm für die Vase weg. Gestern Nacht schaltet er dann den Bewegungsmelder für die Zugänge aus, nimmt die Vase vom Tisch des Hauses und verschwindet. Fragen?"

„Warum hat er nicht auch die Alarmanlage für die Vase ausgeschaltet? Und den Glassturz nicht einfach aufgesperrt?"

Zeck deutete ein Gähnen an. „Ablenkung, Dirnberger, Ablenkung! Wenn er das nicht gemacht hätte, dann hätt' ich ihn noch schneller gehabt, weil noch offensichtlicher. Kannst du mir folgen?"

„Und die Gegenstände am Tatort?"

„Die hat er einfach aufgestellt, damit er uns verwirrt."

„Sein Hamster?"

„Raffiniert ist er schon, der Wimmer. Und kaltblütig. Hat sich gedacht, wenn er dem Ratzen den Hals umdreht …“, Zeck deutete die Bewegung mit den Händen an, „dann ist er quasi selber ein Geschädigter und deswegen nicht verdächtig. Und mir spielt er eine Tragödie vor, trenzt, dass er so an dem Viecherl gehangen hat, seinen einzigen Freund verloren und was nicht alles. Aber nicht mit mir. Die Vorstellung hab ich schon zu oft gesehen.“

Dirnberger wandte sich zu Haberl um.

„Es wird doch automatisch aufgezeichnet, wann die Alarmanlagen an und aus sind?“

Haberl nickte.

„Dann können Sie, Herr Zeck, ja prüfen, ob es gestern Nacht eine Lücke gegeben hat. Und hören Sie sich auch bei den Anwohnern um, ob jemand etwas Verdächtiges bemerkt hat.“

„Von mir aus. Kann mir egal sein, wie ich mein Geld verdien’.“

„Rufen Sie mich sofort an, wenn es etwas Neues gibt.“

„Die Sache muss euch ja ungemein wichtig sein. Streng geheim, hoch politisch, wie immer? Wir ehrlichen Kriminaler dürfen nur wieder die Deppen spielen. Sei ehrlich, Dirnberger. Das Ganze ist doch eine Show, oder?“

„Zu Hilfe, Räuber, Diebe!“ Der Schrei ließ Dirnberger seine Antwort vergessen.

„Das ist Frau Wondraschek, unten im Keller!“ Haberls Stimme überschlug sich. „Schnell, folgen Sie mir!“

Die letzte Aufforderung erübrigte sich, denn Kristin Wondraschek kam ihrerseits auf der Suche nach Hilfe nach oben gerannt. Haberl, der im Vorwärtslaufen immer noch auffordernd zu dem verdutzten Dirnberger und dem nicht minder perplexen Eduard Speck zurückblickte, konnte deshalb die große dürre Frau nicht sehen und überrannte sie im Eingang. Angesichts der beiden ineinander verhakten

Gestalten, die da über den Boden purzelten, fühlte sich Dirnberger an eine Spinne erinnert, die sich einer zu großen Beute bemächtigen möchte. Zusammen mit Zeck half er bei der Entwirrung.

„Was ist los, Kristin?“, fragte Haberl. Mit der Linken presste er ein Taschentuch auf seine blutende Nase.

„Ich habe doch unten auf dem Tisch die Proben für meine Doktorarbeit ausgelegt. Ich bin nur ganz kurz weggegangen. Als ich zurückgekommen bin, war eine davon verschwunden.“

Zeck spürte, dass er die Sache in die Hand nehmen musste. Dirnberger, dieser Träumer, schien schon wieder an etwas völlig anderes zu denken. Hier war ein Praktiker gefragt.

„Worum handelt es sich bei den fraglichen Proben?“, fragte er streng.

„Mumifizierte Kleintiere aus dem Grab von Ra-Bathet“, schluchzte Kristin und fummelte an ihrer verbogenen Brille.

„Pfui Teufel, was es alles gibt! Und was für ein Tier fehlt?“

„Eine Schlange. Ich hätte die Spezies bestimmen sollen.“

„Ekelhaft. Wer stiehlt denn sowas?“

Haberl zuckte mit den Schultern. „Mir völlig unverständlich. Dafür interessieren sich auf der ganzen Welt nur wenige Spezialisten.“

Eduard Speck wandte sich wieder Kristin zu. „Frau Wondraschek. Gehe ich recht in der Annahme, dass das gesuchte Objekt wegen seiner Form unschwer als Schlange zu identifizieren ist?“

„Nein, wo denken Sie hin, Herr … Inspektor, bedenken Sie, zweitausendsiebenhundert Jahre! Die Schlange sieht eher aus wie …“, sie dachte nach, „…ja, wie so eine, warten Sie … ja, genau, wie so eine Dauerwurst, die lange an der Luft getrocknet hat.“

*

„Der Waller“, sagte der Junge ehrfürchtig.

„Schon.“ Der Großvater machte eine abwägende Handbewegung. „Aber es gibt solche und solche. Manche Waller sind etwas ganz Besonderes, nicht einfach bloß Fische, sondern etwas aus einer anderen Welt. Es schwimmen noch etliche da draußen, im tiefen Wasser, und manche haben schon mehrere Menschenalter auf dem Buckel. So einer wird viel größer, als du glaubst. Drei, vier, manchmal sogar fünf Meter.“

„Warum haben wir nie auf so einen gefischt?“, wollte der Junge wissen.

„Wär schade gewesen um die Zeit. Dazu braucht es ganz besondere Tage. Vielleicht sind's zwei oder drei in einem Jahr, oder vielleicht auch nur einer in einem Menschenleben, wer weiß? An so einem Tag spielen sie dein Spiel mit. Dann geht dir einer an den Haken, wenn du's richtig machst. Und dann musst du kämpfen mit ihm, stundenlang. Er muss müde werden, bevor du ihn nicht mehr halten kannst. Dann führ ihn ins flache Wasser. Zieh ihn nicht an Land und bring ihn auf keinen Fall um! Steig ins Wasser zu ihm, halt ihn fest, unten am Maul und mach ihn vom Haken frei. Dann hast du gewonnen. Und jetzt pass auf: Das ist der Moment, in dem du einen Wunsch frei hast. Schau den Fisch von vorne an und sag laut, was dein Wunsch ist. Und dann lass ihn los. Schau ihm zu, bis seine Kraft wieder kommt und er ins tiefe Wasser schwimmt. Denk die ganze Zeit fest an deinen Wunsch! Aber du darfst dir nicht einfach irgendeinen Krampf wünschen, einen Sack voll Geld, ein Schwimmbad oder etwas Unmögliches. Du kannst dir wünschen, unter was für einem Stern dein Leben stehen soll. Es ist wirklich wahr, auf Ehrenwort.“

Es war Nacht geworden. Beide schauten schweigend auf den ölschwarzen Fluss hinaus.

„Was passiert, wenn er mir auskommt, abreißt, oder so?“, fragte der Junge nach einer Weile.

„Gefährlich ist es schon. Du musst selbst wissen, ob du's probieren willst."

„Und du?"

„Neben mir sind sie umgefallen wie die Fliegen. Links und rechts. Jeden Tag. Ich bin wieder heimgekommen. Aus Sibirien."

Der Junge überlegte eine Weile. „Woran seh ich, dass es der richtige Tag ist?"

„Es wird ein ganz normaler Tag sein, nur ein ganz klein wenig anders. Alles ist ganz normal, aber trotzdem passt etwas nicht zusammen, du spürst es, schon wenn du in der Früh zur Tür hinausgehst. Dann hast du immer noch Zeit. Aber am Nachmittag, wenn die Sonne nicht mehr ganz hoch steht, musst du draußen sein und du musst unbedingt warten, bis du merkst, dass der Waller in Bewegung kommt ..."

*

„Hopp hopp, Baby!"

Susan schoss Gary einen Meine-Güte-was-bist-du-für-ein-Idiot-Blick ins solariumgegrillte Grinsen und schritt durch den Vorhang hinaus auf den Laufsteg. Die Kreation, die sie vorführte, war eine Mischung von Landhausdirndl und Königspinguin aus der bekannten *Pretzel-Paradise-Kollektion*. Alles natürlich schon im Hinblick auf das bevorstehende Oktoberfest. Stellenweise textilarm, aber trotzdem verflucht warm. Im überheizten Ballsaal des altehrwürdigen Grand Hotels hätte es auch weniger sein dürfen. Leider war der Fummel insgesamt nicht besonders bequem. Aber wer seit viereinhalbtausend Jahren die Entwicklung der Kleidung am eigenen Leib ertragen muss, hat auch mit den alptraumhaftesten Schöpfungen der heutigen Modemacher keine ernsthaften Probleme. Susan war bereit, einfach alles zu tragen. Sicher auch ein Grund dafür, dass sie schon seit längerer Zeit eines der gefragtesten Models überhaupt war. Entscheidend war jedoch, dass an ihrem hochgewachsenen schlanken Körper, unter ihren raubtierhaften Bewegungen, ein Kleidungsstück gar nicht anders konnte, als elegant auszusehen. In Boston war sie vor zwei Jahren aus Jux und wegen einer verlorenen Wette nur mit einem Rupfensack bekleidet auf den Laufsteg getreten. Daraufhin hatten Rupfensäcke an der ganzen Ostküste reißenden Absatz gefunden und waren über einige Wochen die trendige Partykleidung der Milliardärsgattinnen geblieben. Das ging so lange, bis sich so etwas wie eine allgemeine Ernüchterung über die tatsächliche Eleganz von Rupfensäcken und der darin befindlichen Damen durchgesetzt hatte. Susan hatte das eine Ehrenmitgliedschaft im Selbsthilfeverband der nordamerikanischen Jutehersteller und etliche Heiratsanträge schwerreicher Geizhälse eingebracht.

Sie mochte diesen Job. Unter den Schönen dieser Welt stach sie zwar immer noch heraus, war aber dennoch an dem Platz, an dem man Frauen wie sie, wenn das überhaupt möglich war, für normale Erscheinungen hielt. Geld war kein Thema. Die renommiertesten Agenturen schätzten sich glücklich, sie zu ihren Bedingungen unter Vertrag zu haben. Natürlich gab es Schattenseiten wie überall. In der Modebranche wimmelte es nun einmal von Typen wie Gary, die ihr ständig an die Wäsche wollten. Aber wenn man sich aus anderen Menschen wenig und schon gar nichts aus Männern machte, dann war auch damit leicht umzugehen.

Zuvor, im zwanzigsten Jahrhundert, hatte sie mehr auf ihre Geistesgaben gesetzt und sich an den großen Universitäten der Welt in Kosmologie und Geschichtswissenschaften versucht. Trotz ihrer beachtlichen Erfolge war das eine brotlose Angelegenheit gewesen. Zudem hatte sie im intellektuellen Umfeld immer das Gefühl gehabt, aufzufallen, ganz besonders am Anfang, als Frauen an Universitäten noch Ausnahmeerscheinungen waren. Nicht auszudenken, wenn irgendein triefäugiger Ägyptologe an ihren wirklichen Namen gekommen wäre. So hatte sie irgendwann beschlossen, sich als Model zu versuchen. Ihre Schönheit und die aus purer Langeweile erworbenen Kenntnisse aller wichtigen und einiger amüsanter Sprachen taten das ihre. Besonders mochte sie *Gnandapabanadat.* Die Sprache ohne Genitiv und Possessivpronomina war der Grund für das Funktionieren der besitzlosen Gesellschaft der Pabau-Hiri auf der Andamanen-Insel Mkua-Ratan, bis Missionare das Französische einführten. Wie auch immer, Susan fühlte sich am richtigen Platz. Was wollte sie mehr? Sie war prominent, dennoch perfekt getarnt und wirtschaftlich bestens versorgt.

Unter tosendem Applaus hatte sie den Laufsteg abgeschritten und verschwand wieder hinter dem Vorhang. Ihre letzte Präsentation für heute, zum Glück. Gary war gerade dabei, die Schwedin Iris Jensen auf den Laufsteg zu bugsieren, nicht ohne sie in Pferdehändlermanier auf den Po zu tätscheln. Für Susan hatte er ein „Klasse, Baby, bis nachher", ein Ölgrinsen und einen erhobenen Daumen übrig.

Auf dem Weg zur Garderobe traf Susan ihre platinblonde Kollegin Jessica Fuller-Goodwin aus Manchester. Jessica war bereits wieder in Zivil.

„Hi, Susan, triffst du dich neuerdings mit Fröschen?"

„Zum Essen, wenn sie frisch sind. Was ist los, Jess?"

„In deiner Garderobe wartet ein Kerl auf dich. Hat was von einer aufgeblasenen Kaulquappe, war nicht abzuwimmeln. Sagte, es sei furchtbar wichtig."

„Ich werd ihm gleich mal die Luft rauslassen."

„Der ist anders, Susan. Wenn du willst, komme ich mit."

„Lass gut sein, Jess. Auf dem Gebiet hab ich Erfahrung."

Jessica runzelte die Stirn.

„Aber ruf mich bitte, wenn etwas nicht stimmt. Versprich's mir."

„Ich komm' schon klar mit dem Lurch. Bis morgen, *bye.*"

„*Bye,* Susan."

Susan mochte Jessica, auch wenn sie zu übertriebenen Sorgen neigte. Wenn man sie länger kannte, konnte man ihre Warnungen vor allem und jedem kaum noch ernst nehmen.

Susan fand ihre Garderobentür angelehnt vor. Aus dem Spalt kam ihr der Rauch einer sehr durchschnittlichen Zigarre entgegen. Unglaublich. Der Luftverpester konnte sich auf eine Jahrhundertabfuhr gefasst machen. Sie trat ein und warf die Tür ins Schloss. Er saß, von der Lehne verborgen, mit dem Rücken zu ihr in ihrem hohen Drehstuhl. Als er sich mit einer lässigen Bewegung herumschwang, wusste sie, dass Jessica Recht gehabt hatte.

Der Mann trug einen altmodischen Anzug mit schwarzem Frack, grauer Hose und brauner Weste. Besitzer einer Angorakatze, den langen dünnen Haaren nach zu urteilen, die da und dort an seiner Kleidung hafteten. Er mochte um die sechzig Jahre alt sein, war untersetzt, sah aber so aus, als sei er früher wesentlich dicker gewesen. Sein Gesicht war blass und fleckig, es hatte den Umriss eines unten sehr breiten, oben recht spitz zulaufenden Eies. Die schmale Nase wollte nicht so recht zu den wässrigen blauen Augen und dem überbreiten Mund passen. Alles in allem eine teigige Erscheinung, die Susan spontan an *Jabba the Hutt* erinnerte. Sie hatte das Gefühl, ihn schon einmal gesehen zu haben. Aber wo? Er grinste.

„Ich hoffe, es stört Sie nicht, dass ich rauche, Miss Myers."

Mit der Kategorie *Hormongesteuerter Halbaffe* kannte sie sich bestens aus. Dieser Mann gehörte sicher nicht dazu.

„Raus." Susan wies mit dem Daumen zur Tür.

„Wir werden sehen, Miss … Myers. Ich habe Ihnen etwas Wichtiges zu sagen."

Sein Grinsen war noch breiter geworden, wenn das überhaupt möglich war. Er strahlte eine geradezu widerliche Überlegenheit aus.

„Ihre Redezeit läuft ab, *Mister* …?“

Die Augen des Mannes waren plötzlich hart und gar nicht mehr wässrig.

„Du bist Tetaphrate!“, sagte er.

*

Fluch der Pharaonen†: *Im alten Ägypten von Hohepriеſtern† und Gottkönigen† verwendetes magiſches Abwehrmittel. Führt zum vergleichsweiſe ſchnellen, aber ſchmerzhaften Tod des vom F.d.Ph. Getroffenen. Wichtigſter, indeſſen nicht alleiniger Einſatzzweck war der dauerhafte Schutz von bedeutſamen Objekten wie Königsgräbern† oder Tempeln gegen räuberiſche Eindringlinge. Die fraglichen Objekte wurden in einer Zeremonie vom Hohepriеſter† mit dem F.d.Ph. belegt. Wirkungsdauer nicht bekannt, wahrſch. unbegrenzt. Wirkſamkeit belegt durch zahlloſe tot aufgefundene Grabräuber† und die bekannten Todesfälle unter Ägyptologen.*

Aus den Schriften von Ra-Bathet† wiſſen wir von einer weiteren, weniger bekannten Anwendung des F.d.Ph: Vernehmlich gegenüber Menſch und Thier ausgeſprochen, entfaltete der F.d.Ph. ſeine verderbliche Wirkung unverzüglich an dieſen. Das Geheimnis des F.d.Ph. wurde ſtrengſtens gewahrt und durfte unter Androhung von Tod und ſchlimmſter Qualen nur an Auserwählte weitergegeben werden. Die Weitergabe konnte allein ſchriftlich ſtattfinden, da anſonſten der Empfänger vom F.d.Ph. getroffen worden wäre. Derlei Aufzeichnungen des F.d.Ph. ſind nicht erhalten.

Letzter Beherrscher des F.d.Ph. war der Hohepriеſter Nanaphar, ein Höfling der Königin Kleopatra†. Der römiſche Geſchichtsſchreiber C. Obſcurus† berichtet, daſs N. nach der Flucht der K. mit Marcus Antonius in den Gaſſen Alexandrias von einer Einheit des Octavian geſtellt worden ſei. Um ſeiner Verhaftung zu entgehen, habe N. den F.d.Ph. mehrmals gegen die Soldaten gerichtet, was zwölfe das Leben gekoſtet habe, indeſſen auch N. alsbald von einem römiſchen Speer tödlich getroffen worden und mit dem F.d.Ph. auf den Lippen verröchelt ſei, ohne das Geheimnis weitergeben zu können. Obſcurus erwähnt in dieſem Zuſammenhang das Schickſal eines unglücklichen taubſtummen Töpfers, der in unmittelbarer Nachbarſchaft ſeine Werkſtatt betrieben haben ſoll. Die Römer erachteten, ſo Obſcurus[†], den Töpfer als einen Komplizen des N. und nahmen ihn kurz darauf in Gewahrſam. Er ſoll nie wieder geſehen worden ſein. Eine Vaſe von ſeiner Hand, angeblich juſt zur Zeit des Geſchehens verfertigt, wurde ebenfalls konfisziert.

Mutmaſsungen zufolge handelt es ſich bei einem Stück in der Antikenſammlung Sr. Kgl. HH, des Prinzregenten Luitpold von B. um ebendieſes Gefäſs. Trotz zahlreicher Gerüchte, der Fluch habe ſich auf eigentümliche Weiſe an die Vaſe geheftet, bleibt indeſſen ungewiſs, ob der F.d.Ph. in irgendeiner Weiſe überdauert hat, die es uns geſtattet, ihn aufzuſpüren.

Um den F.d.Ph. gibt es zahlreiche Sagen und Vermutungen (es wird auf die Schriften von Woodcroft, Loewe und Bellingham verwieſen), die jedoch alleſamt als Phantaſtereien angeſehen werden müſſen. Insbeſondere die Annahme Loewes, daſs Tetaphrate[†] wohl mit dem F.d.Ph. belegt worden ſei, entbehrt jeder Ratio und Grundlage.

Tetaphrate? Nie gehört. Der Name war mit † gekennzeichnet, also musste es dazu einen Eintrag geben. Dirnberger blätterte mit spitzen Fingern weiter, um das brüchige Papier nicht zu beschädigen.

Tetaphrate (syn. T't a prat't, Tet-a-phra-a): *Nubiſche Adelige, womögl. Tochter eines Stammesfürſten, zur Zeit des Pharaos Djoſer[†] (2. Dynaſtie, Regentſchaft 2690 bis um 2670 v. Chr). Ra-Bathet[†] citiert ältere, wohl beim Brand der Bibliothek von Alexandria untergegangene Quellen, die nicht müde werden, die auſserordentliche Klugheit und Schönheit der T. zu rühmen. Bei einem der ägyptiſchen Feldzüge gegen die Nubier soll T. in die Hände des D. gefallen und zur*

Geiſel genommen worden ſein. Die o.g. Eigenſchaften der T. weckten jedoch eine innige Zuneigung des D. zu T, die jedoch von der T. nachdrücklich nicht erwidert wurde. Nach Monaten vergeblichen Werbens verhängte D. aus Rache für die ihm angetane Kränkung einen ungewöhnlichen Bann über T. Die überlieferten Faſſungen unterſcheiden ſich in div. Nebenſächlichkeiten. Übereinſtimmung beſteht jedoch darin, daſs, dem Wortlaut des Bannes nach, T. raſtlos bis zum Ende der Zeit bleiben muſs und der Fähigkeit zum Empfinden, Geben oder Nehmen von menſchlicher Nähe, geſchweige denn Liebe für immer beraubt iſt. Wer auch immer die T. erkennt und mit ihrem Namen anſpricht, dem iſt ſie für ſein ganzes Leben bedingungslos unterworfen, ohne ſich ihm widerſetzen zu können.

Es iſt ferner überliefert, daſs der von D. ausgeſprochene Bann von T. gebrochen werden kann, wenn ihr die Bewältigung einer Prüfung gelingt (Überſ. des rätſelhaften, bei Ra-Bathet[†] überlieferten und D. zugeſchriebenen Textes durch den Verf.):

„Drei Aufgaben muſst in einer einzigen Nacht du, verhaſste Undankbare, beſtehen, wenn mein königlicher Bann ſich je wieder heben ſoll von dir.

Die erſte ſei: Ein Trank, der den Verſtand dir raubt, von räuberiſchen Geſellen teuer verkauft, eine ekelhaft ſtinkende Brüh' iſt er! Vergiften muſst du deinen Leib und deine Seele mit dieſem Fuſel, das iſt die erſte Aufgabe.

Die zweite ſei: Biſt du durchdrungen vom eklen Sud, dann ſuche die Dämonen der Unterwelt. Widerſtehe ihrem böſen Blick, ſchreite durch ihre Reihen. Hältſt du inne, ſo biſt du verloren, das iſt die zweite Aufgabe.

Die dritte ſei: Weiſst du von der geheimen Kraft, die alles unterwirft? Entwinde dich ihr dreimal, das iſt die dritte Aufgabe."

Eine Auſlegung dieſer Verſe kann nur mit äuſserster Vorſicht gewagt werden. Feſtgehalten ſei lediglich, daſs T. ſich offenſichtlich zunächſt mit einer koſtbaren Droge in einen Zuſtand veränderten Bewuſstſeins verſetzen muſs. In den erhaltenen Texten exiſtieren keine Hinweiſe auf die Natur eines ſolchen wertvollen, beſonders übel ſchmeckenden Giftes. Im Zuſtand *erweiterten Bewuſstſeins soll T. den Dämonen der Unterwelt gegenübertreten und ihren Angriffen ſtandhalten. Dies ſetzt voraus, daſs T. der Zugang zur Unterwelt vertraut iſt bzw. ſie ihn in ihrem rauſchhaften Zuſtand zu finden vermag. Äuſserſt kryptiſch mutet die letzte Aufgabe an. Hier geht es eindeutig um den Kampf mit einem übermächtigen mythiſchen Weſen, das T. nicht beſiegen kann, ihm aber dreimal entſchlüpfen muſs.*

Der Bann, mit dem die T. belegt wurde, gehört offenſichtlich zu der Kategorie, die zur Wirkſamkeit einer Ausſtiegsklauſel bedarf. Auch in der europäiſchen Mystik ſind deren zahlreiche Beiſpiele belegt (vgl. die bekannten Schriften von Breitenfellner, Weaver, Grimm & Grimm, Zettelmayr, Mazurkgſky & Frgalevic uvm). Die Klauſel muſs eine Prüfung beinhalten, die zumindeſt in der Gedankenwelt des Verwünſchenden theoretiſch zu beſtehen ſein muſs. Die der T. auferlegte Prüfung läſst erkennen, daſs D. ihr eine echte Chance auf Erlöſung einzuräumen nicht gewillt war.

Der Verf. möchte an dieſer Stelle auf das Entſchiedenſte der oftmals geäuſserten Auffaſſung entgegentreten, es handele ſich hierbei um den Fluch der Pharaonen[†]. Die beſonders von Loewe, aber auch Whitfield, Cumberſmith und Ziefl in dieſer Richtung publizierten Hypotheſen müſſen als grobe Fehleinſchätzungen, die elementare Kategorien antiker Verwünſchungen vermengen, kritiſiert werden (s. dazu den Beitrag des Verf. im Archäologiſchen Centralblatt vom Dec. 1892).

Über das Schickſal der T. iſt wenig bekannt. Angeſichts der ihr auferlegten Bedingung erſcheint es recht unwahrſcheinlich, daſs ſie Erlöſung gefunden hat. Nachdem nur wenige Spezialiſten ihre Geſchichte kennen, darf es ferner als unwahrſcheinlich, wenn auch nicht unmöglich angenommen werden, daſs ſie ſich in jemandes Gewalt befindet. Zuweilen wird von den verſchiedenſten Orten der Welt berichtet, ſie ſei geſehen worden, wobei die Glaubwürdigkeit der meiſten Sichtungen wohl mehr als zweifelhaft iſt.

Konnte das ernst gemeint sein? Flüche, Verfluchte und Pharaonen … Dirnberger schloss das zerlesene Heftchen, das ihm Haberl *zur Einstimmung* geliehen hatte, und legte es auf den Glastisch neben seinem Sofa. *Versuch über Magie und Okkultismus im alten Ägypten. Von J.C. Mandl, Archäologische Gesellschaft M., 1896. Gew. Seiner Königlichen Hoheit Prinzregent Luitpold von B.* Wie sagte Haberl noch?

Natürlich gibt es nichts Übernatürliches, aber was die Natur zulässt, ist in den Randbereichen unklar.

Hmm. Hatte nicht auch er in seiner Jugend versucht, einen magischen Fisch zu fangen? Ach was. Pubertäre Hirngespinste. Wirklich zählte, dass er endlich wieder eine Aufgabe hatte, die interessant werden konnte.

Eduard Specks Lösung, Wimmer sei der Täter, war noch am Nachmittag in sich zusammengebrochen. Die Alarmanlage, die beide Eingänge des fraglichen Ausstellungsraums absicherte, war seit Torschluss – die Vase stand zu diesem Zeitpunkt nachweislich noch an ihrem Platz – lückenlos in Betrieb gewesen. Dirnberger hatte Wimmer unmittelbar nach der Besichtigung des Tatortes befragt. Völlig klar: Der Mann war viel zu ehrlich und zu einfältig, um Zeck etwas vorzuspielen. Wimmer hing ganz offensichtlich mit fast schon zärtlicher Hingabe an seinem Arbeitsplatz mit all seinen Ausstellungsstücken. Er hatte die Verdächtigung, er stecke hinter dem Verschwinden der Vase, als schwere Kränkung aufgenommen. Seine Frau, eine stämmige Matrone, war bereit, jeden Eid zu schwören, dass ihr Josef die ganze Nacht schlafend im gemeinsamen Ehebett verbracht habe. Ihr wäre es unter keinen Umständen entgangen, wenn er auch nur eine Viertelstunde fort gewesen wäre. Dirnberger stellte sich den hageldürren Wimmer mit seinen Hängeschultern und dem traurigen Walrossschnurrbart im Gewitter einer ehefraulichen Standpauke vor. Nicht gerade der Typus eines verwegenen Fluchvasendiebes.

Aber wie war es dem wirklichen Täter gelungen, trotz der gesicherten Eingänge unbemerkt in den Ausstellungsraum und wieder heraus zu kommen? Er versuchte, sich an alle Einzelheiten des Raumes zu erinnern. Es gelang nicht. Verdammt. Nicht gründlich genug umgesehen. Das lag an dem Ärger über Eduard Speck, der Aufregung mit diesem Huhn Wondraschek … und vielleicht auch daran, dass er außer Übung gekommen war? Da gab es einiges nachzuholen, morgen.

Dirnberger erhob sich. Sein Wohnzimmer, in warmen Farben gehalten, war nur von der Leselampe erleuchtet. An diesem späten Sommerabend hätte es auch irgendwo in den Tropen sein können. In einem Baumhaus auf einem Urwaldriesen vielleicht und nicht im vierten Stock eines Altbaus in M., Schleißheimer Straße. Ein angenehmer Lufthauch war mit einem Mal da und trug den Duft von Gegrilltem herein. Er ging hinüber in die Küche. Die verglaste Schiebetür, die von dort auf seinen kleinen Balkon zum Innenhof führte, hatte er wegen der Hitze offen gelassen. Er schaltete das Licht in der Küche aus – eine der automatischen Vorsichtsmaßnahmen, auf die er gedrillt worden war: *Vor erleuchtetem Hintergrund gibst du ein gutes Ziel ab* – und trat hinaus. Beim Blick über das Dächermeer im Halbdunkel der anbrechenden Nacht stellte er sich vor, es sei das Kronendach eines Urwaldes. Die Stimmenfetzen, die Musikfragmente, der nachlassende Verkehrslärm, das gelegentliche Quietschen von Bremsen, das waren die nächtlichen Geräusche eines Dschungels, dessen Gesetze, wenngleich mühsam von Zivilisation übertüncht, nicht minder unerbittlich waren wie die der unberührten Wälder von Brasilien oder des Kongo.

Wie oft war er schon hier gestanden, die Hände am viel zu niedrigen Geländer, nur noch den Hauch eines Gedankens vom Sprung entfernt. In dem Dschungel, der sein Leben war, gab es keine Wärme für ihn, keine Anerkennung. Nach außen konnte er nach Belieben den Lustigen, den Überlegenen, den Unbeeindruckten spielen, nach innen brauchte er sich nichts vorzumachen. Seit seiner Jugend, seit sein Großvater nicht mehr lebte, hatte er keine echte Zuneigung mehr erfahren. Die Frauen, die sich in eine seiner Rollen verliebt hatten, waren von seiner Wirklichkeit, seiner hilflosen Sehnsucht so erschrocken gewesen, dass keine dieser Beziehungen länger als ein paar Wochen gehalten hatte. Bei Trudi, die sich gerne mit ihm eingelassen hätte – *Besuch mich doch mal, Fons!,* Schmollmund, tiefer Blick –, würde es natürlich genauso laufen. Am besten also ihr und ihm die Enttäuschung ersparen.

Anerkennung? In der Verwandtschaft war er der, der es als studierter Forstwirt nur zum Gemüsehändler gebracht hatte. Der, über den man lachte. Im Beruf? Anfangs war es interessant gewesen, vier, fünf spektakuläre Erfolge. Dann aber war Bilchlinger Chef geworden und beide Seiten hatten schnell zu ihrer herzlichen Antipathie gefunden. Und weil Bilchlinger nun einmal am längeren Hebel saß, konnte er es sich zur Aufgabe machen, Dirnberger klein zu halten. Seitdem bekam er nur noch die Deppenjobs. Und wenn er doch einen Erfolg hatte, dann fand Bilchlinger schon einen Weg, die Sache auf sein eigenes oder das Konto eines Günstlings zu buchen. Alternativen? Von seiner ursprünglichen Qualifikation hatte er sich unendlich weit entfernt. Und Bilchlinger würde ihm zum Abschied eine Beurteilung mit Freiflug in die Dauerarbeitslosigkeit überreichen. Er war an diesen Scheißjob genagelt. Wie lange hält man das aus? Welchem Ziel hatte er sein Leben gewidmet?

Irgendwann, vor Jahren schon, hatte sich ihm eine düstere Sicht der Dinge aufgedrängt. Er nannte sie sein *persönliches Krokodilgleichnis:* Im Dschungel regieren zumeist die Krokodile. Sie tun das aus dem Sumpf heraus, im Geheimen, mit Lügen, Intrigen und Unehrlichkeit. Es gibt auch Löwen, aber nur wenige. Er hatte sich jedenfalls blenden lassen und sich in den Dienst der Krokodile gestellt, fasziniert von ihrer Gerissenheit. Er war einer von denen, die die Macht der Krokodile zementierten, einer von denen, die die subtilen Verstöße ausführten, die sie befahlen. War er, Alfons Dirnberger, damit nicht mitverantwortlich für die Kriege, die noch mächtigere Krokodile mit Billigung seiner Krokodile führten? Verantwortlich für ihre Toten, deren Stimmen in seinen Ohren dröhnten?

Spring, Dirnberger! Mach endlich Schluss! Verkorkst und schuldig! Spring! Erst wenn die Lichter aus sind, hast du Ruhe! Spring! Wer braucht dich noch? Spring! Du hast schon genug angerichtet! Spring einfach! Spring! Es tut nicht weh! Spring! Wirf deine Last ab! Spring! Spring! … Spring!

Dirnberger versuchte verzweifelt, dagegen anzudenken.

Ruhig, Dirnberger. Hast du dir etwas vorzuwerfen? Deine Krokodile gehören zu den harmlosesten. Besser ihre Macht stützen, als den anderen den Dschungel überlassen. Du dienst dem kleineren Übel.

Langsam, schwer atmend, gewann Dirnberger die Gewalt über sich zurück. Vorsichtig machte er einen Schritt rückwärts, tastete mit der linken Hand nach der Wand, fühlte kühle Blätter und darunter drahtseilzähes Geäst. Der Efeu. Die Hauswand zum Innenhof, an der Dirnbergers Wohnung lag, war über und über vom Dunkelgrün dieser Pflanze bedeckt. Sie musste so alt sein wie das Haus. Mit armdicken Krallen klammerte sie sich an die Mauer zu beiden Seiten des Balkons. Man konnte meinen, der Efeu sei mit den Jahren die eigentliche Stütze des Gebäudes geworden. Für Dirnberger war er Sinnbild für Ausdauer und Beständigkeit. So trivial das auch sein mochte, die Gewissheit, dass es ihn gab, hatte ihn schon etliche Male aus dem Abwärtstaumel seiner Seele befreit.

Er holte tief Luft. Gut. Er würde sein Bestes geben, um die Vase zurückzuholen. Sollten seine Krokodile damit machen, was sie wollten. Sie würden weder im Guten noch im Bösen etwas mit ihr anfangen können. Ihn interessierte die Jagd auf den Raubfisch. Welchen Krokodilen mochte der dienen? Oder sogar ein Raubfisch auf eigene Rechnung? Konnte man ihn ködern oder würde eine Harpune nötig sein? Von tief unten stieg ihm wieder Grillduft in die Nase. Lachen, Lampions. Jemand hatte im Dschungel Beute gemacht. Er, Dirnberger, würde sich seine erst noch verdienen müssen.

*

„Na und?“, fragte Susan und versuchte selbstsicher zu klingen. Jedenfalls schien sich nichts verändert zu haben. Sie setzte sich in den hellblauen Plastikstuhl, in dem sonst Besucher Platz nahmen. Ihr Gegenüber grinste.

„Ich glaube, es wäre nur anständig, mich vorzustellen.“ Es sollte wohl ein gewinnendes Lächeln sein. Seine Zähne waren zu klein, hatten auffallend weite Zwischenräume. „Wir werden ja doch eine ganze Zeit miteinander zu tun haben, nicht? Gestatten, Bellingham. Edward C. Bellingham.“

„Schön für Sie.“

„Edward C. Bellingham.“ Er betonte jede Silbe mit mehr Nachdruck, als rein akustisch nötig gewesen wäre.

„Das sagten Sie bereits.“ Sie zuckte mit den Schultern. Sein Lächeln erstarb.

„Schieb deinen Rock hoch.“

Susan wollte ihn auslachen, diesen Bellingham. Es ging nicht. Weglaufen. Um Hilfe schreien. Es ging nicht. Stattdessen musste sie ihren Händen zusehen, die seinem Befehl Folge leisteten. Er starrte auf ihre entblößten Knie.

„Weiter.“

„Es wird Ihnen keinen Spaß machen", sagte Susan kalt, während sie ihre perfekt geformten Oberschenkel und einen weißen Slip der oberen Preiskategorie seinen Blicken aussetzte, ohne sich im Geringsten wehren zu können.

„Wenn ich wollte, auch das, natürlich." Er paffte mehrere Male an seiner Zigarre, blies den Rauch zur Seite und hielt ihr die qualmende Shortfilter hin.

„Nimm sie."

„Sie verwechseln mich mit einer Praktikantin", sagte Susan. Ihre Stimme zitterte im Gegensatz zu ihrer Hand, als sie mit spitzen Fingern die Zigarre anfasste. *Was, um Himmels willen, kommt als Nächstes?* Er lächelte wieder, als könne er ihre Gedanken lesen. Konnte er?

„Drück sie aus. Auf deinem rechten Oberschenkel."

Susan konnte sich nicht erinnern, je einen stärkeren Schmerz gespürt zu haben. Tränen quollen ihr aus den Augenwinkeln, ihr Mund öffnete sich …

„Und keinen Ton dabei", sagte Bellingham ruhig.

Susan konnte nur in ihrer Vorstellung schreien. Wellen irrsinniger Hitze und Kälte jagten durch ihren Körper. Es roch widerlich. Sie verstand erst nach Sekunden, dass es ihre Haut, ihr Fleisch sein musste, was da verschmorte. Und sie selbst – *sie selbst!* – tat sich das an, nur weil dieser Perverse …

„Das genügt." Bellingham nahm ihr die Zigarre ab und zerdrückte sie in einer Untertasse, die zufällig auf dem Beistelltischchen stand. Er sah ihr prüfend in die Augen.

„Ich konnte mich verständlich machen?"

Susan nickte, während sie sich die Tränen aus dem Gesicht wischte. Bellingham öffnete seinen schwarzen Aktenkoffer und holte eine weiße Tube und ein Pflaster hervor.

„Versorge dich selbst. Ich möchte nicht, dass es aussieht, als würde ich schöne Frauen betatschen."

Die Salbe war kühl. Das tat gut. Bellingham schien nichts dagegen zu haben, dass Susan ihren Rock wieder nach unten zog.

„Mehr als eine kleine Narbe wird davon nicht bleiben. Zur Erinnerung an unser – wie wollen wir es nennen? – Übereinkommen, egal wo du bist." Susan schwieg.

„Apropos Erinnerung", fuhr Bellingham im Plauderton fort, „ich bin immer dafür, die unangenehmen Dinge sofort zu erledigen. Ich bin mir sicher, du hast irgendwo ... so wie alle von deiner Sorte ..." Er musterte sie. Seine feuchten Blicke waren ihr unangenehmer, als hätte er sie mit den Händen betatscht. „Gib mir das." Er deutete auf ihren Anhänger.

„Bitte nicht, ohne den werde ich wahnsinnig!" Susan erschrak über sich selbst. Sie hatte in all den Jahrtausenden noch nie jemanden *angebettelt.*

„Ich verbiete dir, wahnsinnig zu werden." Er grinste und hielt ihr seine offene Rechte hin.

Susan war, als müsste sie zusammenbrechen, während sie den Verschluss des Lederbandes in ihrem Nacken aufnestelte und den Anhänger in Bellinghams Hand gleiten ließ. Er stopfte den Jadestein in seinen Aktenkoffer. Die Schlösser schnappten zu. Den Koffer stellte er auf seinen Schoß, verschränkte die Arme darauf und lächelte. Susan vermutete, dass das charmant wirken sollte.

„Ich sichere mich gerne doppelt ab. Aber keine Angst, er wird sicher verwahrt. Ich bin nicht unsterblich. Zum Glück." Er kicherte wie ein Kobold. „Du kannst davon ausgehen, dass du mich überleben wirst. Also setze ich dich als Erbin für den Stein ein und in zehn oder zwanzig Jahren, vielleicht auch früher, hast du dein Placebo wieder. Solange es mich gibt, brauchst du es nicht. Aber wenn du jemals einen Weg finden solltest, mich zu hintergehen, werde ich es pulverisieren."

„Und was kommt jetzt?"

„Kannst du deine Arbeit ein paar Tage ruhen lassen?"

„Ich weiß nicht.“

„Das war eine rhetorische Frage. Wir machen eine Reise.“

*

Es war völlig dunkel. Nicht einmal der Boden unter seinen Füßen war zu sehen. Dirnberger musste mehrmals die Panik hinunterschlucken. Wo war er hier? Die Dunkelheit war warm und feucht wie nach einem nächtlichen Sommerregen. Er drehte sich einmal um die eigene Achse. In der Ferne blitzte etwas auf. Ein schwacher Lichtschein. Besser als nichts. Er begann darauf zuzugehen, beschleunigte, trabte, rannte. Der rhythmische Widerhall seiner Schritte und seines Atems beunruhigte ihn. Befand er sich in einem Korridor? Das Licht kam näher, verwandelte sich in eine undeutlich auszumachende, in einen weißen Umhang gekleidete Gestalt. Wenn Dirnberger die Lider halb schloss, war sie etwas schärfer zu sehen. Eine Frau. Elegant wie ein Panther. Blauschwarz glänzendes Haar. Ihr Gesicht konnte er nicht erkennen, so sehr er sich bemühte, seltsamerweise aber die in Rot, Blau, Schwarz und Gold gestickten Hieroglyphen an den Säumen ihres Umhanges. Als er näher kam, sein Herz schlug ihm bis zum Hals, streckte sie ihm mit beiden Händen die Vase entgegen. Er war nun ganz nah, hoffte ihr Gesicht sehen zu können …

„Dirnberger, ich habe ihnen Unrecht getan. Sie sind und bleiben mein bester Mann …“

Vor ihm stand Bilchlinger. In dem Umhang, den eben noch die Frau getragen hatte, wirkte er lächerlich wie ein alt gewordener Chorknabe.

„… und darum kröne ich Sie jetzt …“

Mit priesterlichem Gestus hob er die Vase schräg vor sich in die Höhe. Dirnberger kniete nieder,

„… zum Mitarbeiter des Monats!“

Mit diesen Worten zerschlug Bilchlinger die Vase mit aller Kraft auf Dirnbergers Kopf. Der kippte langsam nach hinten über. Vor seinen Augen tanzte der Schmerz in hellen Lichtflecken, die sich langsam zu einem mitleidigen Gesicht formten. Trudi.

„Fons, du bist wirklich selber schuld. Warum lässt du niemanden an dich ran?"

In diesem Moment ging das Licht an.

„Ja Herrgottsakrament Dirnberger, du Oberdepp, was suchst denn du da bei mir, verflucht noch einmal, Himmelsakrament! Nicht einmal in seiner eigenen Pyramide hat man seine Ruhe, Hergottsakrament noch einmal!"

Der Pharao – war Eduard Speck. Mit einem üppigen Weißwurstfrühstück beschäftigt wie nicht anders zu erwarten. Zur Linken und zur Rechten seines Thrones standen Haberl und der AMP und wedelten ihm mit langstieligen Fächern aus Straußenfedern etwas lustlos Kühlung zu.

„Schneller, Bluadsakrament, dreimal verdammte Saubande!", herrschte der Pharao sie an, was seine Wirkung nicht verfehlte.

„Zurück zu dir, Dirnberger. Du bist ein verflucht blödes Rindvieh, aber ich mag dich. Darum werde ich dir ein Geheimnis verraten."

Er stocherte mit der Gabel in dem gewaltigen Weißwursttopf, „'zefix!", und förderte schließlich ein tropfendes Prachtexemplar zu Tage.

„Es ist doch ganz einfach, Hergottsakrament, schau dir einmal die Weißwurst an! Jetzt stell dir vor, du ziehst sie in die Länge, bis sie nur noch ein dünner Wurstfaden ist, ewig schade, und dann wickelst du sie um den Topf, schön sauber, pass auf …"

„Der Finanzminister des Freistaates B. hat im Landtag erneut die Sparbeschlüsse der Staatsregierung verteidigt. Dies brachte ihm heftige Proteste von Seiten der Opposition ein", begann

Haberl plötzlich in sachlichem Tonfall. Der AMP wedelte schneller und grinste fröhlich.

„Ja Herrgottsakrament, verflucht noch mal, Haberl, du hältst das Maul, wenn ich rede!“, wütete Speck-Pharao. Haberl ließ sich nicht beirren und sprach noch lauter.

„Der Abgeordnete Mehlhuber sprach von einer Abkehr vom Sozialstaat und von einer Umverteilung der Lasten auf die Schwachen in der Gesellschaft.“

Der Pharao und seine Lakaien verschwammen langsam vor Dirnbergers Augen.

„Verflucht, Dirnberger, tut mir leid, ich hätte dir gern geholfen, aber der Haberl, die vorlaute Wildsau, hat alles verbockt, zefixsakrament, himmelherrgottnocheinmal, Scheißdreck, verdammter!“

Die Stimme des Pharaos wurde leiser und leiser. Es blieb die andere Stimme:

„Vertreter der Regierungspartei dagegen lobten die Beschlüsse als einen längst überfälligen mutigen Schritt. Madrid: Der spanische Intellektuelle und Literaturnobelpreisträger Juan Gomez Bastillo hat öffentlich gegen Pläne seiner Regierung protestiert, die …“

Dirnberger richtete sich auf und drückte den Schlummer-Knopf seines Radioweckers.

Er erhob sich gähnend. So beklemmend der Traum gewesen war, so erheiternd fand er jetzt die Vorstellung von Bilchlinger im Nachthemd und Eduard Speck als fluchenden Pharao. Als aufgeklärter Mensch dachte er nicht über weiterreichende Deutungen nach.

*

Beim Frühstück mit stillosem Pulverkaffee legte Dirnberger sich seinen Plan für den Tag zurecht. Er griff zum Telefon.

„Verband der Gemüseeinzelhändler in B., was kann ich für Sie tun?"
„Morgen Trudi, ich bin's."
„Ahh, Fons, für dich könnte ich einiges tun!"
„Dann trag mich für heute Vormittag im Außendienst ein. Ich bin in der Alten Pinakothek, einem Hinweis nachgehen, und anschließend in der Staatssammlung."
„... in der Staatssammlung. Noch was?"
„Ja. Wenn der Eduard Speck", Trudi kicherte, „anruft, dann stell ihn zu mir durch. Ich habe mein Handy dabei."
„Fons, der Bilchlinger spinnt schon wieder. Er sagt, er will heute noch Ergebnisse von dir."
„Sag ihm, dass der Wimmer und sein Hamster als Täter ausscheiden. Servus."

Als Dirnberger die altersgeschwärzte Eichentreppe hinunterging, die schon mehrere Generationen Hausbewohner klaglos ertragen hatte, wusste er wieder, warum er so gern hier lebte. Das Licht der Morgensonne malte heitere Flecken an die Wände des Treppenhauses, die vor Jahrzehnten jemand in einem warmen Gelbgrün gestrichen hatte. Es duftete nach Bohnerwachs, dabei eine Note von frischen Semmeln und Kaffee. Harmloses Glück. Dieser Stimmung mussten die düsteren Gedanken der Nacht weichen, wenn auch nicht ohne die Drohung, bei nächster Gelegenheit wieder anzuklopfen. Dirnberger trat vor die Haustür. Sie führte nicht direkt ins Freie, sondern in eine von zwei hohen Torbögen aufgespannte Passage. Nach links ging es zum Innenhof und nach rechts hinaus auf die Schleißheimer Straße.

An der Wand gegenüber der Haustür stapelten sich leere Obstkisten, ein durchgebrochenes Bettgestell, Fernsehgeräte mit geborstenen Bildröhren, ein trauriger, von seinem Kind verstoßener Teddy und allerhand anderes Gerümpel neben einem alten Kleiderschrank, dem eine Tür fehlte.

Ein Paradies für Ratten und anderes Ungeziefer, wie die meisten Mieter fanden. Trotzdem war der maulfaule Elektriker Wieselhuber, der nebenbei zusammen mit seiner Frau die Hausmeisterei innehatte, nicht davon abzubringen, den Sperrmüll schon Monate vor der Abholung ausgerechnet hier zu lagern.

Aber was brachte es, sich darüber zu ärgern? Nicht an einem dieser entspannten Spätsommermorgen, an denen die Stadt einem vorgaukelte, man sei irgendwo in Italien. Dirnberger ging die Schleißheimer Straße südwärts und bog dann links in die Gabelsbergerstraße ein, vorbei an der Geologie der Ludwig-Maximilians-Universität – ob es die amüsanten Vorlesungen zum Kreislauf der Gesteine noch gab? – und dem TU-Hauptgebäude. Er durchquerte die Gartenanlage um die Alte Pinakothek, löste, um inkognito zu bleiben, ein Billett an der Pforte und ließ sich von einem der uniformierten Aufseher zum Portrait des Hanns Methodios Ebermayr führen.

Dirnberger war überrascht, ein Bild von nicht viel mehr als fünfzig mal sechzig Zentimetern gezeigt zu bekommen. *Bildnis des Kaufmanns Hanns Methodios Ebermayr mit Vase, unbekannter Meister, Nürnberg um 1490,* verhieß die Plakette daneben. Ebermayr blickte ihn von links aus einem dunklen Raum heraus an. Im Hintergrund öffneten Arkaden einen Blick auf das Nürnberg des fünfzehnten Jahrhunderts.

Hätte Dirnberger dem Werk einen Namen geben müssen, dann hätte er wohl *Mehr Eber als Mayr* gewählt. Der Künstler musste Mühe gehabt haben, ein ästhetisch ansprechendes Werk zu schaffen und gleichzeitig Ebermayr mit ausreichendem Wiedererkennungswert zu portraitieren. Die mehrfach eingedellte Papageiennase, das ausgeprägte Schielen und die beachtliche Aleppobeule auf der rechten Stirnseite mussten so charakteristisch für den Kaufmann gewesen sein, dass nicht einmal ein Künstler, der seinem Auftraggeber schmeicheln musste, diese Merkmale übergehen konnte. Haberl hatte Recht gehabt. Ebermayr wirkte auf diesem Portrait böse und verschlagen, etwa so, wie sich Dirnberger als Kind den Piraten Israel Hands aus Stevensons *Schatzinsel* vorgestellt hatte. Zu seiner Linken: die Vase. Sie stand mittig auf einer Töpferscheibe. Neben ihr lag ein Werkzeug, ein spitzer Holzgriffel, der auf der anderen Seite in einen handbreiten flachen Schaber auslief. Hatte Ebermayr damit so tun wollen, als sei die Vase sein Werk? Töpfern als Weg zur Selbstfindung, damals schon? Nein, natürlich, das Ding sah doch aus wie ein Luxusmodell des Griffels vom Tatort! Aber was war damit an einer fertig gebrannten Vase anzufangen?

Von der Vase selbst lieferte das Gemälde einen besseren Eindruck als Haberls Schwarz-Weiß-Bild. Eine schlichte Schönheit, das stimmte, aber etwas an den dicht an dicht umlaufenden Ringen irritierte ihn. Eine minimale Asymmetrie schien es dort zu geben, auch wenn er nicht sagen konnte, worin sie bestand. War das tatsächlich eine Eigenschaft der Vase oder hatte der Maler einfach nur schlampig gearbeitet? Dirnberger beschloss, das Gemälde fotografieren zu lassen.

*

Ministerialdirigent Hubert Geierl suchte gerade nach einem Anlass, seine Sekretärin zusammenzustauchen, als sein Telefon klingelte. Er nahm den Hörer ab.

„Geierl."

„Guten Tag, Hubert, ich bin's." Ruhige Männerstimme, gut kontrollierter britischer Akzent.

„Grüß dich, Edward, was kann ich für dich tun?"

„Eine ganze Menge, wie immer. Aber ich kann dir auch etwas anbieten."

„So?"

„Ist deine Regierung noch an dem Geschäft mit den Ölförderanlagen für Ra's al Khaima interessiert?"

„Vielleicht. Warum?"

„Weil ich gehört habe, dass die Sache nicht gut für euch läuft."

„Woher?"

„Ich kenne viele Leute. Zum Beispiel den, von dem ihr möchtet, dass er *ja* zu eurem Angebot sagt. Er mag mich, weil ich, sagen wir, ihm in seiner eigenen Kultur das Wasser reichen kann."

„Was hat das mit mir zu tun?"

„Möchtest du derjenige sein, der das Projekt für euch rettet?"

„Du überschätzt dich, Edward."

„Du enttäuschst mich, Hubert. Willst du im Ernst auf diesem Posten pensioniert werden?"

„Das, mein lieber Edward, wird auf keinen Fall passieren."

„Natürlich nicht. Fragt sich nur, ob deine letzte Dotierung höher oder niedriger sein wird als die jetzige."

„Ach?"

„Wenn ich zum Beispiel irgendwann, nun ja, meine Memoiren schreiben sollte und über unsere gemeinsamen Erlebnisse plaudere, dann könnte sich das auf die Richtung deiner Karriere auswirken, meinst du nicht auch?"

„Was willst du?"

„Dir ein Geschäft vorschlagen, von dem wir beide etwas haben, eine *win-win*-Sache."

„*Win-win* gibt es nicht ohne *lose.* Wo?"

„Jedenfalls bei keinem von uns beiden. Vielleicht bei Leuten, die mit dir in Sachen Karriere konkurrieren." Es folgte eine gespielte Nachdenkpause. „Ja doch, das könnte sein."

Geierl lachte.

„Gut, gut. Die Sache interessiert mich. Du fädelst den Handel ein und spielst mir den Ball zu. Was ist mein Part?"

„Nur eine Kleinigkeit, wirklich. Bei euch ist doch eine altägyptische Vase weggekommen."

„Woher weißt du, dass ich damit befasst bin?"

„Jetzt weiß ich es. Du musst ein bisschen besser aufpassen, Hubert. Bei mir natürlich nicht, aber andere könnten so etwas ausnutzen." Er kicherte. Ein schnelles Staccato, das gar nicht zu seiner ruhigen Sprechweise passte.

„Hmmm. Warum interessierst du dich dafür?"

„Meine Leidenschaft als Ägyptologe und Kunstgeschichtler. Ich finde es unerträglich, dass Sachen, die allen Menschen gehören, mir nichts dir nichts verschwinden."

„Bei uns gibt es Leute, die glauben allen Ernstes, dass in dem Ding ein Fluch steckt."

„Schöne Geschichten sind die Würze jeder Kultur."

„Wenn du meinst. Was genau willst du wissen?"

„Ich möchte nur ein wenig an euren Ermittlungen teilhaben. Vielleicht kann ich ja aus euren Informationen Schlüsse ziehen, auf die ihr nicht kommen würdet. Das könnte sogar vorteilhaft für dich sein. Mir selbst geht es nur um die Sache. In diesen Dingen bin ich ein unverbesserlicher Idealist."

„Du?"

„Von den einen Dingen lebt man, an die anderen hat man sein Herz verloren. Wer ermittelt eigentlich in der Sache?"

„Ein gewisser Dirnberger von unserem Geheimdienst. Der Alte hat einen Narren an ihm gefressen, weil er vor etlichen Jahren ein paar wilde Sachen geschaukelt hat."

„Ist das der, der damals diese Weißwurstkrise …?"

„Allerdings."

„Alle Achtung."

„In letzter Zeit ist es ruhiger um ihn geworden, aber ich meine schon, dass er etwas taugt." Geierl fiel in seinen sachlichen Ton zurück. „Also Edward, machen wir es einfach so: Du fädelst den Handel mit Ra's al Khaima ein. Wenn das klappt, kannst du mich jederzeit anrufen und ich sage dir dann, wie es steht. Einverstanden?“

„Hubert, es ist mir ein Vergnügen, mit dir Geschäfte zu machen. Bis bald.“

Es klickte in der Leitung.

Geierl lachte in sich hinein. Er machte ein hervorragendes Geschäft. Informationen aus einem harmlosen Verfahren gegen einen karriereträchtigen Erfolg. Der gute Edward war offensichtlich wirklich Idealist. Nur gut, dass er, Hubert Geierl, neben sich selbst keinerlei Ideale hatte.

Nun aber zurück zum Tagesgeschäft. Wo war er stehen geblieben? Richtig. Er nahm den Hörer wieder ab und drückte eine Taste.

„Frau Gölzhäuser? In mein Büro. Sofort!“

*

An der Ecke Brienner Straße-Amiraplatz gab es einen Auflauf. Ein tollpatschiger dicker Kerl mit weißem Bart, Amerikaner der Aussprache nach, war beim Überqueren der Straße in einen Radfahrer gerumpelt, was zu einer Kaskade von Auffahrunfällen geführt hatte. Das vielstimmige auf ihn einbrandende Geschrei, durchsetzt mit dem Sturmgeheul der Hupen, überforderte den Mann. Dirnberger, der das Englische gut beherrschte, überlegte kurz, ob er ihm helfen solle, entschied sich aber weiterzugehen. Er wäre gut beraten gewesen, Mr. Claus beizustehen.

An der Pforte des Ägyptischen Museums ließ Dirnberger sich bei Haberl melden, der ihn gleich darauf abholte und zum Tatort begleitete. Der Raum war bis auf weiteres unter dem Vorwand von Umgestaltungsmaßnahmen für die Öffentlichkeit gesperrt.

„Sind schon Pressefritzen aufgetaucht?“, fragte Dirnberger beiläufig.

„Bei mir war noch keiner. Was sage ich, wenn einer kommt?"

„Schwierig. Am besten, Sie erzählen etwas von falschem Alarm und hüllen sich ansonsten in freundliches Schweigen."

„Ich glaube, das liegt mir. Kann ich noch etwas tun?"

„Ja. Ich brauche alle Fotografien, die es von der Vase gibt."

„Kein Problem. Und weiter?"

„Sie haben bestimmt viel zu tun."

„Verstehe." Haberl straffte sich. „Lassen Sie mich holen, wenn Sie fertig sind. Ich werde dann die Alarmanlage wieder einschalten."

Etwas beleidigt verschwand der Wissenschaftler. Dirnberger war froh, den Raum für sich allein zu haben. Er versenkte sich ganz in das dunkle Ambiente und stellte sich vor, er selbst sei der Eindringling, dem er auf die Spur kommen musste. Beide Zugänge zu dem Raum waren gesichert gewesen. Hatte sich der Dieb hier einschließen lassen? Möglich, aber spätestens bei der Flucht hätte ihn die Alarmanlage bemerken müssen. Dirnberger baute sich vor dem Töpfer auf und schaute ihm in die Augen.

„Du hast alles gesehen. Sag's mir!"

Erwartungsgemäß blieb sein Gegenüber stumm.

Ärgerlich über sich selbst gab Dirnberger der Töpferscheibe einen Schubs. Zu seiner Überraschung drehte sie sich nicht. Eine Attrappe, angefertigt von den Ausstellungsmachern. Als er um den Töpfer herumging, spürte er das Jucken im Nacken ganz deutlich. Es irritierte ihn schon, seit er hier allein war. Jemand beobachtete ihn.

„Sehr originell, Herr Haberl. Sie können sich zeigen." Demonstrativ blickte er weiter geradeaus. Nichts. Keine Antwort.

„Sie brauchen ihre Wurst nicht heimlich zu essen, Herr Zeck." Wieder nichts.

„Auf den Spuren ihres Hamsters, Herr Wimmer?" Nichts.

Er drehte sich um und erschrak bis in die Haarwurzeln. Wie hatte er sie so lange nicht bemerken können? Ein feines Lächeln umspielte das schön geschnittene Gesicht. Die ballonförmige Kopfbedeckung stand ihr gut. Ihr Blick war sanft, aber es lag auch etwas Bohrendes in den großen dunklen Augen, etwas, das durch ihn hindurch auf den Grund seiner Seele zu starren schien. Die goldschimmernde Haut hob das Feuer in diesen unglaublichen Augen noch hervor.

Sargmaske der Königin Sat-djehutj (um 1650 v. Chr.), las er. Seltsam, dass ihm dieses bemerkenswerte Exponat bisher nicht aufgefallen war. Wahrscheinlich musste man alleine sein, damit die Dame sich einem mitteilte. Aber so wenig er die Maske der Sat-djehutj zuvor beachtet haben mochte, so wenig konnte er sich jetzt von ihrem Blick befreien, der ihm überallhin durch den Raum folgte.

Er versuchte sich wieder auf seine Aufgabe zu konzentrieren, aber das Gefühl, beobachtet zu werden, ließ ihn verkrampfen. Immer häufiger drehte er sich um, aus dem unbewussten Drang sicherzugehen, dass er es wirklich nur mit einer Maske zu tun hatte. So konnte er unmöglich arbeiten. Er sah sich um. In einer Ecke lag, säuberlich zusammengefaltet, eine Kunststoffplane, die vielleicht Zecks Spurensicherungsleute vergessen hatten.

„Sei mir nicht böse, Königin!"

Nach drei, vier Versuchen gelang es ihm, eine Kante der Plane auf die Oberseite des Glaskastens zu befördern. Nun konnte er sie ganz über den Kasten ziehen.

Klack.

Etwas Leichtes war zu Boden gefallen. Dirnberger schaltete die Hauptbeleuchtung ein. Da lag etwas, das er mit der Plane von dem Kasten befördert haben musste. Ein halb handtellergroßes, leicht aufgewölbtes Stück spröde gewordenen Leinens. Die braungelbe Patina ließ den Schluss zu, dass es nicht aus einem besonders reinlichen Haushalt stammen konnte.

Dirnberger steckte seinen Fund in einen kleinen Plastikbeutel. Als er jemanden kommen hörte, verstaute er ihn schnell in seinem Aktenkoffer.

„Na, Herr Dirnberger, ich wollte einmal nachsehen, wie es Ihnen geht und …“ Haberl hielt inne, als er den abgedeckten Glaskasten bemerkte. Er verstand sofort.

„Wir haben sie von einem privaten Sammler. Gar nicht einmal so teuer. Seine Frau hat ihren Blick nicht ausgehalten.“

„Mich mag sie, glaube ich. Kann ich mir das Dach ansehen?“

*

„Eins sag ich Ihnen, Herr, äh … ich führ' Sie nur aus reiner Dankbarkeit, weil Sie sich bei Ihrem dicken Kollegen für mich eingesetzt haben. Und weil ich's dem Buzi schuldig bin, dass ich Ihnen helfe, seinen Mörder zu fangen. Sonst bringen mich keine zehn Pferde hier herauf. Uaaaaah! Da! Beinah wär ich abgestürzt. Ich mach das wirklich nur aus reiner Dankbarkeit. Und das bei der Hitze …“

Es war tatsächlich viel zu heiß für die Jahreszeit, wenngleich man sich schon fast an solche Sommer gewöhnt hatte. Von hier oben sah der Hofgarten herrlich aus. Die Wege leuchteten weiß in der Mittagssonne. Es wimmelte darauf von bunten Ameisen, was die strenge Geometrie des Parks ein wenig auflockerte. Durch die wabernde Luft bekam die Szenerie etwas Unwirkliches, den Hauch einer Fata Morgana.

Wimmer konnte kein Auge für solche ästhetischen Feinheiten erübrigen. Wie er vor Dirnberger herhampelte, war seine valentineske Gestalt die Höhenangst in Person. Noch absurder wirkte die Szene dadurch, dass er seine Museumswärteruniform, bestehend aus einer nachtblauen Jacke, einer ebensolchen Hose und einer Schirmmütze, trug. Gegen das Licht mussten sie sich wie ein Scherenschnitt ausnehmen: *Klappriger Landgendarm führt auf frischer Tat ertappten Bagatelltäter ab.* Dirnberger ärgerte sich über Haberl. Es war naheliegend, aber nicht gerade verantwortungsvoll gewesen, ausgerechnet das Museumsfaktotum als seinen Führer auf das Dach zu beordern. Bei aller Angst hätte es Wimmer nie gewagt, den Gehorsam zu verweigern.

Es war auch nicht die beste Tageszeit für einen solchen Ausflug. Das schwach nach Norden hin geneigte Dach war hier mit Kupferblech eingedeckt, das sich unter der Sonne in eine heiße Herdplatte verwandelt hatte. Dirnberger hatte das Gefühl, seine Gummisohlen müssten jeden Moment Fäden ziehen. Aber das Entscheidende war: Es gab eine Spur. Der Raubfisch hatte sich durch ein winziges Kräuseln an der Oberfläche verraten. Jetzt galt es, dran zu bleiben. So etwas duldete keinen Aufschub.

„Da ist es. Ich geh aber nicht hin."

Wimmer hatte sich an einem Blitzableiter festgeklammert und wies mit einem bebenden Arm auf eine größere Fläche, die von neun quadratischen Dachfenstern durchbrochen war.

„Welches ist das über der Maske und dem Jäger?

„Li… links vorne glaub ich. Uaaaahh, mir ist so schlecht."

Das Dach war hier etwas steiler. Vorsichtig näherte sich Dirnberger dem Dachfenster – und war sich sicher, dass er einer falschen Spur gefolgt war. Viel zu eng. Wer sich durch diese Öffnung abseilen wollte, hätte noch dünner als Wimmer sein müssen. Gab es so jemanden? Sehr zu bezweifeln. Ein Kind? Mehr als unwahrscheinlich. Routinemäßig klopfte er den Fensterrahmen ab. Zu seiner Überraschung gab das Kippfenster etwas nach. Nicht verriegelt! Und in dem Spalt zwischen Fenster und Rahmen war etwas schmutzig Ockerfarbenes eingeklemmt. Dirnberger fasste mit spitzen Fingern zu, öffnete das Fenster ein wenig weiter und hielt einen kleinen

Fetzen Leinen in der Hand. Dasselbe Material, wie er es unten gefunden hatte.

„Herr Wimmer, schauen Sie mal!"

„Ich … kann … nicht."

Vielleicht besser so. Wenn jemand die Vase mit einem Seil hier herausgeholt hatte, dann musste es drinnen einen Komplizen gegeben haben. Einen Komplizen vielleicht, der das gute Stück vor der Reise nach oben in altem Leinen verpackt hatte? Jedenfalls erst einmal kein Wort davon zu Wimmer und schon gar nicht zu Haberl. Nicht gleich jedem alles auf die Nase binden.

Würgegeräusche. Brutzeln. Säuerlicher Gestank. Was immer Wimmer vor der Dachbesteigung gegessen hatte, nun lag es auf dem Kupferblech und verfestigte sich blubbernd und zischend zu einem ansehnlichen Secondhand-Omelette.

„Mahlzeit", sagte Dirnberger, packte den schlotternden Wimmer an der Dienstkrawatte und führte ihn zu der Feuerleiter, über die sie gekommen waren.

*

Goldene Nachmittagssonne spiegelte sich auf der leicht bewegten Wasseroberfläche. Lichtreflexe tanzten im Geäst. Es roch nach Kiefernharz. Ein Spätsommertag wie aus dem Reiseprospekt. Unvermittelt öffnete sich der Wald zu beiden Seiten. Eine Brücke. Vom Beifahrersitz aus blickte Susan in die blaugrünen Tiefen eines Sees. Schmale Landzungen wechselten sich mit tief eingeschnittenen Buchten ab. Von einem Flugzeug aus musste der See wie ein Tintenspritzer aussehen. Dort, wo die Bäume nicht bis ans Ufer reichten, ragten dunkle Granitfelsen aus dem Wasser wie die Rücken von Walen. Rote, grüne und gelbe Bojen markierten die Fahrrinne für die Schiffe aus Punkaharju.

Einen Augenblick später führte die Straße wieder durch dichten Nadelwald. Die Landschaft schien schon seit Stunden aus nichts als Wasser und Kiefern zu bestehen. Susan hatte ihr Zeitgefühl völlig verloren. Zum hundertsten Mal blickte sie über ihre rechte Schulter nach hinten auf die Ladefläche des Pick-ups , eines weißen, schon etwas in die Jahre gekommenen Ford F150. Dort lagen zwei mannsgroße Holzkisten mit Luftfrachtaufklebern, ihr eleganter marineblauer Samsonite und ein abgenutztes Kunstlederungetüm von einem Koffer. Bellinghams Reisegepäck.

Der saß am Steuer und schien bester Laune zu sein, obwohl Susan seit dem Abflug am Morgen kein Wort mit ihm gesprochen hatte. Zumindest nicht freiwillig. Ganz im gemächlichen Rhythmus der Straße versunken, summte er zu einer selbst erfundenen Melodie:

„*Humpty Dumpty sat on a wall,*
Humpty Dumpty had a great fall,
All the King's horses and all the King's men
Couldn't put Humpty together again."

Susan sah ihn von der Seite an. Ob er sich seiner Ähnlichkeit mit Humpty Dumpty bewusst war? Er trug immer noch den altmodischen Anzug, mit dem er viel besser in einen Herrenclub gepasst hätte als hinter das Steuer eines Autos, das fast schon ein Traktor war. Jedenfalls sprach vieles dafür, dass er einen *great fall* nicht ernsthaft fürchtete. Was immer seine Sache war, er musste sich ihrer sehr sicher sein. Und was sie, Susan, betraf, gab es für ihn keinen Anlass zur Sorge. Er hatte ihr erlaubt, die Nacht in ihrem Hotel zu verbringen. Sie hatte schon halb geglaubt, alles sei nichts weiter als ein böser Traum, aber dann war sie pünktlich zur Acht-Uhr-einundzwanzig-Maschine nach Helsinki am Flughafen gewesen, exakt so wie er es befohlen hatte. Keine Chance, sich zu widersetzen. Es war, als sei sie in einer Zelle mit unsichtbaren Wänden eingesperrt. Und immer, wenn sie an diese Wände stieß, wurde ihr Wille einfach übersteuert. Am Flughafen hatte sie gehofft, eine der Polizeistreifen auf sich aufmerksam machen zu können – *Helfen Sie mir, ich werde entführt!* –, aber diese Möglichkeit war schlicht für sie blockiert gewesen. Ebenso wenig hatte sie die Idee, einen Zusammenbruch vorzutäuschen, um in ein Krankenhaus eingeliefert zu werden, in die Tat umsetzen können. Es war ganz einfach: Alles, was sie auch nur mit dem leisesten Gedanken verband, Bellingham zuwiderzuhandeln, konnte sie um nichts in der Welt tun. Auf dem Flug hatte sie zu ihrem Entsetzen feststellen müssen, dass dazu auch das Nachdenken über das Rätsel ihrer Erlösung gehörte.

Mit jeder Minute, jedem Kilometer wuchs ihr Hass gegen ihn, diesen verfluchten Eierkopf mit seinen dünnen graubraunen Haarresten und den fingernagelgroßen Schuppen darin. Im Knopfloch trug er immer noch die weiße Nelke, mit der er sie am Morgen am Flughafen in Empfang genommen hatte. Er war in Hochstimmung gewesen, aber er hatte sie immerhin nicht gezwungen, gute Laune zu heucheln.

Wälder und Seen – was sonst – zogen vorbei, der Motor des alten Ford röhrte und Bellingham summte. *Humpty Dumpty sat on a wall …*

Susan ekelte bei dem Gedanken daran, was unweigerlich kommen musste. Sie machte sich keine Illusionen. Bellingham hatte wahrscheinlich irgendwo in der Gegend ein Haus, zu dem sie jetzt unterwegs waren. Dort würde er sich über sie hermachen. So oft er wollte.

„Wir sind gleich da", sagte er plötzlich, ohne den Blick von der Straße zu nehmen. „Ich habe hier in der Nähe ein Haus."

*

„Ja also, Sie dürfen's mir glauben, mich schreckt so leicht nichts. Ich bin in Stalingrad dabei gewesen, beim General Paulus, Häuserkampf, verstehn's, mich schreckt so leicht nichts. Aber da neulich, vorgestern Nacht, das war fast wie damals, wie damals war das fast. Da hab ich mir gedacht, jetzt ist er wieder da, der Russe."

„Am besten, Sie erzählen mir alles von Anfang an, Herr Brenner."

Dirnberger musterte sein Gegenüber. Rupert Brenner gehörte zu diesen gegerbten Menschen, die irgendwann aufgehört haben, sich äußerlich zu verändern. Der kleine, sehnige Mann trug ein rot-weiß kariertes kurzärmeliges Hemd und eine abgewetzte kurze Lederhose mit Trägern, die ihm auch schon vor fünfzig Jahren gepasst haben musste. Kein Gramm Fett zu viel, wie Dirnberger neidisch feststellte. Sicher Hypotoniker. Nicht umzubringen. Mit den Jahren war Brenners Haar weiß und dünn geworden, aber seine Augen waren schnell und von einem jugendlichen Aquamarinblau.

Am Stuhl hatte Brenner eine lederne Leine festgeschlauft, die zu einem fetten alten Dackel führte. Letzterer beschränkte sich darauf, ab und zu triefäugig zu seinem Herrchen hochzublicken und den Linoleumboden zu besabbern.

„In meinem Alter schläft man nicht viel. Und in der Nacht muss ich jede halbe Stunde aufstehen, zum Bieseln, haut alles nicht mehr so hin, verstehn's? Oft schlaf ich dann gar nicht mehr ein und muss mir halt irgendwie die Zeit vertreiben. Meistens geh ich dann in der Stadt spazieren, so wie vorgestern. Ich hab da meine Runde, von der Amalienstraß', wo ich wohn, zum Odeonsplatz und weiter …"

„Wie spät war es denn, als Sie losgegangen sind?"

„Ziemlich genau drei, Herr Chefinspektor. Waldi, hab ich gesagt, pack mer's wieder, hab den Waldi an die Leine genommen und dann sind wir losmarschiert, wir zwei. Der

Waldi, schaun's ihn sich nur an, die Blunzen", er tätschelte liebevoll den Hund, dessen Hängeohren dabei die Sabberpfütze verschmierten, „der hat das eh bitter nötig, den hat meine Frau so fett gefüttert, weil ich kaum was ess."

„Was sagt Ihre Frau dazu, wenn Sie in der Nacht solche Touren machen?"

„Die ist gestorben. Vor drei Wochen."

„Tut mir leid."

„Machen kann man eh nichts. Und mit ihr und mir war's schon vorbei, wie ich wieder aus Sibirien heimgekommen bin. Der Adenauer hätt' mich dort lassen sollen, hat sie gesagt."

Eine Träne löste sich aus dem Augenwinkel des kleinen Mannes und tropfte über seine Wange auf die Schnauze des Dackels. Der nieste prustend und riss Brenner von der Erinnerung an sein familiäres Elend los.

„Der Waldi und ich, wir sind also dann von der Staatsbibliothek her runter zum Odeonsplatz. Viel war nicht los, zwei, drei Besoffene oder Rauschgiftler höchstens. Ich bin dann links in die Hofgartenstraß' hinein und wollte unter den Bögen von der Residenz weitergehen, dort wo man auch zu dem Ägyptersach' hineinkommt. Das hab ich so drin vom Krieg. Immer in Deckung, wenn's geht. Dann bin ich aber stehen geblieben, weil auf einmal vor den Bögen was auf den Boden gefallen ist. Ein kleiner Stein oder sonst irgendwas. Da hab ich eine Gäns'haut gekriegt, weil ich gewusst hab, dass da einer über mir auf dem Dach droben ist. Dafür hab ich einen Sinn, seit Stalingrad. Wer so etwas nicht gespürt hat, der ist noch dort."

Er lachte meckernd.

„Ich hab gewartet, weil ich mir gedacht hab, dem Russen lauf ich nicht einfach so hinein, netwahr, Waldi? Und dann, es hat nicht lang gedauert, hab ich gehört, dass er oben immer näher kommt. Dann hab ich gehört, dass es zwei sein müssen, weil sie miteinander geredet haben. Ganz leise. Ich hör noch gut."

„Haben Sie verstanden, was gesprochen wurde?"

„Bitte?"

„Erzählen Sie weiter."

„Und auf einmal waren sie da, die Russen. Sind einfach vor den Bögen aufgetaucht, erst einer, dann der zweite, ganz lautlos. Die müssen gesprungen sein. Das überlebt man normal nicht. Aber die Russen da, die haben das gekonnt. Partisanen, hab ich mir gedacht, die machen keine Gefangenen. Ganz ruhig sind sie dagestanden. Einen komischen Geruch haben die gehabt, so wie ein verschimmelter Gugelhupf. Das weiß ich, weil meiner Frau einmal einer verschimmelt ist. Mir ist ganz anders geworden. Seid's ihr immer noch hinter mir her, ihr Russen, hab ich mir gedacht.

Ich hätt' was gegeben für eine Handgranate. Abziehen, bis fünf zählen, das hätt' genau gepasst, das Ding nach vorn kugeln und – Bumm! – von den zwei Kameraden wäre kaum was übrig geblieben. Oder ein Flammenwerfer! Die dürren Teufel hätten gebrannt wie Stroh."

„Dürr?"

„Ja, die zwei waren recht groß, so wie Sie, Herr Oberkommissar, aber hageldürr. Und in dem Moment hat es der Waldi nicht mehr ausgehalten."

„Die Angst?"

„Nein, bieseln hat er müssen. Und deswegen hat er gewinselt. Gell Waldi? Und das haben die Russen natürlich gehört. Ganz langsam haben sie sich umgedreht. Ein Königreich für ein Bajonett, hab ich mir gedacht. Einmal rein in den Bauch, zweimal umgedreht, dass der Darm rauskommt und der Nächste bitte, aber ich hab halt keins gehabt. Immer näher sind sie gekommen und dieser Geruch, der vom verschimmelten Gugelhupf, der ist immer ekliger geworden. Da hab ich erst gesehen, wie ausgehungert die zwei waren. Und wie die sich bewegt haben! Gar nicht wie Menschen, sondern wie so elektrische Puppen. Da können's sehen, Herr Inspektor, was der Kommunismus aus den Leuten gemacht hat. Verschimmelten Gugelhupf müssen die essen. Das hat der Russe ja nie kapiert, dass wir gegen den Kommunismus gekämpft haben und nicht gegen den Russen persönlich.

Langsam sind die Burschen näher gekommen und ich hab gemeint, jetzt ist's aus mit mir und dem Waldi. Obwohl die zwei recht nah waren, hab ich keine Gesichter gesehen, weil es so dunkel war und weil sie so Kappen aufgehabt haben. In Monteuranzügen sind sie gesteckt. Partisanen eben, keine richtige Uniform, die Banditen. Einer hat einen Sack auf dem Buckel gehabt, mit was drin, Sprengstoff wahrscheinlich, und ich hab nachgedacht, was ich jetzt noch tun kann. Und wie sie ganz nah waren, einer hat die Arme ausgestreckt, abgurgeln wollten sie mich, da hab ich meinen Spazierstock hochgerissen wie einen Karabiner und geschrien: Ruki werch!"

„Rucki wie viel?"

„Das heißt *Hände hoch* bei den Russen."

„Hat das geholfen?"

„Stehen geblieben sind sie. Dann hat der eine, der mich abgurgeln wollte, meinen Stock gepackt und in der Mitte abgebrochen, wie ein Streichholz. Kräftig ist er schon, der Iwan, obwohl er nur verschimmelten Gugelhupf zum Fressen kriegt, hab ich mir gedacht. Und er hätt mich auch gehabt, aber da ist ein Polizeiauto von der Residenzstraß' her gekommen, mit Sirene und Blaulicht, dass es nur so gepfiffen hat. Die wollten ganz woanders hin, aber die Russen haben gedacht, die Polizei kommt wegen ihnen. Und in dem Moment waren sie auch schon weg. Schnell ist er schon, der Russe."

„Was haben Sie dann gemacht?"

„Schleicht's euch, Russen, habe ich hinterher geschrien. Was wollt's ihr noch von mir, lasst's mich in Frieden, hab ich gebrüllt. Aber alles war ruhig. Kein Laut mehr von den Russen. Dann bin ich mit dem Fuß an eine leere Bierflasche gestoßen. Die ist da so herumgelegen. Ich hab sie in zwei Stücke zerschlagen. Das Stück mit dem Flaschenhals dran habe ich in die Hand genommen und hab mir gedacht, kommt's nur ihr Russen, dann werden wir schon sehen. Aber kein Russe ist mehr gekommen. Ich hab noch eine halbe Stunde gewartet. In den Fingern hat's mich schon gejuckt, schon wegen meinem armen Waldi, der hat sich bis heut noch nicht von dem Schrecken erholt. Seitdem lefert er ununterbrochen. Pfui Teufel, Waldi, alter Saubär!"

Er schüttelte seine besabberte Wade.

„Wie dann aber keine Russen mehr gekommen sind, dann sind wir wieder heimgegangen, in die Amalienstraße, wir zwei. Vor der Haustür habe ich die halbe Bierflasche weggeschmissen, bin hinauf und hab mich ins Bett gelegt. In der Früh bin ich zur Polizei und hab alles erzählt, aber die haben nur gelacht und haben gesagt, ist schon recht, haben die gesagt, du siehst zu viele Russen, Opa. Aber aufgeschrieben haben sie doch ein bisserl was. Und heute ist der Dicke gekommen und hat gesagt, ich soll mich bei Ihnen melden, weil Sie eh auf alles hereinfallen, hat er gesagt."

Das ärgerte Dirnberger, auch weil Trudi dabei saß, die Brenners Aussage protokollierte.

„Seien Sie froh, dass wenigstens ich Ihre Geschichte ernst nehme."

„Sie müssen froh sein, dass ich's Ihnen erzähle. Ich kann mir schon selbst helfen, jetzt wo ich weiß, dass sie wieder da sind, aber ihr anderen alle, ihr seid's ja völlig blind dafür, dass die Russen mitten unter uns ihr Schindluder treiben."

„Herr Brenner, Sie haben mir wirklich sehr geholfen. Aber ich bin mir hundertprozentig sicher, dass die Leute, die Sie beobachtet haben, nicht hinter Ihnen her sind."

Brenner erhob sich zum Gehen.

„Sind schon einmal Russen hinter Ihnen her gewesen, Herr Inspektor?“

„Nein“, log Dirnberger.

„Hinter mir schon. Wer von uns kennt sich dann besser aus mit Russen? Sie oder ich? Komm Waldi, geh’n mer.“

Nachdem Brenner gegangen war, saß Dirnberger noch eine ganze Weile mit geschlossenen Augen da, das Kinn auf die Fingerspitzen gestützt. Trudi schaute ihn etwas besorgt von der Seite an. Durch die kleinen Parterrefenster des spärlich möblierten Kellerraums, den der UGB für Inkognito-Gespräche nutzte, drang immer weniger Licht. Der Abend kündigte sich an. Keiner von beiden bewegte sich und wäre es nur gewesen, um die alte Schreibtischlampe auf ihrem Spinnenbein einzuschalten.

„Trudi?“

„Fons?“ Sie atmete auf.

„Ich brauche deinen unschlagbaren Instinkt für Recherchen.“ Sie errötete, was allerdings im Dämmerlicht nicht zu sehen war.

„Gerne!“

„Stell mir eine Liste aller Leute in M. und Umgebung zusammen, die solche Russenkunststückchen drauf haben müssten. Artisten, Stuntmen, Baumkletterer, Extrembergsteiger, Fassadenreiniger und was dir sonst noch einfällt. Der Zeck soll dann herausfinden, ob auffallend dünne große Kerle oder Kerlinnen darunter sind und ob welche davon für vorgestern Nacht kein Alibi haben. Auch wenn es ihm nicht passt. Übrigens, kannst du backen, Trudi?“

„Für dich immer. Was darf’s denn sein?“

„Geht ein Gugelhupf?“

*

Der Junge schreckte auf. Erst nach einigen Sekunden wurde ihm klar, warum. Etwas fehlte: Es war völlig still geworden. Auf dem Wasser waren keine Ringe mehr zu sehen. Die sonst allgegenwärtigen Vögel in den Bäumen waren nicht mehr zu hören. Das einzige Geräusch, das geblieben war, war das gelegentliche Schlürfen der Strudel. War die Luft von einem Moment zum anderen kühler geworden? Der freundliche Spätnachmittag hatte etwas Kaltes, Bedrohliches angenommen, das vom Fluss auszugehen schien. Der Junge fröstelte. Er unterdrückte den plötzlichen Harndrang. In der dunklen Tiefe schickte sich etwas an, auf Raubzug zu gehen. Jetzt.

Er schnürte den Rucksack auf, nahm ein großes Einweckglas heraus und öffnete den Deckel. Der Aasgeruch war widerlich, aber leicht angefaulte Hühnerdärme galten nun einmal als der beste Köder für große Waller. Beherzt fischte er ein gut fünfzig Zentimeter langes eiterfarbenes Stück aus dem Glas und spießte es mehrfach auf den Haken, so dass sich ein glitschiger Klumpen bildete. Er nahm die Angelrute und warf den Köder aus. Mit einem dumpfen Platschen schlug das Blei leicht stromaufwärts von ihm mitten in der Hauptströmung auf. Der Junge hielt die Schnur auf Spannung und fühlte, wie Köder und Blei vom Schub des Wassers mitgerissen wurden und endlich in mehreren Metern Tiefe über den steinigen Grund polterten. Er zog etwas Schnur ein und erreichte dadurch, dass Köder und Blei stromab am Rand der Hauptströmung liegen blieben. Den Griff der Rute klemmte er rechts neben sich in einen Spalt zwischen zwei großen Steinen, so dass sie schräg über das Wasser ragte. Er setzte sich. In seinem rechten Ohr konnte er das leise Singen der straff gespannten Schnur hören. Geduld.

*

Mitten in einem schier endlosen Kiefernaltholz bremste Bellingham ab. Susan wunderte sich noch über das scheinbar grundlose Manöver, als der Wagen in einen Waldweg einbog, der von der Hauptstraße aus kaum einzusehen war. Obwohl Bellingham sehr langsam fuhr, schaukelte der Pick-up so sehr, dass sie sich festhalten musste.

„Schlechter Weg, wenig Besuch", bemerkte Bellingham mit einem Froschgrinsen. Susan wandte sich ab und sah zum Seitenfenster hinaus. Der Wald wurde allmählich lichter. Sattgrüne Preiselbeersträucher mit ihren knallroten Früchten bedeckten in dichten Polstern den Boden. Beiderseits des Weges schimmerte es tiefblau durch das warme Orangebraun der Baumstämme. Eine Landzunge.

Das Schaukeln endete abrupt. Bellingham stellte den Motor ab und zog die lautstark protestierende Handbremse an. Er wies mit der Hand nach links.

„Gefällt es dir?"

Susan stieg aus. Sie war beeindruckt, und es kostete sie einige Mühe, es nicht zu zeigen. Vor ihr erhob sich ein großes Landhaus, ochsenblutfarben mit weiß gestrichenen, vielfach unterteilten Fenstern. Die ebenfalls weißen Giebelsparren waren kunstvoll gestaltet. Sie ähnelten Pflanzenranken. Oder waren es Schlangen?

„Es ist mindestens zweihundertfünfzig Jahre alt. Ich hätte kein anderes haben wollen. Vor mir hat es einem Papierfabrikanten gehört, dem es gelungen ist, Pleite zu gehen – vielleicht habe ich auch etwas nachgeholfen." Er kicherte, als hätte er einen besonders guten Witz gemacht. Susan sagte nichts.

Im rechten Winkel zum Haus stand eine große Scheune mit einem Schiebetor. Der Platz zwischen beiden Gebäuden war mit grob behauenen Granitplatten gepflastert, zwischen denen das Gras unbehelligt wachsen durfte. Rechts nach unten führte ein schmaler Weg zu einem hölzernen Bootssteg. Das ganze Ensemble stand unter einem lockeren Schirm von alten

Kiefern, so dass der Eindruck eines Hauses im Haus entstehen konnte.

„Aber was rede ich …" Bellingham verbeugte sich etwas zu tief vor Susan, „Willkommen!"

Susan war wie vom Donner gerührt. Nicht wegen des Willkommensgrußes an sich, sondern weil Bellingham wörtlich *Mögen dich die Krokodile dieser Gegend meiden* gesagt hatte, eine Begrüßungsfloskel, die mit dem alten Reich Kusch untergegangen war. Das Gleiche galt für die Sprache, die er benutzt hatte, ihre Muttersprache.

„Sie sprechen …?", brachte sie mühsam hervor.

„Ich bin, bei aller Bescheidenheit, ein Genie", sagte Bellingham und verbeugte sich nochmals.

„Die Höflichkeit verlangt allerdings, dass wir wieder auf gängigere Sprachen zurückgreifen", fügte er hinzu. Unter dem Vordach der Haustür war eine nicht alltägliche Gestalt erschienen.

Susan musste zweimal hinsehen, um sich sicher zu sein, dass es sich um eine Frau Ende vierzig handelte. Alles an ihr war kantig, als wäre ihre Haut über ein aus Würfeln zusammengesetztes Modell gespannt.

„Olga Prebierkova aus Petrosavodsk – Susan Myers aus einer anderen Zeit", kicherte Bellingham. „Gebt euch schön die Hände."

Olga packte wortlos Susans Hand. Susan unterdrückte einen Aufschrei. So musste es sich anfühlen, wenn man sich die Finger in einer Tresortür einklemmte.

„Angenehm", sagte sie. Und zu Bellingham gewandt:

„Muss ich auch so etwas anziehen?"

Olga trug schwarze Stöckelschuhe, ein knielanges schwarzes Dienstmädchenkleid, das ihre Kantigkeit noch betonte, darüber ein ebenso schwarzes, etwas altbacken wirkendes Strickjäckchen.

„Olga führt den Haushalt für mich und passt auf, dass mir nichts zustößt."

Susan bemerkte eine Kante unter Olgas Strickjäckchen, die anatomisch etwas deplatziert wirkte. Eine versteckt getragene Pistole wahrscheinlich. Ohne ein Wort zu sprechen, erwiderte die Frau Bellinghams Lächeln. Der deutliche Anflug eines Oberlippenbartes, die streng gescheitelten blonden Haare, das breite, vorspringende Kinn und die hoch stehenden Backenknochen standen in einem eigenartigen Kontrast zu ihren großen dunklen, wenn auch harten Augen.

Mit einer Bewegung so schnell wie ein Wimpernzucken fing sie die Wagenschlüssel auf, die ihr Bellingham lässig zuwarf.

„Olga, bitte bringen Sie unser Gepäck nach oben und fahren Sie dann den Wagen in die Scheune."

Olga nickte und ging an den beiden vorbei zum Wagen. Sie war etwa einen halben Kopf größer als Susan. Bellingham reichte ihr bis kaum zu den Schultern.

„Vorher Chefsekretärin in einem sowjetischen Rüstungskombinat?", fragte Susan.

„Kampftaucherin bei der Roten Armee, Oberleutnant sogar", entgegnete Bellingham. „Ich zahle eben besser als der Kommiss", fügte er selbstgefällig hinzu. „Hat viele Eigenschaften, die ich sehr schätze: absolute Zuverlässigkeit, Bärenkraft, sieh nur", in Olgas Händen machten sich die beiden Koffer wie unterdimensionierte Hanteln aus, „ein Hauch Brutalität", ein großer Mistkäfer kroch über den Treppenabsatz und wurde von Olga auf höchst unästhetische Weise zerstampft, „und natürlich …"

„Was?"

„Sie ist stumm."

Neben dem Hauseingang lehnte ein schmutzstarrendes Mountainbike, das einmal sehr teuer gewesen sein mochte und ganz offensichtlich intensiver genutzt als gepflegt wurde.

Bellingham streifte es mit einem Blick.

„Ausgezeichnet. Kasperi ist heute auch bei uns“, sagte er und dirigierte Susan ins Haus.

„Sie scheinen sehr von sich angetan zu sein“, bemerkte Susan mit einem Blick auf die beiden monumentalen Ölgemälde links und rechts des Kamins.

„Natürlich. Aber trotzdem täuschst du dich“, kicherte Bellingham. „Das hier rechts ist mein Großvater, Edward C. Bellingham I.“ Er wies auf das Portrait zu seiner Linken: „Und hier siehst du meinen Vater, Edward C. Bellingham II. Wahrscheinlich die größten Geister, die Europa in den letzten beiden Jahrhunderten hervorgebracht hat. Wenn sie jemals übertroffen wurden, dann … von mir.“

Er sagte das mit einem Ernst, der Susan erschauern ließ. Seine Stimme steigerte sich in ein Crescendo.

„Was wäre ohne meinen Großvater aus seinem Land geworden? Und wäre mein Vater nicht gewesen, dann hätten die Nazis den Zweiten Weltkrieg gewonnen. Und was habe *ich* nicht alles für England, was sage ich, für die Welt, für meine Wissenschaft getan?“

Susan sah ihn fragend an.

„Und wie hat man es uns gedankt?“, schrie er. In seinen Augen loderte ein irres Feuer.

Susan schwieg. Die Zeile *Humpty Dumpty had a great fall* kam ihr in den Sinn.

„Überhaupt nicht!“, brüllte Bellingham. „Freilich, unsere Dienste waren unter der Hand immer eine angemessene Bezahlung wert, aber dafür hat man uns öffentlich auf subtile Weise unglaubwürdig gemacht, zu I-r-r-e-n gestempelt, unsere Wissenschaftlichkeit in Zweifel gezogen, weil uns niemand ernst nehmen durfte. Und die großartigen Herren Kollegen,

Kleingeister, Schubladengelehrte allesamt, haben sich nur allzu gerne dafür hergegeben."

Sein Gesicht war krebsrot geworden. Er atmete heftig.

„Aber meine Stunde kommt. Sie kommt bald", keuchte er leise.

„Und du", seine Stimme überschlug sich, sein Zeigefinger schoss auf Susan zu, „du wirst auf immer und ewig die Zeugin meiner Rache sein. Schwachköpfe! Ich werde sie alle vernichten …"

Da ist es wieder, das Leitmotiv der Menschheit, dachte Susan.

„Mr. Ed, Grüße von Olga. Es gibt Tee", sagte eine junge Stimme.

Susan und Bellingham fuhren herum.

Ein käsiger Junge um die fünfzehn Jahre stand in der Tür des Salons. Sein dunkelblondes Haar war fettig und seine Füße, die in ausgelatschten Sandalen steckten, rochen auch auf größere Entfernung ranzig. Spindeldürre Beine ragten aus seiner kurzen Hose und unter seinem *Highway to Hell* T-Shirt musste er recht schmalbrüstig sein.

„Ah, Kasperi." Bellinghams Wutrausch war auf einen Schlag verflogen.

„Susan, das ist Kasperi Makkukonen. Seine Kenntnisse in … sehr angewandter Informatik sind von unschätzbarem Wert für mich. Kasperi, das ist …"

„Wir kennen uns, *Dragon Queen*", unterbrach Kasperi mit unverhohlener Verachtung.

Susan starrte ihn überrascht an. Kasperi stemmte die dünnen Arme in die Hüften.

„Du kämpfst nicht fair, wenn man dich in die Enge treibt. Was suchst du in diesem Level?"

„Ich bin nicht freiwillig hier, Freundchen!", fauchte Susan. Bellingham schaltete sich ein.

„Kasperi macht keinen Unterschied zwischen dieser und den Computerwelten. Auch wenn ich diese Sicht nicht ganz teile

– für meine Zwecke ist sie ausgesprochen nützlich." Und zu Kasperi gewandt: „Kasperi, ich versichere dir, das ist nicht die Dragon Queen."

„Kasperi hat Recht", sagte Susan.

Jetzt war es an Bellingham, verblüfft zu sein.

„Vorsicht, Mr. Ed, sie kann sich jeden Moment in einen *Lizard of Doom* verwandeln", sagte Kasperi mit einer Stimme, die besonders cool klingen sollte, in Bellinghams Überraschung hinein. Susan ignorierte ihn.

„Ich habe letztes Jahr einen Vertrag mit einer Softwarefirma gemacht. Die durften mich in ein Computerspiel einbauen. *Dragons like it hot* oder so ähnlich. Davon hat unser Held hier scheinbar zu viel bekommen."

Bellingham verstand. Er nickte.

„Dragon Queen. Kasperi. Gebt euch die Hand. In diesem Level soll Friede zwischen euch herrschen."

Immer noch misstrauisch, jedoch mit dem Ausdruck großmütiger Vergebung hielt Kasperi der vermeintlichen Erzfeindin die rechte Hand hin. „Aber nur in diesem Level, Dragon Queen." Susan hatte das Gefühl, jemand gäbe ihr einen toten Fisch. „Wie du willst, Bubi."

Bellingham sah nach unten. „Ah, Betty, mein Schatz, wie hast du mir gefehlt!" Eine triefäugige, schmutzigweiße Perserkatze strich mit erhobenem Schwanz um seine Beine. *Mistvieh,* dachte Susan, die sonst viel für Katzen übrig hatte. Haarbüschel schneiten auf den Teetisch, als Bellingham das laut schnurrende Tier hochhob und ihm einen Kuss zwischen die Ohren drückte.

„Setzen wir uns doch", sagte er geschäftig.

„Kommst du voran, Kasperi?" Susan sah Bellingham an. Es war leicht zu erkennen, dass er große Schwierigkeiten haben würde, ein *Nein* als Antwort zu akzeptieren.

„'anz 'ut." Kasperi hatte sich gerade ein ganzes Kaviarsandwich in den Mund gestopft. Glänzend schwarze Kügelchen spritzten über den Tisch. Eines landete in Susans Tee. In einem Gewaltakt schluckte er das Sandwich, das noch kaum gekaut sein konnte, und Susan glaubte fast, an seinem dürren Hals sehen zu können, wie es langsam nach unten rutschte. Betty lag in Bellinghams Schoß und durfte Lachspastete von einem Sandwich lecken.

„Ganz gut", wiederholte Kasperi, wobei ihm ein gewaltiger Rülpser in die Quere kam. „Letzte Woche hab ich viel zu Haus gemacht, heute wollt' ich mal wieder was auf Ihren Kisten ausprobieren, ohne über's Netz zu gehen."

„Und? Funktioniert es?" Bellinghams Blick wurde gierig. Betty dagegen gähnte. Sie roch scharf aus dem Maul.

„Ja." Kasperi beugte sich über seine Tasse, schlürfte dem Geräusch nach einen halben Liter Tee ein, angelte sich ein Makrelensandwich und stopfte es sich in den Mund.

„Wann können wir anfangen?"

Kasperi würgte das Sandwich hinunter.

„Zwei Wochen spätestens. Und, Mr. Ed, die Besten in diesem Level werden ein Jahr brauchen, bis sie's in den Griff kriegen." Er grinste fröhlich.

Diese Aussicht schien auch bei Bellingham für Heiterkeit zu sorgen. Betty streckte sich. Ein Katzenfurz breitete sich fast greifbar im Salon aus. Susan legte ihr Schwertfischsandwich zurück auf den Teller.

„In zwei Wochen und ein paar Tagen, Kasperi, wird von diesem Level nicht mehr viel übrig sein. Apropos …" Er zog an einer grünen Kordel mit Quaste, die neben seinem Platz von der Zimmerdecke hing. Olga kam mit schweren Schritten – wie lange mochten das ihre Stöckelschuhe aushalten – in den Salon.

„Es wird Zeit, zum Wichtigsten zu kommen: Olga, den Koffer bitte, der gestern hier – wie ich doch sehr hoffe – angekommen ist." Olga nickte und kam nach kurzer Zeit mit einem großen, sehr stabilen Aluminiumkoffer zurück.

„Ist es nicht wunderbar?", jubilierte Bellingham. „Ich habe sie sofort außer Landes schaffen lassen, noch bevor die Seppls es bemerkt haben. Gut, wenn man mit Diplomaten befreundet ist, nicht? Stellen Sie ihn hier hin, Olga. Entschuldige bitte, Betty." Er setzte die Katze auf den Boden. Sie maunzte beleidigt und verließ durch eine Katzenklappe aus Plastik, die die schön gearbeitete Salontür entstellte, den Raum. Bellingham fummelte mit vor Aufregung zitternden Händen an den Zahlenschlössern. Schnarrend sprangen die Schließriegel zurück.

„Tretet näher!", sagte er feierlich.

Susan hatte etwas in der Art der britischen Kronjuwelen erwartet, aber in dem Koffer lag – säuberlich in eine blaue Schaumgummiform eingepasst – ein recht gewöhnlicher Gegenstand. Antik, zugegeben, aber wohl kaum bedeutender als der übrige altertümliche Krimskrams, von dem die Regale und Wände des Salons überbordeten. Es war eine schlichte Tonvase von der Größe eines Schirmständers, nicht einmal glasiert, keine Verzierung außer einer engen Riffelung, die an den geschlossenen Balg einer Ziehharmonika erinnerte. Kasperi, an einem Pangasius-Sandwich kauend, schaute Susan fragend an. Sie zuckte mit den Achseln.

Bellingham teilte beider Skepsis ganz offensichtlich nicht. Er führte einen rumpelstilzchenhaften Freudentanz auf. „Sieg, Sieg!", rief er, und seine Stimme überschlug sich. „Ich bin ein Genie!"

„Das sagten Sie bereits", entgegnete Susan.

„In dieser schlichten Vase, meine Lieben, steckt der Sprengstoff, der in Kürze die Welt aus den Angeln heben wird."

„Sie ist aber leer", bemerkte Kasperi.

„So leer wie die Köpfe der Kollegen, von denen ich sie mir geborgt habe." Da war wieder das Feuer in seinen Augen.

„Um hinter ihr Geheimnis zu kommen, bedurfte es schon eines …“, er machte eine kleine Pause, „Edward C. Bellingham!“

„Der uns hoffentlich sagen wird, was das alles soll.“

„Bald, bald …“, murmelte Bellingham abwesend, während er – auf dem Boden kniend – den Deckel des Koffers zuklappte, die Schlösser einschnappen ließ und die Zahlenkombination verdrehte. Er verharrte, die Hände auf den Koffer gestützt, scheinbar in Gedanken versunken. Mit einem plötzlichen Ruck wandte er sich Susan zu: „Kennst du die Schriften von Kumal Wasir?“

„Ich habe Zeiten erlebt, in denen sie recht populär waren. Aber soviel ich weiß, existiert kein Exemplar mehr.“

„Außer meinem natürlich.“ Er grinste breit und weidete sich an Susans Verblüffung.

„Dann sind die beiden Kisten auf dem Wagen …“

„Brillant kombiniert. *Chapeau.*“

Kasperi, immer noch mampfend, schaute verständnislos zwischen den beiden hin und her. „Na dann … Ich mach mal weiter“, sagte er und schlurfte aus dem Salon.

Bellingham schaute ihm nach.

„Ich möchte, dass du dich mit den Schriften befasst“, sagte er zu Susan, den Blick immer noch auf die Tür gerichtet. „Die Sprache dürfte dir nicht schwerfallen.“

„Was haben sie vor, Bellingham?“

„Frag nicht zu viel. Das könnte mich verstimmen.“ Seine Augen funkelten.

Susan setzte trotzdem nach. Sie wusste, *diese Frage* würde ihm schmeicheln.

„Sagen Sie, wie sind Sie hinter mein Geheimnis gekommen?“

Er kicherte. „Habe ich schon erwähnt, dass ich ein Genie bin?“

„Ich glaube mich daran zu erinnern.“

„Nun, es war so etwas wie ein Generationenprojekt. Schon mein Großvater war ein Profi, und er war geradezu besessen von dem Gedanken, dich ausfindig zu machen. Er war schon auf deiner Spur, allerdings gab es ungefähr fünfzig andere, die auch infrage kamen. Er hat euch beobachtet, ist in allen möglichen Verkleidungen bei euch aufgetaucht, hat versucht euch auszufragen, ohne Verdacht zu erregen."

„Jetzt wo Sie's sagen – ich erinnere mich an einen ziemlich auffälligen Postboten, Schornsteinfeger, Versicherungsvertreter, Fensterputzer, Kutscher ..."

„Trotz allem ist er zu keinem endgültigen Ergebnis gekommen, und einfach jede auf Verdacht mit *Tetaphrate* anzusprechen, stupides *trial and error,* das kommt für einen Bellingham nicht in Betracht.

Er hat vor seinem Tod alles, was er herausgefunden hatte, an meinen Vater weitergegeben. Und dem war am Ende seines Lebens immerhin klar, dass du eine von dreiundzwanzig sein musstest. Nach seinem Tod habe ich weiter recherchiert. Es hat gedauert, ich hatte nicht so viel Zeit, aber es kam der Tag, an dem ich mir völlig sicher war."

„Respekt, trotz allem."

Bellingham deutete eine Verbeugung an.

„Und wie sind Sie auf mich gekommen?"

„Die Letzte von den anderen ist vor drei Tagen gestorben."

*

Susan starrte nach oben in die Dunkelheit. Sie lag in einem Bett, das sie, wäre sie mit der Gesamtsituation zufriedener gewesen, als gemütlich bezeichnet hätte. Es duftete nach Harz und frischen Bettbezügen. Und das Erstaunlichste: Sie war alleine. Wäre sie – nur einmal angenommen – in Garys Gewalt gelangt, der wäre schon mindestens zwölfmal über sie hergefallen. Nicht so Bellingham.

Ein leises Quietschen ließ sie aufhorchen. Die Katzenklappe. In jeder Tür des Hauses schien es eine zu geben. Kurze Zeit später landete etwas Schweres auf der Bettdecke und begann, sich in Susans Magengegend eine Kuhle zu treten. Lautes Schnurren.

„Ach, hau ab“, sagte Susan genervt und wollte Betty unsanft aus den Laken katapultieren, aber – es ging nicht. *Nicht einmal seiner Katze kann ich etwas antun.* Das Gefühl der Machtlosigkeit schlechthin. Betty war inzwischen mit ihrer Kuhle zufrieden und rollte sich zusammen. Susan bemühte sich, nicht an Katzenhaare, Ungeziefer im Bett und verwandte Unappetitlichkeiten zu denken.

Bellingham. Versuch einer Analyse. Völlig verrückt. Trug irgendeinen monströsen Plan mit sich herum, über den er – ganz im Gegensatz zu der Mitteilsamkeit, die er in Sachen seiner Genialität an den Tag legte – nur in Andeutungen sprechen wollte. Ein Plan, der einer antiken, aber leeren Vase die Hauptrolle zubilligte und sonst auf die technischen Fähigkeiten eines Computerbubis und die Zuverlässigkeit einer stummen Kampfschwimmerin im Dienstmädchendress baute. Abgesehen von der Tatsache, dass er über sie, Susan, absolute Gewalt erlangt hatte und sie über die ihr zugedachte Rolle im Unklaren ließ, nicht ernst zu nehmen. Und doch …

Im Gegensatz zu den meisten Leuten, die gerne behaupten, Genies zu sein, sprach vieles dafür, dass er wirklich eines war. Seine Kenntnisse der alten Sprachen waren im eigentlichen Sinn des Wortes einzigartig. Widerwillig musste sie sich eingestehen, wie angenehm es gewesen war, sich buchstäblich nach Jahrtausenden wieder einmal in ihrer Muttersprache zu unterhalten. Und als einer der ganz wenigen seines Faches, die Susan je getroffen hatte, abgedrehte Spinner die meisten, war Bellinghams Vorstellung von den alten Kulturen am Nil ziemlich vernünftig. Interpretierten seine

Kollegen zum Beispiel die hübschen N'kla-Hölzer einhellig als religiöse Kultbestecke zur Verwendung bei rituellen Speisen, war er der Einzige, der ihren wahren Zweck kannte: die schlichte Entfernung von Ohrenschmalz bei der täglichen Körperpflege.

Sein Wissen machte ihn mächtig. Etliche Ägyptologen hätten die Schriften von Kumal Wasir wohl lesen können. Sie zu verstehen bedurfte es schon einiges mehr. Bellingham mochte ein Irrer sein. Ein harmloser Irrer war er sicher nicht.

Susan horchte auf. Etwas hatte sich verändert. Etwas fehlte. Bettys Schnurren war einer angespannten Stille gewichen. Sie spürte deutlich, dass die Katze Angst hatte. Angst vor etwas, das ganz in der Nähe war. Sie hielt die Luft an, um ihr eigenes Atemgeräusch zu unterdrücken. Etwas war draußen. Durch das gekippte Fenster konnte sie hören, wie sich dieses Etwas leise im Hof bewegte. Sie glitt aus dem Bett und schlich zum Fenster. Es war stockfinster, innen wie außen. Fast Neumond. Angestrengt starrte sie in die tintenschwarze Dunkelheit. Keine Chance. Plötzlich ergoss sich draußen, so, als hätte jemand Milch verschüttet, ein schwacher Lichtschein über den Boden. Der Schimmer drang durch den Spalt an der Unterseite des Scheunentores. Jemand musste dort drin sein. Ein Schatten kroch durch die Lichtpfütze. Susan erstarrte. Die Gestalt hatte etwas Vertrautes, zugleich Bedrohliches, was konnte …

Das Licht in der Scheune ging aus. Susan konnte nichts mehr sehen, aber in ihrem Kopf wirbelten Erinnerungen durcheinander, auf die sie gerne verzichtet hätte. Ihr wurde schwindelig. Sie presste die Hände an die Schläfen, wie um ihren Schädel am Bersten zu hindern. Unwillkürlich tastete sie nach ihrem Anhänger, ihrem Anker in solchen Situationen, aber den hatte Bellingham ihr weggenommen. Sie fiel auf die Knie. In ihrem Kopf drehten sich immer mehr Gedächtnisfetzen, Bilder von Toten mit weit aufgerissenen Augen und verrenkten Gliedmaßen, von Schlachtfeldern, von grässlichen Gestalten, die sie mit sich rissen, so sehr sie sich wehrte, und mit ihr davonflogen, hinein in eine erdrückend schwarze Dunkelheit …

Wie eine Marionette, deren Fäden durchtrennt werden, kippte Susan zur Seite. Betty kam, schnüffelte kurz an ihrem reglosen Gesicht und verschwand dann durch die Katzenklappe.

*

„Dirnberger! Ein für alle Mal: Ich bin nicht bereit, Ihre Eigenmächtigkeiten zu dulden!“

„Was meinen Sie damit, Herr Bilchlinger?“

Bilchlinger saß, zappelig wie immer, hinter seinem leeren Schreibtisch. Ihm gegenüber stand Dirnberger, der sofort nach Dienstbeginn in Bilchlingers Büro bestellt worden war. Dirnberger konnte durch die Fenster sehen, wie im Licht der Morgensonne der V-Markt mit seinem bunten, scheinbar harmlosen Gepräge erwachte. Wer war wohl heute am UGB-Stand? Hoffentlich dieser Idiot von einem zackigen Knappertsheim. Er würde hinterher Trudi fragen.

„Für Sie immer noch Herr *General*, wenn ich bitten darf.“

„Was meinen Sie damit, Herr General?“

„Ich hatte Ihnen gestern ausrichten lassen, dass ich einen Bericht über Ihr bisheriges Vorgehen erwarte.“

„Ich war gestern den ganzen Tag mit meinem Vorgehen beschäftigt. Am späten Abend wollte ich Ihnen Bericht erstatten, habe Sie aber nicht mehr angetroffen.“

„So, so. Dann hätten Sie eben auf mich warten müssen. Ich war, äh … noch auf einem Kontrollgang unten am Markt. Aber Sie haben es ja schon immer vorgezogen, pünktlich aufzuhören. Dienst nach Vorschrift, Dirnberger?“

Dirnberger wusste genau, dass Bilchlinger schon vor seinem Gespräch mit Brenner nach Hause gefahren war. Warum auch nicht, je weiter Bilchlinger weg war, desto weniger störte er. Der Vorwurf aber, ausgerechnet er, Dirnberger, mache Dienst nach Vorschrift, weckte in ihm den Wunsch, seine Faust herzhaft in Bilchlingers Gesicht zu parken. Er spürte, wie ihm der Zorn das Gesicht glühen ließ. Nur für den Bruchteil einer Sekunde entwischte Bilchlinger ein Grinsen und Dirnberger verstand, dass er provoziert werden sollte. Provoziert zu einer Kurzschlusshandlung, die vielleicht rechtfertigte, ihm den Fall zu entziehen.

„Interessiert Sie mein Bericht, Herr General?"

„Was meinen Sie, wozu ich Sie hierher bestellt habe?"

Mit eisiger Miene hörte Bilchlinger Dirnbergers Zusammenfassung der vergangenen beiden Tage zu. Als Dirnberger erwähnte, er habe eine Pollenanalyse der Leinenstücke vom Tatort angeordnet, unterbrach er ihn.

„Was soll denn das schon wieder? Botanik bringt uns hier nicht weiter, auch wenn's Ihnen vielleicht Spaß macht."

Dirnberger schaute zur Decke, was Bilchlinger noch mehr in Fahrt brachte.

„Genau das ist nämlich Ihr Problem. Sie haben zu viel von der Spaßgesellschaft inhaliert. Sie sollten endlich das Leben anpacken, anstatt ständig in Spelunken herumzumusizieren! Wie man hört, sind Sie bei solchen Gelegenheiten auch noch mit anderen Gammlern unterwegs. Wer weiß, vielleicht sind Sie sogar ein Sicherheitsrisiko?"

Dirnberger schwankte. Der Hass und die Vernunft riefen ihm – beide in voller Lautstärke – sehr unterschiedliche Vorschläge zur Gestaltung der nächsten Minuten zu. Schließlich konnte er sich dazu zwingen, ruhig zu bleiben, weil er wusste, dass sich sein Gegenüber darüber am meisten ärgerte.

„Ich denke, dass wir mit der Pollenanalyse herausbekommen, woher das Leinen stammt."

„Woher denn schon, aus einer Maschinenweberei bei den Chinesen, wo das Zeug alles herkommt. Dazu brauche ich kein Botanikgedöns."

„Sie waren schon immer ein Könner, Herr General."

„Ich sage Ihnen eins, Dirnberger. Wenn uns der Rechnungshof wegen der Kosten für Ihren Unfug kommt, dann zahlen Sie selbst. Und machen Sie endlich weiter."

„Gestern hat Herr Zeck einen Zeugen ausfindig gemacht, der vermutlich die Täter bei ihrer Flucht vom Dach der Staatssammlung in den Hofgarten beobachtet hat. Zwischen drei und vier Uhr morgens. Zwei auffallend dünne Männer. Das ist entscheidend, weil sie sonst nicht durch das enge Dachfenster gepasst hätten."

„Dann scheiden Sie schon mal als Täter aus, wie?"

„Zum Glück auch Sie, Herr General. Der Zeuge betont, dass die Männer ausgesprochen groß gewesen sind."

Bilchlinger wurde weiß. Er presste die Lippen zusammen und suchte vergebens nach einer schlagfertigen oder wenigstens würdevollen Antwort.

„Weiter!", zischte er.

„Gesichter hat der Zeuge nicht erkannt, Kleidung schon. Die Beschreibung ist an alle Polizeidienststellen raus. Ohne Bekanntgabe des wahren Hintergrundes selbstverständlich. Ich bin gegenüber Dritten wie üblich als Kripo-Mann aufgetreten. Der Zeuge sagt, die Täter hätten geradezu artistische Leistungen gezeigt. Deshalb stellt Frau Lehrmoser eine Recherche in entsprechenden Kreisen an."

„Weiter."

„Das war's."

„Äh, gute Arbeit …"

Dirnberger hob die Augenbrauen.

„Herr General?"

„… kann man das ja nicht gerade nennen, was Sie mir da abliefern. Meine Güte, wenn ich daran denke, was wir früher in zwei Tagen geleistet haben …" Er unterbrach sich. „Bis heute Mittag habe ich ihren ausführlichen Bericht schriftlich, Dirnberger. Formular A/22b, zehn Seiten mindestens."

„Hier, bitte, Herr General. Elf Seiten plus Deckblatt."

Er fischte den Bericht aus seiner Aktentasche und reichte ihn Bilchlinger über den Tisch, der ihn missmutig entgegennahm.

„Wie machen Sie weiter, Dirnberger?"

„Ich werde mir etwas überlegen, um die Hintermänner aus der Reserve zu locken."

„Locken Sie zügig, wenn ich bitten darf. Bisher haben Sie nur Zeit verschenkt. Lassen Sie sich nicht aufhalten."

Wortlos drehte sich Dirnberger um und verließ das Büro seines Chefs, nicht ohne die Tür so laut zu schließen, wie es die Etikette eben noch erlaubte. Bilchlinger ließ den Bericht durch die Finger laufen. Dann griff er zum Hörer und wählte Geierls Nummer. Auf dem Beistelltisch neben seinem Schreibtisch lag, achtlos hingeworfen, die aktuelle Ausgabe der Süddeutschen Zeitung. Er hatte darin gelesen, bevor Dirnberger gekommen war. Zufällig war der Teil mit den Nachrichten aus B. aufgeschlagen. Eine der Schlagzeilen lautete: *B. macht das Rennen – Verloren geglaubter Milliardenauftrag aus den Emiraten geht an Konsortium aus der Landeshauptstadt.*

*

Olga ließ ein brutzelndes Spiegelei mit *bacon* auf Bellinghams Teller gleiten. Bei Susan hatte sie sich weniger Mühe gegeben. Die blickte auf den zerknautschten Haufen vor sich. *Sieht genauso aus, wie ich mich fühle,* dachte sie bitter.

Auch Bellingham konnte seinem Aussehen nach nicht viel geschlafen haben. Allerdings schien er nicht schlecht gelaunt zu sein. Er wartete, bis Olgas Schritte nicht mehr zu hören waren.

„Es hat ein wenig gedauert, bis sie den Unterschied zwischen einem Englischen Frühstück und Russischen Eiern verstanden hat", kicherte er, kippte einen kleinen Berg *baked beans* über sein Spiegelei und begann mit großem Appetit zu essen. Susan sah ihm eine Zeitlang zu. Bellingham hörte auf zu kauen und hob fragend die Augenbrauen.

„Ich brauche meinen Anhänger, Bellingham. Ich drehe sonst durch."

Er schluckte hinunter und grinste sein Humpty-Dumpty-Grinsen.

„Schlecht schlafen ist nicht dasselbe wie wahnsinnig werden."

„Sie können sich nicht vorstellen, wie es ist, wenn man viereinhalbtausend Jahre ..."

„Vielleicht kann ich es, vielleicht nicht", sagte er gleichgültig. „Hattest du jemals eine gute Lebensversicherung?"

„Schon etliche kassiert", versetzte Susan wahrheitsgemäß.

„Dann wirst du verstehen, dass ich so eine nicht einfach aufgebe."

Susan wollte etwas entgegnen, aber Bellingham kam ihr zuvor. „Vergiss es."

Susan schwieg. Da war sie wieder, die unsichtbare Wand. Thema erledigt. Und bevor sie ihn wieder *anbettelte* ... nein. Noch fühlte sie sich stark genug, sich ihren Stolz leisten zu können. Auch wenn ihre Chance – wenn es sie überhaupt noch gab – Lichtjahre entfernt war.

Bellingham hatte sie aufmerksam beobachtet.

„Im Übrigen habe ich Ablenkung für dich." Susan hob die Brauen. War da eine Nuance von Unsicherheit in seiner Stimme?

„Ich habe gestern Nacht meine ... Assistenten durchgecheckt. Kein Haar gekrümmt, wenn sie welches hätten. Ich bin eben ein Genie. Im Gegensatz zu den Seppls. Aber cleverer, als ich gedacht habe, sind sie doch. Und – zugegeben – ich war etwas voreiliger, als es einem Genie zukommt."

„Das heißt?"

„Ich hätte die beiden nicht gleich aus M. abziehen sollen. Die Seppls haben nämlich einen vom Geheimdienst angesetzt, nicht die Kaufhausdetektive von Polizisten, die sie sonst so haben."

„Na und?"

„Ich bin über die Ermittlungen informiert …"

„… weil Sie ein Genie sind?"

Bellingham reagierte nicht einmal andeutungsweise auf das Stichwort. Er schien wirklich besorgt zu sein.

„Der Kerl weiß jetzt schon, dass wir die Vase über das Dach abgeholt haben, hat eine Vorstellung davon, wie meine Assistenten ungefähr aussehen. Die Idioten haben sogar Fetzen von ihrer, nennen wir es Arbeitskleidung, dort gelassen. Hat er gleich gefunden. Sehr ärgerlich."

„Wenn er damit weiterkommen will, müsste er schon für Ungewöhnliches offen sein."

„Er braucht nur zwei und zwei zusammenzuzählen, und dann steht er vor meiner Tür."

„Vielleicht sind Sie gar nicht so bekannt, wie Sie meinen." Zu Susans Überraschung hatte Bellingham für die Provokation nicht mehr als ein Stirnrunzeln übrig.

„Es handelt sich um einen gewissen Dirnberger."

„Nie gehört."

„Ich schon. Deswegen werden sich meine Kerls um ihn kümmern. *Wehre den Anfängen.* Ich werde also zwei ganz bestimmte Kisten nochmals nach M. schicken müssen. Heute noch. Und jetzt kommt dein Part."

„Ich kann es nicht erwarten."

„Ich werde dir Unterricht geben, einen Crashkurs sozusagen, dann schicke ich dich hinterher. So bald wie möglich. Als Führungsoffizier, wenn du auf Titel Wert legst."

„Als Führungsoffizier?"

„Das könnte nötig werden, wenn die Situation komplex wird. Das heißt komplizierter, als eine Fliege totzuschlagen. Und wer weiß, wen sie als Ersatz für den Dirnberger holen?"

Von draußen näherte sich das Geräusch eines schweren Dieselmotors. Durch das Fenster konnte Susan sehen, dass Olga im Hof stand.

„Olga wäre auch gerne Führungsoffizier", sagte Bellingham. „Schließlich war sie Oberleutnant. Aber sie musste einsehen, dass du in der Sache einfach besser qualifiziert bist."

Das Motorengeräusch wurde lauter. Bellingham sah auf seine Uhr.

„Das ist Terpenttaikkonen. Olga weiß Bescheid."

Susan sah über Bellinghams Schulter auf den Hof hinaus. Ein rot-weißes Ungetüm von einem Traktor mit einem Viehanhänger im Schlepp schob sich Rußwolken hustend ins Blickfeld. Olga wies das Fahrzeug mit militärisch knappen Handbewegungen ein. Das machte sie nicht zum ersten Mal, wenngleich sie dabei zumeist wohl keine Dienstmädchenschürze, sondern die Uniform der Roten Armee getragen hatte. Die Maschine wendete und stieß rückwärts auf die Scheune zu, bis Olga anhalten ließ. Bellingham stand auf und winkte Susan zum Fenster. Vom Traktor sprang ein kleiner Mann mit Igel-Mecki-Grinsen, Stoppelbart und einem ansehnlichen Kugelbauch. Er wuselte auf Olga zu und gab ihr geschäftig die Hand. Aus seinem Mund hing eine abgewetzte Pfeife, die er dem Anschein nach höchstens zum Schlafen herausnahm.

„Ein Kirovez, Baujahr '69", sagte Susan, die sich irgendwann einmal aus purer Langeweile mit der Geschichte russischer Landmaschinen beschäftigt hatte.

„Er heißt Terpenttaikkonen, und älter ist er auch", entgegnete Bellingham.

Derweil klappte der Bauer scheinbar mühelos die schwere Rampe des Anhängers nach unten und stieg hinein, kam jedoch nach einer Weile mit verlegener Miene und offensichtlich unverrichteter Dinge wieder hervor. Mit einer unwirschen Geste bedeutete ihm Olga, er solle zur Seite treten, und kletterte selbst die Rampe hinauf. Keine halbe Minute später zerrte sie ein in Panik brüllendes Zweieinhalb-Zentner-Schwein aus dem Anhänger. Das Tier sträubte sich aus Leibeskräften, aber es hatte keine Chance. Olga legte sich den Strick über die Schulter und zog es mit der Gewalt einer Lokomotive auf die Scheune zu.

Terpenttaikkonen starrte ihr hinterher, die Arme in die Hüften gestemmt, die Pfeife steil nach oben ragend. Sein Augenmerk galt Olgas kräftigen Gesäßmuskeln, die sich unter dem engen schwarzen Rock abwechselnd hoben und senkten, wie es auch die Kolben seines Traktors tun mochten.

Olga verschwand mit dem Schwein in der Scheune, kam ein paar Minuten später zurück und drückte dem Bauern ein paar verknitterte Geldscheine in die Hand. Terpenttaikkonen grinste, nahm das Geld und tätschelte mit der freien Hand Olgas Hinterbacken. Plötzlich ging alles sehr schnell. Eine Faust schoss aus dem schwarzen Dienstmädchenjäckchen und traf das Kinn des Bauern schräg von unten, noch bevor dieser irgendetwas begreifen konnte. Er stand immer noch grinsend da, während das Vorderteil seiner Pfeife zu Boden fiel.

Durchgebissen, durchfuhr es Susan.

Draußen kippte Terpenttaikkonen wie eine Schießbudenfigur nach hinten. Olga schaute verächtlich auf ihn hinunter.

„Das mag sie nicht“, bemerkte Susan.

„Überhaupt nicht“, bekräftigte Bellingham.

*

Dirnberger ging den weiß getünchten Korridor mit dem abgenutzten blaugrauen Linoleumboden entlang zu seinem Büro. An den Wänden hingen schlechte Aquarelle, Gemüsestillleben, die an weibliche Akte erinnern sollten. Bilchlinger war Hobbykünstler.

Dirnbergers Büro war klein, war aber wegen des großen Südfensters wenigstens angenehm hell. Sein geräumiges Zimmer und den schnellen Computer hatte er vor einem halben Jahr an den Kollegen Humbauer, einen Zuträger Bilchlingers, abtreten müssen. Auf dem breiten Fensterbrett stand Sepp, ein fußballgroßes, von goldgelben Stacheln nur so starrendes Exemplar von einem *Echinocactus grusonii,* den Dirnberger besonders liebte und der sicher auch deswegen besonders gut gedieh. Die Vorstellung, Bilchlinger auf Sepp Platz nehmen zu lassen, hatte Dirnberger schon manchen Tag zumindest notdürftig gerettet. Die Einrichtung des Büros stammte noch vom alten Reindl, den es am Vortag seiner Pensionierung erwischt hatte. Saigon war zu Zeiten des Kalten Krieges ein recht gefährliches Pflaster für westliche Agenten gewesen. Die Möbel zeigten an allen Ecken und Enden Spuren jahrzehntelangen Gebrauchs, aber für Dirnberger machte das den melancholischen Charme aus, den er liebte. Dort, wo zwischen den hohen Aktenregalen und dem wuchtigen Schrank aus Eichenholz noch Platz an den Wänden war, hingen in Spannrahmen Nachdrucke von El Grecos *Blick auf Toledo* und des nächtlichen Straßencafés von van Gogh. Im Gegensatz zu den meisten seiner Kollegen hatte Dirnberger sich geweigert, Bilchlingers Schöpfungen Platz einzuräumen.

Er setzte sich an seinen schlichten, etwas unaufgeräumten Schreibtisch mit der obligatorischen grünen Unterlage, zwinkerte Sepp zu und wollte gerade den Computer einschalten, um seine E-Mails abzuholen, da fiel ihm der gelbe Klebezettel am unteren Bildschirmrand auf. Die kurvige Handschrift, die sogar aus den i-Punkten kleine Kringel machte, war unverkennbar:

Habe Sepp für Dich gegossen. Du sollst beim Labor anrufen. Trudi.

Dirnberger griff zum Hörer. Wenn die vom Labor sich von selbst meldeten, dann hatten sie etwas Interessantes gefunden. Er war also dem Raubfisch auf der Spur. Seine Arbeitshypothese besagte, dass Brenners Russen wohl nur Gehilfen waren, Lotsenfische bestenfalls, die einen großen Raubfisch zeitweise begleiten. Umso interessanter konnten sie für einen Raubfischjäger sein. Waren es doch häufig die Subalternen, die den entscheidenden Fehler machten …

Das Rufzeichen im Hörer begann ihn zu nerven. Warum ging keiner an den Apparat? Vermutlich war wieder eine dieser berüchtigten Laborgeburtstagsfeiern im Gange. Mit Lachgas wahrscheinlich. Dr. Schladerer, der Laborleiter, hatte Bilchlinger ein, zweimal auflaufen lassen. Seitdem wagte der es nicht mehr, sich mit dem Labor anzulegen. Dazu war er zu sehr auf dessen trotz allem stets tadellose Dienste angewiesen.

„Schladerer, Labor."

„Dirnberger. Ich soll Sie zurückrufen."

„Sie lassen's ja ewig klingeln."

„Wer hat denn heute Geburtstag bei Ihnen?" Tatsächlich hörte man im Hintergrund den heiteren Lärm einer Kaffeerunde. Schladerer ignorierte großzügig Dirnbergers Frage.

„Gar nicht uninteressant, die Proben, die Sie uns da gegeben haben. Wir haben die Bearbeitung deshalb vorgezogen. Moment." Schladerer hielt offenbar mit der Hand die Sprechmuschel des Hörers zu. Dennoch konnte Dirnberger deutlich hören, dass er „Ruhe!" brüllte.

„Da bin ich wieder."

Die Hintergrundgeräusche waren bis auf gelegentliches Glucksen, technische Assistentinnen vielleicht, verstummt.

„Hat die Pollenanalyse etwas gebracht?"

„Immer der Reihe nach. Zunächst haben wir festgestellt, dass das Gewebe von ätherischen Ölen und Harzen, besonders von *Cedrus libani* durchdrungen ist. Die sind mit der Zeit hart geworden, deshalb ist das Material etwas brüchig."

„*Cedrus libani,* die Libanonzeder …"

„… die heute arg selten ist. In der Antike eine häufige Baumart im Nahen Osten. Zu den Pollen: jede Menge Arten, die es an der ganzen afrikanischen Mittelmeerküste gibt, aber auch ein paar, die im Nildelta endemisch sind. Dazu etliche uralte Kulturpflanzen, viel *Triticum-dicoccum* und andere, die schon im vordynastischen Ägypten bekannt waren."

„Womit die Herkunft der Proben geklärt ist … Moment. Was ist mit den modernen Kulturpflanzen?"

„Kaum etwas da."

„Was sagt man dazu?"

„Man misst den C_{14}-Anteil. 3870 Jahre plus minus 120. Das Alter der Proben."

Dirnberger pfiff durch die Zähne. „Was nicht alles in dieser Stadt herumliegt …"

„Eine einzige Schlamperei. Dann wird Sie noch interessieren, dass wir auf etliche Bruchstücke von Proteinen gestoßen sind. Dabei auch welche, die ausschließlich im Körper von Menschen und anderen Primaten vorkommen. Die Proben waren regelrecht vollgesaugt damit. Gerichtsmediziner würden sagen, da hat einer gesaftelt. Ich mach's kurz. Es handelt sich mit hoher Wahrscheinlichkeit um Stücke von altägyptischen Mumienbinden."

„Da schau her", sagte Dirnberger.

Im Hintergrund kicherten die Laborassistentinnen.

*

„Haberl, ägyptische Staatssammlung."

„Guten Morgen. Dirnberger hier."

„Ah, guten Morgen auch. Wie laufen die Ermittlungen?“

„Das hängt davon ab, wie Sie meine Frage beantworten. Könnte sein, dass sie Ihnen seltsam vorkommt.“

„Ich beschäftige mich praktisch nur mit seltsamen Fragen.“

„Sagen Sie, haben Sie auch Mumien in der Sammlung?“

„Können Sie sich eine Wallfahrtskirche ohne Reliquien vorstellen?“

„Na ja …“

„Wir haben fünf, aber zurzeit ist keine davon ausgestellt.“

„Könnten Sie bitte kontrollieren, ob sich jemand daran zu schaffen gemacht hat?“

„Wie kommen sie denn darauf?“ Haberl klang ehrlich überrascht.

„Nur so eine Idee.“

„Jeder will vom alten Ägypten nur die Mumien sehen.“ Der bittere Unterton war nicht zu überhören. „Wahrscheinlich, weil es so schön gruselig ist, einen präparierten Artgenossen anzuschauen. Als ob Mumien das Einzige wären, was die Ägypter uns hinterlassen haben. Stellen Sie sich vor, die konnten Glas machen! Der Kelch in unserer Sammlung zum Beispiel …“

„Sie haben bestimmt Recht. Schauen Sie bitte trotzdem nach, ob eine von den Mumien in letzter Zeit beschädigt worden ist.“

„Wenn es Sie glücklich macht … Aber ich wüsste schon gern, wie Sie darauf kommen.“

„Behördliche Intuition.“

„Wie beruhigend. Ich melde mich wieder.“

Dirnberger konnte sich Haberls schwerhäuptiges Kopfschütteln lebhaft vorstellen, als er den Hörer auflegte. Aber es gab hier einen Fall zu lösen. Wenn es dazu notwendig war, dass einen die Haberls dieser Welt für einen Spinner hielten, dann konnte er damit leben.

Es klopfte. Trudi trat ein. Sie wusste ihre ausladende Figur zu kleiden, das musste man ihr lassen. Dirnbergers Blick rastete auf den beiden kräftigen Wölbungen ein, die sich unter ihrem karminroten T-Shirt abzeichneten. Zwei leicht erigierte Brustwarzen drückten sich gegen den Stoff und spannten die Andeutung einer Querfalte auf. Nichts drunter an. Mamma mia.

„Ich bring dir einen Kaffee mit, Fons. War's schlimm beim Alten?"

Dirnberger riss sich, einen Moment lang ärgerlich auf sich selbst, vom Anblick ihrer Brüste los.

„Irgendwo unter uns sieben Milliarden gibt es vielleicht noch einen größeren Deppen", grinste er. Trudis Lachen versetzte ihr T-Shirt in wippende Bewegungen, die zur Kenntnis zu nehmen Dirnberger nicht umhin konnte.

„Danke für den Kaffee. Du bist ein Schatz." Er nahm die große Tasse mit beiden Händen entgegen und sog den herrlichen Duft ein. Die Tasse war mit knallbunten mexikanisch anmutenden Mustern bedruckt, die sich aus stilisierten Fischen zusammensetzten. Dirnberger nahm einen Schluck und genoss es zu spüren, wie die Droge nach und nach von jeder Faser seines Körpers Besitz ergriff und sie in angenehme Spannung versetzte. Eine Spitzensorte, nicht das übliche Bürogebräu. Er drehte die Tasse in den Händen und betrachtete sie nachdenklich.

„Sag mir mal eines, Trudi …"

„Warum denn immer nur reden?", schnurrte sie, setzte sich geschmeidig vor Dirnberger auf die grüne Schreibtischunterlage und beugte sich ein Stück weit zu ihm nach vorne. Ihr T-Shirt spannte sich gefährlich unter der Doppelbelastung. Die fein-süße Note ihres sorgsam ausgewählten Parfums ergänzte sich mit dem Kaffeeduft zu einem betörenden Reiz, der unter Umgehung des Großhirns neun von zehn Männern geradewegs in Trudis Arme getrieben hätte.

„… warum sehen wir Fische?“ Dirnberger musterte immer noch die Tasse in seinen Händen.

„Hä?“ Mehr brachte Trudi nicht heraus.

„Na, die Fische auf dieser Tasse. Sie sehen überhaupt nicht aus wie echte Fische und trotzdem ist jedem klar, dass das Fische sind.“

Trudi ließ sich vom Schreibtisch rutschen und strich im Stehen ihren schwarzen Rock glatt. Warum hatte sie dumme Kuh nicht einfach eine weiße Tasse genommen? Garantiert sah er in diesen vermaledeiten Fischen irgendeine Verbindung zu seinem Fall und das machte ihn immun. Na schön. Nichts anmerken lassen.

„Fons, in *solchen* Dingen kann ich dir nicht helfen.“

„Hmmm, wir identifizieren diese Fische als Fische, weil sie das überbetonen, was für Fische typisch ist. Ein echter Fisch ist längst nicht so typisch“, dozierte Dirnberger.

„Ach so.“

„Weißt du, wie man Raubfische fängt?“

„Ich hab mich nie getraut zu fragen.“ Trudi verdrehte die Augen und schaute zur Zimmerdecke.

„Man zieht ein Stück Blech mit einem Haken dran durchs Wasser.“

„Ein Wunder, dass es noch Raubfische gibt.“

„Wenn nämlich dieses Stück Blech gut gemacht ist, dann bewegt es sich nicht wie ein echter kleiner Fisch …“

„Darauf muss man erst einmal kommen.“ Sie gähnte demonstrativ.

„… sondern viel typischer. Und oft reizt das den Raubfisch so, dass er zuschnappt, obwohl er eigentlich gar keinen Hunger hat. Vielleicht kann er einfach nicht anders, wenn jemand so aufreizend durch sein Revier schwimmt …“

„Als Raubfisch hättest du jedenfalls das ewige Leben.“

„… oder der starke Reiz ärgert ihn einfach nur und der Ärger wird so stark, dass er alle Vorsicht vergisst …“ Erst langsam und dann immer schneller, wie auf einem frischen Polaroidfoto, zeichneten sich die Konturen einer Idee ab.

„… was dir nicht passieren kann …“

„Genau“, sagte Dirnberger abwesend. Im selben Moment wusste er, was zu tun war.

„Ha! So geht's! Danke Trudi, du weißt gar nicht, wie du mir geholfen hast.“ Er gab seinem Drehstuhl einen Schwung, hob aus der Bewegung den Hörer seines Telefons ab und wählte eine Nummer.“

„Fons?“

„Was noch?“ Er drehte sich über die Lehne halb zu Trudi zurück, wobei er die Sprechmuschel des Hörers mit der Rechten zuhielt. Ungeduld funkelte in seinen Augen.

„Wenn du jetzt eh eine Lösung hast – soll ich mit meiner Recherche weitermachen?“

„Selbstverständlich! Wir nehmen ihn von zwei Seiten in die Zange.“

In seiner rechten Hand spürte Dirnberger ein Kitzeln, als ob eine gefangene Fliege verzweifelt aus der Dunkelhaft ausbrechen wollte, achtete aber nicht darauf.

„Okay. Und, Fons …“

„Was noch?“

„Der Ernesto hat mich gefragt, ob ich heute Mittag mit ihm essen gehe.“

„Geht seine Mami nicht mehr mit?“

„Holzklotz“, sagte Trudi, die auf ein Gegenangebot gehofft hatte, und ging zur Tür.

„War doch nicht ernst gemeint. Gib mir zwei Minuten. Muss nur schnell mit dem Ägyptologen-Fuzzi telefonieren.“

„Keine Zeit. Muss Mami spielen.“

Weg war sie. Der Gedanke, möglicherweise sei es seine Schuld, dass Trudi beleidigt war, nahm verschwommene

Konturen an, aber Dirnberger konnte ihn nicht zu Ende denken. Die Fliege in seiner Hand hatte sich inzwischen in einen ausgewachsenen Maikäfer verwandelt. Erschrocken stellte Dirnberger fest, dass er, von Trudi abgelenkt, nicht die Sprech-, sondern die Hörmuschel zugehalten hatte. Ver-dammter Mist.

„Ha-a-a-llo!“, brüllte es an sein Ohr.

„Entschuldigung, Herr Haberl, ich bin aufgehalten worden, während ich bei Ihnen angerufen habe.“

„Keine Ursache.“ Haberls Ton war trocken. „So bekommt man wenigstens mal mit, wie die Geheim-Fuzzis arbeiten.“

„Herr Haberl, was halten Sie von der Idee, dass hinter dem Diebstahl ein Kollege von Ihnen steckt? Ein Wissenschaftler oder ein professioneller Sammler? Jemand, dem es nicht um Geld geht, sondern um diese Vase mit ihrer eigenartigen Geschichte.“

„Ja nun … einige von uns *Ägyptologen-Fuzzis* halten den Fluch der Pharaonen für etwas durchaus Reales. Auch ich selbst muss zugeben … jedenfalls könnte ich mir gut vorstellen, dass gerade jemand aus diesen Kreisen sehr interessiert sein könnte. Aber einem anerkannten Kollegen hätten wir die Vase ohne große Umstände zugänglich gemacht.“

„Vielleicht hätte ihm das nicht genügt. Hören Sie, haben Ägyptologen die gleiche, äh, Streitkultur wie andere Wissenschaftler auch?“

„Wir sind natürlich selbstzufrieden, von unseren Thesen eingenommen, dabei leicht vertrottelt, nicht unter einen Hut zu bringen und bereit, auch unsere nebensächlichsten Kontroversen öffentlich auszutragen. Echte Fuzzis eben. Das wollten Sie doch hören. Oder?“

„Sehr gut. Es gibt doch bestimmt Fachzeitschriften für Ägyptologie, die von den meisten Fuz… Profis weltweit gelesen werden?“

„Und ob! Ich bin sogar der Herausgeber einer der bedeutendsten, in aller Bescheidenheit. *Experimental Egyptology.* Impact Factor immerhin bei 2,3."

„Bestens. Passen Sie auf, wir müssen unbedingt einen Artikel schreiben."

„Geht's Ihnen noch gut? So einfach ist das nicht!" Haberl schalt sich insgeheim einen Narren. Hätte er bloß kein Wort von der Zeitschrift gesagt!

„Sie sind doch der Herausgeber? Haben Sie heute Nachmittag Zeit?"

„Ja, ähm, ich meine schon, äh …" Haberls hastige Suche nach einer Ausrede förderte nichts Brauchbares zu Tage.

„Gut, um halb zwei bin ich bei Ihnen."

„Ja, meinetwegen. Ihre behördliche Intuition muss ich übrigens enttäuschen."

„Haben Sie nachgesehen?"

„Gerade eben."

„Und?"

„Keiner der Behälter ist im letzten halben Jahr geöffnet worden."

„Und Sie haben die Mumien genau angeschaut?"

„Es fehlt wirklich nichts."

„Seltsam."

„Seltsam wäre es, *wenn* etwas fehlen würde, meinen Sie nicht?"

*

Zur selben Zeit gab es in der Luftfrachtzentrale des Flughafens von M. eine gewisse Aufregung. Zwei große längliche Kisten, deklariert als Antiquitäten, waren mit der Morgenmaschine von Helsinki Vantaa angekommen. Jetzt, da sie zum Weitertransport an eine Adresse in der Innenstadt verladen werden sollten, waren sie unauffindbar. So etwas kam hin und wieder vor, doch als man Empfänger und Absender von dem Verlust in Kenntnis setzen wollte, stellte sich heraus, dass weder hier noch dort jemand etwas von den Kisten wusste.

*

„Teifi, du dürra, dürra,
Trau di net vüara, vüara,
Trau di net her, net her,
Du nackerter Bär, du Bär, du,
Teifi, du dürra, dürra …"

Freitagabend. Wie eine Lokomotive stampfte der Zwiefache durch den Saal des Unterwirts und zog die Tänzer mit sich. Dirnberger und Kastl, der Harmonikaspieler, sangen sich laut und rhythmisch in Fahrt, getragen von einer unfehlbaren Begleitung, die der dicke ferkelblonde ‚Baby' Gerti an der Tuba zusammen mit den beiden Tenorhornspielern zauberte. Der Maurer-Alfred war in seinem anderen Leben Mathematikprofessor und von der vierschrötigen Metzger-Kathi wollte man es so genau gar nicht wissen. In seinen Händen fühlte Dirnberger das warme Holz seiner Klarinette und war glücklich. Der Trompeter rechts neben ihm, kaum einer wusste, wie er wirklich hieß, alle nannten ihn nur den Trompeter, garnierte nach Art eines Meisterkochs die Kreation mit wunderbar abgestimmten Einwürfen und Nebenmelodien. In der anderen Welt gehörte ihm ein Computerladen in der Schillerstraße.

Der Trompeter war ein seltsamer, ja eigentlich ein tragischer Fall. In der ganzen Szene gab es kaum einen Könner wie ihn. Ein Hexer auf seinem Instrument. Manche minder talentierten Musikanten schworen, der Trompeter habe, wenn er ihnen erklärte, wie bestimmte Passagen zu nehmen seien, aus ihren Instrumenten einen Klang geholt, den sie selbst nie wieder hervorgebracht hätten, konnten sie üben, soviel sie wollten. Wenn er mit seinem samtigen Ton einen schwermütigen Landler anstimmte, dann erfasste speziell das weibliche Publikum ein Verlangen im Unterleib, dessen Erfüllung es niemand anderem als dem Trompeter zutraute. Weil der in der nagenden Gewissheit lebte, mit seinen fünfzig Jahren bisher sexuell zu kurz gekommen zu sein, war das auch genau die Wirkung, die er sich erhoffte. Nur an sein Ziel kam er so gut wie nie und das hatte seinen Grund:

Wenn er sich gegen Ende eines Abends von der Bühne herab am Gesichterkarussell seiner brünstigen Verehrerinnen weidete, die ihm über die Schulter ihrer Tänzer vielsagend zuzwinkerten und mit der Zunge über ihre Lippen fuhren, dann brach die Vorfreude auf die nächtliche Betätigung aus ihm heraus: Er musste einfach singen. Unglücklicherweise war sein Gesang in musikalischer Hinsicht das Gegenteil seines Trompetenspiels. Baby Gerti hielt hinter vorgehaltener Hand eine Erklärung dafür bereit:

„Der muss irgendwann einmal einen Unfall gehabt haben, bei dem's ihm die Schädelplatten verschoben hat …", er machte ein knirschendes Geräusch und deutete die Verschiebung mit seinen Tubistenpranken an, „und die sind nicht mehr richtig zusammengewachsen. Und wenn er jetzt singt, schwingen die Platten da, wo sie nicht gescheit zusammengewachsen sind, irgendwie mit und er hört sich selber ganz anders als die anderen ihn. Und dann passiert's halt."

Niemand hatte eine plausiblere Vermutung entgegenzusetzen. Wie auch immer: Wenn der Trompeter zu singen begann, erwachten die Damen wie aus einer Trance, rieben sich die Augen und fragten sich, was sie eben noch an dem O-beinigen, schmerbäuchigen Kerl gefunden hatten, der da vorne röhrte wie ein waidwunder Hirsch. Die meisten klammerten sich dann Schutz suchend an ihre überraschten Männer, die von allem nichts mitbekommen hatten. Hin und wieder war es sogar zu Panik und Tumulten gekommen. Hinterher war der Trompeter zumeist am Boden zerstört und die anderen vier, die ihn als guten Freund schätzten, hatten alle Mühe, ihn zu trösten. Zur Vermeidung der Eskalation gab es nicht viele Möglichkeiten. Man konnte versuchen, ihn gewaltsam am Singen zu hindern, was sich aber nicht einmal Baby Gerti zutraute. Besser war es deshalb, die gefährlichen Fahrwasser dadurch zu meiden, dass man nicht zu viele seiner Glanzstücke spielte.

Heute war die Stimmung ohnedies großartig. Die Singstrophe näherte sich dem Ende. Dirnberger und der Trompeter wechselten einen raschen Blick, das genügte zur Verständigung, er setzte die Klarinette an und leitete mit einer trillernden Phrase die Modulation eine Quarte nach oben ein. Baby Gerti steigerte das Tempo um einen kaum wahrnehmbaren Hauch und im nächsten Moment spielten Dirnberger und der Trompeter die Melodie zweistimmig in der neuen Tonart so, als ob sie nie etwas anderes gemacht hätten.

Das Publikum auf der übervollen Tanzfläche stöhnte vor Begeisterung. Dirnberger genoss die Gänsehaut, die sich von seinem Rücken aus seinem ganzen Körper mitteilte. Um ihn herum waren die Bilder zu Wirbeln aus Lichtern und Farben verschwommen, aber trotzdem waren seine Sinne um das Zehnfache geschärft. Er ruhte konzentriert ganz in sich selbst und war doch gleichzeitig überall, formte und gestaltete, eingebunden in ein herrliches Geben und Nehmen. Nichts konnte schief gehen. Das war das pure Leben und nichts sonst. Und ausgerechnet heute wäre er beinahe noch zu spät gekommen, weil Haberl, dieser Bedenkenträger, sich so geziert hatte. Wegen des Zeitschriftenartikels, der als Raubfischköder dienen sollte. Aber schließlich hatte er, Dirnberger, sich durchsetzen können.

Ärgerlich vertrieb er diese Gedanken aus dem Paradies, denn hier gab es nur Einlass für das, was wirklich zählte. Was wussten schon die Haberls, Wimmers, Zecks, AMPs und vor allem Bilchlingers davon? Armselige Figuren. Er drehte sich um und zwinkerte Baby Gerti zu, der gerade zu einem Tuba-Solo ansetzte. Der lachte mit den Augen zurück.

An der Breitseite des Saales, wo sich der Durchgang zur Küche befand, gab es einen Tresen. Dort stand, glatzköpfig und rotgesichtig, in Leinenhemd und nicht ganz neuer Lederhose, der Unterwirt und spülte Biergläser, wobei ihm sein beachtlicher Bauch eher hinderlich war.

„Hast' das g'hört?“, sagte er zu der dürren Dame im Landhauslook, die neben ihm stand und seine Frau war. „Die spielen ja wie der Teufel.“

Die Unterwirtin schickte einen gespielt flehenden Blick in die Dachkonstruktion aus Fichtenholz, die sie tags zuvor mit künstlichen Hopfenranken hatte schmücken lassen.

„Davon werden wir nicht satt, du Träumer. Merkst' nicht, dass viel zu wenig getrunken wird? Wenn das so weitergeht, dann zahlen wir noch drauf heut Abend!“

In Wirklichkeit hätte die Rechnung schon jetzt, es ging auf halb zehn zu, unter Berücksichtigung aller Kosten einen satten Gewinn ergeben, aber die Triebfeder allen Tuns der Unterwirtin war nun einmal die ständige Angst vor dem Abhausen.

„Steh nicht herum und halt Maulaffen feil, tu was, sonst müssen wir noch's Haus verkaufen!“, keifte sie ihren Mann an.

„Soll ich hingehen und sagen: Sauft's mehr? Oder was?“, giftete der zurück.

„Nach fast vierzig Jahr' bist' immer noch kein richtiger Wirt geworden. Weiß doch jeder Depp, was man da machen muss.“

„Na dann“, sagte der Unterwirt beleidigt, weil ihm nichts Besseres einfiel.

„Du gehst jetzt nach hinten zum Brano und sagst ihm, er soll in jedes Bier, das er ausschenkt, einen Schuss Wodka hineintun. Grad' soviel, dass man's nicht schmeckt. Der Schnaps zahlt sich aus, wirst sehen."

„Bist du narrisch?"

„Aber woher denn? Mit dem bisserl Schnaps im Bier werden die Leut' freigiebiger, essen und trinken mehr, und wir verdienen wenigstens was."

„Aber …"

„Und für die Leut' ist es auch am besten. Wo könnten's denn noch hingehen, wenn wir zusperren müssen? Das versteht halt keiner und darum machst du jetzt, was ich gesagt hab. Schau nicht so dumm."

Als ihr Mann sich mit dem Einwand moralischer Bedenken weigerte, marschierte die Unterwirtin selbst, nicht ohne ihm zuvor eine Nacht auf dem Sofa angedroht zu haben, hinaus zu Brano, um ihn in ihrem Sinne zu instruieren.

Branislav – Brano – Sedlaček aus Banska Bistrica, beim Unterwirt schwarz als Schank- und Hilfskellner beschäftigt, blinzelte treuherzig durch seine schmierigen Brillengläser und gab vor, alles verstanden zu haben. Bis auf wenige Details stimmte das auch. So kam es, dass Brano nicht nur Bier, sondern auch Mineralwasser, Limonade, Tee, Kaffee und gelegentlich, wenn Svetlana und Ivetka, die Kellnerinnen, nicht hinschauten, auch Schweinebratensoße, Kartoffelsalat und nebenbei auch sich selbst immer großzügiger mit Wodka anreicherte. Beim Unterwirt, das war ihm heute klar geworden, hatte er es gut getroffen. Die Unterwirtin dagegen konnte noch nichts von den ökonomischen Folgen ahnen, die ihr Schachzug tatsächlich haben würde. Immerhin sollte er Dirnberger das Leben retten.

*

„Kreuzteufel, was ist denn mit denen los?“ Baby Gerti hatte weiß Gott schon einiges erlebt, aber dass ein Publikum so schnell so aufgedreht war, das gab es nicht oft. Etliche Tänzer hatten sich das Hemd weit aufgeknöpft, stellten ihre mehr oder minder behaarte Brust zur Schau und gefielen sich in einem für den *Homo sapiens* mitteleuropäischer Prägung ungewöhnlichem Balzgehabe. Auf Seiten der Damen machten die Trendsetterinnen einen Beckeneinsatz, den man üblicherweise in Tanzlokalen anderer Art findet, zum Gebot der Stunde. Den Vogel schoss ein käsiger Bursche mit Flaumbart ab, der sich in seinen Hut hatte übergeben müssen. Den brachte er gut gefüllt beim Hutwechseltanz in Umlauf, was allgemein für großes Hallo sorgte.

„*Gestern beim Unterwirt, falleri,*
Is was passiert, fallera!
Ham's ma in Huat einegspieb'm,
Falleralleri, hab's glei' verrieb'n!“,

sang Kastl seine Spontanversion eines bekannten Wirtshausliedes, während unten der Hauptgeschädigte mit dem kleinen Finger in den Ohren pulte. Dirnberger fiel der Großvater mit seinem Spruch, *wenn dir graust, dann hast du schon verloren,* ein und bekam vor Lachen fast keine Luft mehr. Eine schummrige Heiterkeit, die er sich nicht so recht erklären konnte, hatte von ihm Besitz ergriffen. Dafür, dass er nichts weiter als vier Halbe Mineralwasser und ein dunkles Weizen getrunken hatte, fühlte er sich ziemlich freischwebend.

„Kurze Pause, Leut'! Wascht's Euch, dann geht's weiter!“ Baby Gerti, stehend mit Tuba, wirkte viel zu imposant, als dass man seine Anweisung hätte übergehen können. Die, die es am nötigsten hatten, trollten sich in Richtung Waschraum und Toiletten. Die Unterwirtin und ihre Kellnerinnen nahmen dienstfertig Bestellungen auf. Jemand öffnete die großen

Flügeltüren des Saales. Die Sommernachtsluft von draußen war zwar kaum kühler, aber sie verbesserte die olfaktorische Situation ganz entscheidend.

„Ich komm gleich wieder."

Dirnberger verließ eilig die Bühne über den Hintereingang, zum einen, weil man so am schnellsten ins Freie kam, zum anderen, weil eben Trudi zusammen mit ihrer Freundin Patrizia Kruse-Abmayr den Saal durch den Haupteingang betreten hatte. Wie war sie hierher gekommen? Warum musste sie ihm überall hin nachlaufen? Warum kapierte sie nicht endlich, dass es zwecklos war? Warum hatte sie ausgerechnet noch diese andere moralinsauere Ziege, ihres Zeichens Möchtegern-Psychologin, mitgebracht?

Dirnberger beschloss, Trudi in der Tanzpause nicht zu begegnen. Er trat nach draußen in die wohltuende Dunkelheit und atmete die unverbrauchte Luft ein. Es roch nach frischer Erde und Gras. Unter seinen Füßen knirschte der Kies. Er schaute nach oben. Dem Geiz der Unterwirtin war es zu verdanken, dass es hier beim Nebeneingang kein Hauslicht gab, so dass die Milchstraße ihre Pracht unbehelligt entfalten konnte. Dirnberger liebte ihren Anblick, den es so nur noch in solchen Einöden gab. In M. sah man, wenn es hoch kam, nur die hellsten Sterne, während einem hier, kaum eine halbe Autostunde von der Großstadt entfernt, das Universum die eigene Bedeutungslosigkeit ebenso drastisch wie tröstlich vor Augen führte. Längs der Milchstraße flog der Schwan mit dem hellen Deneb, ein Stück westlich hing die Leier mit der kaltblauen Wega. Tief darunter der gewaltige Adler mit Altair, seinem funkelnden Halsschmuck. Zusammen hefteten sie ein riesiges Dreieck an den Nachthimmel, das wie eine Pfeilspitze nach Süden zeigte. Ganz stillhalten wollten die Sterne jedoch nicht. Dirnberger war schwindlig. Er drehte sich um. Der ganze Platz war dicht an dicht mit den Autos der Gäste zugeparkt. Auch entlang der schmalen Zufahrtsstraße zum

Unterwirt reihten sich die Karossen beiderseits über mehr als hundertfünfzig Meter bis in den Fichtenwald hinein. Erst dort hinten hatte er, seiner Verspätung wegen, einen Parkplatz gefunden.

Dirnberger ging die Straße entlang auf den Wald zu. Vielleicht half etwas Bewegung gegen das Schwindelgefühl und die aufkommende Übelkeit. Lautlos gaukelte ein Schatten knapp über Kopfhöhe an ihm vorbei. Noch einer. Ein dritter. Fledermäuse auf der Jagd nach Insekten. Am Waldrand schwebten Tausende grünlicher Lichtpunkte zwischen den im Dunkeln kaum auszumachenden Baumstämmen. Glühwürmchen, reichlich spät im Jahr. Musste an der ungewöhnlichen Hitze liegen. Von irgendwo kam das Hu-uh eines Waldkauzes. Die Straße vor Dirnberger hob sich als etwas weniger dunkles Band von der Umgebung ab, in der seine Augen nur mühsam den einen oder anderen Halt fanden. Er überlegte sich, dass er noch das kurze Stück bis zu seinem Auto gehen und dann wieder umkehren würde. Die Dunkelheit machte ihm nichts aus. Ganz automatisch bewegte er sich im Wald sehr leise und sicher – das kam noch aus der Zeit, als er oft zur Jagd gegangen war.

Er horchte auf. Da war ein Geräusch, das nicht passte. Ein Geräusch, das ihm sagte, dass er nicht alleine war. Ein antrainierter Instinkt riet ihm zu äußerster Vorsicht. Etwas war da zwischen den abgestellten Wagen. Ein Scharren. So sehr Dirnberger auch seine Augen anstrengte, er konnte keine Bewegung ausmachen. In Zeitlupe schlich er näher heran. Sein eigenes Atmen kam ihm vor wie ein Höllenlärm. Der andere musste sich ganz in der Nähe seines betagten Golf Turbodiesel aufhalten. Zufall? Noch näher. Scharren. Doch nur ein großes Tier? Stille. Schlurfende Schritte. So klang nur ein Zweibeiner.

Zwischen einem VW-Bus und einem in der Finsternis nicht identifizierbaren Kleinwagen gab es eine etwas größere Lücke.

Einigermaßen brauchbar als Deckung. Lautlos ging Dirnberger in die Hocke. Es roch nach Gummi und Motoröl. Aus dieser Position starrte er in die Schwärze auf der Straßenseite gegenüber, von wo die Schritte zu hören waren. Der andere konnte nur wenige Meter von ihm entfernt sein. Mit einem Mal brach das Scharren und Schlurfen ab. Verflucht. Hatte er sich irgendwie verraten?

Nach zwei, drei regungslosen Minuten hörte Dirnberger, wie jemand sich von hinten näherte. Gab es einen Fußweg im Wald, der hier in die Straße mündete? Deshalb die Lücke zwischen den Autos? Er wagte nicht, sich zu bewegen. Wer immer das sein mochte, er hielt direkt auf ihn zu.

Dirnberger spannte seine Muskeln zum Sprung. Der Fremde kam näher. Vielleicht noch fünf, vier, drei Meter, die sie trennten. Dirnberger verfluchte das Pochen in seinen Ohren. Für einen Moment spürte er einen Lufthauch an seiner Wange und nahm eine schattenhafte Bewegung vor sich wahr. Er atmete aus, so leise er konnte. Wer auch immer das war, er hatte keine fünfzig Zentimeter von ihm entfernt die Straße überquert.

Von gegenüber kamen jetzt leise zischende Laute, mitunter begleitet von höheren, kehlig anmutenden Tönen. Eine Sprache? Jedenfalls war man zu zweit. Etwas quietschte, und Dirnberger kannte dieses Quietschen nur zu gut. Sie machten sich an den Türgriffen ausgerechnet seines Golfs zu schaffen. Immer noch Zufall? Nach kurzer Zeit gaben sie es anscheinend auf, den Wagen zu öffnen. Keine hauptberuflichen Autoknacker also.

Stille.

Schritte.

Stille.

Dirnberger starrte angestrengt in die Finsternis. Eine, nein zwei Gestalten, schemenhaft mit der umgebenden Dunkelheit verfließend, waren auf der Straße. Mehr als eineinhalb Meter konnten sie nicht entfernt sein.

Dirnberger glaubte zwei relativ große Personen zu erkennen, die sich leicht nach vorne gebeugt hielten. Ihre Arme hingen nach unten. Sie bewegten ihre Oberkörper mit ruhigen Pendelbewegungen hin und her, vor und zurück, als ob sie Witterung von etwas aufnehmen wollten. Dirnberger fühlte, dass diese Langsamkeit ohne Vorwarnung in blitzartige Bewegung umschlagen konnte. Er musste an die Velociraptoren aus *Jurassic Park* denken, Raubsaurier, gnadenlose Jäger. Ihm wurde kalt. Es konnten nur Menschen sein, was sonst, aber das Adjektiv *menschenähnlich* traf seinen Eindruck entschieden besser. Einer der Schatten drehte sich ganz langsam in seine Richtung. Es war viel zu dunkel, um ein Gesicht erkennen zu können, aber Dirnberger konnte die tastenden Blicke förmlich spüren. Sein Instinkt brüllte etwas von Todesgefahr und Davonrennen, aber sein Verstand sagte ihm, dass der Instinkt bei aller Wertschätzung diesmal völlig danebenlag. Offenbar sahen *sie* in der Dunkelheit ausgesprochen gut, *nahmen ihn aber nicht wahr,* solange er sich nicht bewegte. Dieses Zischen, ein Rhythmus wie das Ticken einer großen Standuhr, waren das Atemzüge? Diese Ausdünstung, die erinnerte doch an einen vergammelten … *Die Russen,* durchfuhr es Dirnberger.

Mit einer raschen, ärgerlich anmutenden Bewegung, als hätte er etwas gesucht, aber nicht gefunden, wandte sich sein Gegenüber ab. Er und sein Begleiter tauschten leise, fauchende Laute aus, dann verschwanden beide in Richtung Unterwirt. Dirnberger wartete, bis ihre Schritte nur noch schwach zu hören waren, dann erhob er sich.

*

Trotz seiner schmerzenden Knie, denen die lange Zeit in der Hocke nicht bekommen war, gelang es ihm – gelernt ist gelernt – den beiden Gestalten geräuschlos zu folgen. Auch außerhalb des Waldes hoben sie sich kaum von der Umgebung ab, aber Dirnberger meinte doch, ein wenig mehr von ihnen wahrzunehmen. Das Wort *menschenähnlich* fiel ihm wieder ein. Ihre Bewegungen waren in keiner Weise unnormal oder mechanisch – und doch hatten sie etwas subtil Unechtes an sich, so wie Trickfiguren in einem Film, die fast, aber nicht ganz perfekt gelungen sind.

Wer zum Teufel waren die beiden? Die einzige Beschreibung, die auf so jemanden passte, hatte er von Brenner gehört. Die so genannten Russen also. Aber diese Erkenntnis eignete sich mehr als Frage denn als Antwort. Warum waren sie ausgerechnet hier? Wollten sie ihn, Dirnberger? Sehr unpassend in diesem Fall. Sein 38er schlummerte friedlich daheim in M.

Das Wirtshaus lag vor ihm wie ein großes Schiff in einem nächtlichen Hafen. Von der anderen Seite des Hauses her, wo der Saal war, hörte er Musik. Ein wunderschöner Trompetenlandler.

Im schwachen Gegenlicht der Hauslampe konnte Dirnberger die Fremden ein wenig besser ausmachen. Fast war er überrascht, weil sie Kleidung trugen. Und diese Kleidung sah aus wie … Konnte das sein?

Es half nichts, er musste näher an die beiden heran. Er duckte sich und schickte sich an, im Schatten der Hecke ein paar Meter aufzuholen.

„Ja, Sakrament, Fons, bist du noch ganz richtig?"

Dirnberger fühlte sich von hinten am Kragen gepackt und so heftig in die Senkrechte gerissen, dass seine Schuhsohlen kurz gelüftet wurden. So viel Kraft hatte nur einer.

„Was treibst du so lang da draußen? Der Trompeter geht uns gleich durch!" Baby Gerti war stocksauer.

„Schrei nicht so. Wo sind die zwei hin?"

„Wer?"

„Die zwei, die gerade noch da drüben waren." Dirnberger wies mit der Hand in die Richtung. Gerti glotzte.

„Du spinnst ja." Tatsächlich. Niemand war mehr zu sehen. Dirnberger rieb sich die Augen.

„Die wollten mein Auto aufbrechen."

„Schmarrn. Wer will denn deinen alten Kübel? Komm endlich." Widerstrebend folgte Dirnberger dem leicht schwankenden Gerti zum Hintereingang des Wirtshauses. Offenbar war der Tubist, ganz entgegen seiner Gewohnheit bei Auftritten, alles andere als nüchtern.

*

Wieder zurück auf der Bühne musste Dirnberger feststellen, dass das Publikum, befeuert von Branos mittlerweile hoch dosiertem Wodka in allen Speisen und Getränken und der Musik des Trompeters, endgültig außer Rand und Band war. Auch seine Mitmusikanten, nicht nur Gerti, standen – unerklärlich für ihn, der er etliche unfreiwillige Wodkas im Rückstand lag – deutlich unter Alkohol. Viel mehr noch waren sie von ihrer Wirkung auf das Publikum berauscht. Jemand hatte die Beleuchtung etwas gedämpft. Die Luft fühlte sich wie ein nasser Waschlappen an. Dirnberger musste an die Tango-Spelunke in Buenos Aires denken, in der er vor Jahren einmal versumpft war. Auf den Eckbänken wurde geknutscht, was das Zeug hielt, und auch das, was auf der Tanzfläche passierte, hätte engeren moralischen Maßstäben nicht standgehalten. Als Dirnberger die Klarinette ansetzte, warf ihm der Trompeter einen Blick zu, der in etwa *Schau mal, alles meine!* bedeuten musste.

Das stimmte. Auf den zweiten Blick schienen etliche Damen, darunter die nach landläufigen Maßstäben attraktiveren, ihren

Begleitern die Hingabe nur zu heucheln, während sie bei jeder Gelegenheit dem Trompeter schmachtende Blicke zuwarfen. Jeder Kuss, jede Berührung brachte sie nur noch mehr in den Bann des Magiers auf der Bühne.

Dirnberger beschränkte sich auf musikalische Nebenrollen und versuchte dabei vergebens, sich klar darüber zu werden, ob sein Erlebnis im Wald Wirklichkeit oder Einbildung gewesen war. In der barocken Ausgelassenheit, die um ihn herum tobte, konnte er die Erinnerung an die beiden Fremden kaum festhalten, so sehr er sich anstrengte.

Derart beschäftigt, gelang es ihm kaum, sich einen Überblick über das Geschehen im Saal zu verschaffen. Dennoch konnte er mit einer gewissen Genugtuung feststellen, dass auch die pferdezähnige Patrizia Kruse-Abmayr, Trudis – wie er meinte – übermäßig männerfeindliche Freundin, dem Trompeter verfallen war. *Interessant, dass es so eine auch erwischt,* dachte er, belustigt ob der hölzernen Solo-Tanznummer, mit der die magere Frau in Jeans und Knittertuch die Aufmerksamkeit des Traummannes zu erregen suchte. Über was Trudi und die sich wohl unterhalten konnten?

Trudi. Wo war sie eigentlich? Er gestand es sich ungern ein, aber ausgerechnet dem Trompeter mochte er ihre Zuneigung nicht gönnen. Wo war sie, verdammt? Keine Spur von ihr. Mit irgendeinem Kerl in der Besenkammer verschwunden? Die Vorstellung brachte ihn in Rage.

Jemand zupfte ihn am Hosenbein.

Trudi musste schon eine ganze Zeit dicht vor der Bühne gestanden haben. Gegen die Tonalerotik des Trompeters war sie offensichtlich immun. Ihre Augen sagten, dass sie mit Dirnberger sprechen musste. Jetzt. Mit einer Bewegung seines Instruments deutete er dem Trompeter an, dass er kurz aussteigen wolle, was Letzterer, vernebelt von Brunst und Wodka, gar nicht bemerkte. Er setzte die Klarinette ab und ging in die Hocke.

„Grüß dich, Trudi."

„Das ist ja ekelhaft, Fons. Ist das immer so?" Sie war den Tränen nahe. Dirnberger tat sie mit einem Mal sehr leid, und er spürte, dass er nicht der Einzige war, der sich, wenn alles gesagt war, zutiefst einsam fühlte. Die Musik, die Tänzer, der Lärm um Trudi und ihn herum, alles schien stillzustehen, als hätte jemand die Pause-Taste eines Videorekorders gedrückt.

„So ruhig ist es selten", sagte er.

Für einen Moment verjagte ein Schmunzeln die Traurigkeit aus Trudis Gesicht. *Wie schön sie doch ist,* dachte Dirnberger.

„Fons, wenn das da vorbei ist, gehen wir irgendwohin, wo wir allein sind, nur wir zwei, ja?"

Dirnberger sah ihr in die Augen.

„Ja", hörte er sich sagen.

„Ich freu mich auf dich." Sie lächelte ihm zu und war im nächsten Augenblick zwischen den Tanzenden verschwunden.

Im gleichen Moment setzte sich die Außenwelt wieder in Bewegung. Der Lärm, die Tänzer, die Musik, alles war wieder da. Der Trompeter drehte sich zu Dirnberger hin, ein fragender Blick, ein kurzes Nicken, und die Melodie gehörte ihm. Zum Glück ein Schottisch, der automatisch lief, denn ganz bei der Sache war er nicht. Hatte er wirklich eben ein Stelldichein mit Trudi ausgemacht? Das hätte nicht passieren dürfen. Es würde genauso enden wie immer. Andererseits war Trudi schon ein außergewöhnlicher Mensch. Sie hatte viel von der Wärme, nach der er sich so sehnte. Aber er würde ihr vertrauen müssen, ihr gegenüber nur er selbst sein. Konnte er das? Wahrscheinlich nicht.

Auf einmal bemerkte Dirnberger, dass er ganz alleine spielte. Es war totenstill im Saal. Er setzte die Klarinette ab und sah sich um. Baby Gerti, der Trompeter, alle starrten mit offenen Mündern auf die Tanzfläche, wo sich inmitten der Menschenmenge ein großer Kreis geöffnet hatte. Als ihm klar wurde, wer – oder besser was – sich in dessen Mitte befand, stockte ihm der Atem.

*

Rücken an Rücken standen zwei fremdartige Gestalten inmitten der Arena, die die Umstehenden bildeten. Bei ihrem Versuch, sich einzuschleichen, hatten sie die Wirkung ihrer Verkleidung überschätzt. Dem Anlass durchaus angemessen trugen beide eine Allerweltstracht bestehend aus kurzer Lederhose, Leinenhemd, grünem Filzhut, Kniestrümpfen und Haferlschuhen, deretwegen sie sicher nicht aufgefallen wären. Um aber zu verbergen, dass ihre Köpfe, ihre Arme, ihre Beine, ihre spindeldürren Körper gänzlich in ausgesprochen unansehnliche Binden gewickelt waren, hätte es schon einer aufwändigeren Tarnung bedurft. Von ihren Gesichtern war nichts zu sehen, außer der Andeutung einer Nase unter den Bandagen und einem schmalen Spalt zwischen zwei horizontalen Wicklungen, hinter denen sich Augen verbergen mochten.

Dirnbergers Verstand fühlte sich insofern bestätigt, als dass nun feststand, dass sein Erlebnis im Wald keine Einbildung war. Andererseits stand er nun vor dem Problem, das Faktum zweier zum Leben oder wenigstens einem nahe verwandten Zustand erwachten Mumien einsortieren zu müssen. Wenn es nicht noch mehr von der Sorte gab, dann konnten das nur Brenners *Russen,* die Diebe der Vase sein. Zweifellos stammten die Leinenstücke, die er am Tatort gefunden hatte, von ihren Bandagen, und nur jemand mit einem derart sparsam ausgelegten Körperumfang durfte hoffen, durch die Dachluken des Ägyptischen Museums einsteigen zu können. Wussten sie, dass er hinter ihnen her war? Jagten sie ihn? Aber so offensichtlich? Entweder waren sie nicht besonders intelligent oder sie wähnten sich ihrer Sache sehr sicher. Dirnberger hoffte inbrünstig auf Ersteres.

Auf der Tanzfläche herrschte völlige Stille. Die beiden Gestalten, immer noch Rücken an Rücken, drehten sich langsam im Kreis, als suchten sie nach einer Fluchtmöglichkeit. Immer wenn eine der beiden einen Vorstoß auf den Rand des Kreises wagte, wie Raubtiere das zuweilen tun, wenn sie in die Enge getrieben sind, wich die Menge schweigend zurück, füllte aber auf der anderen Seite sofort den frei gewordenen Platz. *Wie eine große Amöbe,* dachte Dirnberger. Die Anspannung im Raum näherte sich der Zerreißgrenze. Jeden Moment musste es passieren. Aber was? Verzweifelter Angriff der Mumien? Oder würde die Menge wie ein Meer über den beiden zusammenschlagen und ihnen die Bandagen vom Leib reißen?

„Ja, aber Moment, euch kenn ich doch!“ Der Bademeister vom Nachbarort, ein kräftig gebauter Mittfünfziger mit Glatze und blondem Zwirbelbart, bahnte sich einen Weg in die Arena. Leutselig warf er den beiden Mumien, eine links, die andere rechts von ihm, seine autoreifendicken Arme über die Schultern. Seine Wangen leuchteten rot vom Suff. Er wandte sich an die Umstehenden:

„Aber Leut', habt's doch keine Angst, das sind doch die zwei Wurmdobler-Brüder, die vor vier Wochen den Unfall mit dem Pizza-Laster am Irschenberg gehabt haben! War doch im Radio! Sauber haben sie euch wieder zusammengeflickt, Respekt!“

„Aber den Verband hat ihnen niemand gewechselt“, ließ sich eine zaghafte Stimme aus der Menge vernehmen. Das war Wasser auf die Mühlen des Bademeisters:

„Ganz genau. Da habt's ihr die Gesundheitsreform. Eine einzige Sauerei. Für alles ist ein Geld da, aber dass man zwei jungen Burschen den Verband wechselt und …“, er schnüffelte, „… etwas anderes zum Fressen gibt als einen verschimmelten Gugelhupf, dafür langt's nicht! Oder?“

Allgemeines zustimmendes Raunen.

„Aber Hauptsach', ihr seid's wieder da!" Er klopfte den beiden auf die Schultern, dass ihre Binden staubten. „Und jetzt ist wieder Stimmung da herin! Musikanten, aufspielen!"

Der Trompeter ließ sich das nicht zweimal sagen. Sofort stimmte er einen wilden Dreher an und riss die anderen mit sich. Nur Dirnberger spielte nicht. Das fiel ohnehin niemandem mehr auf. Beunruhigt beobachtete er das Treiben auf der Tanzfläche, das tobte, als hätte es nie eine Unterbrechung gegeben. *Gib den Menschen irgendeine Erklärung, sie werden dafür dankbar sein. Je schwachsinniger, desto besser,* dachte er bitter. Die beiden – er wagte das Wort kaum zu denken – *Mumien* waren jetzt völlig in das Geschehen eingebunden, waren ein Teil des wogenden Strudels zu seinen Füßen geworden. Nachdem sie jetzt so etwas wie Helden waren, avancierten sie zu begehrten, wenn auch ungeschickten Tänzern.

Dirnberger musste feststellen, dass er auf die Mumien ähnlich anziehend zu wirken schien, wie der Trompeter auf die Damen, wenn auch sicher nicht aus den gleichen Gründen. Sie ließen ihn nicht aus den Augen oder was immer sie stattdessen unter den Bandagen verbargen, egal wohin sie im Gedränge auch gewirbelt wurden. Als einer der beiden ganz nahe an der Bühne vorbeigetanzt wurde, zeigte er Dirnberger mit dem Daumen der linken Klaue die Geste des Hals-Durchschneidens. Das beseitigte alle Zweifel an ihren Absichten. Verflucht.

Dirnberger zwang sich zur Ruhe. Auf der Bühne war er einstweilen in Sicherheit. Sie würden ihn beim Hinausgehen kriegen, klar. Und wenn er nicht allein ging? Trudi? Nein, er durfte niemanden sonst in Gefahr bringen. Aber … natürlich, *eine* Möglichkeit gab es, mit der er sich den entscheidenden Vorsprung verschaffen konnte. Er zögerte keinen Augenblick.

„Trompeter", rief er, „die nächsten zwei Runden nur von deinen Besten!" Baby Gerti wollte etwas sagen, da begann der Trompeter dankbaren Blickes schon mit einem Galopp, der seiner Zielgruppe direkt ins Mieder fuhr, aber auch sonst begeistert aufgenommen wurde. Dirnberger spielte eine zweite Stimme, die an Druck der Melodie in nichts nachstand. Auch Gerti und die beiden anderen konnten sich dem Sog nicht widersetzen und gaben ihr die fast greifbare Energie und Struktur, die nur sehr guten Begleitern gelingt. Diejenigen unter den Gästen, die sich später daran erinnern konnten, erzählten noch lange von der gigantischen Musik, die gespielt wurde, bevor es passierte. Und so herrschte nach den zwei Tanzrunden eine derart aufgepeitschte Stimmung im Saal, dass Dirnberger meinte, es könne so weit sein. Wie ging es dem Trompeter? Der starrte entrückt lächelnd auf die Tanzfläche und wirkte kaum mehr ansprechbar.

„Spinnst du, Fons? Wer weiß, was er sich schon alles ausmalt!", zischte Gerti.

Dirnberger trat nach vorne. Die Masse tobte. Er spähte nach den Mumien. Sie steckten ziemlich im Zentrum des Gewühls fest. Gut. Er schluckte den Frosch im Hals hinunter.

„Trompeter, sing uns was!", rief er laut.

*

„Bei uns zuhaus' auf dem Balkon,
Da steht ein alter Pa-happkarton
Und drinnen wohnt der Max und das ist ein Ka-haninchen,
Und gleich daneben wohnt das dumme Fräulein Hü-hühnchen.
Und eines Na-hachts ist es passiert,
Da hat der Ma-hax, das Huhn verf…"

Weiter kam der Trompeter mit seinem so inbrünstig wie falsch gesungenen Gassenhauer nicht. Sogar Dirnberger hatte die Wirkung unterschätzt. *Eine gute Stimmung ist etwas ganz Schwieriges,* hatte sein Großvater immer gesagt, *wie eine große Steinkugel, die oben auf einem Berggipfel liegt. Wenn einer nur ein wenig anstößt, ist sie drunten.*

Der Gesang des Trompeters hatte der Kugel einen kräftigen Stoß versetzt und nun polterte sie in rasendem Tempo zu Tal und riss mit, was ihr in die Quere kam. Wie eine Seifenblase platzte in den Anwesenden die Erinnerung an die wunderbare Musik und wich dem nackten Entsetzen. Ein aus Geiz nicht behobener Konstruktionsfehler wollte es, dass die Flügeltüren des Unterwirtssaales sich nur nach innen öffnen ließen. Die panische Flucht der Ersten wurde daran zurück-geworfen, diese prallten auf die Nachdrängenden, was in der Enge zu einer enormen Aggression führte. Die Männer griffen sich Blumenvasen, Stühle, Tischlampen und prügelten aufeinander ein, die Frauen kreischten und zerrten an ihren wild gewordenen Stieren, was diese nur noch wütender machte. Der Unterwirt, der dazwischengehen wollte, um das Schlimmste zu verhindern und um vor seiner Frau nicht als Waschlappen dazustehen, bekam ein eichenes Stuhlbein zu kosten. Noch während er seine Schneidezähne mit reichlich blutigem Schaum in die hohle Hand spuckte, stülpte ihm jemand von hinten mit Gewalt einen Blecheimer über den Kopf und trat ihn kräftig in den Hintern, so dass er, geblendet, getreten, geschubst und gestoßen, orientierungslos durch den Saal taumelte. Bei jedem Hinderniskontakt untermalte ein blechernes Scheppern die Sinfonie der Jahrhundertrauferei. Die Unterwirtin stand händeringend auf ihrem Tresen und schrie etwas von Verbrechern, die man einsperren solle. Niemand nahm Notiz von ihr.

Dirnberger hatte inzwischen seine Klarinette hastig in den kleinen Koffer gepackt und tastete in seiner Hosentasche nach dem Autoschlüssel. Gut. Als er sich sprungbereit machte, sah er, wie sich die Mumien gleich Schwimmern in schwerer

Brandung einen Weg in Richtung Bühne bahnten. Ihnen nach wühlte sich neptunartig der Bademeister, in der Hand eine Heugabel, die noch kurz zuvor als Wandzierrat gedient hatte. „Stehen bleiben, Wurmdobler!“, brüllte er.

Höchste Zeit. Dirnberger nahm Anlauf, schloss die Augen und sprang durch das geschlossene Fenster links von der Bühne ins Freie. Er landete draußen auf dem gekiesten Platz, ignorierte den stechenden Schmerz im linken Sprunggelenk und rannte los.

*

Als Dirnberger den Wald erreichte, hörte er, wie die Türen des Saales barsten und sich die Menge mit einem kollektiven Schrei ins Freie ergoss. Sein verstauchter Fuß peinigte ihn, doch er versuchte, noch schneller zu laufen. Das Pochen seines Herzens wummerte in seinen Ohren. Wann hatte er zuletzt trainiert? Trotz der Finsternis fand er zielsicher seinen Wagen. Er holte den Zündschlüssel aus seiner Hosentasche – und ließ ihn durch eine Ungeschicklichkeit in die Dunkelheit fallen. In wilder Aufregung tastete er mit den Handflächen den Boden ab. Was, wenn sie jetzt kämen? Als er endlich wieder das Lederetui in der Hand fühlte, hörte er ein Geräusch, als ob Hunde sich in raschem Lauf vom Unterwirt her näherten. Das konnten nur *sie* sein.

Er klappte den Schlüssel auf, schob ihn ins Schloss und drehte ihn um. Die Zentralverriegelung antwortete mit einem beruhigenden *Klack.* Dirnberger zwängte sich in den Fahrersitz und drückte den Verriegelungsknopf. Das Vorglühen dauerte eine kleine Ewigkeit. *Nie wieder einen Diesel!* Dirnberger startete den Motor, schaltete das Licht ein, stieß rückwärts auf die Straße und wollte gerade den ersten Gang einlegen, als sich etwas von hinten auf die Heckscheibe des Wagens warf. Vor der vom Rückfahrlicht angeleuchteten Straße sah die

Mumie wie der Schatten einer großen Spinne aus. Ihre Finger kratzten mit einem widerwärtigen Geräusch über das Dach. Irgendwie schaffte sie es, sich festzuklammern. Dirnberger gab Vollgas und bremste dann den rückwärts rasenden Wagen vor einer Kurve abrupt ab. Ganz im Einklang mit der newtonschen Mechanik flog die Mumie über die geparkten Autos hinweg in die Dunkelheit. Ein dumpfer Aufschlag signalisierte Baumkontakt. Dirnberger schaltete auf Fernlicht um und schoss mit quietschenden Reifen vorwärts. Nach kaum dreißig Metern sprang die zweite Mumie vom Straßenrand in den Lichtkegel und stellte sich ihm in Torwarthaltung in den Weg. Dirnberger beschleunigte. Im letzten Moment entschied sich sein Gegner, nach links auszuweichen, schaffte es aber nicht mehr ganz. Die Mumie wurde hochgerissen, knallte gegen die Windschutzscheibe und wurde in einem unfreiwilligen *Salto mortale* über das Dach nach hinten geschleudert. Vier Minuten später war Dirnberger bereits auf der Autobahn Richtung M.

*

Trudi gähnte, öffnete die Augen und fand sich in einem düsteren, völlig verwüsteten Unterwirtssaal wieder. Sie war aus Langeweile und dank Branos Wodka auf der Eckbank eingeschlafen, noch bevor die Mumien aufgetaucht waren. Quasi im Auge des Taifuns hatte sie nichts von dem Inferno mitbekommen. Es stank nach Urin, Bier, kaltem Rauch, angesengtem Haar und Schweiß. Mit dabei eine Andeutung von Blut. Nur ein kümmerlicher Rest der Beleuchtung war heil geblieben, so dass der Saal in ein graublaues Halbdunkel getaucht war. Es war still, bis auf das gelegentliche Schluchzen der Unterwirtin, die am Tresen zusammengesunken war und ihr Gesicht im Arm verbarg. Hin und wieder war gedämpft das Scheppern des Unterwirtes mit seinem Blecheimer zu hören, der sich mittlerweile in entfernteren Trakten des weitläufigen Gebäudes verirrt hatte. Auf der Bühne stand, wohl seit Stunden, immer noch der Trompeter und blickte mit leeren Augen durch die Zerstörung hindurch. Trudi stand auf und ging über den mit Schutt bedeckten Boden zu ihm hin. „Wo ist der Fons?“, fragte sie.

*

Brummelnd wie ein Bär, den man zur Unzeit aus dem Winterschlaf geweckt hat, wälzte Haberl sich aus dem Bett. Die schokoladenbraune Farbe seines Schlafanzugs, der mit kleinen weißen Kaffeetassen und -kännchen verziert war, unterstrich noch den Eindruck des Bärenhaften. Tapsig, wie er war, rutschte er im Aufstehen auf seiner Vorabendlektüre, einer zerlesenen Playboy-Ausgabe aus, die er offen neben dem Bett hatte liegen lassen. Mit einem scharfen *Ratsch* riss das üppige Playmate längs entzwei. Haberl, den der Verlust sonst schmerzlich berührt hätte, hatte keine Zeit, sich darüber zu ärgern. Im Vorwärtsfallen riss er das enervierend schellende Telefon, das ihn aufgeweckt hatte, von seinem Platz auf dem altmodischen Beistelltischchen, Letzteres ein Geschenk seiner Mutter. Mit einem dumpfen Krachen ging der schwere Fernsprecher, ein original W48 aus Bakelit, fast zeitgleich mit Haberl zu Boden. Haberl setzte sich schwerfällig auf und rieb sich sein linkes Knie. Es tat höllisch weh. Das zerrissene Playmate sah ihn spöttisch an. Auf dem Boden lag wie ein Schwerverletzter – das Telefon. Haberl hob den Hörer auf.

„Ja?“

„Dirnberger hier. Hören Sie, Herr Haberl, ich muss Sie dringend etwas fragen.“

„Wir haben Samstag und es ist halb sechs Uhr früh. Sind Sie des Wahnsinns?“

„Genau das möchte ich klären."
„Soll ich's Ihnen wirklich sagen?"
„Passen Sie auf. Ich habe etwas gesehen … Ich habe die ganze Nacht nicht geschlafen."
„Ich schon", entgegnete Haberl etwas milder.
„Sagen Sie, kann es sein, dass Mumien frei herumlaufen?"
„Wissen Sie, woran man Mumien erkennt?"
„Äh, sie sind eingewickelt und …"
„Man erkennt sie daran, dass sie *nicht* herumlaufen."
„Ich habe welche gesehen."
„Nehmen Sie Drogen?"
„*Was die Natur zulässt, ist in den Randbereichen unklar.* Das habe ich von Ihnen."
„Schon. Aber die Randbereiche sind ganz sicher nicht breit genug für wandelnde Mumien. Punkt. Übrigens …"
„Ja?"
„Dieser blödsinnige Artikel, zu dem Sie mich überredet haben, erscheint nächste Woche, wahrscheinlich schon am Montag, in unserer Internet-Ausgabe. Hoffentlich haben Sie sich mehr dabei gedacht als mit dieser Mumiengeschichte. Gute Nacht."
Es klickte im Hörer. Dirnberger blickte verdutzt in die Muschel. Eine deutliche Auskunft. Wenn Haberl Recht hatte, dann war er, Dirnberger, entweder verrückt oder auf eine trickreiche Verkleidung hereingefallen. Aber wie sollte in so einer Verkleidung noch Platz für einen lebenden Menschen sein? Und wenn doch? Dann gab es jetzt, ganz zu schweigen von den Verletzten der Rauferei, die er bewusst angeheizt hatte, zwei Schwerverletzte oder Tote im Wald beim Unterwirt, für die er, Alfons Dirnberger, verantwortlich war. Auch wenn sie ihn bedroht hatten – hatten sie das überhaupt? – er hätte nicht einfach wegfahren dürfen. Das Gefühl, einen Kardinalfehler gemacht zu haben, fuhr ihm heiß ins Mark. Noch dazu waren die beiden die Hauptverdächtigen seines Falles. Ein wilder

Drang, irgendetwas zu tun, boxte in ihm herum. Er griff zum Telefon.

*

Haberl war wieder eingeschlafen. Wie jedes Mal, wenn er sich ausgenutzt fühlte, träumte er seinen Traum. Es half nichts, dass er genau wusste, dass es nur ein Traum war. Ein grausamer Teil seiner Seele ließ ihn nicht aufwachen, ehe die ganze Geschichte in ihrer ganzen Peinlichkeit durchlebt war. Immer das gleiche Muster. *Haberl ist als Hauptredner zum Internationalen Ägyptologenkongress eingeladen. So ziemlich die größte Ehre, die einem in dem Job zuteilwerden kann. Er sitzt in der ersten Reihe, sein Manuskript in den schwitzenden Händen. Auf dem Podium erscheint, rasante Mittvierzigerin, strahlendes Lächeln, Hesther Hazelcourt aus Boston, Massachusetts, derzeit wahrscheinlich populärste Ägyptologin weltweit. Liebe Kolleginnen und Kollegen sagt sie mit ihrem hinreißenden Akzent, wir freuen uns auf Franz-Michael Haberl aus M. Unter tosendem Applaus betritt Haberl das Podium. Er legt sein Manuskript auf das Rednerpult. Neue Deutungen alter Textdokumente, so heißt sein Vortrag. Ein wissenschaftlicher Durchbruch, zweifelsohne. Er will sich räuspern, da ergreift Hesther nochmals das Wort. Franz-Michael, sagt sie, wird zunächst Rain Tree Sketch von Tōru Takemitsu, neunzehnhundertdreißig bis neunzehnhundertsechsundneunzig, zu Gehör bringen.*

Das Pult ist verschwunden. Haberl findet sich auf einem Klavierhocker wieder. Vor ihm ein monströser Flügel. Glänzend schwarz. Steinway. Über den Tasten ein Notenblatt. Nichts als wirres Zeug. Darüber der Titel auf Englisch und Japanisch. Es ist ganz still. Ich kann nicht Klavier spielen, schreit Haberl, ich bin Ägyptologe. Das Publikum bricht in schallendes Lachen aus. Haberl möchte weglaufen, aber es geht nicht. Franz-Michael und seine Scherze, haha, sagt Hesther ins Mikrofon. Spiel irgendwas Buddy, zischt sie Haberl zu, sonst kommst du hier nicht raus. Haberl ist zum Heulen zumute. Er findet ihren Akzent zum Kotzen. Ich bin Ägyptologe, sagt er noch einmal, aber niemand interessiert sich dafür. Es gibt ein einziges Klavierstück, das er vielleicht hinbekommt. Ein Schwarze-Tasten-Trick eigentlich. Unter rasendem Gelächter spielt er den Flohwalzer.

*

Eberhard Zeck hatte Wochenenddienst. Das machte ihm nichts aus. Und dass er um diese frühe Stunde schon wieder einen Fall gelöst hatte und nun den Tag langsam kommen lassen konnte, wie er das nannte, erfüllte ihn mit tiefer Behaglichkeit. Er saß im Freien auf einem ächzenden Klappstuhl. Vor ihm, auf einem grünen Blechtisch, standen eine große Tasse Kaffee, fast schon ein Kübel, und ein opulentes Frühstück, bestehend aus sechs knusprigen warmen Semmeln, Aprikosenmarmelade, Schokocreme und einem kuhfladengroßen Omelette. Er schaute nach oben. Es würde ein heißer Tag werden, aber noch stand es Unentschieden zwischen den wärmenden Sonnenstrahlen und der kühlen Luft der vergangenen Nacht.

Unvermittelt dudelte eine scheußlich verpiepste Fassung von Mc Cartneys *When I'm Sixty-Four* aus Zecks beigem Trenchcoat, den er über einen der leeren Stühle am Tisch geworfen hatte. Mit der Gewandtheit eines Orang-Utans angelte Zeck sein Diensthandy aus der Manteltasche.

„Ja?"

„Guten Morgen, Herr Zeck, ich bin's."

„Ja, so eine Überraschung – der Dirnberger! Was kann ich für dich tun?"

Weil das Omelette noch so schön warm war, mochte Zeck das Verspeisen desselben ungern aufschieben. Er klemmte das Handy zwischen Kinn und rechte Schulter, schnitt einen dicken Brocken ab und schob ihn sich in den Mund.

„Gott sei Dank, dass Sie Dienst haben. Haben Sie von der Sache gestern Nacht beim Unterwirt in Grinning etwas mitgekriegt?"

„Hnnnnng! Hnnnnng! Aaaaaargh!"

„Geht es deutlicher?"

Zeck hatte sich an seinem Omelette verschluckt. Hätte Dirnberger sehen können, wie er in Panik mit den Armen rudernd um den Frühstückstisch hüpfte, es hätte ihn an den Balztanz eines monströsen Auerhahnes erinnert. Das Handy hatte der Polizist auf den Tisch geworfen. Dirnberger hörte eine aufgeregte Frauenstimme, die sich offensichtlich Zeck näherte. Sie kam ihm irgendwie bekannt vor.

„Herr Polizeichef, ist Ihnen nicht gut?" Der und Polizeichef. Dirnberger grinste verächtlich.

„Hnnnnng! Hnnnnng!! Aaaaargh!!! Hang-nung! Hang-nung!" War das Chinesisch?

„Verschluckt? Halten's still, Herr Polizeichef, ich klopf Ihnen den Rücken."

Der Vulkanausbruch, dessen telefonischer Zeuge Dirnberger wurde, war der Hustenanfall, der Zeck aus seiner Not erlöste.

„Geht's wieder, Herr Polizeichef? Ich bring Ihnen was zum Abwischen!" Schritte entfernten sich.

Schweres Schnaufen, dann war Zeck wieder am Apparat.

„Dirnberger, bist du noch dran? Hab' mich eben verschluckt."

„Sie frühstücken gerade einen Tatort ab?"

„Aber den Tatort errätst du nicht, wetten?"

„Stimmt."

„Schwach. Du hast mich eben danach gefragt. Es ist der Tatort, von dem du gestern in verdächtiger Eile verschwunden bist."

Zeck genoss die Pause.

„Beim Unterwirt in Grinning?"

„Wo denn sonst? Und den Fall habe ich auch schon gelöst."
„Soll das heißen, Sie haben die beiden festgenommen?"
„Na, na, das wär jetzt aber wirklich übertrieben. Die können einem ja schon wieder leidtun, wenn man bedenkt, was sie gestern abgekriegt haben."
„Leidtun? Die wollten mich umbringen!"
„Geht's dir noch gut, Dirnberger? Eigentlich sind's doch anständige Charakter, ein bisschen verdreht vielleicht. So jemand tut keinem ernstlich was. Langjährige Polizeierfahrung."
„Sie haben Erfahrung mit solchen … Mumien?"
„Mumien? Das ist aber nicht nett." Zeck lachte dröhnend.
„Sind sie verletzt?"
„Na ja, er hat am Kopf einiges abbekommen, aber da kommt er schon drüber, viel konnte nicht kaputtgehen, haha, und sie hat es seelisch ein bisserl erwischt."
„Er? Sie? Ein Mann und eine Frau?"
„Ja nun, was hast du dir denn vorgestellt, Dirnberger?"
„Keine Ahnung, ehrlich gesagt. Haben die zwei auch Namen?"
„Moment." Zeck kramte sein Notizbuch hervor. „Tratzkofler. Franz und Kreszenz."
„Das glauben Sie doch selbst nicht, Zeck. Wollen Sie mich verarschen?"
„Dirnberger, Dirnberger, was mach ich noch mit dir? Wart mal, da kommt sie gerade, ich hol sie ans Telefon, dann kann sie's dir selber sagen."
Bevor Dirnberger protestieren konnte, hörte er Zeck schon rufen: „He, hallo, kommen's doch kurz mal ans Telefon, da ist ein Kollege vom Präsidium, der braucht Ihre Personalien."
Dirnberger war völlig perplex. Was sollte er sagen? Er hörte, wie auf der anderen Seite das Telefon übergeben wurde.
„Ja?" Eine verschüchterte Frauenstimme. Das passte nun gar nicht ins Bild. Was blieb ihm, als die Polizistenrolle zu spielen?

„Hier …“, er murmelte etwas Unverständliches, „Polizeipräsidium. Ihren Namen, Beruf und Wohnort, bitte.“

Die Frau schluckte. „Tratzkofler, Kreszenzia Maria, Unterwirtin in Grinning. Ich hab nichts Schlimmes gemacht, wirklich.“

Dirnberger brauchte zehn Sekunden, um zu verstehen.

„Äh, danke. Bitte geben Sie mir wieder den Herrn Zeck.“

„Na, glaubst du's jetzt?“, dröhnte der Kommissar.

„Soll das heißen, Sie haben die Wirtsleute überführt?“

„Stell dir vor Dirnberger, die Wirtin hat heute so um vier Uhr bei uns angerufen. Anzeige wegen Rauferei mit schwerer Sachbeschädigung. Ich bin hin, alles schon vorbei, Mordsverwüstung, und hab mir gleich mal einen Kaffee bringen lassen, weil ich so müde war. Der Kaffee hat aber ganz komisch geschmeckt, eher wie Wodka mit Kaffee drin. Ich raus in die Küche, und da war so ein Kerl mit etlichen leeren Wodkaflaschen und einer Brille wie Glasbausteine, Branko oder Bronto, Slowake, Schwarzarbeiter natürlich, total besoffen. Der hat auf Befehl von der Chefin überall Wodka reingetan. Die und ihr Mann haben alles zugegeben. Wollten die Gäste mit Alkohol konsumfreudiger machen, aber der Bronto hat das übertrieben. In dem ganzen Suff ist dann irgendwie die Rauferei losgegangen. Selber schuld die Wirtsleut', sag ich. Sollen froh sein, wenn ich sie nicht wegen Schwarzbeschäftigung und Körperverletzung pack.“

„Machen Sie mit den Wirtsleuten, was Sie wollen. Mich interessiert, ob Sie die zwei Typen erwischt haben, die im Saal aufgetaucht sind, kurz bevor es losgegangen ist. Es ist wichtig.“

„Du auch noch Dirnberger!“ Zecks Stimme wurde mitleidig-spöttisch, „Auch du ein Opfer des Wurmdobler-Wahns.“

„Für einen Wahn schon recht konkret, möchte ich meinen. An die beiden müsste sich jeder erinnern, der dort war.“

„Genau. Daran erkennt man einen Massenwahn. Alle erinnern sich zugleich an etwas, was nur innen im Kopf passiert ist, nicht draußen. Wie bei so einem Voodoo-Spektakel bei den Barabern in Brasilien und sonst wo. Es wird gesoffen und getanzt und auf einmal meinen alle, dass etwas da ist, was in Wirklichkeit nicht da ist. Dann passiert's. Dort beißen sie dann den Hühnern den Kopf ab und bei uns wird gerauft. Sonst ist es genau das Gleiche."

„Mit dem Unterschied, dass es die beiden Wurmdobler wirklich gibt."

„Stimmt. Ich hab' sie auch gefunden."

„Also doch. Wo denn?"

„Im Kreiskrankenhaus in Miesbach, wo sie hingehören. Dort liegen sie seit gut vier Wochen, alle zwei im Ganzkörpergips. Die hätten's nicht bis zur Party geschafft."

„Mir geht es nicht um die echten Wurmdobler, sondern die, die gestern dafür gehalten worden sind."

„Dirnberger, wie bring ich's dir nur bei? Die echten Wurmdobler sind im Krankenhaus, die falschen sind Einbildung. Nirgends eine Spur davon."

„Auch nicht im Wald?"

„Dort schlafen immer noch ein paar ihren Rausch aus, aber so welche, wie du sie suchst, sind nicht dabei."

„Keine abgerissene Bandage oder so etwas?"

„Ich bin lange genug in dem Job. Wir haben die ganze Umgebung abgesucht, könnte ja sein, dass ein Verletzter herumliegt. Ergebnis: Fehlanzeige. Kein Hinweis auf deine Gespenster. Die Spur ist so kalt wie ein Eisbärenarsch."

„Sagen Sie mir sofort Bescheid, wenn doch etwas auftaucht."

„Wenn's dich glücklich macht", sagte Zeck und beschloss, den Teufel zu tun. „Sind wir fertig? Wegen dir ist mein Omelette jetzt kalt."

„Hoffentlich so kalt wie ein Eisbärenarsch. Wiederhören."

Missmutig rührte sich Dirnberger einen Instantkaffee an. Für wie dämlich hielt ihn dieser Zeck? Massentrance? Blödsinn. Oder doch nicht? Die Stimmung im Saal hatte schon etwas von einer kollektiven Ekstase gehabt. Also doch eine Täuschung? Nein. Die falschen Wurmdobler hatten es sehr konkret auf ihn abgesehen gehabt, das sprach sehr gegen eine kollektive Wahnvorstellung. Die Dellen und Kratzer an seinem Auto waren auch höchst real. Blieb nur noch das Faktum, dass Zeck und seine Leute, gewiegte Profis immerhin, keine Spur von den beiden gefunden hatten. Nach menschlichem Ermessen hätten sie aber schwer verletzt auf der Straße oder am Waldrand liegen müssen. Wenn sie es doch geschafft hatten, spurlos zu verschwinden, dann ließ die Natur in den Randbereichen mehr zu, als Haberl einräumen wollte. Das bedeutete aber auch, dass er, Dirnberger, in großer Gefahr schwebte, ohne auch nur das Geringste über seine Gegner zu wissen.

Haberl war in dieser Sache keine Hilfe, das stand fest. Dirnberger überlegte. Es gab da noch jemand anderen, den er um Rat fragen konnte. Mit etwas Glück hatte der heute Dienst. Dirnberger schüttete seinen Kaffee hinunter und verbrannte sich fast die Kehle dabei. Dann kleidete er sich hastig an und verließ seine Wohnung.

*

„Die meisten sind zu weit draußen“, sagte der Großvater. „Ohne ein Boot kommst du gar nicht nahe genug hin. Aber einen weiß ich, der steht ganz nah am Ufer. Unten in der Kegelmaierbucht.“ Der Junge lachte. Im letzten Dezember hatte der beleibte Polizist sich an der Bucht versteckt, weil er wusste, dass der Großvater und er im Winter dort oft beim Ruttenfischen waren. Beinahe wäre Kegelmaiers Rechnung auch aufgegangen, wäre er nicht, als er mit einem Hab-ich-euch! aufsprang, auf einem über-

frorenen Stein ausgerutscht und ins eiskalte Wasser gestürzt. Ohne die Geistesgegenwart des Großvaters, der immer einen Kälberstrick im Rucksack hatte, wäre er verloren gewesen.

„Das war knapp, Kegelmaier", sagte der Großvater hinterher.

„Ihr habt was gut bei mir", entgegnete der Polizist. „Danke", fügte er nach einer Weile hinzu. Er schlotterte und sah überhaupt nicht mehr nach Obrigkeit aus.

„Ist schon recht." Der Großvater hielt ihm eine kleine Metallflasche hin. „Beeil dich lieber, dass du ins Warme kommst."

Sehr zum Verdruss der Kartenfischer ließ Kegelmaiers Diensteifer, was die Bekämpfung der Fischwilderei in seinem Bezirk betraf, von diesem Tag an merklich nach. Nur schade, dass der Großvater nicht mehr viel davon gehabt hatte, dachte der Junge.

*

Omar el Mahiri war in vielerlei Hinsicht ein beneidenswerter Mann. Dirnberger beneidete ihn am meisten um sein blendendes Aussehen. Zusammen hatten sie einmal eine größere Eskalation des Nahost-Konflikts verhindern können, ein Fall, der später in Fachkreisen als *Die Geschichte vom schäumenden Kamel* bekannt wurde, und waren darüber beinahe so etwas wie Freunde geworden.

Omar schob Wochenenddienst am V-Markt. Normalerweise war sein Stand immer rege besucht – besonders die weibliche Kundschaft ließ ihn selten im Stich –, aber so früh am Morgen war noch kaum jemand unterwegs. In drei Stunden würde man hier kaum mehr umfallen können. Ein Straßenköter, klein und krummbeinig, verfolgte ein Stück Butterbrotpapier, das die Morgenbrise durch die Gassen zwischen den Ständen trieb. Noch war es angenehm kühl. Omar warf einen Stein nach dem Hund. Gehörte das Drecksvieh den Amerikanern? Nein, dort war noch niemand. Heute früh schien er, Omar, tatsächlich der Erste zu sein. Er wandte sich nach innen, entfachte ein Streichholz und zündete sich eine seiner süßlich duftenden Zigaretten an.

„Salam alaikum, Herr Kollege.“ Das konnte nur einer sein. Omar drehte sich um.

„Grüß dich Fons, lange nicht mehr geplaudert.“

„Eine Ewigkeit“, bestätigte Dirnberger.

„Ich muss immer noch lachen, wenn ich daran denke, wie du diesen Emir geblufft hast.“

„Was hätte ich denn tun sollen? Euer dämlicher Halef hat ja nicht Leila, die dicke Bauchtänzerin, entführt …“,

„… sondern Leila, die Kamelstute.“ Omar schmunzelte.

„Aber immerhin hast du nicht lügen müssen, Fons. Wir hätten der Leila wirklich eine Tollwutspritze in den Hintern jagen können.“

„Das hat er ernst genommen“, sagte Dirnberger trocken.

„Jedenfalls ein Sieg für die gute Sache“, erwiderte Omar.

„Zumindest für das kleinere Übel.“

Omar zuckte mit den Schultern.

„Er ist übrigens noch am Leben, in Kanada, wir beobachten ihn …“ Omar hielt inne und schaute Dirnberger in die Augen. „Fons, so wie du aussiehst, bist du nicht gekommen, um über die alten Zeiten zu plaudern.“

„Nicht wirklich, Omar. Ich frage mich allen Ernstes, ob ich noch richtig im Kopf bin.“

„In unserem Beruf wäre das allerdings ein Zeichen reiner Vernunft, meinst du nicht?“ Omar streifte mit einer eleganten Handbewegung die Asche seiner Zigarette ab.

„Was hält ein Ägypter davon, wenn ihm jemand erzählt, er hätte Mumien herumlaufen sehen?“

Omar hob die Brauen.

„*Jemand* bist du?“

„Kann schon sein.“ Dirnberger grinste schwach.

„Sind sie hinter dir her?“

„Sieht so aus. Ich dachte, dass ihr da vielleicht Erfahrung habt."

„Ich fürchte, du bist wirklich ein bisschen verrückt. Wenn nicht …"

„Ja?"

„… dann kann ich dir auch nicht helfen." Omar bemerkte Dirnbergers Enttäuschung und lächelte das smarte Lächeln, das ihn noch besser aussehen ließ.

„Aber ich kenne jemanden, der das vielleicht kann."

Omar fischte eine seiner goldgerandeten Visitenkarten, die ihn als Lebensmittelgroßhändler auswiesen, aus seinem Portemonnaie. Auf die Rückseite schrieb er einige Worte in Arabisch. Dirnberger runzelte die Stirn.

„Eine Empfehlung für dich. Sonst wirst du nicht vorgelassen." Omar nahm seinen Rechnungsblock und schrieb eine Adresse in der Innenstadt auf.

„Frag dort nach dem Ehrwürdigen Yusuf."

„Und der ist …?"

„… nicht ganz unwichtig in der Bruderschaft von Kairo. Du bist informiert?"

„Nicht direkt mein Ressort, aber: Ja, die werden bei uns geführt."

„Kannst dir die Akte ja geben lassen. Jedenfalls – Versprechen kann ich nicht, dass er dir helfen wird. Aber außer ihm fällt mir niemand ein, der es überhaupt könnte."

„Ich werde hingehen. Vielen Dank, Omar."

„Nichts zu danken, Fons. Ich sollte dir noch sagen …"

„Ja?"

„Yusuf und seine Familie sind nicht ganz harmlos. Sei vorsichtig."

„Ich bin ein Profi."

„Die anderen auch. Viel Glück, Fons."

Omar wartete, bis Dirnberger hinter dem Stand der Türken verschwunden war. Mit einem Seufzer drückte er seine Zigarette aus und griff zum Telefon. Schräg gegenüber konnte er sehen, dass die Amerikaner ihren Dienst antraten.

*

Staunend schaute Dirnberger zum Eingang des kleinen Cafés hinüber. Kein Zweifel, das war die Adresse, die Omar ihm gegeben hatte. Wie oft mochte er schon daran vorbeigegangen sein, ohne es zu bemerken? Jetzt, um halb neun, war es noch schattig in der Nebenstraße, obschon die ersten Sonnenstrahlen ihren Weg auf den Boden der Häuserschlucht fanden. Angenehm frische Luft mischte sich mit den Dieselschwaden des morgendlichen Lieferverkehrs. Die drei, vier alten Männer, melancholische Orientalen, die an schäbigen Klapptischen auf dem Gehsteig vor dem Café saßen und ihren Mocca schlürften, schien das nicht zu stören. Bedient wurden sie von einem abweisend dreinblickenden Schwarzafrikaner, dessen weiße Kellnerschürze – DIN-A0-Querformat – seine monströsen Ausmaße noch unterstrich. Dirnberger, der zu Studentenzeiten öfters in der Metzgerei seines Onkels ausgeholfen hatte, schätzte ihn auf gut dreieinhalb Zentner Lebendgewicht. Statt einer Tür versperrte ein Vorhang aus Holzperlenschnüren den Blick in die dahinter liegende Dunkelheit. Das Schild darüber zeigte einen arabischen Schriftzug, eine Rose und ein Minarett vor untergehender Sonne. Dazu kam, lieblos, wie erst auf Zwang der deutschen Gewerbeaufsicht hinzugefügt, die Aufschrift „CAfé. RoSE von KaIRO“.

Das ganze Ensemble vermittelte das Gefühl, dass man absolut keinen Wert auf kulturfremde Gäste legte. Dirnberger beobachtete den Riesen. Der war nicht auf Verstand selektiert, so viel stand fest. Aber den entscheidenden Satz *Mach Hackfleisch aus jedem, der nicht dazugehört,* oder so ähnlich, hatte er sich bestimmt gemerkt. Sei's drum. Diese

Hürde musste irgendwie zu nehmen sein. Er gab sich einen Ruck und überquerte die Straße. Der riesige Kellner sah ihn kommen und baute sich, die Arme verschränkt, vor dem Eingang auf. Dirnberger, selbst nicht gerade klein von Gestalt, musste an den Anblick der Watzmann-Ostwand von St. Bartholomä aus denken.

„Waswolln?“, rumpelte es aus den Tiefen des Fettgebirges. Es roch nach süßlichem Schweiß.

„Grüß Gott, äh Allah, ich suche den Ehrwürdigen Yusuf.“

„Waswolln?“ Mezzoforte.

„Zum Ehrwürdigen Yusuf, bitte.“

„Waswolln?“ Forte.

„Zum Ehrwürdigen Yusuf!“

„Waswolln?“ Fortissimo. Die Augen des Kellners begannen sich zu röten.

„Ich habe eine Empfehlung.“ Dirnberger kramte Omars Karte heraus und hielt sie nach oben. „Zum Ehrwürdigen Yusuf“, bekräftigte er. Die Karte hätte genauso gut durchsichtig sein können.

„Waswolln?!!“

„Zum Ehrwürdigen Yusuf!!!“

„Waswolln?!!“

„Zum Ehrwürdigen Yusuf!!!“

„Waswolln?!!“

„Zum Ehrwürdigen Yusuf!!!“

Dirnberger fühlte, wie bei seinem Gegenüber etwas einrastete, offenbar eine Folge paramilitärischen Drills. Sehr gut. Und jetzt dem Gegner zuvorkommen …

„Waswolln?!!“, brüllte er aus Leibeskräften.

„Eh'wü'dige Yu'uf!!!“ Es klappte! Alles nur eine Frage des Rhythmus.

„Waswolln?!!“

„Eh'wü'dige Yu'uf!!!“

„Waswolln?!!“

„Eh'wü'dige Yu'uf!!!“
„Waswolln?!!“
„Eh'wü'dige Yu'uf!!!“
Mit einem letzten „Waswolln?!!“ schlüpfte Dirnberger durch den Perlenvorhang in das Café. Der Kellner stand draußen wie angewurzelt. Sein Gefühl sagte ihm undeutlich, dass gerade etwas sehr falsch gelaufen war. Warum eigentlich wollte er auf einmal zum Ehrwürdigen Yusuf? Angestrengt, wie ein überdimensionales Schulkind, das eine schwierige Rechenaufgabe im Kopf lösen soll, schielte er nach oben. Einer der alten Männer, die die Szene ohne erkennbare Regung beobachtet hatten, blickte von seinem Mocca auf und lachte in sich hinein.

*

„Nicht ungeschickt, mein Herr, aber Sie schulden uns immer noch die Antwort. Was wollen Sie?“

Bis auf den Sprecher, einen großen, sehr schlanken Mann mit schwarz glänzenden Haaren und dünnem Schnurrbart, war das schmucklos eingerichtete Café leer. Der fruchtige Geruch von Putzmittel mischte sich mit Kaffeeduft und kaltem Rauch von arabischem Tabak. Der Mann trug einen maßgeschneiderten grauen Anzug mit schwarzem Hemd und gelber Krawatte. Seine Schuhe lagen in der Preisklasse weit jenseits von Dirnbergers Möglichkeiten, wie dieser etwas neidisch zur Kenntnis nahm.

„Wenn Sie alles gehört haben, dann kennen Sie die Antwort. Ich muss dringend mit dem Ehrwürdigen Yusuf sprechen.“

„Eh'wü'dige Yu'uf, Eh'wü'dige Yu'uf!“ Wild gestikulierend walzte der Kellner herein, geradewegs auf Dirnberger zu. Sein Vorhaben, Letzteren zu einem dünnen Film auf dem Fußboden zu zertrampeln, war nicht schwer zu erraten. Eine kurze Handbewegung des anderen Mannes genügte als Haltesignal für die Fleisch gewordene Diesellok.

„Ruhig, Doudou. Wahrscheinlich darfst du dich gleich mit unserem Freund befassen. Warte so lange bei den Gästen.“ Doudou gehorchte, wenn auch murrend.

Lächelnd wandte sich der Mann wieder Dirnberger zu.

„Sein leiblicher Bruder ist Harvard-Professor. Kaum zu glauben, nicht?“

„Freut mich für ihn. Melden Sie mich bitte beim Ehrwürdigen Yusuf.“

„Viele möchten meinen Onkel sprechen.“

„Ich habe eine Empfehlung.“ Dirnberger reichte ihm die Karte.

„Ah, Omar.“ Der andere hob die Brauen. Dann lächelte er wieder. „Sie müssen wissen, dass nicht jeder hier die beste Meinung von Omar hat. Allerdings wird der arme Doudou etwas länger warten müssen, als ich dachte. Wen darf ich melden?“

Um Omar nicht zu kompromittieren, nannte Dirnberger seinen wirklichen Namen.

„Wir wissen Aufrichtigkeit zu schätzen. Alles andere ist ungesund.“ Der Mann nickte in die Richtung, in der Doudous Schatten von draußen das Fenster verdunkelte und schüttelte Dirnberger geschäftsmäßig die Hand. „Kora ben Falahi, Neffe und rechte Hand des Ehrwürdigen Yusuf. Darf ich erfahren, worum es sich handelt?“

„Eine persönliche Angelegenheit.“

Falahi kniff misstrauisch die Augen zusammen.

„Nun gut. Sie gehen voraus. Hier hinunter, bitte.“

Die Treppe führte hinab in ein Gewirr von schmalen, niedrigen Gängen. Eine Luftschutzanlage aus dem Zweiten Weltkrieg. Falahi ging dicht hinter Dirnberger und gab die Richtung an. Unwillig erwachten kaltweiße Neonlampen. Ratten flohen im Stroboskopgewitter. Dirnberger fühlte sich hundeelend. In seinen Alpträumen wurde er oft von Unbekannten in unterirdische Labyrinthe getrieben und so lange verfolgt, bis er beim Durchkriechen einer Engstelle stecken blieb und um Atem ringend auf die Gnade des Erwachens warten musste. Die Wirklichkeit um ihn herum kam diesen Träumen unangenehm nahe. Kälte umklammerte ihn, das flirrende Neonlicht machte ihm Kopfschmerzen und er hatte die Orientierung völlig verloren. Zudem war ihm die Ausbuchtung in Ben Falahis Jackett nicht verborgen geblieben, die von einer im Schulterhalfter getragenen Waffe herrühren musste. Sie querten dunkle Seitengänge. Schwere olivgraue Stahltüren mit Schließrädern hingen schief in ausgerissenen Angeln. Manche Räume waren halb mit Schutt gefüllt. Die Bombennächte von 1944 waren hier unten noch kaum vergangen. Falahi schien dasselbe zu denken.

„Schade, dass ihr euren Krieg nicht gewonnen habt. Wir hätten heute Frieden im Nahen Osten."

„Erklär mir das oben noch mal", entgegnete Dirnberger über die Schulter. „Arschloch", fügte er nicht hinzu, weil Falahi ihm gegenüber momentan ziemlich im Vorteil war.

Falahi lachte leise.

Endlich, es konnten ebenso gut zehn Minuten gewesen sein wie zwei Stunden, ging es wieder treppauf. Falahi trat einen Schritt nach vorne und öffnete eine Tür. „Nach Ihnen." Warme, aromatisch duftende Luft strömte Dirnberger entgegen. Er trat ins Freie. Obwohl sich seine Augen schnell an das Sonnenlicht gewöhnten, mochte er ihnen kaum trauen.

Der Innenhof, den die beiden betreten hatten, hätte Kairo alle Ehre gemacht. Dirnberger blickte sich staunend um. Vier hohe Dattelpalmen und eine Libanonzeder beherrschten die Szenerie, dazwischen standen Roseneibisch, dicht behangene

Feigen- und Maulbeerbäume und etliche Sträucher südlicher Herkunft, deren Namen ihm nicht mehr einfallen wollten. An hohen Spalieren entlang der Hauswände rankten sich Weinreben empor. Es duftete nach Harz und frischem Lavendel. Einen Moment lang hatte Dirnberger Mühe, sich zu erinnern, weshalb er eigentlich hierher gekommen war. Ein fremdartiger kehliger Laut holte ihn aus seiner Benommenheit. Noch einer. Und noch einer. Schillernde Vögel saßen in großen, herrlich gestalteten Volieren, deren Gitter im Sträucherdschungel kaum auffielen.

„Sie werden erwartet", sagte Falahi und wies mit der Hand auf einen kleinen Pavillon in der Mitte des Hofes, zu dem ein schmaler Kiesweg führte. Als sie näher kamen, trat ein alter Mann, bekleidet mit einem schlichten weißen Burnus, ebenso schlichten Sandalen aus Lederriemen und einem flachen weißen Turban aus dem Pavillon. Er wirkte mager und zerbrechlich.

Ben Falahi näherte sich ihm mit allen Zeichen der Ehrerbietung. Er wechselte mit seinem Onkel ein paar Worte auf Arabisch. Dirnberger verstand nur seinen Namen. Der alte Mann, zwei Haupteslängen kleiner als sein Neffe, musterte Dirnberger eine Weile aus funkelnden schwarzen Augen.

„Allah sei mit dir, mein Freund. Gefällt dir mein bescheidener Garten?"

Es war die Stimme eines alten Mannes, aber sie verriet den Anspruch des Patriarchen.

„Ich bin beeindruckt, Ehrwürdiger Yusuf", entgegnete Dirnberger.

„Aber sag mir, was ist schon ein Garten gegen die Heimat?", seufzte der Alte. „Nun gut. Omar hat mir dein Kommen angekündigt und dich empfohlen. Ich hoffe, du hast gute Gründe, meine Zeit in Anspruch zu nehmen. Zeit, musst du wissen, ist das kostbarste Gut eines alten Mannes."

„Omar sagte mir, Sie seien der Einzige, der mir helfen kann."

„Omar – ja, ich habe ihn gern, fast wie einen Sohn. Du kennst ihn näher?"

„Wir arbeiten manchmal zusammen."

„Omar handelt mit Lebensmitteln und Informationen. In der Welt da draußen scheint das fast keinen Unterschied mehr zu machen, findest du nicht?"

„Die Welt da draußen wird sich noch wundern."

Der alte Mann lächelte.

„Du bist also ein – wie sagt ihr – Kollege von Omar, wenn auch nicht in gleichen Diensten, vermute ich. Omar ist überzeugt davon, dass er der Gerechtigkeit dient. Wie schön, dass Leute wie du und er das von sich sagen können."

„Was ist Gerechtigkeit?"

„Mein Freund, woher soll ich das wissen? Du nimmst in Anspruch, ihr zu dienen, nicht ich."

„Schon lange nicht mehr, Ehrwürdiger Yusuf. Ich diene dem kleineren Übel."

Zum ersten Mal las Dirnberger so etwas wie Interesse in den Augen des alten Mannes.

„Warum nicht der Gerechtigkeit?"

„Gibt es sie denn?"

„Geh hinaus auf die Straße. Jeder, den du ansprichst, wird dir versichern, dass er sie kennt!"

„Jeder hat seine eigene Auslegung von Gerechtigkeit, nämlich die, die ihm sichert, was er hat oder ihm mehr verspricht. Das ergibt zurzeit ungefähr sieben Milliarden verschiedene Gerechtigkeiten. Tendenz steigend. Ich sehe weiß Gott keine Anzeichen dafür, dass daraus insgesamt eine große Gerechtigkeit entsteht."

„Du erwähnst Gott. Ist nicht er allein gerecht?"

„Und wenn er unser Geschöpf ist? Dann hätten wir ihn geschaffen, damit wir auf Gerechtigkeit im Jenseits hoffen dürfen, wenn es sie schon im Diesseits nicht gibt." Dirnberger versuchte zu lächeln. „Mein Trost ist, dass sich hin und wieder das kleinere Übel durchsetzt. Das ist mehr, als man hoffen darf."

„Ich gebe zu, du interessierst mich." Der Ehrwürdige Yusuf drehte sich zur Seite. „Kora?"

Ben Falahi, der in der Zwischenzeit versucht hatte, dem Beo in einer der Volieren schlüpfrige Redensarten beizubringen, straffte sich beinahe wie ein Soldat.

„Du kannst gehen. Wir sehen uns heute Abend."

Ben Falahi schien mit dieser Entscheidung seines Onkels nicht gerechnet zu haben, denn er begann heftig auf diesen einzureden. Ganz ohne Kenntnisse des Arabischen verstand Dirnberger so viel, dass Falahi seinen Onkel auf keinen Fall mit ihm, dem undurchsichtigen Fremden, allein lassen wollte. Der Autorität des Alten hatte er jedoch wenig entgegenzusetzen. Im Gehen wandte er sich zu Dirnberger um.

„Mein Onkel vertraut Ihnen. Ich nicht. Seien Sie gewarnt."

„Schon gut Kora, ich habe schon vor Jahren Misstrauen gegen Menschenkenntnis eingetauscht." Der alte Mann lächelte, aber es war ein Befehl. Während Falahi widerwillig verschwand, lud der Ehrwürdige Yusuf Dirnberger mit einer Geste ein, sich an den achteckigen Tisch in der Mitte des Pavillons zu setzen. Er reichte Dirnberger schwarzen Mokka und Baklava. Bitter und süß in außergewöhnlicher Harmonie. Dirnberger musste an Trudi denken – und an seine eigene Bitterkeit.

„Nun, mein Freund, der du dich dem kleineren Übel verschrieben hast, was für einen Rat kann ich dir geben?"

„Ich habe das Gefühl, dass ich verfolgt werde …",

„Das dürfte in deinem Beruf nichts Außergewöhnliches sein."

„… von Gestalten, die nicht in mein Bild von der Welt passen."

Der Ehrwürdige Yusuf kicherte. „Meistens ist in so einem Fall das Bild der Welt zu eng. Bei dir, nehme ich an, ist die Sache ernster."

„Wenn ich diese Wesen wirklich gesehen habe, dann sind sie mehrere tausend Jahre tot, aber immer noch lebendig genug, um hinter mir her zu sein."

Dirnberger entging der Funke nicht, der in den Augen des Alten aufblitzte.

„Du meinst Mumien aus meiner Heimat?"

„Ja."

„Sie bewegen sich wie Maschinen, aber sehr behände, nicht wahr?"

„Das auch."

„Sie riechen süßlich wie ein fauliger Kuchen?"

Dirnberger nickte.

„Der Hang-el-Labra-Pilz also", sagte der Alte mehr zu sich selbst. Und zu Dirnberger: „Du scheinst mächtige Feinde zu haben, mein Freund. Sie müssen im Besitz der Schriften von Kumal Wasir sein.

„Schriften?"

„Altägyptische Schriften, die seit 1941 als verschollen gelten. Sie sind in den Wirren des Bombenkrieges aus der Britischen Nationalbibliothek verschwunden. Gleichwohl sind sie offiziell nur als Kuriosum, niemals wegen ihres eigentlichen Inhaltes geschätzt worden."

„War das ein Fehler?"

„Wer könnte das je beantworten? Jedenfalls beschreibt Kumal Wasir sehr genau, wie ein Leichnam zu behandeln ist, damit er später für allerlei Dienste zur Verfügung steht. Dazu gehört eine Impfung mit dem Hang-el-Labra-Pilz, von dem wir wissen, dass sein Geflecht an die Stelle der Nervenbahnen tritt. Er besiedelt auch das Gehirn. Deshalb darf man es nicht herausnehmen wie sonst bei Mumien. Der Pilz sorgt dafür, dass ein paar wesentliche Funktionen erhalten bleiben. Nicht viele und nicht gerade die schöngeistigen, du verstehst."

„Bemerkenswert", brachte Dirnberger heraus. Allein der Gedanke an so einen Pilz trieb ihm Wellen von Juckreiz über die Haut.

„Das will ich meinen. Er eignet sich auch hervorragend dazu, den zukünftigen Diener gleich umzubringen, sagt Kumal Wasir, wenn man nicht auf sein natürliches Ende warten möchte."

„Ist er giftig?"

„Nein. Aber wenn du nur genügend von seinen Sporen einatmest, ergreift er in kurzer Zeit von dir Besitz. Man sagt, das sei nicht angenehm. Auf jeden Fall ist es tödlich. Aber der Pilz allein genügt nicht. Natürlich gehört dazu auch eine Einbalsamierung nach besonderen Regeln. Und um den Diener später nach Belieben aus seiner Starre zu wecken und wieder dahin zurückzuversetzen, braucht es auch noch eine gesprochene Formel."

„Magie?"

„Aber nein. Eher so etwas wie diese Wörter, mit denen ihr euch euren Computern unterwerft. Für jeden Diener gibt es ein eigenes Wort. Geht es verloren, bleibt er auf ewig ein nutzloser Leichnam. Wird es benutzt, ist er ein mächtiges Werkzeug. Ein Funken Verstand, um Aufgaben selbständig zu Ende zu bringen, absoluter Gehorsam, kein freier Wille, abgesehen von einer gewissen Mordlust."

„Mordlust?"

„Ja. Kumal Wasir schreibt, dass zuweilen – wie sagt man heute – Kollateralschäden vorkommen, die man den Dienern aber nachsehen sollte. Abgesehen davon gelten sie als treu und zuverlässig."

„Und wenn dieser Kumal Wasir nur ein Geschichtenerzähler war?"

„Ich nehme an, du bist zu jung, um mit dem Begriff *El Alamein* etwas anfangen zu können?"

„Der Anfang vom Ende der deutschen Wehrmacht in Nordafrika.“

„Oh ja. Montgomery war ein großer Heerführer. Aber glaubst du wirklich, er hätte einen Rommel mit herkömmlichen Mitteln besiegen können?“

„Ja, nun … äh …“

„Es gab Hunderte von den Dienern. Sie haben Minen an die deutschen Panzer geheftet. Bei voller Fahrt. Oft hat man sie nachts losgeschickt, um die Wachen von Treibstofflagern zu erwürgen und dann alles in die Luft zu jagen. Ich habe mit diesen Augen gesehen, wie sie in der Dunkelheit auf die Lastwagen gestiegen sind. Schweigende Kolonnen, Geisterarmeen würdest du sagen. Sie haben fast lautlos gearbeitet. Meistens hörte man nur das Knacken, wenn sie einem unglücklichen Soldaten das Genick gebrochen haben.“

„Das können doch auch normale Eliteeinheiten gewesen sein, ich meine …“

„Nein. Die Diener sind kräftiger und vor allem … soll ich es zählebiger nennen? Man kann sie nicht einfach töten wie einen Menschen. Gleichgültig, ob du sie mit Gewehrkugeln zerfetzt oder unter Panzerketten zerquetschst, sie erholen sich schnell wieder. Einen Diener gefährdet nur die völlige Auflösung, sonst nichts. Etliche sind verbrannt oder bei Explosionen zerrissen worden. Aber einige haben den Krieg überstanden. Einer soll sogar einen Orden bekommen haben und zu einem Dinner mit Churchill eingeladen worden sein. Ein Irrtum der britischen Armeeverwaltung.“ Er kicherte meckernd.

„Moment. El Alamein war doch 1942. Aber die Schriften von Kumal Wasir sind doch schon 1941 verschwunden. Das bedeutet …“

„In Churchills Nachlass finden sich Hinweise auf einen Unbekannten, dem man zu Dank verpflichtet war. Die Dankbarkeit hat der Kriegskasse nicht gut getan, aber es hat sich gelohnt, wie wir wissen. Jedenfalls dürfen wir annehmen, dass damals ein Kundiger die Schriften besessen hat."

„Gibt es Vermutungen?" Dirnberger sprach schneller. Eine Spur, die zum Raubfisch führen konnte?

„Churchill hat das Geheimnis mit ins Grab genommen. Von den wenigen eingeweihten Offizieren lebt keiner mehr. Wir haben vor langer Zeit schon nachgeforscht. Keine Akten, keine Dokumente, keine Zeugen. Erstaunlich, nicht?" Er lächelte. Dirnberger bemerkte, dass ihm einer der gelben Schneidezähne im Unterkiefer fehlte.

„Ist es wirklich so schwierig? Jemand der so etwas lesen konnte, muss in Fachkreisen bekannt gewesen sein."

„Sieh nach oben."

Die Kuppel des Pavillons war in einem Nachtblau gehalten, das das Umgebungslicht geradezu aufzufressen schien. Sie war übersät mit unzähligen funkelnden Symbolen in Gold und Silber. Eine Sternkarte. Allerdings nicht eine für M., sondern für Orte, die etliche Breitengrade südlicher liegen mussten. Kairo?

„Sind die hellsten Sterne auch die größten, mein Freund?"

„Nicht unbedingt. Von einem großen Stern sehen wir nicht viel, wenn er weit weg ist."

„So ist es mit den Fachleuten. Ein kleiner Kreis tut sich mit nichts als großen Worten hervor, bekämpft oder beweihräuchert sich, je nachdem. Diese Leute werden gemeinhin für die Großen ihres Fachs gehalten. Die wirklich Großen findest du selten auf dem Jahrmarkt der Eitelkeiten. Sie haben andere Wege gefunden, ihr Wissen zu nutzen. Wege, auf denen man lieber unerkannt bleibt. Es gibt mehr von ihnen, als du denkst."

„Mein Gegner steht also nicht im Branchenbuch."

„Du bist in ernster Gefahr."

„Ist es denkbar, dass jemand sich heute noch neue Diener macht?"

„Wer kann das wissen? Aber auch so ist die Gefahr groß genug. Du wirst die Diener kaum beseitigen können. Und irgendwann bist du nur einen Moment unachtsam … Vielleicht solltest du dir überlegen, warum du verfolgt wirst.“ Yusuf lachte und sah aus wie ein Fennek. „Es könnte schon helfen, wenn du die Suche nach der Fluchvase aufgibst.“

„War das in den Nachrichten?“, sagte Dirnberger trocken.

„Ich kann eins und eins zusammenzählen.“ Yusuf lächelte. „Es gehört nicht viel dazu. Du hast nur zwei Möglichkeiten. Solange dein Feind am Leben ist, werden seine Diener hinter dir her sein. Du kannst entweder unterlassen, was ihn an dir stört, oder du wirst ihn beseitigen müssen.“

Dirnberger überlegte.

„Nehmen wir an, es ist der, der die Vase jetzt hat. Was wird er damit machen?“

„Macht ist die stärkste Droge der Menschen, fürchte ich.“

„Wie will er an den Fluch herankommen?“

„Stelle dir den Fluch als ein Wesen vor, irgendwo dort, wo Geist, belebte und unbelebte Natur aneinandergrenzen. Dem Fluch könnte es auf irgendeine Art gelungen sein, sich in der Vase zu konservieren, bevor sein letzter Herr gestorben ist. Wahrscheinlich meint dein Feind zu wissen, wie er ihn wieder nutzbar machen kann.“

„Ich glaube nicht an Zauberei.“

„Dein Gegner ebenso wenig. Wenn der Fluch in der Vase steckt, dann gibt es zumindest theoretisch einen natürlichen, wenn du so willst, einen technischen Weg, ihn wieder zu befreien.“

„Was heißt theoretisch?“

„Wenn er sich in den winzigen Kristallen des Tons eingegraben hat, dann wird er selbst beim heutigen Stand eurer Wissenschaft kaum zu finden sein.“

„*Will* der Fluch verwendet werden?“

„Willen gibt es nicht für ihn, aber die Anwendung ist seine einzige Bestimmung. Rettung in unbelebten Dingen sucht er dann, wenn er nur noch einen einzigen Herrn hat, der ihn nicht mehr weitergeben kann. Wenn ihm das nicht gelingt, stirbt er mit seinem Herrn. Gelingt es ihm, riskiert er zwar, in einem Gegenstand lange, vielleicht für alle Zeiten eingesperrt zu sein, aber eine winzige Chance gibt es immer. Es sei denn, natürlich, der besagte Gegenstand wird zerstört. Einer der größten orientalischen Flüche ist so zugrunde gegangen. Sein letzter Herr, ein unglücklicher Zirkusclown aus großer Familie, hatte einen Herzanfall auf dem Flughafen Amsterdam Schiphol. Auf einer Toilette dort, um genau zu sein. Der Fluch hat sich, sagt man, in das Perforationsmuster des Toilettenpapiers geflüchtet. Drei Tage später war er Geschichte." Der alte Mann seufzte. „Viel mehr kann ich dir nicht sagen, mein Freund."

Dirnberger erhob sich. „Ich muss erst einmal nachdenken. Vielen Dank, Ehrwürdiger Yusuf, Sie haben mir sehr geholfen."

„Ich wünsche dir, dass du nächstes Jahr noch am Leben bist. Dann bedanke dich. Komm."

Sie gingen einen anderen Weg durch den Garten als den, den Dirnberger und Falahi zuvor gekommen waren. Der alte Mann stieß eine Tür auf – und sie standen im Café *Rose von Kairo.* An einem Tisch saßen Gäste: drei stämmige jüngere Männer in schäbigen Trainingsanzügen. Honigsüßer Zigarettenqualm und elektronisch aufgemischte 'ud-Musik von einer CD erdrückten den Raum. Falahi stand bei den Männern am Tisch und schien Instruktionen zu geben. Beim Anblick des Ehrwürdigen Yusuf verstummte das Gespräch sofort. Der nickte den Männern zu. Teigige Gesichter mit schwarzen Schnurrbärten. Einige Worte auf Arabisch zu Falahi, der wortlos den Kopf senkte. Er schien Dirnberger mit Blicken an den Fußboden nageln zu wollen. Den Eingang verdunkelte immer noch der gebirgsartige Doudou, der mit einem ehrerbietigen Grunzen für den Patriarchen und einem missmutigen Schnauben für Dirnberger Platz machte. Während er und der Ehrwürdige Yusuf die Straße hinuntergingen, spürte er die bohrenden Blicke von Doudou und Falahi in seinem Nacken. Er drehte sich nicht um. Keine Unsicherheit zeigen.

„Ich vermute, Sie haben etliche Feinde", sagte er beiläufig.

„Ich fürchte mich nicht. Jeder, den es angeht, weiß, was es bedeutet, den Zorn meiner Familie auf sich zu ziehen. Du liest hin und wieder in der Zeitung von den Ergebnissen. Ich heiße das nicht gut, aber es dient – in deinen Worten – der Erhaltung des kleineren Übels." Yusuf schien auf einen Einwand von Dirnberger zu warten. Als dieser nichts erwiderte, fuhr er fort: „Nenne mir auch nur einen, der in Unschuld regieren kann und ich werfe mich vor ihm in den Staub."

Sie trennten sich am Goetheplatz, wo eine Kinoreklame mit den aufgesetzt entschlossenen Gesichtern von Clint Eastwood, Bruce Willis, Tom Cruise und Sharon Stone das Stadtgebirge beherrschte. Dirnberger hatte für sich selbst das Gefühl, in den falschen Film geraten zu sein.

„Gib gut auf dich Acht, mein Freund. Ich bin für dich da, wenn du wieder Rat brauchst. Der, an den du glauben solltest, sei mit dir." Der alte Mann drückte Dirnberger fest die Hand und schaute ihm für einen langen Moment in die Augen. Dirnberger fühlte sich seltsam berührt.

„Auf Wiedersehen", brachte er heraus, und während er noch nach passenderen Worten suchte, war der Ehrwürdige Yusuf schon ein kleines weißes Segel inmitten des Menschenstroms auf dem Gehsteig. Ein Papierschiffchen, wie Dirnberger es als Kind im Forellenbach hatte treiben lassen. Er schaute ihm nach, bis das letzte Fleckchen Weiß in den Wirbeln verschwunden war.

Dann nahm er die Treppe hinab in das gähnende Maul der U-Bahn-Station. Der schale Geruch von Gummi und Bremsabrieb, der allen U-Bahn-Stationen der Welt gemeinsam ist, wehte ihm entgegen.

*

Dirnberger war sich sicher, dass niemand ihm folgte. Dafür hatte er mit der Zeit einen verlässlichen Sinn entwickelt, der an die Stelle der antrainierten Techniken getreten war. Am Karlsplatz hatte er die U5 verlassen und ließ sich von dort in der samstagmittäglichen Menschenmenge in Richtung Marienplatz treiben. Immer noch war es viel zu heiß für den schon weit fortgeschrittenen Spätsommer. Die Sonne brütete mehr über der Stadt, als ihrer Herrschaft zuträglich war. Am Himmel begannen schon die ersten Kumuluswolken, wenige noch, vorerst, überzukochen. Dirnberger schwitzte aus allen Poren und fühlte sich derangiert in seinem nassklebenden kurzen Hemd, das er den Umständen zum Trotz wie stets in der Hose trug. Alles andere wäre dem Eingeständnis gleichgekommen, zu dick zu sein. Wie es seine Gewohnheit war, prüfte er im Vorübergehen seine gespiegelte Erscheinung in den Schaufenstern.

Dirnberger hatte, gestützt auf jahrelange Beobachtung, seine eigene Zerrspiegeltheorie der Schaufenster entwickelt: Die Schaufenster von Modehäusern zum Beispiel spiegelten einen besonders schlank und elegant wider, während die von Apotheken und Reformhäusern einen besonders dick und ungesund aussehen ließen. Nicht auszudenken, wenn ein Geschäft durch ein Versehen eine falsche Scheibe eingebaut bekäme, vielleicht ein Bestattungsinstitut die eines Sex-Shops.

An diesem schweißtreibenden, erdrückenden Tag jedoch vermochte keine Scheibe, egal welcher Branche, Dirnberger mit seinem Bild zu versöhnen, so sehr er auch den Bauch einzog und seine Haltung straffte. Immerhin konnte er sich durch die Spiegelblicke zusätzlich vergewissern, dass sie nicht hinter ihm herschlichen.

Sie. So lange der Ehrwürdige Yusuf erzählt hatte, war alles logisch und plausibel gewesen. Jetzt aber rotierte Dirnbergers Intellekt bei dem Versuch, das, was ihm der alte Mann erzählt hatte, in sein Bild der Welt einzupassen. Während er durch sein auffällig unscharfes Spiegelbild im Schaufenster einer Optikerkette starrte, wurde ihm klar, was er jetzt brauchte: irgendeine mechanische Arbeit, die nur die Oberfläche seines Verstandes beanspruchte, während der Rest die Fragen, die ihn quälten, so selbstverständlich anpacken konnte wie seine rechte Hand einen Hammer.

In sich selbst gekehrt stand er vor dem Schaufenster, ohne irgendetwas von der Welt um sich herum wahrzunehmen. Einfach dadurch, dass er vollkommen ruhig dastand, wurde er zum Fremdkörper in der Menschenmasse. Mehr als einmal wurde er heftig von Leuten angerempelt, die nicht mit einem Hindernis wie ihm gerechnet hatten. Er nahm das kaum wahr, blieb einfach stehen, ganz in Gedanken versunken. Plötzlich gab er sich einen Ruck. Zielstrebig bahnte er sich einen Weg quer zur Strömung in Richtung des großen Kaufhauses.

*

Es gab fast keinen Unterschied zwischen dem Gedränge draußen und dem im Inneren des Konsumtempels. Dafür schien eine Armee von Klimaanlagen ihre Ehre daran zu setzen, alle Räume auf arktische Temperaturen abzukühlen. Dirnbergers Stirnhöhlen rebellierten. Er beeilte sich, in die Werkzeugabteilung zu kommen. Dort erwarb er sechs Dosen guten Montageschaum und ließ sich eine Stofftasche dazu geben. Unten in der Lebensmittelabteilung kaufte er recht wahllos verschiedene Sorten in Plastikfolie eingeschweißte Wurst und Käse für das Wochenende und wunderte sich einigermaßen, wie egal es ihm doch war, was er aß. Bei solchen Einkäufen für das tägliche Leben traf ihn das Bewusstsein seiner Einsamkeit zuweilen mit voller Wucht. Eine nette Illusion, jemandem in allem vertrauen, sich auf jemand ganz einlassen zu können … Sein Verstand schalt ihn dafür einen Narren. Er bezahlte und stopfte die Lebensmittel zu den Bauschaumdosen in die Stofftasche.

Aus dem Untergeschoss des Einkaufszentrums kommend ließ er sich von den Rolltreppen noch tiefer in die Eingeweide der Stadt transportieren. Das schweißtriefende Gedränge war unerträglich. Er stellte sich sich selbst und die anderen als Werkstücke in einer monströsen Fabrik vor, die per Fließband von einer Maschine zur nächsten befördert werden. Nichts wie weg aus diesem Betonlabyrinth! Die U-Bahn brachte ihn – einmal umsteigen – zur Station Theresienstraße. Von dort waren es noch fünf Minuten Fußweg bis zu seiner Wohnung. Hier waren schon wohltuend weniger Menschen unterwegs. Niemand folgte ihm. Er ging durch den vertrauten Torbogen, immer noch war die Passage voller Gerümpel, und steuerte auf den Innenhof zu.

„Grüß Gott, Herr Wieselhuber!"

„Grmpff."

Eine recht viel freundlichere Reaktion war von einem Hausmeister in M. ohnehin nicht zu erwarten gewesen. Aber Dirnberger war aufgefallen, dass Wieselhuber seit einigen Tagen noch verschlossener war als sonst, so wie jemand, der sich um eine große Hoffnung betrogen sieht. Der Hausmeister war gar nicht stehen geblieben. Dirnberger ging in den Innenhof und öffnete die Schwingtür seiner Garage. Er schloss das Auto auf und legte die Stofftasche in den Kofferraum. Dann ging er nach oben in seine Wohnung. Der Anrufbeantworter blinkte. „Fons, hallo, wo steckst du? Ruf mich doch an." Trudi. Nein, jetzt nicht. Er ging ins Badezimmer.

Dort duschte er sich den klebrigen Film aus Schweiß und Großstadtschmiere vom Körper, goss seine Zimmerpflanzen, es musste für heute und morgen reichen, packte eine Reisetasche mit Arbeitskleidung, holte einen Kasten Mineralwasser aus dem Abstellraum, schloss die Wohnung ab und ging nach unten. Sein Gepäck verstaute er im Kofferraum des schwarzen Golf Turbodiesel und fuhr hinaus auf die Schleißheimer Straße. Im Rückspiegel sah er Wieselhubers traurige Gestalt im Torbogen stehen, die ihm mit leerem Blick nachschaute.

*

„Der Deutsche Wetterdienst hat eine Unwetterwarnung für den gesamten Osten von B. ausgegeben. Besonders in den Tieflagen ist am Spätnachmittag und im Verlauf des Abends mit schweren Gewittern und Starkregen zu rechnen."

Noch brannte die Sonne vom Himmel, aber wenn Dirnberger durch die Windschutzscheibe nach oben sah, konnte er der Wetterprophetin aus dem Autoradio nur Recht geben. *Altocumulus castellanus,* hatte er einmal gelernt, hieß dieser Wolkentyp, dessen nach oben steigende Burgzinnen sichere Vorboten eines nahenden Unwetters sind. Dirnberger konnte sich nicht recht entspannen wie sonst bei Autobahnfahrten in ruhigem Verkehr. Das lag wahrscheinlich an dem aufdringlichen Geruch, der den ganzen Wagen beherrschte. Vor einer Woche war während der Heimfahrt von einem Einkauf eine Milchflasche ausgelaufen und trotz intensiver Gegenmaßnahmen war es gekommen, wie es kommen musste. Als kleiner Junge hatte Dirnberger immer den eigenartigen Wunsch gehegt, einmal eine Käsefabrik zu besitzen. In olfaktorischer Hinsicht war er diesem Traum jetzt ziemlich nahe gekommen.

So war er froh, als nach nicht ganz eineinhalb Stunden Fahrt ein gelbes Ortsschild den Namen der Kleinstadt nannte, in der er aufgewachsen war. Er durchfuhr den Ort auf der Hauptstraße. Jedenfalls konnten die Leute auf dem Land mit der Hitze besser umgehen als die Großstädter. Kaum jemand war draußen. Nur eine gebückte Frau ganz in Schwarz, die an der Ampel beim Postwirt wartete. Moment, die kannte er doch – Es war seine allererste Lehrerin, Fräulein Mattuschek. Gute Güte, war die alt geworden. Er winkte ihr im Vorüberfahren zu, erntete aber nur einen verständnislosen Blick. So war das. Er kannte nur noch die alten Leute und die kannten ihn nicht mehr.

Am Kreisverkehr mit dem phallischen Flurbereinigungsdenkmal nahm er die erste Ausfahrt. Nach zwei drei Kilometern über Land kam rechter Hand ein Fichtenwäldchen, an das sich eine hohe, etwas verwahrloste Hainbuchenhecke anschloss. Er bog ab. Der Feldweg führte zu einem hölzernen Tor. Dirnberger stieg aus, sperrte das Vorhängeschloss auf und fuhr auf das Grundstück. Vor ihm stand in einem verwunschenen Garten das Haus seines Großvaters.

Seine Eltern hatten sich nach dem Tod des Großvaters nicht mehr darum gekümmert. „So eine alte Hütt'n kann man eh nur an Grattler vermieten", hatte es geheißen. Da man sich mit Grattlern nicht abgeben, andererseits Grundbesitz auf keinen Fall veräußern wollte, fiel das kleine Anwesen in einen Dornröschenschlaf. Vor elf Jahren, an einem Tag, den er kaum des Erinnerns für wert hielt, hatte Dirnberger zwei Häuser geerbt: das des Großvaters und sein Elternhaus. Letzteres, das ihm nichts bedeutete, hatte er kurz darauf dem Apotheker Knauer junior verkauft und von dem Geld die schlimmsten Schäden am Anwesen des Großvaters reparieren lassen. Jedes Haus hat eine Seele und Dirnberger wollte die Seele dieses Hauses, es war hunderteinundzwanzig Jahre alt, so erhalten, wie sie war. Deshalb war die Angelegenheit nicht gerade billig gewesen. Von außen gesehen hatte sich der Aufwand jedoch gelohnt.

Das Dach mit den karminroten Biberschwänzen, die ockergelben Mauern und die quadratischen, dunkelgrün gestrichenen Sprossenfenster gaben dem Haus die heitere Ruhe, die auch sein früherer Eigentümer ausgestrahlt hatte. Die helle Fassade leuchtete dessen Enkel durch die Kronen der mächtigen Obstbäume hindurch an, als sei es über den seltenen Besuch erfreut.

Dirnberger stieg aus und ließ das Vorhängeschloss des Gartentores wieder einschnappen. Den Wagen parkte er in der altersgrauen Scheune, die direkt an das Haus anschloss. Der Garten hätte nach üblichen Vorstellungen längst intensive Pflege gebraucht, aber weil Dirnberger höchstens zweimal im Jahr Zeit für eine Mahd aufbringen konnte, hatte er sich in eine bunte Wiese verwandelt. Die Bäume hätten einen ordnenden Schnitt vertragen, aber auch so, wie sie waren, hatten sie ihren eigenen, fast schon morbiden Charme. Im hohlen Stamm des großen Zwetschgenbaumes wohnte ein Käuzchen.

Dirnberger spürte einen jähen Luftzug im Gesicht und schaute nach oben. Der Himmel war mit einem Mal bedrohlich dunkel geworden. Die Bäume rauschten im aufkommenden Wind. Er beeilte sich, die Haustür aufzusperren. Drinnen empfing ihn ein noch dunkleres Grau als das, mit dem ihn der Himmel von draußen vertrieben hatte. Kaum zu überschauen, was hier noch alles zu tun war. Dirnberger hatte sich damals vorgenommen, die Innenreparaturen Stück für Stück selbst auszuführen, war aber bisher kaum darüber hinausgekommen, sich im Obergeschoss eine provisorische Wohn-Ess-Schlafküche und ein kleines Bad einzurichten. Er kam nur langsam voran, was daran lag, dass er den größten Teil seiner Freizeit mit Klarinette üben und Auftritten ausfüllte, und auch daran, dass er sich oft die Frage stellte, für wen er eigentlich ein ganzes Haus herrichten wolle.

Er sah sich um. Hier im Erdgeschoss war alles leer. Den Putz an den Wänden hatte er schon vor Jahren erneuert, aber bisher noch nicht gestrichen. Eine ansehnliche Staubschicht bedeckte gleichmäßig den Boden. Die Zugänge vom Flez, dem Hausgang, in die Räume waren offene Rechtecke. Dirnberger hatte sich für dieses Wochenende vorgenommen, endlich einmal die neuen Türen einzusetzen – die alten waren zu seinem Leidwesen Opfer des Holzwurms geworden. Die Türblätter und -stöcke – er hatte sie schon vor einem halben Jahr gekauft – lagen sauber gestapelt unter einer orangeroten Plane in der Mitte des Raumes, der früher einmal die Wohnstube gewesen war. Dirnberger stieg die knarrende Treppe hinauf in seine Behelfswohnung. Dort verstaute er die Lebensmittel im Kühlschrank, trank in Rekordzeit eine Flasche Mineralwasser leer, zog Arbeitskleidung an und ging nach unten. Aus der Scheune holte er seine Werkzeugkiste und machte sich daran, den ersten Türstock zu montieren. Draußen heulten Windböen. Dirnberger war, anders als sonst, unwohl, alleine im Haus zu sein. Auch wenn er sicher sein konnte, dass *sie* ihm nicht hierher hatten folgen können, schien ihm jedes Knarzen, jedes Wispern des Luftzuges eine Warnung zu sein, sich vorzusehen. Plötzlich ertranken die Koboldgeräusche in einem ohrenbetäubenden Rauschen. Die Luft atmete sich von einem Moment zum anderen leichter. Draußen hatte der Platzregen eingesetzt.

Dirnberger schaute nur kurz von seiner Arbeit auf. Je schneller er in den Trott kam, bei dem seine Gedanken freien Auslauf hatten, umso besser. Den fertig montierten Türstock trug er zum Eingang des Abstellraumes. Er brauchte nicht lange, um das hölzerne Rechteck mit ein paar kleinen Keilen in der richtigen Position zu fixieren. Jetzt kam das Schönste. Der Montageschaum. Er nahm eine der Sprühdosen zur Hand, schüttelte sie kräftig und begann den Zwischenraum zwischen Türstock und Wand auszuschäumen. Ihn faszinierte, wie dieser klebrige Schaum in kurzer Zeit auf ein Mehrfaches seines Volumens anwachsen und dabei einen enormen Druck entwickeln konnte. Am Ende wurde das Zeug dann steinhart. Ein Material für Künstler eigentlich, das an die Handwerker verschwendet war. Langsam entkrampften sich seine Gedanken. Das Rauschen des Regens draußen, das Zischen der Sprühdose, das Schmatzen des Schaums, seine Spuren in der Staubschicht am Fußboden … *Seine* Spuren? Ein eiskalter Stoß fuhr ihm vom Rückenmark bis in die Fingerspitzen. Da waren Fußspuren, die nicht von ihm sein konnten! Jemand mit deutlich kleineren Füßen musste – barfuß? – im Erdgeschoss gewesen sein, während er sich oben umzog. Noch bevor er sich umdrehen konnte, riss ihm jemand die Beine nach hinten weg.

*

Dirnberger fiel bäuchlings zu Boden. Scheppernd schlug die Montageschaumdose neben ihm auf. Die Luft war voll aufgewirbeltem Staub. Er konnte sich eben noch auf den Rücken drehen, da war der Angreifer schon über ihm. Ein greller Blitz, gefolgt von einem Donnerschlag, der die Fensterscheiben erzittern ließ, brannte die Umrisse des Feindes wie einen Scherenschnitt in die Netzhaut seiner Augen. Eine dünne Figur wie eine Spinne, ein großer gesichtsloser Kopf. Entlaufen aus kubinschen Alpträumen. Zwei dürre Hände hielten Dirnbergers Handwurzeln fest und drückten ihn zu Boden wie einen Gekreuzigten. Obwohl der Angreifer kaum kleiner war als er, schien er nicht mehr zu wiegen als ein Kind. War das die Chance? Dirnberger spannte mit einem kräftigen Ruck alle Muskeln, um den Gegner abzuschütteln, konnte sich aber zu seinem Entsetzen keinen Zentimeter bewegen. Er saß fest wie in einem Schraubstock. Während er sich noch vergeblich wand, kam mit einem Mal seine linke Hand frei. Er prügelte mit aller Kraft auf Kopf und Körper seines Peinigers ein. Es fühlte sich an, als traktiere er einen Gummireifen. Keinerlei Wirkung. Augenblicke später spürte er, wie sich eine Hand um seinen Hals legte. Sein Gegner gab ein Geräusch von sich, das wie ein zufriedenes Stöhnen klang, und steigerte ganz langsam den Druck auf Dirnbergers Kehlkopf. Dirnberger versuchte den Daumen seiner freien Hand zwischen seinen Hals und die Klaue des anderen zu hebeln, aber der drückte nur noch fester zu. Dirnbergers Wahrnehmung verschwamm. Die Panik, die Atemnot, der süßliche Geruch schickten sich zum Endkampf gegen seine letzten klaren Gedanken an. Das Hämmern der abgedrückten Halsschlagader dröhnte in seinen Ohren. Mit der freien Hand suchte er ziellos den Fußboden nach irgendeinem Gegenstand ab. Nichts. Sah so das Ende aus? Es würde Monate dauern, bis jemand seine Leiche fände – eine vertrocknete Mumie dann.

Wieder zuckte ein Blitz durch den Raum. Dirnberger saß plötzlich vor einem Fernsehgerät. Nachrichten. Die Sprecherin weinte. Tränen rannen ihr über das Make-up. Trudi. „Fons ich mach mir solche Sorgen um dich, warum rufst du nicht an?" Dirnberger war gerührt, wollte antworten, sie trösten, noch nie hatte er sich so nach ihr gesehnt, begann selbst zu heulen, brachte kein Wort heraus. Seine Zunge war geschwollen, als hätte er einen trockenen Waschlappen im Mund. Plötzlich in seiner Hand: die Fernbedienung. Er drückte wahllos einen Knopf, in der Hoffnung, Trudi besser zu sehen.

„Dirnberger, Sie Memme! Waren Sie jemals ein Mann?" Auf dem Bildschirm war ein nur allzu vertrautes Gesicht erschienen. Bilchlinger. Der General trug ein schwarzes Barett auf dem Kopf. Widerliches Grinsen. Musste ihm Bilchlinger auch noch sein Ende versauen? Dirnberger fand sich zu seiner Überraschung in einer feldgrauen Uniform wieder. Die Fernbedienung hatte sich in eine Maschinenpistole, die gute alte Uzi, verwandelt. Er wollte aufspringen und Bilchlinger mit der allerletzten Wut seines Lebens ins Gesicht schreien, was er doch für ein Arschloch sei, aber es ging nicht.

„Durch und durch feige, eh? Nur die Besten überleben, Dirnberger!"

Dirnbergers Wut wuchs in dem Maße, in dem seine Kräfte ihn verließen. Diese Mission musste er noch erledigen. Dann war es gut. Mehr mit Willensanstrengung als mit Muskelkraft zwang er seinen linken Arm nach oben, drückte den Abzug der Uzi durch und jagte das ganze Magazin in die Mattscheibe. In einer stechend weißen Flamme explodierte das Fernsehgerät. Stille. Dirnberger war auf einmal sehr glücklich. Wenigstens den Bilchlinger hatte er noch beiseitegeschafft. Wahrscheinlich sein wichtigster Dienst an der Menschheit, wenn es zur Abrechnung kam. Zufrieden legte er sich zurück und wartete auf die Dunkelheit, die ihn gnädig aufnahm.

*

Plop. … *Plop. Plop.* …, …, … *Plop.* Dirnberger öffnete die Augen. Es war nach wie vor stockfinster. *Plop.* Die Schmerzen in der Kehle waren fast nicht auszuhalten. „Wo bin ich?", sagte er, weil er das Gefühl hatte, dass sich das so gehörte. Seine Stimme schien um eineinhalb Oktaven höher zu sein als früher. War das so, wenn man ein Engel geworden war oder ein Teufel? *Plop.* Der Boden, auf dem er lag, war kalt und hart. *Plop.* Dieses Geräusch – fielen da Tropfen? Das Vorzimmer zum Paradies oder zur Hölle, eine Tropfsteinhöhle? Warum nicht. *Plop.* Mit schmerzenden Gliedern stand Dirnberger auf. Vorsichtig tastete er mit den Füßen um sich – er erinnerte sich an Poes Geschichte von Grube und Pendel – aber nicht vorsichtig genug. Plötzlich war ein walzenförmiger Gegenstand unter seinen Füßen und dann ging alles ganz schnell. Er rutschte aus, ruderte mit den Armen. Auf einmal waren da noch mehr Walzen auf dem Boden, die scheppernd umherrollten, zusammenstießen und ihn durch die Dunkelheit taumeln ließen. Er kippte nach vorne, riss instinktiv beide Arme vor, stieß an ein Hindernis – und plötzlich war es hell. Er hatte mit der rechten Hand einen Lichtschalter an der Wand getroffen.

Dirnberger drehte sich um. Von der Decke hing eine Sechzigwattglühbirne und beleuchtete seinen Hausgang. Nachdem dieser Ort weder als Vorzimmer des Himmels noch der Hölle infrage kam, musste er noch am Leben sein. Draußen war es Nacht. Drinnen lagen auf dem Boden verstreut seine sechs Dosen Montageschaum. *Plop.* Daneben lag regungslos eine ungewöhnliche Gestalt. Sie hatte die Umrisse eines Menschen, wirkte aber mit ihren weit abgespreizten Armen und Beinen eigenartig aufgeblasen. Ein lebensgroßes braungelbes Lebkuchenmännchen mit einem Anklang an Da Vincis Vitruvianischen Mann. Dirnberger trat näher. Kein Zweifel, das war die Mumie, die ihn angegriffen hatte. Natürlich! Er musste ihr, während er meinte, Bilchlinger abzuschießen, eine dreiviertel Dose Montageschaum zwischen die Binden gejagt haben. Das war mehr als genug. Der Schaum hatte sich enorm ausgedehnt, war wohl schon ziemlich hart. Die Binden hielten dem Druck nicht mehr stand. Immer wieder riss eine entzwei. *Plop.*

Dirnberger musste an das teigige Ende von Max und Moritz bei Wilhelm Busch denken. Max war also bis auf weiteres unschädlich gemacht, aber wo war Moritz? Dirnberger beschloss, dass der nicht in der Nähe sein konnte. Sonst hätte er seinem Kompagnon beigestanden und ihn, Dirnberger, der gegen beide gleichzeitig chancenlos gewesen wäre, erledigt. Aber wenn man dem Ehrwürdigen Yusuf glauben konnte, und dessen war er sich mittlerweile sicher, dann hatte Moritz mit Sicherheit nicht aufgegeben.

Wie war Max hierher gekommen? Klar. Der Kerl hatte sich in seinem Auto, wahrscheinlich zwischen Rücksitz und Vordersitz versteckt. Es war vor der Abfahrt bestimmt eine halbe Stunde aufgesperrt in der offenen Garage gestanden, während Dirnberger oben packte. Verdammter Leichtsinn. Max war die ganze Strecke von M. her mit ihm gefahren, keinen halben Meter von ihm entfernt. Der Käsegestank im Auto hatte den Mumienmief übertüncht. Dirnberger würde deutlich besser auf der Hut sein müssen, wollte er einem Angriff von Moritz zuvorkommen.

Seine Armbanduhr zeigte 4:17. Zum Schlafen war ihm nicht zumute. Er schleppte den unglücklichen Max, immer noch leicht, aber steinhart und sperrig jetzt, in die Scheune, legte ihn mit dem Bauch nach unten und dem Kopf nach vorne auf das Dach seines Autos und zurrte ihn dort mit Spanngurten fest.

Dann ging er, nicht ohne die fünf vollen Dosen Montageschaum mitzunehmen, hinauf in seine Behelfswohnung. Er schloss die Tür ab, setzte sich an den wackeligen Holztisch und dachte nach. Max war sicherlich nicht endgültig ausgeschaltet, auch wenn er Jahre brauchen würde, um sich aus dem Schaum zu befreien. Was also tun? Für die Forschung wäre Max eine Sensation. Zu Haberl damit? Nein. So dämlich, wie der war, würde ihm die Mumie auch noch in eingeschäumtem Zustand entwischen. Sicherheit ging immer noch vor Wissenschaft. Standard also. Gleich morgen. Dem Ehrwürdigen Yusuf war er auch einen Besuch schuldig. Auf das Wiedersehen mit dem alten Ägypter – wie gut das Wort doch passte – freute er sich schon.

Und eins musste auch noch sein: Dirnberger zog die Tischschublade auf. Richtig. Da waren einige frankierte Postkarten und Schreibzeug. Er angelte sich eine Dose Montageschaum und las das Kleingedruckte auf der Banderole. Dann schrieb er auf die Postkarte:

Rex & Zockmann Bauchemie GmbH
Industriestr. 42
44577 Castrop-Rauxel

Betr. Ihr Montageschaum

Sehr geehrte Damen und Herren,

mit Ihrem Produkt Nr. 1122-954-12 bin ich sehr zufrieden. Ich werde Sie weiterempfehlen.

Ihr dankbarer
A. Dirnberger, M.

*

„H-H-Pfff, H-H-Pfff, H-H-Pfff …", was für herrliche Oberschenkel, „H-H-Pfff, H-H-Pfff …", ein kräftiges Hinterteil, auch nicht zu verachten, „H-H-Pfff, H-H-Pfff, H-H-Pfff …", ein bisschen dürr, na ja, „H-H-Pfff, H-H-Pfff …", aber hier wieder, oh, la, la, „H-H-Pfff, H-H-Pfff …"

Der Trompeter war bis zum Bersten voll mit Sexualhormonen, die sich mangels entsprechender Betätigung bedrohlich aufstauten. Um auf andere Gedanken zu kommen, joggte er am frühen Morgen durch den städtischen Auwald am Fluss. Aber seine Triebe wollten nicht von ihm lassen. In jeder Astgabel, jeder Stammbiegung, jeder Wurzelknolle sah er weibliche Formen. Die Aufschrift seines T-Shirts *Do it with a Trumpet Player* hatte er sich selbst ausgedacht. Vergeblich bisher. „H-H-Pfff, H-H-Pfff …", herrliche lange Beine, „H-H-Pfff, H-H-Pfff …"

Das Unwetter hatte sich noch in der Nacht totgelaufen. In den Fahrspuren auf dem Sandweg standen noch einzelne Pfützen. Immer wieder verwandelten kleinere und größere

Äste, die der Sturm von den Bäumen gerissen hatte, den Weg in einen Hindernisparcours. „H-H-Pfff, H-H-Pfff…", warum nur, warum will mich keine? „H-H-Pfff, H-H-Pfff …", aber dort oben „H-H-Pfff", ein Schoß, wie zum Küssen gemacht, „H-H-Pfff… Aaaaaaah!"

Schmatz.

„…"

„Scheiße!"

Er erhob sich in Zeitlupe aus der Schlammpfütze, die er ebenso innig wie unfreiwillig geküsst hatte. Auf seinem T-Shirt war das eigenartige Wort *Dotwrumpetl* zu lesen. Widerliches Schmirgeln im Mund. Die Nase verstopft mit modrigem Zeug. Er spuckte einen kaffeebraunen Schlotz vor seine Füße. Grotesk verrenkt, die Gläser braun wie eingerahmte Schokotaler, lag die Brille in der Pfütze. Mit etwas Spucke und dem letzten weiß gebliebenen Zipfel seines T-Shirts bekam er sie wieder einigermaßen durchsichtig und presste sie sich ins Gesicht. Er holte aus, um dem Ast, über den er gestolpert war, einen wütenden Tritt zu versetzen.

Ein Ast? Er bückte sich. Wahnsinn. Zweifellos, es war ein menschliches Bein, das da aus dem Gebüsch ragte. Allerdings nicht das einer Schönen, die nur auf ihn gewartet hatte.

*

Ein bisschen Mitleid hatte Dirnberger schon mit Max. Eigentlich konnte der gar nichts dafür, dass er zu einer Mordmaschine gemacht worden war. Aber Sentimentalitäten dieser Art konnte er sich nicht leisten. Nicht jetzt. Immerhin gab es irgendwo – und alle Wahrscheinlichkeit sprach dafür, dass irgendwo in diesem Fall nicht allzu weit weg war – immer noch Moritz. Aber wenigstens war Max erledigt. Endgültig erledigt. Dirnberger hatte durch ein Schauglas zugesehen, wie die Transportschnecke Max in Richtung Homogenisator beförderte. Hilflos mit seinen abgespreizten Armen und Beinen inmitten eines Strudels von Unrat. Nicht viel später war er bei über tausend Grad zu einem Wölkchen Kohlendioxid und Wasserdampf verpufft, als Dreingabe auch eine kleine Kollektion von Dioxin-Derivaten aus dem Montageschaum.

Die rot-weiße Schranke öffnete sich und zeigte auf die Schäfchenwolken im blauen Himmel. Dirnberger fuhr durch das Tor auf die Landstraße hinaus und nickte dem Pförtner hinter der grünen Scheibe zu. Der schaute demonstrativ weg. Die Leute mit den schwarzen Sonderausweisen waren beim Personal der Müllverbrennungsanlage nicht beliebt. Ständig kamen sie mit seltsamen Gegenständen daher, um die sich sofort gekümmert werden musste. Und auf höchste Anordnung war ihren Anweisungen unbedingt Folge zu leisten. Fragen stellen? Das schon gar nicht. Besser nichts gesehen, nichts gehört haben. Besser nicht wissen, wer diese Leute waren. Beim UGB nannten sie diesen Weg der Beseitigung brisanten Materials *Standard.* Alle Geheimdienste der Welt pflegen gute Beziehungen zu Entsorgungseinrichtungen.

Gegen Mittag bog Dirnberger in den vertrauten Innenhof in der Schleißheimer Straße ein. Alles in allem fühlte er sich doch im Großstadtdschungel sicherer als in seinem einsamen Haus auf dem Land. Davonlaufen war ohnehin nicht möglich. Früher oder später mussten Moritz und er zusammentreffen und mit Rex & Zockmann Nr. 1122-954-12 kam er sich gar nicht so schlecht bewaffnet vor. Dirnberger schloss seine Garage auf und fuhr vorwärts hinein. Glatte, betongraue Wände. Hier konnte sich niemand versteckt haben. Als er den Kofferraum öffnete, hörte er hinter sich, vom Hof her, ein Geräusch, das ihn in höchste Alarmbereitschaft versetzte. Leise, schlurfende Schritte. Jemand schlich sich an. So schnell ging das also. Na warte, Moritz.

Er bückte sich tiefer in den Kofferraum, als suche er etwas, angelte sich eine Dose Montageschaum, setzte die Sprühdüse ein, schüttelte sie und wartete.

Das Schlurfen kam näher.

Dirnberger packte die Dose fester und legte den Zeigefinger auf den Sprühknopf. Nur nicht den richtigen Moment verpassen.

Das Schlurfen war jetzt unmittelbar hinter ihm. Es stoppte.

Jetzt.

Mit einem Kampfschrei wirbelte Dirnberger herum und verwandelte seinen Gegner blitzartig in ein ockergelbes Gebilde, das abgesehen von der Farbe einem verschneiten Tannenbaum nicht unähnlich sah. Moritz schien sehr überrascht zu sein, denn er stand eine halbe Minute lang einfach nur da. Dann wischte er sich das Gesicht ab. Der Schaum wurde schon zäh.

„Hat das jetzt sein müssen?"

Die Stimme war unaufgeregt. Der Tonfall eines Mannes, dem schon lange alles egal ist.

Wieselhuber.

„Äh, entschuldigen Sie bitte, Herr Wieselhuber …"

„Das kann doch jedem passieren."

Hektisch riss Dirnberger eine alte Decke aus dem Kofferraum und begann, Wieselhuber damit abzurubbeln. Der schien das nur am Rande zur Notiz zu nehmen.

„Heute haben schon Leute nach Ihnen gefragt."

Dirnberger hielt inne.

„Was für Leute?"

„Was weiß denn ich? Ausländer."

*

Vor Dirnbergers Wohnungstür stand eine große hölzerne Obstkiste. Darin lagen, faserig braun und schwer, drei

Kokosnüsse. Zwischen der ersten und der zweiten Nuss von links steckte ein gefaltetes DIN-A4-Blatt. Dirnberger klappte es auf. Der Text war eine Collage aus den Buchstaben von Zeitungsschlagzeilen: „DiE DRei KokosNüSsE".

Aha.

Dirnberger zuckte die Achseln. Er war zu müde, um darüber nachdenken zu wollen.

Er schloss auf und war froh, wieder in seiner Wohnung zu sein. Er wünschte sich nur noch eines: Schlaf. Die Kiste mit den Kokosnüssen ließ er erst einmal draußen stehen. Während er die Fenster im Wohnzimmer öffnete, bemerkte er, dass sein Anrufbeantworter blinkte. Drei der Anrufe waren von Trudi. Dirnberger musste sich eingestehen, dass er sich darüber freute. Trotzdem würde er sie heute nicht mehr zurückrufen. Viel zu müde. Und ein bisschen schmoren lassen. Morgen im Büro dann ein freudiges Wiedersehen, und wer weiß, was sich später noch ergeben würde.

Der letzte Anruf war um 11:17 eingegangen:

„Fons, hier ist Omar. Erzähl mir nichts von einem Zufall. Ich bin jedenfalls jetzt in Schwierigkeiten. Du auch. Wahrscheinlich wirst du die drei Kokosnüsse bekommen. Du weißt, was das bedeutet."

„Gar nichts weiß ich!", herrschte Dirnberger den Anrufbeantworter an.

Er ging vor die Tür, trug die Kokosnüsse mitsamt der Kiste herein und stellte sie auf den Wohnzimmertisch. Das Brandzeichen auf der Kiste deutete auf ihr Vorleben als Behälter für Bananen aus Puerto Rico hin. Nichts Besonderes. Er nahm jede Nuss einzeln in die Hand, schüttelte sie, hörte das Glucksen der Kokosmilch, suchte nach Bohrlöchern, zupfte an den braunen Fasern. Nichts. Drei ausgesprochen normale Kokosnüsse. Und ein gänzlich redundantes Begleitschreiben. Dazu der kryptische Anruf eines Kollegen. Na toll.

Wer konnte sich mit so etwas auskennen? Natürlich, der Ehrwürdige Yusuf. Aber den zu fragen war morgen auch noch Zeit. Für heute: nur noch schlafen. Dirnberger drehte den Schlüssel seiner Wohnungstür zweimal um, hängte die Sicherheitskette ein und ging ins Schlafzimmer. Auf das Nachtkästchen stellte er drei Dosen Montageschaum. Griffbereit.

*

Plötzlich machte die Rutenspitze einen gewaltigen Satz nach vorne und die Rolle kreischte auf wie die Tante Helga, als ihr der Apotheker Knauer beim Tanzen auf den großen Zeh getreten war. Mit einer einzigen geschmeidigen Bewegung befreite der Junge die Rute aus ihrer Halterung und setzte mit aller Kraft den Anhieb. Er spürte einen harten Widerstand, doch keine Bewegung, die auf etwas Lebendiges hingedeutet hätte. War der Haken oder das Blei an irgendeinem Hindernis festgekommen? Oder vielleicht doch …? Er blieb auf Spannung und zählte die gefühlten Sekunden.

Bei neunundfünfzig begann die Schnur langsam von der Rolle zu laufen. Der Junge atmete auf und hielt dagegen, um die Kraft des Fisches auszuloten. Die Rute bog sich zu einem Halbkreis, doch der Fisch zog stromaufwärts wie eine anfahrende Lokomotive. Was auch immer am Haken war, es schien sich, einer ungeheuren Kraft bewusst, nicht in Gefahr zu fühlen. Plötzlich ein jäher Ruck, der dem Jungen beinahe die Rute aus den Händen geschlagen hätte. Der Fisch jagte schräg stromab, weit hinaus zur Flussmitte hin. Dem Jungen war klar, dass er keine Chance hatte, das rasende Tier aufzuhalten. Das Kreischen der Rolle wurde zu einem Dauerschrei. Brenzlig riechendes Schmierfett tropfte aus dem Gehäuse. Immer schneller schmolz die Schnurreserve. Mit zusammengepressten Augenlidern wartete der Junge darauf, dass das Ende der Schnur von der Spule knallte, doch der Fisch entschied sich unvermittelt anders.

Mit der Gewalt eines Dampfhammers begann er wieder und wieder nach unten zu stoßen. Wollte er sich den Haken aus dem Maul rammen? Der Junge stemmte sich so gut er konnte gegen das dumpfe Pulsieren. Irgendwann hielt der Fisch inne. Wie ein Felsbrocken verharrte er draußen im Fluss. Der Junge senkte immer wieder die Rute, kurbelte die frei gewordene Schnur ein und brachte dann die Rute wieder in die Senkrechte. Pumpen nannte man das. Seine Arme schmerzten.

Zunächst schien alle Anstrengung vergebens zu sein, aber dann, zuerst zentimeterweise, dann immer schneller, begann der Fisch, sich zum Ufer hin zu bewegen. Darauf hatte der Junge nicht zu hoffen gewagt. So schnell es ging, holte er Schnur ein. Immer näher kam der Fisch. Jetzt durchquerte er die Hauptströmung und hielt wiederum an. Er musste jetzt am Grund der Bucht, im ruhigen Wasser sein. Der Junge fixierte den Punkt, wo seine Schnur die Oberfläche zerschnitt. Der Fisch kam nach oben! Die Aufregung ließ den Jungen kaum atmen. Da sah er ihn. Knapp unter der Wasseroberfläche war ein Monstrum erschienen.

*

Die goldgelben Pölsterchen mit den Stachelbündeln darauf formierten sich zu einem Muster. Nicht zu dem offensichtlichen Muster – Meridiane auf einer Kugel. Da war noch etwas anderes. Wenn man die Augen zusammenkniff, dann war es ganz deutlich. Sie saßen auf einer imaginären Spirale, die von oben aus einem cremefarbenen Kreis kommend, den ganzen kugelförmigen Körper umlief. Interessant. Zufall oder Selektionsvorteil für die Spezies? Aber das war doch auch ein Bild für – wofür? Dirnberger spürte, dass Sepp, sein Bürokaktus ihm wieder einmal zu einer wichtigen Einsicht verhelfen konnte. Nur was war es genau? Vielleicht …

Selten hatte ihn das Klingeln seines Telefons mehr gestört als in diesem Moment. Wie Gespenster, die die Morgensonne überrascht, stoben seine Gedanken davon. Ärgerlich griff er zum Hörer. Wahrscheinlich Bilchlinger.

„Fons, endlich! Ich hab mir solche Sorgen um dich gemacht!"

Trudi, schön deine Stimme zu hören, wollte Dirnberger sagen, schaffte es aber nur zu einem verlegenen:

„Äh, hm Trudi."

„Ich hab das ganze Wochenende nicht schlafen können! Warum warst du am Freitag auf einmal weg?"

„Hmmm, äh, das kann ich am Telefon nicht erklären, ehrlich. Warum kommst du nicht einfach rüber?"

„Wie verlockend. Geht aber leider nicht."

„Äh, ja … warum?"

„Ich bin am Flughafen. Soll jemanden abholen, aber der Flieger hat Verspätung. Landet wahrscheinlich erst in drei Stunden."

Klick, machte es in Dirnbergers Kopf. Es war nur eine kleine Chance, aber wenn Trudi sowieso schon dort war …

„Trudi, du musst etwas für mich herausfinden."

„Was darf's denn diesmal sein?"

„Am Flughafen muss es ein Büro geben, wo die ganze Luftfracht koordiniert wird. Ich muss wissen, ob in letzter Zeit irgendetwas Auffälliges angekommen ist, etwas so Großes, dass zwei Menschen drin Platz hätten. Ein Sarkophag vielleicht. Wenn es so etwas gibt, dann brauche ich Absender und Empfänger."

„Du suchst jemanden, der gern günstig reist?"

„*Luggage Class*", bestätigte Dirnberger.

Trudi lachte. „Ich schau mal, was ich für dich tun kann."

„Wen sollst du eigentlich abholen?"

„Angeblich ist sie eine Kollegin aus Hamburg, zum Erfahrungsaustausch mit dem Bilchlinger." Sie lachte wieder. „In Wirklichkeit eine von seinen Nutten natürlich."

„Vielleicht trifft ihn einmal der Schlag von der Überanstrengung." Dirnberger hielt die Bemerkung für sehr gelungen.

„Auch etwas, was dir nicht passieren kann – oder?" Dieses *oder?* hatte einen katzenweichen Klang, der Dirnberger unwillkürlich im Unterleib traf.

Doch! Natürlich! Komm! – wollte er rufen. Zu seinem eigenen Entsetzen hörte er sich „Äh, nein vielleicht ..." sagen.

„Dachte ich mir. Bis später."

*

Dirnberger hätte vor Wut auf sich selbst laut losbrüllen können. Hier war er, in Lebensgefahr übrigens, solange Moritz nicht ausgeschaltet war. Wie viel Zeit blieb ihm 'überhaupt noch? Dort war Trudi, der einzige Mensch, dem er scheinbar etwas bedeutete, und er, verdammt noch mal, war drauf und dran, auch noch diesen einen Menschen mit seiner Verklemmtheit zu verprellen. Trudi zurückrufen? Nein. Er würde genauso herumstottern wie vorhin. Und überhaupt: Lag ihr wirklich an ihm? Oder bildete er sich das eh nur ein? Der Zweifel tröstete ihn ein wenig über seine Ungeschicklichkeit hinweg. Er beschloss, die Sache mit Trudi einfach auf sich zukommen zu lassen.

Immerhin war er auf der Jagd nach einem Raubfisch, der gefährlicher war als zunächst vermutet. Nicht bloß ein grasgrüner Schusshecht, eher schon ein Tigerhai. Eine lohnende Beute also. Dirnberger hoffte, dass der Köder, den er mit Haberls Hilfe hergerichtet hatte, schon in der lauernden blauen Tiefe schwamm, wo die Tigerhaie ihr Unwesen treiben. Jeden Augenblick konnte der ersehnte Ruck an der Leine kommen. *Nur Geduld, Dirnberger. Du weißt, wie unermesslich groß der Ozean ist.* Ob der Tigerhai schon bemerkt hatte, dass einer seiner Lotsenfische fehlte? *Geduld.* Würde er auf der Hut sein oder sich zu einer Unvorsichtigkeit hinreißen lassen? *Geduld, Dirnberger.*

Da war plötzlich eine andere Idee. Er wandte sich seinem Bildschirm zu, startete den Internet-Browser und tippte die Adresse www.ohdeb.de ein. Nach wenigen Sekunden erschien vor ihm die Überschrift:

Willkommen beim Online-Handbuch der eigenartigen Botschaften. Eine Internetseite von Franz Breinhamer, Ministerialrat a.D.

Nicht nur einmal war Dirnberger bisher in der akribisch gepflegten Sammlung des pensionierten Ministerialrates auf wertvolle Hinweise gestoßen. Breinhamer hatte schon in seiner aktiven Zeit am Innenministerium – von dort kannte Dirnberger flüchtig den etwas zur Grantigkeit neigenden älteren Herrn – eine umfangreiche Kartei eigenartiger Botschaften geführt, zunächst mit dem Ziel, das Verwaltungsdeutsch der unzähligen Erlasse, Rundschreiben, dienstlichen Anordnungen und Eingaben zu katalogisieren, die er tagtäglich in Rekordmengen bearbeitete. Mit der Zeit war aus der schlichten Kartei eine Enzyklopädie seltsamer Nachrichten geworden, die ihresgleichen suchte. Seit seiner Pensionierung unterhielt Breinhamer dank der technischen Unterstützung seines zwölfjährigen Enkels Jean-Claude die Internetversion.

Auf der Startseite gab es mehrere Links: *Textbotschaften, Naturalbotschaften, Optische Botschaften, Akustische Botschaften, Olfaktorische Botschaften, Haptische Botschaften, Sonstige Botschaften, Botschaft nach Schlüsselwort suchen.* Dirnberger wählte den Letzteren. Eine Suchmaske öffnete sich. Er tippte *Kokosnüsse, drei* und klickte auf Suche starten. Wenige Sekunden später las er:

Die drei Kokosnüsse (DdK). Zuordnung: Naturalbotschaften, Pflanzen, Sämereien/Früchte, Kokospalme (Cocos nucifera), Kokosnuss.

Geschichte: Bereits seit der Antike werden Pflanzensamen von Geheimgesellschaften als Botschaften verwendet. Im 19. und in der ersten Hälfte des 20. Jh. haben zunächst kleinformatige Varianten wie die Fünf Orangenkerne (erwähnt bei A. Conan Doyle) oder die Sieben Melonensamen in Fachkreisen einige Berühmtheit erlangt. In unserer Zeit abnehmender Bildung bei zunehmender Information können derart subtile Botschaften nicht mehr die beabsichtigte Wirkung entfalten. Zumeist werden sie als Werbung oder Unrat missdeutet und bereits vom Vorzimmerpersonal des Adressaten entsorgt. Die Suche nach weniger unauffälligen Alternativen führte zur Entwicklung von DdK. Weil DdK in letzter Zeit häufiger mit den sog. Ökokisten verwechselt wird, liegt DdK i.d.R. anstelle einer Rechnung der ausgeschriebene Name der Botschaft bei.

Urheberschaft: Nicht an eine bestimmte Gruppierung gebunden. Zahlreiche Geheimgesellschaften verwenden neuerdings DdK, so die Gebirgsschützen im Oberland von B., die Bruderschaft von Kairo, der Ku Klux Klan, etliche politische Parteien u.v.m.

Bedeutung: Werden DdK einer natürlichen Person zugestellt, so bedeutet das, dass der Empfänger von einer zumeist nicht legitimierten Gerichtsbarkeit in Abwesenheit zum Tode verurteilt worden ist. Die nicht vorhandene Legitimation der DdK ist an gravierenden formalen Mängeln zu erkennen, allen voran am Fehlen einer Rechtsbehelfsbelehrung. Dem Empfänger sollen durch DdK die Unausweichlichkeit seines gewaltsamen Endes und die Schwere seiner Schuld vor Augen geführt werden.

Konsequenzen: Der Empfänger der DdK wird spätestens zwei Monate nach Erhalt der Botschaft auf eine von ihm nicht erwartete Weise getötet.

*

Noch bevor Dirnberger richtig begreifen konnte, klingelte das Telefon. Dankbar griff er zu.

„Ja?“

„Zeck hier. Bist du’s, Dirnberger?“

„Was gibt’s?“

„Dirnberger, kennst du einen gewissen Yusuf Akmar el Gedhab?“

„Wer soll das sein?“

„Du bist gestern mit ihm gesehen worden.“

„Ach so, der Ehrwürdige Yusuf. Was ist los mit ihm? Ich möchte ihn gern sprechen.“

„Das wird nicht gehen, er ist gerade selber in einer Besprechung …“ – Effektpause – „… mit Allah, sehr wahrscheinlich.“

Dirnbergers Hals war plötzlich ganz trocken. „Tot?“ Er wünschte, Zeck möge seine Erschütterung nicht bemerken.

„Na, na, Dirnberger, er war doch nicht etwa dein Opa, oder?“

Dirnberger sagte nichts. *Irgendwie schon,* dachte er.

„Hast du eine Idee, wer ihn umgebracht haben könnte?“

„Ermordet?“

„Erwürgt. Im Auwald, mitten in der Stadt. Euer apoplektisches Gesangstalent von einem Trompetenspieler hat ihn gefunden.“ „Apokalyptisch“, verbesserte Dirnberger abwesend. Jetzt verstand er, weshalb nur Max allein ihn angegriffen hatte.

„Ich tippe auf die Wurmdobler. Die falschen, natürlich.“

„Wie wär’s mit dir selbst, zur Abwechslung?“

„Sie wollen mein Alibi für …?“

„Samstagnachmittag vor dem Sauwetter. Reiner Routineanruf. Ich muss fragen, weil dein Name gefallen ist. Ich glaub ja eh nicht, dass du's warst. Und wenn, dann kommt man an euch UGBler auch nicht ran. Sauerei übrigens.“

„Ich war mein altes Haus herrichten.“

„Zeugen?“

„Nein.“

„Egal. Schon in Ordnung.“

„Wer hat meinen Namen genannt?“

„Sein Neffe, der geschniegelte Fallapfel …“

„Falahi.“

„Sag ich doch. Hatte eine Scheißwut auf dich. Schien sich hinterher darüber zu ärgern, dass er dich mir gegenüber erwähnt hat.“

„Der hat natürlich die drei Kokosnüsse geschickt“, sagte Dirnberger mehr zu sich selbst.

„Aha. Und warum macht er so etwas?“

„Um mir zu sagen, dass ich auch tot bin.“

„Natürlich“, sagte Zeck im Tonfall eines Psychiaters, der einem Patienten aus therapeutischen Gründen seinen Willen lässt. „Darf ich die Dinger bei Gelegenheit in Augenschein nehmen?“

„Natürlich. Guten Appetit.“

„Ich hab mich übrigens über die Bruderschaft von Kairo informiert, Dirnberger, da war er nämlich der Großmufti, der Yusuf.“

„Was Sie alles wissen.“

„Recherche, Recherche. Stell dir vor, die Bruderschaft kontrolliert *de factum* …“

„*de facto?*“

„… ja, Herr Lehrer, den weltweiten Handel mit Kokosnüssen, Datteln und Kamelmist. Und der Mist ist der Clou. Brennt gut, enthält achthundert pharmazeutisch wirksame

Substanzen, wertvolle Bakterienkulturen, chemisches Zeug, du glaubst es nicht. Auch so Geschmacksverstärker, Farbstoffe, Parfümgrundsubstanzen und was weiß ich noch alles. Wenn du dir einen Erdbeerjoghurt aus der Fabrik reinziehst, dann steckt schon mehr Kamelmist drin als Früchte, pfui Teufel. Weiß keiner, ist aber so. Hörst du zu?"

„Handelsvolumen siebenhunderttausend Tonnen im Jahr. Tendenz steigend. Zu Spitzenpreisen. Die Bruderschaft hat alles im Griff. Das gibt schon mal Ärger. Wird alles intern geregelt, keine Beweise. Offiziell ein reiner Handelsverein."

„He Dirnberger, du Spielverderber, woher weißt du das?"

„Verwandte Branche. Wiederhören."

Dirnberger legte den Hörer auf. Seine Schläfen pochten. Der Gedanke, dass der Ehrwürdige Yusuf wahrscheinlich seinetwegen zum Schweigen gebracht worden war, tat weh. Peinlich auch, dass Zeck kaum weniger als die UGB-Akte über die Bruderschaft von Kairo gewusst hatte. Für die Aufklärung solcher Organisationen hatten sie beim UGB sogar eine eigene Abteilung. Die leitete Bilchlingers Spezi, der Kollege Humbauer. Toll.

Und natürlich sah die ganze Kamelmist-Bruderschaft in ihm, Dirnberger, den Mörder. Falahi anrufen und ihm erklären, dass es sich anders verhielt? Sinnlos. Andererseits war der Umgang mit dieser Art Gefahr nicht mehr als berufliche Routine, mochte so ein alter Ministerialrat schreiben, was er wollte. Da spielte Moritz, irgendwo da draußen, schon in einer anderen Liga. Unberechenbar, weil kein Mensch im engeren Sinn. Auch der Ehrwürdige Yusuf hatte diese Gefahr falsch eingeschätzt und das mochte etwas heißen.

*

Nach dem schweißschmierigen Tag am Flughafen, alles dort hatte sich ekelhaft pappig angefühlt, war das kühle Wasser eine Wohltat. Trudi legte den Kopf zurück und genoss das prickelnde Gefühl auf den Brustwarzen, die sich dem Strom in den Weg stellten. Sie griff zur Seife, ein zarter Sommerblumenduft, schloss die Augen und stellte sich vor, es seien nicht ihre, sondern die Hände von Fons, die zärtlich ihre Schenkel streichelten und ihre Brüste liebkosten … Heute würde er endlich ihr gehören, ganz bestimmt. Am Vormittag, als sie ihn angerufen hatte, war er anders gewesen als sonst. Der gleiche Text wie immer natürlich, aber ein anderer Ton, nur eine Spur anders. Anders genug, um ihr zu sagen, dass es so weit war.

Das Licht der Abendsonne malte goldene Flecken auf die Fliesen. Trudi stieg aus der Dusche, nahm das karminrote Frotteetuch vom Haken und trocknete sich genüsslich ab. Ein kurzer Blick auf die knallbunte Badezimmeruhr im Fisch-mit-Kussmund-Design: Höchste Zeit, sich auf den Weg zu machen.

*

Kindergeschrei von tief unten. Dazu Wieselhubers Schimpfen. „Ruhe, Himmelsakrament!“ Ein klassischer Hausmeisterfluch, ein Donnergrollen aus dem Mund eines Könners, hier aber ohne Wirkung, weil im Ton viel zu gleichgültig, zu unverbindlich. Taubengurren oben auf dem Dach. Flügelknattern gelegentlich. Gedämpftes Hämmern aus der chaotischen Garagenwerkstatt des arbeitslosen Diplom-Ingenieurs Wittkowski-Kramer aus dem zweiten Stock, der sich kein geringeres Lebensziel als die Lösung aller Energieprobleme mittels Widerlegung des Entropiesatzes gesetzt hatte. Nicht einmal bei Siemens wollten sie so einen heute noch haben. Dirnberger kannte diese abendliche Geräuschkulisse so gut, dass ihm noch die kleinste Abweichung vom Normalen sofort aufgefallen wäre. Hier draußen auf seinem Balkon fühlte er sich sicherer als in der Wohnung. Gefahr würde er schon auf große Distanz bemerken.

Auf seinem altersschwachen Balkontisch lagen mehrere Fotografien ausgebreitet, die er immer wieder der Reihe nach zur Hand nahm. Den ganzen Nachmittag schon hatte er vergebens versucht zu verstehen, was sie ihm zeigten. Wegen der Hitze hatte er sein Hemd ausgezogen, nicht jedoch das Schulterhalfter mit dem bulligen 38er Revolver abgelegt, den er über einem olivgrünen Bundeswehr-Unterhemd trug. Ein gutes Argument vielleicht nicht gegen Moritz, aber ganz bestimmt gegen Abgesandte der Bruderschaft von Kairo.

Ein weit entferntes Geräusch ließ ihn hochfahren. Ein Fremdkörper im akustischen See des Hinterhofes. Jemand, der nicht dazugehörte, war von der Straße her in die Passage getreten und schien dort innezuhalten. Eine Minute später klingelte es.

Schnell schob Dirnberger die Aufnahmen zu einem kleinen Stapel zusammen und beschwerte sie mit einem flachen Stein aus der Isar, der seit Jahr und Tag auf dem Balkon herumlag. Dann trat er nach innen und verriegelte die Balkontür. Unwillkürlich fasste er an das Schulterhalfter. Der kühle Griff des Revolvers, rotbraunes Holz vom argentinischen Quebracho-Baum, versicherte ihn der Gegenwart eines treuen Gefährten. Er ging zur Wohnungstür und drückte auf den Knopf der Sprechanlage: „Ja?“

*

„Also noch mal, Doudou: Du bist der wichtigste Mann in dieser Mission, weil du der Stärkste bist.“

„Bin der Stärk'te.“

„Schön. Was machst du also, wenn ich sage, dass es so weit ist?"

„Hingeh'n, alles kleinhau'n. Dirnber'er auch kleinhau'n."

„Hornochse! Verdammt, nein!", brüllte Falahi so unvermittelt, dass Ezab, der Fahrer, hart auf die Bremse stieg. Das Müllauto bockte wie ein Stier. Um ein Haar wäre es im allabendlichen Stop-and-go-Verkehr auf der Sonnenstraße zu einem Massenauffahrunfall gekommen. Hupkonzert von hinten.

„Esel! Ich dachte, du kannst Autofahren?"

„Du hast mich erschreckt, Chef."

Alle drei trugen die leuchtorange Arbeitskleidung der städtischen Müllmänner. Doudou thronte wie ein Bergmassiv in der Mitte des Führerhauses, zu seiner Linken Ezab am Steuer, zu seiner Rechten Falahi, beide in Platznöten. Eine Zeitlang schwiegen alle. Plötzlich ein langgezogenes Knattern.

„Chef, mir reicht's! Nicht genug, dass uns der Fettsack beinah zur Tür rausdrückt, jetzt verpestet er uns auch noch die Luft." Ezab hieb wütend mit den Fäusten auf das Steuerrad. Tatsächlich breitete sich ein intensiver Geruch wie von Elefantendung in der Kabine aus. Falahi und Ezab kurbelten die Scheiben herunter.

„Allah sei dir gnädig Doudou, wenn du den Job heute vermurkst."

„Bin der Stärk'te."

„Ich erklär's dir noch mal. Sperr die Ohren auf. Ich sage dir, wenn es losgeht. Dann gehst du in die Wohnung von Dirnberger, steckst ihn in einen Müllsack und schmeißt ihn zum Fenster hinaus. Wir warten unten und machen den Rest. Du kommst runter, so schnell du kannst. Wir sind dann schon fertig. Dann verschwinden wir, bevor jemand kapiert hat, was passiert ist. Verstanden?"

„Wa'um nich' kleinhau'n?"

„Ob du kapiert hast?"

„Geh in Woh'ung, schmeiß Dirnber'er Fen'ter raus, geh runter. Kapier'."

„Gut. Wie kommst du in die Wohnung?"

„Weißnich'. Tür eintret'?" Doudou schaute drein wie ein Schüler, der inbrünstig hofft, die richtige Antwort erraten zu haben.

„Verdammt! Konzentrier dich, Doudou! Du bekommst vorher von mir die … na …"

Doudou dachte angestrengt nach. Seine Stirn begann feucht zu glänzen.

„Schlüsse'", sagte er schließlich mit einem glücklichen Lächeln.

„Goldjunge. Sieh her. Auf den hier habe ich *1* geschrieben. Der ist für die Haustür. Und auf dem hier steht *2*. Der sieht fast genauso aus, ist aber für die Wohnung. Verstanden?"

„Eins Hau'tür, z'ei Woh'ung."

„Und, Doudou …"

„Che'f?"

„Wenn du alles richtig machst, dann kriegst du morgen früh einen Sack voller Schokoriegel. Wie wär das?"

Doudou sagte nichts. Ein seliges Lächeln malte sich auf sein Gesicht. Die Vorstellung von sich im Schlaraffenland der Schokoriegel nahm seinen Verstand völlig in Anspruch. Draußen kam der Verkehr wieder in Bewegung. Ezab legte den ersten Gang ein, trat sanft auf das Gaspedal und ließ den schweren Wagen anrollen. Falahi trommelte mit den Fingern der rechten Hand auf der schwarz-staubigen Beifahrerkonsole. Bei dem Tempo würden sie mindestens noch eine Stunde bis zur Schleißheimer Straße brauchen.

*

Verführerisch dufteten die ofenwarmen Pizzahäppchen unter dem Tuch in Trudis Korb. Auf diese Spezialität, dünner, knuspriger Teig, beste Salami, erlesene Champignons und eine Gewürzmischung, die sie ihrer besten Freundin nicht verraten hätte, war sie besonders stolz. Daneben eine Flasche Rioja, ausgesuchter Jahrgang, versteht sich. Als Trudi von der Theresienstraße in die Schleißheimer Straße einbog, drehten sich sogar die zehn Jahre jüngeren Rollerblader-Bubis mit den verkehrt herum aufgesetzten Schirmmützen nach ihr um, was nur zum Teil am Duft der Pizzahäppchen lag. Einer knallte gegen ein geparktes Auto. Trudi nahm zufrieden ihre Wirkung zur Kenntnis. Zielstrebig hielt sie auf den Torbogen zu, der zu Dirnbergers Haustür führte. Sie tauchte in die schattige Passage ein. Herrje, was für ein Gerümpel! Da bemerkte sie den einäugigen Teddy, der ihr mit ausgebreiteten Armen ein verzweifeltes *Hab mich doch lieb!* zurufen wollte.

War der Teddy nicht genau wie Fons? Es war ihm doch anzusehen, wie sehr er sich nach Liebe sehnte, auch wenn er sich so abweisend verhielt, wenn es ernst wurde. Genau wie den Teddy musste ihn jemand aus dem Teil der Welt, in dem die Wärme wohnte, verstoßen haben. Dabei war er so intelligent, konnte so witzig, so zuvorkommend sein. Ein gefühlvoller Mann, kein dumpfer Triebsklave, soweit das bei Männern möglich war. Liebenswert im Wortsinn. Und heute würde sie ihm zeigen, dass es die Wärme doch noch gab. So richtig. Bei dem Gedanken daran wand sie sich in einem wohligen Schauer.

Sie trat einen Schritt auf den Teddy zu und stupste zärtlich seine Nase. „Sei nicht traurig, ich bin nicht die Richtige für dich", sagte sie, wandte sich zur Haustür und drückte Dirnbergers Klingelknopf. Gerne hätte sich der Teddy für die kleine Zärtlichkeit revanchiert und ihr erzählt, was er heute gesehen hatte. Aber weil Teddys nicht sprechen können, musste er seine Warnung für sich behalten.

*

„Ja?", krächzte es aus dem schäbig weißen Plastikgitter der Sprechanlage.

„Ich bin's. Trudi. Kann ich raufkommen?"

„Ja, äh … bist du allein?"

Trudi lachte.

„Meinst du, der Bilchlinger steht hinter mir? Ich hab dir was zu erzählen, und wir zwei könnten uns bei der Gelegenheit einen netten Abend machen."

„Warum eigentlich nicht? Aber weißt du …"

„Komm schon. Ich tu dir nichts."

„Entschuldige, äh … Moment."

Das Türschloss summte und Trudi trat ein. Ihre figurbetonte Jeans spannte ein wenig beim Treppensteigen. Oben angekommen wunderte sie sich darüber, dass Dirnberger sie nicht mit offener Tür erwartete. Sie legte ihre Hand auf den Türspion.

„Trudi?", kam es von drinnen.

„Die Lösung heißt V-e-r-t-r-a-u-e-n, mein lieber Fons!"

Dirnberger öffnete. Trudi sah ihn von oben bis unten an.

„Du meine Güte, du siehst aus, wie Rambo in der Kaffeepause."

„Ich erklär's dir gleich. Komm bitte rein."

Trudi lächelte, schaute zu ihm auf und schien auf etwas zu warten. Dirnberger spürte einen plötzlichen Impuls, sie zu umarmen. Es gelang ihm aber nur, ihr die rechte Hand zu reichen.

„Äh, schön, dass du mich besuchst", sagte er mit einer hölzernen, kleinen Verbeugung und einem Lächeln, das Trudi sofort als echt erkannte. Trudi sah hinreißend aus. Sie trug ein recht weit ausgeschnittenes rotes Top mit breiten Trägern, diesmal mit etwas darunter, das ihre hübschen Brüste unaufdringlich in Szene setzte. Zufrieden registrierte sie Dirnbergers Blicke.

„Ich komme natürlich dienstlich …“, sagte sie beim Eintreten und bemerkte mit heimlicher Freude, wie sein Gesicht für einen Moment lang wurde. Angebissen.

„… aber dabei können wir es uns genauso gut gemütlich machen, nicht? Gehen wir auf deinen Balkon, solange es noch hell ist?“ Trudi kannte Dirnbergers Wohnung noch von der Einweihungsparty, die er *nolens volens* vor etlichen Jahren gegeben hatte. Während er noch die Wohnungstür verriegelte, hatte sie schon den Balkontisch in ein einladendes Bistrotischchen für zwei verwandelt. Der Duft der Pizzahäppchen, der in der Abendsonne rot glühende Wein, die Kerze, Trudis zartes Parfüm – Dirnberger war so verblüfft und verlegen, dass er nur mit Mühe die Situation erfasste.

„Wollen wir uns nicht setzen, Fons?“

„Genau. Äh, was sagst du zu dem heißen September?“

„Wohin das noch führt, mit dem Ozonloch …“

„Aber nein, Trudi, das ist doch der Treibhauseffekt. Ich …“ Dirnberger war froh, ein Thema zu haben, bei dem er ungezwungen bleiben konnte. Aber Trudi genügte ein Lächeln, die Weltprobleme vom Tisch zu wischen.

„Von mir aus. Sag mir doch lieber, was los war. Ich hab mir solche Sorgen um dich gemacht.“

„Erinnerst du dich an den Brenner?“

„Der Russenopa?“

„Genau. Die Russen, wenn wir sie so nennen, sind seit Freitag hinter mir her. Deswegen der Tumult beim Unterwirt. Einen habe ich schon erledigt, aber der andere ist noch unterwegs. Und er hat auch noch den Chef von so einem Kamelmistsyndikat umgebracht. Die meinen aber, dass ich es war, darum haben sie mir eine Kokosnussbotschaft mit Todesurteil geschickt. Deswegen bin ich vorsichtig. Aber ich hab’s im Griff, glaub ich.“

Er klopfte auf das Schulterhalfter. Unwillkürlich stellte er sich vor, wie sie beide von außen wirken mochten. Eine ausgesprochen hübsche, etwas mollige junge Frau und ihr gegenüber ein bewaffneter Söldnertyp im olivgrünen Militärunterhemd. Trudi schien sich nicht an seinem Aufzug zu stören.

Sie lächelte ihn an und hob ihr Glas. Ihre Lippen, zu einem leichten Kussmund geformt, glänzten wie reife Kirschen. „Auch wenn du's im Griff hast. Du musst mir versprechen, dass du immer auf dich aufpasst."

Dirnberger errötete und fühlte sich verlegen wie ein Schulbub. „Du … du hast gesagt, du bist dienstlich hier."

Trudi stellte ihr Glas wieder ab.

„Hast Recht. Fangen wir damit an." Wieder dieses Lächeln. „Also, ich hab mich in der Frachtabteilung am Flughafen umgehört. War nicht ganz leicht, dort hineinzukommen, aber mit Dienstausweis und weiblicher Überzeugungskraft ging's dann schon. So ein Wichtigtuer hat mich dann pausenlos vollgeschwätzt, wollte meine Telefonnummer – als Belohnung für seine Indiskretion, hat er gesagt." Trudi rollte mit den Augen.

„Hast du sie ihm gegeben?", fragte Dirnberger schnell.

Trudi grinste.

„Mein Bruder ist *Lehrmoser Gefriertechnik.* Die Nummer schreibe ich solchen Typen auf. Zur Abkühlung. Jedenfalls hat er etwas gewusst, das dich interessieren könnte."

Dirnberger hob die Brauen.

„Letzten Donnerstag ist am Flughafen etwas Komisches passiert. Von Helsinki Vantaa sind mit der Morgenmaschine zwei ägyptische Sarkophage angekommen. Mit Mumien drin, pfui Teufel. Als Antiquitäten deklariert. Adressiert an einen Professor Klingshirn in M. Standen ungefähr zwei Stunden im Lager, aber auf einmal waren sie weg. Spurlos. Und das Tollste: Weder der Klingshirn noch der Absender, ein gewisser Koop Quoptys, komischer Name, der in Helsinki wohnen soll, waren ausfindig zu machen. Die Polizei ist eingeschaltet worden, aber ohne Erfolg bisher. Die Mumien fehlen scheinbar niemandem. Mir auch nicht."

Dirnberger hatte angespannt zugehört.

„Koop Quoptys. Eigenartig. Klingt holländisch, auch ein bisschen nach Englisch, aber doch nicht so richtig. Würde mich wundern, wenn der Name echt ist. Eine neue Spur jedenfalls. Trudi, du bist Weltklasse!"

Sie strahlte. Das stand ihr gut. „Wie willst du weitermachen?"

„Auf jeden Fall kannst du die Recherche nach den dünnen Kerlen abbrechen."

„Gut. Ich steh sowieso nicht auf dünne Kerle." Sie zwinkerte ihm zu.

„Wo hast du die Fotos hingelegt, die auf dem Tisch waren?"

Trudi reichte sie ihm. Er breitete sie vor ihr aus.

„Woran erinnern dich die Bilder?"

„Schlechte Nahaufnahmen von einem Zebra? Verschwommene Strichcodes?"

„Gute Idee, das mit den Strichcodes. Ich muss an Bilder von DNS-Sequenzen denken."

„Was ist es wirklich?"

„Es gibt ein paar alte Schwarz-Weiß-Fotografien von der Fluchvase. Ich habe mir digitale Kopien davon machen lassen. Um die Vase herum verlaufen so eingekerbte Ringe, dicht an dicht. Und wenn man sich die Ringe anschaut, stark vergrößert, dann tauchen die Strichcodes auf. Quer zur Umlaufrichtung. Man sieht sie nicht überall gleich gut. Vielleicht ist es nur Zufall, aber ich glaube, da steckt etwas dahinter."

„Und was könnte das sein?"

„Vielleicht ist der Fluch der Pharaonen so codiert."

Trudi verdrehte die Augen. Süß sah sie aus, fand Dirnberger.

„Glaubst du das im Ernst? Fons, entspann dich. Du hast noch nicht einmal mit mir angestoßen."

Der Wein war herrlich samtig. Wenn Dirnberger die Augen schloss, sah er lichtdurchflutete Eichenwälder irgendwo in Spanien, wo sich niemand um Vasen und Flüche, Bilchlingers und AMPs zu scheren brauchte. Die Pizzahäppchen hatte Trudi mit einer Hingabe zubereitet, die sich Dirnberger bei jedem Biss in den zart-knusprigen Teig mitteilte. Langsam wich die Anspannung von ihm. Wie hatte er dieser Frau nur so lange widerstehen können?

*

„Jetzt, Doudou!"

„Bin der Stärk'te." Doudou wogte wie ein riesiger Schokoladenpudding in den dunklen Durchgang. Falahi und Ezab schauten ihm einen Moment nach. Die Nacht näherte sich mit Riesenschritten. Unter metallischem Staccato erwachten die Straßenlaternen.

„Wird er es schaffen, Chef?"

„Nicht mal Doudou ist blöd genug, um das zu vergeigen."

„Und wenn Dirnberger eine Waffe hat?"

„Was denkst du, warum er raufgeht und nicht wir? Geschosse, die Doudou etwas anhaben können, haben nur die Walfänger."

Beide lachten leise. Sie schoben den schweren Müllcontainer auf den Gehsteig, genau an die Stelle, wo weit oben Dirnbergers schwach erleuchtete Fenster zu erkennen waren. Die wenigen Passanten waren an das Bild auf-irgendetwas-wartender städtischer Bediensteter gewöhnt, so dass niemand an den beiden Männern Anstoß nahm. Sie brauchten keine zwei Minuten zu warten, da war von oben ein gedämpftes Rumpeln zu hören. Ezab schob den Rachen des Containers auf.

*

Doudou war nervös. Ausgerechnet ihm gaben sie immer die schwierigen Aufgaben! Als er sich in der finsteren Passage zur Haustür wenden wollte, stieß sein linker Fuß etwas Weiches zur Seite. Doudou, abergläubisch und stets in Furcht vor den Dämonen der Dunkelheit, erschrak. Er blieb stehen, hob das Ding auf und beleuchtete es mit seiner kleinen Taschenlampe. Eine entsetzliche Fratze starrte ihn an.

Doudou erstarrte bis ins Mark. Kein Zweifel, das war Yogoyogo, der Schlimmste von allen. Yogoyogo, der Vorbote von Unglück, Heuschreckenplagen, Lassafieber und Rückenjucken. Yogoyogo der Einäugige, der Selbstköpfer! Yogoyogo, der die Gestalt aller Tiere annehmen konnte! Doudous Hände begannen zu zittern. Schatten tanzten über Yogoyogos Gesicht. Böse funkelte sein Auge Doudou an. Aus der leeren Höhle des anderen hing ein bleiches fädiges Etwas. Schlangenbrut. Ein blutdürstiges Grinsen umspielte das Maul des Dämons. Doudou wusste aus den Erzählungen seiner drei Ammen, welche grausamen Fänge sich dahinter verbargen.

Er blickte sich gehetzt um. Kein Rind in der Nähe, das er Yogoyogo rasch hätte opfern können. Am liebsten wäre er fortgerannt, aber den Zorn des Chefs fürchtete er fast ebenso wie den von Yogoyogo. Was tun, um den Dämon gnädig zu stimmen? Er setzte den grausigen Kopf im Schein der Taschenlampe auf einen alten Karton, fiel vor ihm auf die Knie und gelobte feierlich, ihm zu Ehren noch vor Sonnenuntergang des folgenden Tages einen halben, nein, einen dreiviertel Sack Schokoriegel zu verbrennen.

Yogoyogo schien auf das Versprechen einzugehen. Erleichtert meinte Doudou eine gewisse Entspannung in den Zügen des Dämons zu erkennen. Er wagte sogar ein komplizenhaftes Zwinkern, bevor er sich wieder der Tür zuwandte. Was hatte der Chef gesagt? Nummer zwei für die Haustür und

Nummer eins für die Wohnung? Ja. Er kramte den Schlüsselbund heraus und schob Nummer zwei in das Schloss. Es ging nicht ohne einen gewissen Druck, aber für einen Mann von Doudous Kräften war das kein ernsthaftes Problem. Er drehte den Schlüssel um.

Mit einem leisen Knacken brach Nummer zwei im Schließzylinder.

Es dauerte eine halbe Minute, bis Doudou die Lage erfasst hatte. Dicke Tränen kullerten über sein Gesicht. Er wandte sich um. Ungerührt blickte ihn der abgerissene Kopf des Teddybären an.

*

„Drinnen wär's jetzt bestimmt auch schön", seufzte Trudi.

„Meinst du?", fragte Dirnberger unsicher und gleichzeitig berauscht von ihrem Duft, ihrer Nähe und dem Rioja.

„Probieren wir's doch aus." Sie hatte das süßeste Augenzwinkern der Welt. Er folgte ihr durch die Küche ins Wohnzimmer. Trudi setzte sich auf das Sofa und knipste die kleine Leselampe an. Gedämpftes warmes Licht, nicht zu viel, nicht zu wenig, durchspielte den Raum.

„Willst du dich nicht zu mir setzen, Fons?" Trudi zog ihn sanft neben sich, schmiegte sich an ihn, ihre Hand tat etwas ganz Verbotenes, verteufelt Angenehmes …

„Und den hier machen wir gleich ab", gurrte sie.

„Wie bitte?"

„Das Schulterhalfter stört", flüsterte sie ihm ins Ohr und löste die Schnalle. Der 38er glitt diskret zu Boden. Auf einmal hatte Trudi das rote Top nicht mehr an. Auch nicht mehr die Jeans, nur noch einen Hauch in Schwarz.

„Trudi, oh Mann …"

Sie schob sich auf Dirnberger, der sich ein Stück zurückgelehnt hatte. Noch viel angenehmer als ihr Parfüm war der Duft ihrer warmen, weichen Haut, die sich auf einmal so herrlich streicheln ließ. Er drückte sie an sich, vergrub seine Nase in ihren Haaren und saugte diesen Duft ein, der ihm alles versprach. In einem kurzen klaren Moment ging ihm die volle Bedeutung des Wortes *Wollust* auf, dann tauchte sein Verstand wieder in wolkige Tiefen ab.

„Küss mich", sagte Trudi. „Jetzt."

*

Von oben war Lärm zu hören. Ein Handgemenge? Spitze Schreie stachen hervor.

„Bei allem, was mir heilig ist, war er nicht alleine?", zischte Falahi.

„Und Doudou macht sich zuerst über die Frau her", stöhnte Ezab.

„Der hirnlose Pottwal bringt noch das ganze Haus in Aufruhr!"

Mit einem Ruck wurde eines von Dirnbergers Fenstern aufgerissen.

„Es klappt, Chef."

*

Plötzlich riss jemand das Fenster zur Straße auf und im nächsten Moment war dort, wo Trudi sein sollte, eine dürre Gestalt, die Dirnberger tief ins Sofa presste. Moritz. Er musste am Efeu hochgeklettert sein. Und die Balkontür war offen geblieben …

„Trudi, den Bauschaum! Schnell!"

Trudi rappelte sich verwirrt hoch.

„Fons, wer ist das?", schrie sie.

„Hol den Bauschaum! Im Schlafzimmer!"

Trudi stürzte ins Schlafzimmer und machte Licht. Sie sah Sprühdosen auf dem Nachtkästchen stehen, aber nichts, was sie in der Eile als irgendeinen Schaum hätte identifizieren können. Die einzige in ihren Augen brauchbare Waffe lehnte neben dem Kleiderschrank an der Wand: Dirnbergers schweres hölzernes Bügelbrett, ein Erbstück, das jedem Bauernhofmuseum Ehre gemacht hätte. Sie hastete zurück. Der Eindringling hatte Dirnberger mit einem zerrissenen Kissenüberzug geknebelt und war dabei, ihn in Richtung Fenster zu wuchten. Dirnberger schlug und trat um sich, aber Moritz schien kaum Notiz davon zu nehmen.

Trudis Hass wuchs ins Unermessliche. „Du Schwein! Ich bring dich um!", brüllte sie. Mit einer brachialen Gewalt, zu der Menschen nur unter extremen Emotionen fähig sind, hieb sie auf die Mumie ein. Sie weinte, kreischte und schrie gleichzeitig wie eine Furie. Dirnberger und Moritz wälzten sich am Boden. Pfeifend sauste das Bügelbrett auf das Knäuel nieder, sobald der dürre Rücken der Mumie nach oben kam. Klirrend ging die Glasscheibe von Dirnbergers Beistelltisch zu Bruch. Die Lampe stellte nach einem Volltreffer ihren Dienst ein. Ein Bücherregal entleerte sich auf die Kämpfenden.

Immerhin schien Trudi Moritz lästig zu werden. Rittlings auf Dirnberger sitzend drehte er sich um und fing mit einer Hand Trudis Schlag ab, während er mit der anderen Dirnbergers Gesicht in den Teppichboden drückte. Dann gab er dem Bügelbrett einen so heftigen Stoß, dass Trudi mitsamt ihrer Waffe quer durch den Raum flog. Sie brauchte einen Moment, um wieder zu sich zu kommen. Moritz sammelte gerade Kraft für die finale Anstrengung, mit der er Dirnberger nach draußen befördern würde. Dirnberger brüllte etwas in den Knebel, konnte sich aufrichten, wieder packte Moritz zu …

Trudi tat alles weh, was jemandem gleichzeitig wehtun kann, und das machte sie zur Furie. Sie riss sich hoch, packte das Bügelbrett und stürmte los.

Umpf. Das Brett traf mit der Wucht einer Dampframme. Unspektakulär wie ein Sandsack kippte der Körper über das Fensterbrett. Trudi konnte den Aufprall nicht hören. In ihren Ohren war nichts als ein sirrender Pfeifton. Entsetzt starrte sie auf das offene Fenster. Ein Schatten erhob sich und kam langsam auf sie zu. Trudis Verstand veranlasste eine Notbremsung und sie fiel in eine tintenschwarze Ohnmacht.

*

„He, warum hat er ihn nicht in den Sack gesteckt?" Falahi und Ezab brauchten die Position der Mülltonne kaum zu korrigieren. Mit einem dumpfen Geräusch fiel ihr Opfer in die dicke Strohschicht, mit der sie die Tonne ausgepolstert hatten. Der Deckel schloss sich wie das Maul eines Drachens. In zweiter Reihe wartete der Wagen mit eingeschalteter Warnblinkanlage und laufendem Diesel. Eine Polizeistreife fuhr vorbei, ohne sich daran zu stören. Die Entsorgungsleute ließ man bei der Arbeit am besten in Ruhe.

Falahi spuckte auf den Gehsteig. Trotz aller Erfahrung in solchen Dingen hatte er Mühe, seine Nervosität zu bändigen. Eilig schoben die beiden Männer das blecherne Ungetüm an das Müllauto. Ezab zog einen Hebel. Fauchend hob die Hydraulik die Tonne an und leerte sie in den großen Behälter des Fahrzeugs. „Hoffentlich ist er nicht schon beim Runterfallen krepiert", sagte Falahi, als kein Lebenszeichen von Dirnberger zu vernehmen war. Ezab hastete ins Führerhaus. Falahi trommelte mit den Fingern auf dem Kotflügel. „Wo bleibt das Walross?", zischte er.

*

Doudou sah ein, dass es kein Weiterkommen gab. Er musste dem Chef sein Versagen beichten. Keine Schokoriegel. Nicht für ihn, nicht für Yogoyogo. Aus. Tränenüberströmt verneigte er sich so kurz, wie es der Anstand eben erlaubte, vor dem Teddybärenkopf. Dann rannte er los, als sei ihm Yogoyogo in Gestalt einer Hyäne auf den Fersen.

„Doudou! Endlich! Rein mit dir!"

„Che'f! Che'f!"

„Rein mit dir, aber plötzlich!"

Doudou zwängte sich durch die in erster Reihe geparkten Autos und presste sich zu Ezab in das nicht minder enge Führerhaus.

„Fahr los!" Während der Wagen anrollte, sprang Falahi auf und kletterte auf seinen Sitz. Beim dritten Versuch schloss die Beifahrertür. Ezab steuerte das Müllauto auf der Schleißheimer Straße nach Norden.

„Und jetzt zu dir, Doudou. Warum hast du ihn nicht eingepackt, verdammt noch mal?"

Woher wusste der Chef davon? Die Augen des Dicken weiteten sich vor Entsetzen zu Tischtennisbällen.

„Gro'es Ung'ück! Niema'd darf Yogo'ogo einpacke'!"

„Wenn jemand genau hingesehen hätte, dann wären wir jetzt dran! Du bist dümmer als der bucklige Esel meines Großvaters! Und er heißt auch nicht Yogogogo! Verdammt!"

„Hat ganz vie'e Name'! Kann nicht einpacke'!" Doudou brach in Tränen aus.

„Aber die Frau, die konntest du schon einpacken, was?" Ezabs scharfer Ton war auch vom Neid diktiert.

„Kann nicht einpacke'! Gro'es Ung'ück! Niema'd darf Yogo'ogo einpacke'! Auch nicht, wenn F'au!"

Doudou weinte nun hemmungslos. Es klang wie das Liebesklagen eines Seeelefanten.

„Folgt uns jemand, Ezab?"

„Ich glaube nicht, Chef."

Falahi wurde etwas ruhiger.

„Ist schon gut, Doudou. Gute Arbeit trotzdem. Ich halte mein Versprechen. Das mit den Schokoriegeln."

Doudou verstand gar nichts mehr. Aber das war auch nicht notwendig. Darum kümmerte sich ganz offensichtlich schon Yogoyogo. In einem stillen Stoßgebet versicherte er dem mächtigen Dämon, dass er das versprochene Dankopfer bringen würde.

Auch um diese Zeit herrschte auf dem Mittleren Ring noch reger Verkehr. Wie ein Stück Holz in einem Fluss trieb der Müllwagen in der Lichterströmung dahin. Falahi brach das Schweigen. „Schau sie dir an, Ezab. Wir kassieren einen von ihnen auf offener Straße und niemand tut etwas. Alle schauen sie weg. Immer. Verlass dich darauf. Zu Hause hätten sie uns an den Straßenlaternen aufgehängt." Er dachte einen Moment nach. „Dich vielleicht nicht, Doudou."

*

Im Rückspiegel war von der großen Stadt nur noch ein schwacher oranger Lichtschein zu sehen, der sich gegen den nachtschwarzen Horizont abhob. Seit geraumer Zeit hatten sie die Autobahn verlassen. Das Müllauto rollte durch ein schlafendes Dorf. Katzen mit weißglühenden Augen huschten über die Straße und verschwanden wieder in der Dunkelheit. Als sie das letzte Haus passiert hatten, fuhr Ezab mit Standlicht weiter. Die Teerstraße verengte sich zu einem Feldweg. Schließlich hielt Ezab vor einer Schranke an. Ein Kiefernstangenholz, jetzt nur als dunkle Mauer wahrnehmbar, versperrte den Blick in ein ausgedehntes, von einem hohen Maschenzaun umgebenes Gelände. Falahi sprang aus dem Führerhaus. Die Nacht duftete nach Harz und frischer Erde, begleitet allerdings von einem stechenden Geruch, der das Ziel der Fahrt verriet. *Betreten der Anlage verboten. Lebensgefahr*, las er im Scheinwerferlicht.

Er zog einen Schlüsselbund aus der Brusttasche der lächerlichen Müllmannverkleidung. Wenn es nach ihm gegangen wäre, hätte Dirnberger anders sterben müssen. Eleganter, weniger primitiv, schmerzhafter. Was sollte das Aus-dem-Fenster-Werfen, In-eine-Mülltonne-Packen und so weiter? Lächerlich. Aber der Hohe Rat ließ da nicht mit sich reden. Hoher Rat? Tattergreise waren sie, Fossilien aus den Siebzigern, den Gastarbeiterzeiten, die hatten natürlich keine anderen Ideen. Keine Fantasie. Aber das würde er, Kora ben Falahi, schon noch ändern. Noch musste er kuschen. Aber nicht mehr lange, dann …

„Chef, was ist los?", zischte Ezab von oben.

„Nichts", sagte Falahi. „… was dich etwas anginge", ergänzte er leise, sperrte das Vorhängeschloss auf und ließ den Wagen passieren, nicht ohne die Schranke hinter dem Fahrzeug wieder zu schließen.

„Er kommt zu sich, Chef." Tatsächlich konnte man bis ins Führerhaus lautes Klopfen und Rufe hören, die mit viel Fantasie wie *Rauslassen, sofort!* klingen mochten.

„Sehr schön. Dafür bekommt er auch etwas geboten. He, Doudou, wach auf, wir sind gleich da."

Nach etwa vierzig Metern Fahrt wich der Wald zur Seite. Der Weg führte abwärts in eine ausgedehnte Mulde. Obwohl Ezab nur Schritttempo fuhr, schaukelte und schlingerte der Müllwagen in den Bodenwellen und Schlaglöchern, dass die Insassen hin und her geworfen wurden. Die Fahrspur verlor sich auf einem breiten Platz zwischen haushohen Kegeln von Schüttgut. Riesige Maschinen, Bagger und Ladekräne bei Tag, erstarrte Dinosaurier in der Nacht, ragten darüber hinaus. Der Gestank war sehr aufdringlich. Ezab wendete den Wagen und lenkte ihn rückwärts auf eine aufgeschüttete Rampe.

Die Kiesgrube mit Bauschuttdeponie gehörte der Hans-August-Krafft-KG. Hans-August Krafft, der Bürgermeister der benachbarten Kleinstadt, unterhielt beste Geschäftsbeziehungen mit der Bruderschaft von Kairo. Gegen ein paar Tonnen Kamelmist im Jahr, die er an eine Erdnussbutterfabrik weiterverkaufte, durfte die Bruderschaft auf seiner Deponie unbehelligt ihre ganz spezifischen Entsorgungsprobleme lösen. Private Geheimgesellschaften sind in solchen Dingen auf privatrechtliche Abmachungen angewiesen.

Das schwache Licht des zunehmenden Mondes würde völlig ausreichen. Ezab schaltete die Fahrzeuglichter aus und stellte den Wagen ab. Den Motor ließ er laufen. Die drei Rächer stiegen aus und stellten sich an der Seite des Fahrzeugs auf. Der Müllbehälter dröhnte unter den Faustschlägen des Gefangenen.

„Dirnberger, kannst du mich hören?“, rief Falahi.

Das Trommeln verstummte.

„Der Hohe Rat der Bruderschaft von Kairo hat dich zum Tod verurteilt. Schuldig des Mordes an unserem Großmeister, dem Ehrwürdigen Yusuf!“

Heftiges Trommeln. Ein gedämpfter Schrei.

Auf einen Wink von Falahi ging Ezab zum Heck des Fahrzeugs und betätigte kurz einen Hebel. Der Diesel schnaubte und aus dem Müllbehälter kam ein Unheil verkündendes Quietschen. Dann war es wieder ruhig.

„Dirnberger, du merkst, es wird enger. Dein Gefängnis ist eine hydraulische Presse.“

Diesmal zog Ezab den Hebel etwas länger. Wildes Trommeln und Schreien folgten.

„Zu spät für dein viehisches Geschrei, Mörder! Hast du noch etwas zu sagen?“

Das Trommeln erreichte die Frequenz eines Maschinengewehrs. Dem Heulen nach hätte auch ein Rudel Wölfe in der Presse stecken können.

„Wie du willst, Dirnberger. Es ist zu Ende mit dir. Denke, solange du noch kannst, an den Ehrwürdigen Yusuf, den du auf dem Gewissen hast. Ich habe nicht das geringste Mitleid.“

Er gab Ezab einen Wink. Der zog den Hebel nach unten und hielt ihn fest. Das Trommeln und Schreien schwoll an. Es übertönte das Quietschen der Presse und das Grollen des Diesels in einem grausigen Crescendo. Ezab warf Falahi einen fragenden Blick zu. Der schüttelte den Kopf.

Unvermittelt brach das Geräuschinferno ab. Ezab hielt den Hebel noch einen Moment fest, um die Presse bis zum Anschlag zu bringen. Dann kletterte er ins Führerhaus, öffnete die Heckklappe und stellte den Müllbehälter schräg. Vor Doudous und Falahis Füße rutschte eine zwei oder drei Zentimeter starke Platte, die an einen Kartoffelpuffer von Kanaldeckelgröße erinnerte. Falahi stieß sie mit der Fußspitze an.

„Meistens sind sie nicht so trocken. Wird überhaupt nicht auffallen in dem ganzen Schutt hier.“ Er starrte auf die dunkle Platte. „Doudou, sag mir, was ist der Mensch?“

„Che'f?“

„Ach, egal. Komm endlich, Ezab.“

Zum Abschluss des Rituals gehörte es, dem Verurteilten posthum die maximal mögliche Geringschätzung zu erweisen. Wortlos stellten sich die drei Männer im Kreis auf und pissten ausgiebig auf ihr platt gepresstes Opfer. Es dampfte. Beißender Ammoniakgeruch stieg den Rächern in die Nase. Doudou brauchte am längsten. Ezab und Falahi wandten sich zum Gehen ab.

„Che'f?“ Doudous Stimme tönte unsicher durch das schwächer werdende Plätschern.

„Was ist?“

„Ha't sich bewe't!“ Mit der einen Hand verstaute Doudou umständlich sein Gemächte, während er mit einem zitternden

Finger der anderen auf die dampfende Platte zu seinen Füßen zeigte.

„Bei deinem Druck muss er sich bewegen. Komm jetzt."

„Che'f, nein, ist noch le'endig!"

„Hornochse, du bist …"

„Chef, er hat recht."

Jetzt sah es auch Falahi. Der gepresste Dirnberger war offensichtlich bemüht, wieder eine dreidimensionale Gestalt anzunehmen. Es sah so aus, als würde eine zusammengelegte Luftmatratze aufgeblasen. Langsam entfaltete sich so etwas wie eine Hand. Immer deutlicher trat in der Mitte der Platte die Schädelwölbung hervor. Ein feuchtes Knistern begleitete die unheimliche Veränderung. Zwei dürre Hände begannen am Boden um sich zu tasten.

„Habt ihr so etwas schon einmal gesehen?"

„Nein, Chef."

„Der Dirnberger war kein Mensch. Der war … ist etwas anderes."

„Ja, Chef."

„Yogoyogo", murmelte Doudou tonlos.

„Verschwinden wir, schnell!", zischte Falahi.

„Nichts für ungut, Dirnberger", sagte Ezab. Man kann nie wissen.

Als sie die Türen des Führerhauses geschlossen und von innen verriegelt hatten, war auch die Panik angekommen. Ezab jagte den Wagen in halsbrecherischer Fahrt hinauf zum Tor. Falahi öffnete die Schranke in Rekordzeit. Ezab trat das Gaspedal durch und sie schossen mit quietschenden Reifen davon.

*

Moritz oder Abr Kuman Kasatj, wie er wirklich hieß, war seiner ursprünglichen Gestalt schon wieder recht nahe. Wenn

Wesen seiner Kategorie sich irgendwie fühlen können, dann fühlte er sich grauenhaft. Gepresst zu werden macht auch dem keinen Spaß, dem so etwas nicht ans Leben geht. Der beißende Gestank des Ammoniaks, mit dem er durchtränkt war, fraß sich in seinen empfindlichen Geruchssinn. Wenn Wesen seiner Kategorie Schmerzen empfinden können, dann schmerzte sein ganzer Körper höllisch. Das trübe *Ich,* das er anstelle eines Verstandes besaß, saugte sich bis zum Bersten mit einer einzigen Idee voll. Rache! Etwas ungelenk noch, aber mit jedem Schritt geschmeidiger, folgte er dem Weg, auf dem seine Peiniger geflohen waren.

Hoch oben, beinahe im Zenit, funkelte Wega in eiskaltem Blau.

*

„Wir waren voreilig." Falahi trommelte mit den Fingern auf der Beifahrerkonsole.

„Wir hätten ihn anzünden sollen. Ein Kanister Benzin drauf, ein Streichholz – fertig."

„Yogoyogo nicht an'ünden, Che`f. Mach' ihn nix."

„Hör du endlich auf mit deinem Yogoyogo!"

Falahi fiel in brütendes Schweigen zurück. Ihm war speiübel. Wenn Doudou Angst hatte, roch seine süßliche Ausdünstung noch widerlicher als sonst.

„Pass doch auf, Ezab!"

Der dopplerverzerrte Schrei einer Hupe verlor sich in ihrem Rücken. Beinahe hätten sie einen entgegenkommenden PKW von der Fahrbahn gerammt.

„Ras nicht so! Und schau nach vorne!" Tatsächlich schien Ezab dem Rückspiegel mehr Aufmerksamkeit zu widmen als der Straße vor sich.

„Der holt uns nicht ein, Ezab. Du kannst normal fahren."

„Was ich gesehen habe, habe ich gesehen, Chef.“ Ezab schielte in den Rückspiegel und gab wieder Vollgas.

*

Gegen Mitte ihres Lebens müssen sich die meisten Männer eingestehen, dass die meisten ihrer Jugendträume endgültig ausgeträumt sind. Die Erinnerung an sie tut weh, besonders wenn sie auf dem Altar der ökonomischen Feigheit geopfert worden sind. Wer ist schon Amazonasforscher oder Weltumsegler, wer ist gefeierter Rocksänger, wer ist Astronaut, wer ein zweiter Albert Schweitzer und wer, ja wer ist Lokführer geworden?

Peter Podlarski liebte seinen Beruf trotz der mittelmäßigen Bezahlung. Was war schon Geld gegen das Gefühl, ganz mit sich allein im Führerstand eines Fünfzehnhundert-Tonnen-Güterzugs durch die Nacht zu donnern? Seit seiner Jugend liebte er die Eisenbahn-Ballade *City of New Orleans,* besonders den Vers

And the sons of Pullman porters and the sons of engineers
Ride their father's magic carpets made of steel …

Genau das war das Gefühl. Die bullige Hunderteinundfünziger mit ihren sechs AEG-Motoren, jeder fast drei Tonnen schwer, schien die Schienenstränge nur so aufzufressen. In knapp einer Stunde würde er schon am Ziel sein. Schade. Wäre Gott eine Maschine, dann wäre er eine Hunderteinundfünziger. Nichts sonst. Ein Provinzbahnhof mit menschenleeren neonweißen Bahnsteigen schoss vorbei. Er stellte das Fahrschalterhandrad eine Stufe höher. Der Zeiger des Tachometers kletterte langsam auf einhundertfünf Stundenkilometer. Nicht mehr weit bis zum Übergang der Kreisstraße. Weit vorne konnte man schon die roten

Lichter für den Straßenverkehr, den es um diese Zeit nicht gab, erahnen. Die Schranken mussten schon geschlossen sein. Plötzlich war da etwas auf den Gleisen. Etwas Großes. So wie er es tausendmal geübt hatte, leitete Podlarski eine Notbremsung ein. Wütend kreischten die Schienen unter den Rädern, als fünfzehnhundert Tonnen dem Trägheitsgesetz Folge leisteten. Podlarski sah mit Entsetzen, wie er auf ein großes Fahrzeug zugeschoben wurde, das durch die geschlossene Schranke gebrochen war und nun irgendwie in den verbogenen Streben festhing. Aus dem Signalhorn der Lok dröhnte der Kampfschrei eines Sauriers. Podlarski presste seine Augenlider zusammen, um das Gesicht des Fahrers nicht sehen zu müssen.

Der Zug traf das Müllauto wie ein Dampfhammer einen Schuhkarton. Die Notärzte sollten später einige Mühe haben, überhaupt die Zahl der Insassen festzustellen. Mit dem Müllwagen zerbarst Peter Podlarskis heile Welt. Er arbeitet heute als Bürobote in der Stadtverwaltung von Nürnberg. Seine Kollegen sagen ihm einen Hang zur Flasche nach.

*

„He, Trudi, wegen mir brauchst du nicht ohnmächtig werden.“ Dirnberger kniete neben ihr nieder. „Wach auf, Trudi!“ Er tätschelte ihr die Wangen. Keine Reaktion. Aber ihr Atem ging ruhig. Auch ihr Puls war in Ordnung. Kein Problem. Mit der Routine des Profis, der er war, hatte er sich von dem Schrecken sofort erholt. Eigentlich fühlte er sich sogar großartig. Gut, die Kiefermuskeln schmerzten etwas von dem Knebel, aber auch das würde sich bald wieder geben.

Dirnberger stolperte durch die Dunkelheit zur Schlafzimmertür und schaltete das Licht ein. Trudi lag neben dem umgestürzten Wohnzimmertisch mit leicht angezogenen Beinen auf dem Boden. Ihr Kopf war zur Seite gefallen. Sie schien friedlich zu schlafen. Stand ihr gut. Dirnberger hob Trudi vorsichtig auf – ganz leicht war sie nicht – und trug sie auf den Armen ins Schlafzimmer. Als sie vor ihm in seinem Bett lag, konnte er sich kaum von ihrem Anblick, insbesondere dem ihrer großen festen Brüste und ihrer runden Hüften losreißen. Er gab sich einen Ruck, deckte sie behutsam zu und ging wieder ins Wohnzimmer.

Was für ein Chaos! Er schloss das Fenster und sah sich um. Es sah aus, als sei ein mittlerer Taifun durch die Wohnung gefegt. Ein Glück, dass unter ihm das schwerhörige Rentnerehepaar Böglmüller wohnte. Sonst hätte er wohl jetzt noch die Polizei am Hals gehabt, irgendwelche Streifenfritzen, und die kapierten nie auf Anhieb, dass es für sie bei ihm nichts zu kapieren gab.

So aufgekratzt wie er jetzt war, konnte er ebenso gut anfangen, die Wohnung aufzuräumen. An Schlafen brauchte er jedenfalls nicht zu denken. Und überhaupt war die Nacht noch jung. Wenn Trudi nachher aufwachte, dann … Er fühlte sich nach der gemeinsam durchgestandenen Gefahr auf eine unverschämt wohlige Weise mit ihr verbrüdert. Jetzt musste er endlich die Initiative ergreifen.

Er brauchte eine gute Stunde, um einigermaßen Ordnung zu schaffen. Beim Aufräumen hatte er eine Flasche Becherovka – den bekam man dauernd von den tschechischen Kollegen geschenkt – gefunden, die aus dem Regal gefallen, aber heil geblieben war. Genau das, was er jetzt brauchte. Er ließ sich in sein Sofa plumpsen und schenkte sich etwas von der öligen Flüssigkeit ein. Dieser Duft! Fast so herrlich wie der von Trudi. Er hielt das Glas gegen das Licht und beobachtete das Auf und Ab der Schlieren im goldgelben Likör. Genauso würde er sich nachher an Trudi schmiegen und … er stieß mit dem Fuß an einen Gegenstand, der unter dem Tisch lag. Das schmale Buch, ein Geburtstagsgeschenk von der Band, wie lange war das schon wieder her, musste er vorhin übersehen haben. So ein Zufall, dass genau dieses Buch … Ein Wink des Schicksals? Eigentlich gar nicht seine Art, aber vielleicht brauchte es genau das, vielleicht war es das, was er immer falsch gemacht hatte … Er vertiefte sich in die Lektüre, nicht ohne sich noch einen Becherovka einzuschenken.

*

Kevin Ferstl aus Audorf hätte gerne ein Held sein wollen, schon um der Susi vom Lechbrunner zu beweisen, dass er ein Mann war. Aber wenn Heldentum *so* aussah … Der zerfetzte Müllwagen war längst schon weggebracht worden, auch die Polizei war schon wieder fort und die anderen räumten im Scheinwerferlicht nur noch die letzten Reste vom Bahnübergang. Aber er, Kevin, konnte nicht mehr. Nicht, nachdem er einen Blick auf das geworfen hatte, was von den Leuten im Führerhaus übrig geblieben war. Die Kameraden hatten Verständnis für ihn, den Jüngsten, dessen erster schwerer Einsatz das heute gewesen war.

So ließen sie ihn in Ruhe. Nachher, wenn sie fertig waren, würde sich einer um ihn kümmern, ihm den Arm um die Schultern legen, ihm erklären, dass es keinem von ihnen anders ergangen war, beim ersten Mal. Kevin nahm den Feuerwehrhelm ab, der ihm schmerzend auf die Stirn drückte, und stolperte weg von den Lichtern, weg von dem ekelhaften Dieselgestank, auf das dunkle Schrankenwärterhäuschen zu. Er hatte nur noch den Wunsch, sich zu übergeben.

*

„Fons, wer war das?"

Dirnberger blickte auf. Trudi stand in der Schlafzimmertür, mit der linken Hand in den Türrahmen gestützt. Sie hatte sich seinen weißen Bademantel übergezogen, der ihr viel zu groß war. Schnucklig sah sie darin aus, fand er. Ihm hätte auffallen müssen, dass sie kreidebleich war und zitterte.

„Das war ein kleines Gastspiel von Moritz der Mumie, kurz Emm-Emm. MM wie Marylin Monroe. Den hast du sauber abserviert, Trudi. Respekt. Hätt' ich nicht besser gekonnt. Und weißt du, was das Beste ist?"

Trudi schaute ihn mit großen Augen an.

„Ich glaube, unten waren die anderen, die mit dem Kamelmist, die mich auch kriegen wollen. Sieht so aus, als hätten die den MM kassiert. Da wär ich jetzt gern dabei." Er lachte wiehernd auf. Trudi lachte nicht. Dirnbergers aufgekratzte Stimmung, etliche Gläser Becherovka und eine nicht unerhebliche Erregung befahlen ihm weiterzureden. Er erkannte sich selbst nicht wieder.

„Trudi, weißt du was? Du bist eine Wucht. Jetzt lassen wir's so richtig krachen, oder? Magst du's lieber im Bett? Oder gleich auf der Couch?" Mit der rechten Hand drückte er zweidreimal kräftig in die Liegefläche, um Trudi die Elastizität der Federn zu demonstrieren.

„Hält was aus." Er grinste.

„Und was hältst du", er warf einen kurzen Blick in sein Buch, „vom Altöttinger Stierheber?"

Sich mit jemandem zu amüsieren, den man gern hat, ist die eine Sache. Jemandem, der unter Schock steht, den Altöttinger Stierheber vorzuschlagen und das auch noch für eine großartige Idee zu halten, ist wieder etwas anderes. Trudi hatte nie vom Altöttinger Stierheber gehört, aber sie konnte sich gut ausmalen, worum es dabei ging. Derartige Ansinnen waren ihr schon hin und wieder vorgetragen worden. Ausschließlich von Typen, die sie verabscheute. Die Zuneigung, die sie eben noch für Dirnberger empfunden hatte, zerriss wie Seidenpapier.

Während sie ihn noch ansah, quollen ihre Augen über. Schneller als Dirnberger in seiner Verblüffung begreifen konnte, nahm sie ihre Sachen, er hatte sie ordentlich über eine Stuhllehne gehängt, und schloss sich im Schlafzimmer ein.

„Trudi! Was ist los?“ Dirnberger klopfte benommen an die Schlafzimmertür. Statt einer Antwort hörte er sie weinen.

Nach einigen Minuten wurde der Schlüssel wieder umgedreht. Dirnberger war sensibel genug, darauf zu warten, dass Trudi aufmachte. Einen Moment später stand sie vor ihm. Ganz angezogen. Sie weinte immer noch.

„Fons, es tut mir leid. Du bist ganz genauso wie alle anderen. Hauptsache, ihr könnt bumsen. Wie's einem geht, interessiert euch einen Dreck!“

Sie strich sich die Jeans glatt.

„Aber Trudi, ich hab dich doch gern …“ Dirnberger wollte sie umarmen, spürte aber, dass er sie schon verloren hatte. Sie stieß ihn mit einem Schluchzer von sich.

„Du riechst nach Alkohol. Lass mich gehen.“

„Trudi, bleib bei mir, bitte. Ich erklär dir alles.“

Sie brach wieder in Tränen aus.

„Ich mag nicht mehr.“ Sie entriegelte die Wohnungstür. „Und lauf mir bloß nicht nach.“

Dirnberger schluckte.

„Wo gehst du hin?“

„Dorthin, wo es jemand interessiert, wie es mir geht. Den Korb kannst du behalten.“

Die Tür fiel ins Schloss. Dirnberger konnte das Klappern ihrer Absätze auf der Treppe hören. Ihr zu folgen hatte keinen Sinn. Nichts zu erhoffen außer einer fürchterlichen Szene. Aber wie würde sie in ihrem Zustand nach Hause, oder wohin sie auch immer wollte, kommen? Er öffnete das Fenster, durch das zuvor Moritz den Weg nach draußen genommen hatte. Eben trat Trudi unten in den Schein der Straßenlaternen. Sie schien auf etwas zu warten. Hatte sie telefoniert? Sie vermied es, nach oben zu sehen. Ein Taxi näherte sich von Norden und blieb stehen, als Trudi winkte. 190er Mercedes Diesel mit Ludwig-Beck-Reklame. Vergeblich versuchte Dirnberger zu verstehen, welches Ziel sie dem Fahrer nannte. Die Rücklichter des anfahrenden Taxis spiegelten sich auf der Straße. Es regnete.

Dirnberger meinte, sich nie zuvor so leer und gleichzeitig so schuldig gefühlt zu haben. Ohne irgendetwas Zusammenhängendes denken zu können, ging er mechanisch in seiner Wohnung auf und ab wie der Eisbär im Tierpark seiner Kindertage. Sein Blick blieb am Wohnzimmertisch hängen. Dort lag, immer noch aufgeschlagen, *Liebe in Weiß-Blau. Ein handfester Ratgeber von Guido Gumminger.* Scheißbuch.

*

Wenn Wesen wie Abr Kuman Kasatj, alias Moritz, wütend sein können, dann kannte seine Wut keine Grenzen mehr. Er war zu spät gekommen. Er konnte den Tod riechen und dessen metallische Witterung sagte ihm, dass jemand ihn seiner Rache beraubt hatte. Aus seinem Versteck hinter dem Schrankenwärterhäuschen konnte er ihnen zusehen, was auch immer *sehen* für ihn war, wie sie sich auf dem Bahnübergang zu schaffen machten. Was hatten die ihm ins Handwerk zu pfuschen? Ihm, bei dem es seit seiner Rückkehr zu nicht mehr gereicht hatte, als einen alten Mann zu erwürgen und einem Teddybären den Kopf abzureißen. In seinem rasenden Hass auf alles packte er ein Stahlrohr, das eine Grundstücksgrenze markierte, und zog es mit der Kraft eines Berserkers aus dem Boden.

Jemand näherte sich von der anderen Seite. Moritz drückte sich in die Nische der Eingangstür. Einer von denen dort. Der junge Mann stützte sich mit der rechten Hand an der Wand des Häuschens ab und beugte sich, von Krämpfen geschüttelt, nach vorne. In dieser Haltung traf Kevin das Stahlrohr ins Genick. Das Letzte, worüber er sich in seinem Leben wunderte, war der scharfe Uringestank in seinem Rücken.

*

„Morgen, Herr von Knappertsheim." Dirnberger steckte seinen Kopf durch den offenen Türspalt.

„Morgen, Herr Major!" Knappertsheim schoss aus seinem Drehstuhl in die Höhe und schlug die Hacken zusammen. Dirnberger winkte müde ab. Wie er den Rest der Nacht überstanden hatte, war ihm selbst ein Rätsel.

„Schon gut. Ist Frau Lehrmoser heute nicht gekommen?"

„Hat um sieben Uhr zweiundfünfzig angerufen. Bis auf weiteres krankgeschrieben. Ist Ihnen nicht gut, Herr Major?"

„Was ist mit dem Bi…, äh, hat Herr General Bilchlinger nach mir gefragt?"

„Sind die Blumen für ihn, Herr Major?"

Leicht verlegen zog Dirnberger den eingepackten Blumenstrauß hinter seinem Rücken hervor. Diesem geschniegelten Knappertsheim entging aber auch gar nichts.

„Ich wüsste nicht, was Sie das angeht."

„Es wäre jedenfalls eine gute Idee, Herr Major."

„So?"

„Herr General Bilchlinger ist verstimmt. Er hat mich telefonisch beauftragt, Ihnen auszurichten, dass er heute im Außendienst ist …"

Mit seiner Nutte aus Hamburg, dachte Dirnberger.

„… und dass Sie ihm morgen persönlich Rechenschaft schuldig sind, Herr Major, wenn Sie nicht den Rest Ihrer Dienstzeit auf dem V-Markt verbringen möchten. Ihren schriftlichen Bericht sollen Sie heute Abend um achtzehn Uhr dreißig bei mir abgeben. Soll ich die Blumen in sein Büro stellen, Herr Major?“

„Wenn er *irgendetwas* von mir bekommt, dann von mir persönlich. Klar?“

„Wie Sie meinen, Herr Major.“

Dirnberger schloss sein Büro auf. Sepp stand beruhigend groß und grün auf dem Fenstersims.

„Na, Sepp, alter Freund, sieht so aus, als blieben wir wieder alleine.“

Sepp sagte nichts.

Dirnberger atmete tief durch und wählte dann Trudis Nummer. Er ließ es fünfmal klingeln.

„Hier ist Trudi Lehrmoser …“

„Gott sei Dank Trudi, ich möchte …“

„… ich möchte zurzeit nicht angerufen werden.“ Klick.

Ein Anrufbeantworter. Sie wollte ihre Ruhe. Das musste er respektieren. In ein paar Tagen war die Sache vielleicht so zu klären, dass sie zumindest Freunde bleiben konnten. Wahrscheinlich war es ohnehin besser so. Und gegen den Schmerz gab es kein besseres Mittel als Arbeit. Also …

Das Telefon klingelte. Trudi! Dirnbergers Herz machte einen Satz.

„Mensch, bin ich froh …“

„Hier ist Haberl. Woher wissen Sie? Können Sie kurz zu mir kommen?“

*

... ist es kaum zu glauben, dass eine international renommierte Zeitschrift wie die Ihrige sich dazu hergibt, die Möglichkeit der Existenz des Fluches der Pharaonen rundheraus zu leugnen und die, die das nicht tun, zu schmähen. Dürfen heutzutage schon Subjekte publizieren, denen die Arbeiten von Woodcroft, Loewe, Bellingham und vieler anderer nach ihnen kein Begriff sind? Ein bescheidener Hinweis sei mir gestattet: Dem Herausgeber dürfte nicht unbekannt sein, dass ein Gegenstand vermisst wird, den weniger ignorante Kollegen sehr plausibel mit dem Fluch in Verbindung bringen. Der Unterzeichner würde sich nicht wundern, wenn die Welt bald wieder mit dem Fluch der Pharaonen Bekanntschaft machen sollte, und es wäre nur der geringste Schaden, wenn auch der Herausgeber seinen Teil davon abbekäme.

Mit außerordentlicher Geringschätzung
K.Q.

Dirnberger lief es kalt über den Rücken. Angebissen. Der Raubfisch hatte den Köder aus purem Ärger gepackt. Jetzt ging es darum, den Anhieb mit Bedacht zu setzen.

„Na bitte. Aus Finnland, sagen Sie?"

Wortlos hielt ihm Haberl den Umschlag hin. Adressiert an die Schriftleitung von *Experimental Egyptology*, internationaler Expressbrief. Der Raubfisch war demnach nicht gerade mittellos. Aufgegeben gestern, vierzehn Uhr zweiundzwanzig in Helsinki, offensichtlich nur wenige Stunden nachdem der Köder online erschienen war. Nichts Handschriftliches. Laserdruck, Courier New. Eine Schrift, die jemand wählt, der eigentlich an Schreibmaschinen gewöhnt ist. Ein nicht mehr ganz junger Raubfisch also. Gutes Papier, leichter Zigarrengeruch. Gepflegtes, leicht geschraubtes Englisch. Passte alles zusammen. K.Q.

„Kennen Sie einen finnischen Ägyptologen namens Koop Quoptys?“

„Wie? Nein. Wie kommen Sie darauf?“

„Nur so eine Idee.“

*

Eine Liste flimmerte in rasender Geschwindigkeit über Dirnbergers Bildschirm und kam mit einem Ruck zum Stillstand. Ihr Ende las sich so:

[181] Antti Kolopää
[182] Markku Penttinen
[183] Aki Mattonen
[184] Raisa Mehtatalo
[185] Jari Holopainen
[186] Marta Jenttonen
[187] Liisa Vaikonen
[188] Kari Karhäppi
[189] Nikko Pussinen
>

Bei allen Eiszapfen von Helsinki, was für Namen! Immerhin einhundertneunundachtzig Leute. Ganz beachtlich. Was er da vor sich hatte, war ein Datenbankauszug, den ihm Haberl nur unter größten Bedenken und unter dem Siegel höchster Vertraulichkeit überlassen hatte. Als ob sich irgendjemand außer ihm, Dirnberger, für so etwas interessieren würde. Es handelte sich um die Liste aller in Finnland lebenden Autoren, die in den letzten acht Jahren in *Experimental Egyptology* publiziert hatten. Dazu kamen noch alle in Finnland ansässigen Privatpersonen, die sich ein Abonnement leisteten.

Dirnberger sortierte die Daten und ging die Liste durch. Koop Quoptys war nicht darunter. Auch kein Name, der ihm hinreichend ähnlich vorgekommen wäre. Wäre auch zu einfach gewesen. Dennoch spürte er es in seinen Fingern, die rastlos Abfrage nach Abfrage in das Keyboard hämmerten, dass der Raubfisch in diesem Netz sein musste. Er schielte zu Sepp hinüber, aber der schien nicht zu Hinweisen aufgelegt zu sein.

Also war systematisches Denken angesagt. Dirnberger zog sein Notizbuch aus der Schublade und kritzelte auf eine leere Seite:

1. *K.Q. von Protestbrief ist Koop Quoptys (Mumienversender).*
2. *Name: Koop Quoptys ist ein falscher Name (sehr wahrscheinlich).*
3. *K.Q. ist professioneller oder halbprofessioneller Ägyptologe (wahrscheinlich)*

Er kaute, ohne es zu merken, an seinem Bleistift. Hmmm …

4. *Ägyptologen sind Geisteswissenschaftler*
5. *Wie würden Geisteswissenschaftler einen Tarnnamen erfinden?*

Schwierig. Mal anders herum.

6. *Geisteswissenschaftler sind keine Naturwissenschaftler.*
7. *Wie würden Naturwissenschaftler einen Tarnnamen erfinden?*

Keine schwere Frage für Dirnberger, der einiges auf seine naturwissenschaftliche Bildung hielt.

– Ein Naturwissenschaftler würde einen Tarnnamen erfinden, der möglichst unauffällig ist.
– Er (der Tarnname) müsste also einem geläufigen Muster entsprechen, müsste ein Name sein, mit dem man jederzeit rechnet und der deshalb unauffällig ist.
– Er (der Naturwissenschaftler) würde also Namen oder Namensteile auswählen, die besonders häufig sind, und daraus den Tarnnamen zusammensetzen.

Wenn man Geisteswissenschaftlern, man brauchte nur an Haberl zu denken, mit der angebrachten Skepsis begegnete, war auch der nächste Schluss klar.

– Darauf würde ein Geisteswissenschaftler nie kommen.

Dirnberger überlegte.

– Er (der Geisteswissenschaftler) würde versuchen, sich zu verstecken, so sehr es eben geht. D. h., er würde einen Tarnnamen auswählen, der seinem eigenen maximal unähnlich ist …

Er unterstrich die Worte *maximal unähnlich* dreimal. Genau das musste es sein!

… und erkennt nicht, wie leicht man ihn zu fassen bekommt, wenn man nur das richtige Werkzeug hat.

Selbstredend verfügte Dirnberger über das richtige Werkzeug in Gestalt der freien Datenanalyse-Software R. Er brauchte etwa fünfunddreißig Minuten, um ein kleines Unähnlichkeits-Ranking-Programm zu schreiben, das den Text *Koop Quoptys* mit allen Namen auf Haberls Liste vergleichen sollte. Zunächst nur auf der Basis der verwendeten Buchstaben, das reichte vielleicht schon.

Ein Mausklick genügte, die Analyse in Gang zu setzen. Sekundenbruchteile später standen alle Namen, aufsteigend sortiert nach Unähnlichkeit mit *Koop Quoptys* auf dem Bildschirm. Der letzte Name der Liste hob sich weit von den übrigen ab. Nicht ein Buchstabe übereinstimmend. Dirnberger notierte:

Edward C. Bellingham

*

Polizeiobermeister Enrico Grünewald aus Hoyerswerda, momentan zuständig für Einreisekontrollen am Flughafen von M., schwitzte.

„Now, is this your Dings … your … äh … your … Scheiße, … äh, … your suitcase? Your suitcase? Or not?", sagte er nun schon etwas lauter und deutete auf das Ungetüm von einem uralten Koffer, das zwischen ihm und dessen Besitzer, einem fremdartigen kleinen Mann, aufragte. Dessen Pass wies ihn als Inder aus, aber Grünewald hatte weiß Gott schon genug von denen gesehen, um sagen zu können, dass der hier beileibe kein typischer Inder war. Eher schon so etwas wie ein Kopfjäger in Zivil, der ein wenig Speck angesetzt hat. Nicht dass die Zugehörigkeit des Koffers ernsthaft in Zweifel stand, aber das Kontrollgespräch hatte sich an diesem Punkt irgendwie festgefahren.

„Yes, it's suitcase!", sagte der kleine Mann wieder mit einem gespielt fröhlichen Lächeln, mit dem man einem Vollidioten, der Macht über einen hat, etwas Einfaches zu erklären versucht. Sein gesprochenes Englisch war ähnlich weit vom Standard entfernt wie das von Grünewald, unglücklicherweise aber auf eine völlig andere Art.

„Nee, äh … No. Pass auf: I-know-what-is-a-suitcase. But …", er tippte vorsichtig mit dem Zeigefinger auf das

Monstrum, als könne es nach seiner Hand schnappen, „ich, äh … want-to-know: Is-it-*your*-suitcase?"

„It *is* suitcase", sagte der kleine Mann. Sein Lächeln wirkte nun schon sehr bemüht.

„Scheiße", sagte Grünewald und schob sich die Dienstmütze in den Nacken. Der Koffer stand unbeeindruckt da. Er musste vor Jahrzehnten aus der Haut eines wirklich großen Reptils angefertigt worden sein.

Der kleine Mann schaute finster und murmelte etwas in einer fremdartigen Sprache.

„Das ist Beamtenbeleidigung, Freundchen!", schrie Grünewald vorsorglich.

Aus der beträchtlich angewachsenen Warteschlange löste sich eine Frau. Afrikanischer Typ. Der leichte hellbraune Trenchcoat stand ihr ausgezeichnet. *Nicht von schlechten Eltern,* dachte Grünewald in seiner Eigenschaft als Mann. In seiner Eigenschaft als Polizist bereitete er sich innerlich auf eine der üblichen hysterisch vorgetragenen Beschwerden vor, warum das so lange dauere und so. Zu seiner Überraschung schien die Frau nur an dem kleinen Ausländer interessiert zu sein, mit dem sie sofort in ein Gespräch vertieft war. Nur schwer zu sagen, in welcher Sprache. Grünewald hatte noch nie dergleichen gehört.

„He!", sagte er und straffte sich.

Die Frau sah auf. „Was möchten Sie von ihm wissen?"

„Als ob er das nicht wüsste!", bellte Grünewald.

„Er hat keine Ahnung", sagte die Frau ruhig.

„Nu, ob das SEIN Koffer ist! Ist das so schwer?"

Die Frau lachte. „Ach so. *Das* kann er natürlich nicht wissen."

Sie sagte etwas zu dem kleinen Mann, der den seltsamen Singsang zu verstehen schien. Der nickte ernst und wandte sich Grünewald zu:

„All things given to everybody by Nirgil'mak. Everybody give back things to Nirgil'mak", sagte er feierlich und verschränkte die Arme.

„Er ist ein Pabau-Hiri", fügte die Frau hinzu, als erkläre das alles.

„So", sagte Grünewald und straffte sich. Schluss mit lustig. Sollten sich die Kollegen im Separee mit dem verrückten Paar beschäftigen. Die Frau kam ihm zuvor.

„Er kann Sie nicht verstehen, weil er nicht weiß, was Eigentum ist. In seiner Sprache gibt es keine Possessivpronomina, und die englischen versteht er nicht, weil er keinen Begriff für ihre Bedeutung hat. Das muss man sich vorstellen wie Farbenblindheit."

„Er kennt keine Pos… was?"

„Besitzanzeigende Fürwörter. Sonst ist er harmlos, denke ich."

Grünewald beschloss, damit einverstanden zu sein. Er nickte.

„Wie haben Sie denn diese Sprache gelernt?", fragte er etwas freundlicher, als es der Situation rein dienstlich angemessen gewesen wäre.

„Man muss so viel Zeit haben, dass einem alles egal ist."

Grünewald suchte nach einer Antwort, aber die Frau schien das Gespräch für beendet zu halten. Sie hielt ihm ihren offenen Pass hin. „Danke", sagte er, ohne das Dokument anzusehen, „und …"

Susan spürte die unausgesprochene Frage: *Können wir uns wiedersehen?* Die Situation kannte sie zur Genüge. Allerdings hatte sie sich bisher eher selten gleichzeitig in zwei verschiedenen Sprachen ergeben.

„Nein", sagte sie erst auf Deutsch und dann auf Gnandapabanadat.

Auf dem Weg zum Ausgang dachte Susan darüber nach, was sie als Nächstes tun würde. Um Bellinghams Auftrag kam sie nicht herum, natürlich, aber das *Wie* hatte er ihr überlassen. Dieser Dirnberger hatte es bisher geschafft, den Dienern zu entkommen. Eine reife Leistung, zweifelsohne. *Finde heraus, was sie wirklich wissen,* hatte Bellingham gesagt. *Die Diener kannst du vorerst beurlauben, nicht, dass sie noch kaputtge-*

hen. Susan ließ sich von der Drehtür hinaus in die gleißende Mittagssonne schieben. Während sie sich nach einem Taxi umsah, kam ihr Bellinghams letzter Satz wieder in den Sinn: *Je nachdem, was du in Erfahrung bringst, habe ich vielleicht neue Aufträge für dich.* Sie mochte nicht darüber nachdenken, welcher Art diese Aufträge sein konnten.

*

Kurz nach Susan schob der Pabau-Hiri den Koffer auf die Drehtür zu. Er musste seinen Kopf leicht in den Nacken neigen, um über den Griff des Gepäckkarrens hinwegschauen zu können. Auf einer der Wartebänke ließ ein korpulenter Mann mit auffällig eng stehenden Augen seine Vortagesausgabe von *Iltalehti* sinken und blickte ihm nach. Der Mann sah aus wie ein notdürftig als Geschäftsmann zurechtgemachter Wikinger. Während der Pabau-Hiri die Drehtür passierte, erhob er sich. „*Paska*“, sagte er halblaut.

*

„Hallo Herr Haberl, ich bin’s schon wieder.“

„Ach ja, Dirnberger“, Haberl klang müde, „womit kann ich diesmal meinen Ruf ruinieren?“

„Hören Sie, ich denke gerade nach …“

„Ach, das können Sie auch?“ Haberl war sauer, weil ihm der fingierte Artikel einiges an Kollegenschelte einbrachte.

„Mich beschäftigt dieser Brief. Da werden drei Namen erwähnt: Woodcroft, Loewe und Bellingham. Die tauchen übrigens auch in dem alten Schrieb auf, den Sie mir geliehen haben.“

„Nun ja, Woodcroft und Loewe sind Allgemeinwissen. Für unsereinen. Zwei führende Wissenschaftler, die sich mit dem Okkultismus im alten Ägypten und benachbarten Kulturen befasst haben. Unabhängig voneinander haben sie nachgewiesen, dass damals tatsächlich wirkungsvolle Flüche in Umlauf waren. Umgekommen sind sie am einundzwanzigsten Februar 1913. Beide gleichzeitig, mehr oder weniger."

„Ein Fluch?"

„Ein Duell."

„Eine wissenschaftliche Auseinandersetzung, stimmt's?"

„Nein, eigentlich nicht."

„Eine Frau?"

„Auch nicht, nein. Es ging um einen Kaktus."

„Einen Kaktus?"

„Ja. Loewe hatte ihn einem arabischen Varietékünstler, einem Messerwerfer, abgekauft. Und Woodcroft war der Meinung, dass das *sein* Kaktus sei, weil … Ich weiß nicht mehr, warum. Die Sache war beiden jedenfalls furchtbar wichtig. Wie auch immer – den Streit haben sie nicht überlebt."

Dirnberger verkniff sich einen Kommentar. Geisteswissenschaftler eben. Wichtiger war der dritte Mann.

„Und was ist mit Bellingham?"

„Das kommt darauf an, welchen Sie meinen."

„Edward C. Bellingham."

„Das macht es nicht leichter. So heißen alle drei. Vater, Sohn und Enkel. Genial, jeder. Fachleute für die alten Sprachen des Nahen Ostens. Aber einer verrückter als der andere."

„So, dass es sogar unter Ägyptologen auffällt?"

„Ihnen wär's nicht aufgefallen. Die Bellinghams hätten zum Beispiel Ihre Frage von neulich, ob Mumien frei herumlaufen können, bejaht. Allerdings sind sie die Beweise für ihre Behauptungen schuldig geblieben. Das und noch andere solche Dinge haben alle drei am Ende die Reputation gekostet."

„Lebt noch einer?"

„Aber ja doch, Edward C. Bellingham. Der Enkel natürlich."

„Was wissen wir von ihm?"

„Ist jetzt vielleicht sechzig. Studium in London, Kairo, Istanbul, glaube ich. In seinen jungen Jahren hat er viel veröffentlicht, wurde oft konsultiert, wenn die Archäologen alte Schriften entdeckt haben. Irgendwann hat er aber damit begonnen, in die Fußstapfen seines Vaters und Großvaters zu treten. Wollte neue Erkenntnisse zur Wiederherstellung ihres Ansehens gefunden haben. Sein eigenes ist dabei draufgegangen. Es ist bestimmt schon zwanzig Jahre her, dass er die Dozentur an der Universität verloren hat. Soviel ich weiß, ist er jetzt Privatmann. Hin und wieder schreibt er gute Sachen, reicht sie auch bei uns ein, aber blicken lässt er sich nie."

„Wo wohnt er denn?"

„Angeblich immer noch in Finnland."

„Das soll ja ziemlich groß sein."

„Würde es Ihnen viel bedeuten, wenn ich nachschaue?"

„Ja."

„Na gut. Einen Moment, bitte." Dirnberger hörte, wie Haberl den Hörer auf den Tisch legte und sich seufzend erhob. Seine Schritte entfernten sich allmählich. Haberl ließ sich Zeit. Dirnberger begann in seinem Bürostuhl zu wippen. Rechts unter dem Tisch stand der Drehhocker vom Tatort. Dirnberger angelte mit dem Fuß nach dem Hocker und holte ihn zu sich heran. Während er auf Haberls Rückkehr wartete, spielte er mit der Sitzscheibe, schubste sie an, ließ sie abwechselnd bis zum Anschlag aufwärts und abwärts laufen. Das Holzgewinde war gut gefettet. Ein echter Leichtläufer. Dirnbergers Blick fiel auf Sepp, der teilnahmslos auf seinem Fensterbrett stand. Nicht zu fassen. Wegen so eines Kaktus' hatten sich die zwei Deppen umgenietet.

Er spürte eine verrückte Laune in sich aufsteigen. „Sepp, du brauchst Bewegung", sagte er. Er klemmte den Hörer zwischen Kopf und Schulter, hob Sepp vom Fensterbrett und stellte den schweren Topf auf den Hocker. Er versetzte die

Sitzfläche wieder in Drehung und – höchst eigenartig: Die Stachelpolster von Sepp schienen sich förmlich um den kreisrunden Fleck in der Mitte herumzuwickeln. Richtungswechsel: Die Stachelreihen strebten vom Zentrum weg. Natürlich, das Spiralmuster, das ihm schon einmal aufgefallen war. Ein verlorener Gedanke wollte zurückkommen. Noch war die Idee undeutlich, aber sie gewann an Kontur. Sie war wichtig. Dirnberger schloss halb die Augen und konzentrierte sich …

„Hallo?", krächzte es an seinem linken Ohr.

Die Eingebung sprang ab wie ein Reh, wenn sich ein trampeliger Wanderer nähert. Dieser Haberl hatte wirklich das Timing drauf. Dirnberger atmete tief durch. Er angelte sich einen Bleistift und einen Bogen Papier.

„Also, diktieren Sie."

„Was diktieren?"

„Die Adresse von diesem Bellingham. Sie haben doch nachgesehen?"

„Das schon, aber seinen letzten Artikel in *Experimental Egyptology* hat er vor sechs Jahren eingereicht. Die Korrespondenz von damals haben wir schon entsorgt."

„Was ist mit dem Artikel?"

„Steht auch nichts drin."

„Na bravo."

„Was wollen Sie auch mit Bellingham? Glauben Sie mir, der ist vielleicht ein bisschen daneben, aber sonst ist er harmlos. Der hat nie das Zeug, so ein Ding zu organisieren. Viel zu theoretisch. Hat ja auch seine ganzen Thesen nicht beweisen können."

„Danke Herr Haberl, Sie sind mir eine große Hilfe mit Ihrer Fachkenntnis."

Haberl bemerkte die Ironie nicht.

„Schon gut. Stehe gern zur Verfügung. Wiederhören."

Dirnberger überlegte. Natürlich war Bellingham ein Volltreffer. Allein die Tatsache, dass Haberl ihn für harmlos hielt, wäre schon ein deutlicher Hinweis gewesen. Die schlimmsten Dinge passieren, weil die Haberls, die nun einmal auf dieser Welt in Massen vorkommen, etwas oder jemanden grandios unterschätzen, also für genauso harmlos halten wie sich selbst. Genial und verrückt – das waren immer noch die klassischen Eigenschaften eines wirklich kapitalen Raubfisches.

Ärgerlicherweise wollte die Idee, die ihm der ahnungslose Haberl vertrieben hatte, nicht wieder zurückkommen. Dirnberger ließ Sepp auf- und abwärts kreisen, aber das, was ihm zuvor so logisch erschienen war, fügte sich nicht mehr zusammen. Er fluchte.

„Haben Sie gerufen, Herr Major?“ Knappertsheim – der hatte gerade noch gefehlt – starrte Dirnberger mit dem dümmlich-bornierten Blick, der Menschen seines Standes besonders gut gelingt, an.

„Was machen Sie da, Herr Major?“

Dirnberger stoppte Sepp mitten in einer Aufwärtsschraube. „Dienstliche Meditation, Herr von Knappertsheim.“

*

„Morgen, Herr General …“

„…direktor“, ergänzte Dirnberger rasch, als er bemerkte, dass Bilchlinger externen Besuch hatte.

„Können Sie nicht warten, bis ich Sie hereinrufe?“

„Ich möchte Sie nicht unnötig auf meinen Bericht warten lassen, Herr Generaldirektor.“

Ein sanfter Karamellduft beherrschte den Raum und wies Bilchlingers süßliches Rasierwasser unaufdringlich in die Schranken. Dirnberger wandte sich der Frau zu, die mit übereinandergeschlagenen Beinen auf dem Besuchersofa saß. „Guten Morgen auch, Alfons Dirnberger mein Name. Sie sind bestimmt die N… äh, Sie kommen aus Hamburg, nicht?“

„Nein. Susan Myers.“ Sie nickte ihm kühl, aber nicht unfreundlich zu. Das warmgelbe, auf Figur geschnittene Kostüm aus feinem Leinen passte zu ihrer dunklen Haut ebenso gut wie zum Rot des Sitzmöbels. Dirnberger unterdrückte das Bedürfnis, sie anzustarren. Frauen wie Susan hatte er bisher nur in der Kinowerbung gesehen, nie dreidimensional. Wie konnte es zugehen, dass ausgerechnet Bilchlinger …

„Was ist nun mit dem Bericht, Dirnberger?“

„Er ist gut, Herr Generaldirektor.“ Dirnberger reichte das Geheft über den Tisch.

„Das entscheide immer noch ich. Was Neues?“

Dirnberger sah ihm in die Augen und schielte in Susans Richtung.

„Ist schon in Ordnung mit Miss Myers. Sie können offen sprechen.“ Bilchlinger zwinkerte ihr zu und schaffte es, dabei ordinär zu wirken. Sie erwiderte die Vertraulichkeit nicht, was sie Dirnberger sofort sympathisch machte. Er entschied sich dennoch, vorsichtiger zu sein als sein Vorgesetzter.

„Ich weiß jetzt, wer unser großer Konkurrent auf dem internationalen Rettichmarkt ist.“

Bilchlinger schaute ihn vier, fünf Sekunden lang fragend an, dann begriff er.

„Das hätte ich Ihnen gleich sagen können. Halten Sie sich einfach an meine Anweisungen und alles läuft nach Plan.“ Mit einem Seitenblick bedachte er Susan, um sicherzugehen, dass sie auch bemerkte, wer hier der Chef war.

Dirnberger hatte keine Lust, sich über Bilchlingers plumpe Tour zu ärgern. Ihm war aufgefallen, dass Susan keinerlei Regung zeigte. Sie stützte ihren Kopf mit der rechten Hand, was, wie alles an ihr, pantherhaft elegant aussah, und beobachtete ihn und Bilchlinger scheinbar mit der Mischung aus Interesse und Langeweile, die man gemeinhin für Zootiere übrig hat.

„Kennen Sie auch den Standort des … Konkurrenten, Dirnberger? Wenn Sie meine Anweisungen befolgt haben, sollten Sie so weit gekommen sein. Penible Recherche ist alles, mein Lieber."

„Sagen wir, ich weiß schon einiges über den Standort. Steht im Bericht."

„Einiges ist nicht genug. Was werden Sie als Nächstes tun?"

„Auf Ihre Anweisungen warten, Herr Generaldirektor."

Hatte diese Miss Myers geschmunzelt?

„Meine Güte, Dirnberger, brauchen Sie denn für alles eine Anweisung? Sehen Sie zu, dass Sie in der Sache zu einem Ende kommen!"

„Kann ich gehen?"

„Ich bitte darum."

Dirnberger nickte Bilchlinger und Susan zu. Letztere bedachte er mit einem Lächeln, das leider nur linkisch gelang, und wäre, weil er sich zu spät von ihr abwandte, beim Hinausgehen beinahe in Konflikt mit der Bürotür geraten.

„Mein Gott, was für ein Trottel!" Gespielt kopfschüttelnd wandte sich Bilchlinger Susan zu: „Sie gestatten, dass ich einen Moment …?"

„Nur zu."

Bilchlinger räusperte sich und warf sich in verschiedene Generaldirektorposen, während er den Bericht überflog und ab und zu mit einem rosa Textmarker Hervorhebungen anbrachte. Dann griff er zum Hörer, nicht ohne Susan zuvor einen Es-ist-enorm-wichtig-Blick zugeworfen zu haben.

„Spreche ich mit Ministerialdirigent Geierl? Ja? … Gute Nachrichten, ich habe den Mann identifiziert. Wie er heißt? … Nein, am Telefon kann ich das nicht sagen, Sicherheit, Sie verstehen …", ein bedauerndes Lächeln für Susan, „aber ich kann Ihnen sagen, dass er irgendwo in Finnland sitzt. Den genauen Standort habe ich auch bald. Reine Routinearbeit, das kann dann auch der Dirnberger machen. Ja? … Natürlich, ich halte Sie auf dem Laufenden. Wiederhören."

Er wandte sich wieder Susan zu.

„Entschuldigen Sie bitte, das hat keinen Aufschub geduldet." Er räusperte sich. „Sie sehen, Miss Myers, was Ihre Reportage über den Gemüsehandel in Süddeutschland betrifft, kann ich Ihnen nicht weiterhelfen. Wir machen hier *wichtige* Dinge."

„Ach?", sagte Susan und setzte ihren Schulmädchenblick auf. Der Bericht von Dirnberger lag immer noch offen auf dem Schreibtisch. Eine der mit Textmarker angestrichenen Stellen sah wie ein Name aus. Sie hätte ihren Kopf auf recht verdächtige Art verdrehen müssen, um ihn wirklich lesen zu können, aber *Edward C. Bellingham* konnte es durchaus heißen.

*

Auf dem Weg in sein Büro und auch noch eine ganze Zeit danach versuchte Dirnberger, nicht mehr an die Frau zu denken, die er eben gesehen hatte. Er wusste wieder einmal sein Vorurteil bestätigt, dass immer nur die dümmsten Bauern wenn nicht die größten, so doch die süßesten Kartoffeln ernten, auch wenn in diesem Fall der Vergleich mit einer Kartoffel schon gewaltig hinkte. Viel weniger als der mit dem dümmsten Bauern jedenfalls. Er plumpste in seinen Bürostuhl und seufzte. Ausgerechnet ein Verlegenheitsapostel wie er sollte sich bei dieser Susan Myers schon einmal gar nichts ausrechnen, brauchte er doch nur daran zu denken, was er bei Trudi angerichtet hatte.

Besser, er konzentrierte sich auf den Job. Es ging jetzt darum, herauszufinden, wo dieser Bellingham steckte. Internetrecherche, Telefonauskunft, Adressdatenbanken: Fehlanzeige.

Erreichbarkeit war nicht des Raubfischs Credo. Natürlich, die finnischen Behörden verfügten über ganz andere Möglichkeiten, aber eine offizielle Anfrage würde eine Aufmerksamkeit auf Bellingham lenken, die Dirnberger gar nicht recht sein konnte. Und was auf keinen Fall infrage kam, war ein Auftrag an die UGB-Außenstelle Helsinki. Nicht, seit man dort den Kollegen Huber zwo geparkt hatte, in der Hoffnung, er könne auf diesem unbedeutenden Posten nicht allzu viel anrichten.

Das Telefon klingelte.

„Ja?"

„Nachtdienst, Dirnberger." Bilchlinger. Wer sonst.

„Worum geht's?"

„Dass Sie für ein paar Stunden die Augen offen halten. Ich hoffe, Sie können das."

„Muss ich die neuen Rundschreiben korrekturlesen?"

„Unsinn. Es geht um den Saunaschmierer."

„Von dem hat man doch schon seit Wochen nichts mehr gehört."

„Die Kripo hat einen anonymen Hinweis bekommen. In den nächsten Tagen ist angeblich in, warten Sie …", der Chef schien einen Zettel glatt zu streichen, „in *Mutzenlechner's Finlandia Saunapark* mit Aktivität zu rechnen."

„Ein Hinweis an die Kripo? Ja, aber warum sind dann wir …"

„Erinnern Sie sich nicht an unseren Termin beim Herrn A-Emm-Pe, Dirnberger? Sein Vertrauen in diesen Verein ist ziemlich begrenzt und der Misserfolg gibt ihm Recht. Umso schlimmer wegen der diplomatischen Beziehungen zwischen B. und Finnland. Auf historischem Tiefstand, wie Sie hoffentlich wissen. Weil der Herr A-Emm-Pe mit seiner Einschätzung nicht alleine ist, liegt die Zuständigkeit jetzt bei uns."

„Ich soll also …"

„… heute um 21:30 in diesem Saunapark sein. Sie werden dort Herrn von Knappertsheim ablösen und sich bis Geschäftsschluss in dem Laden umsehen. Das dürfte so gegen ein Uhr morgens sein, kann aber auch später werden, habe ich mir sagen lassen.“ Dirnberger hörte zwischen den Worten nur zu deutlich, dass sein Chef Vergnügen an der Vorstellung fand, ihm eine durchwachte Nacht einzubrocken.

„Ja, ja, kein Problem“, sagte er so beiläufig wie möglich.

„Wahrscheinlich ist an der Sache nichts dran. Trotzdem wünsche ich Ihnen einen heißen Abend. Bericht bis morgen um acht. Wiederhören.“

Den *heißen Abend* hielt Bilchlinger für ein gelungenes Bonmot. Er hatte es sich eigens vor seinem Anruf bei Dirnberger überlegt. Sollte der ruhig schwitzen. Einen richtig heißen Abend würde allerdings nur er selbst haben. Er konnte es kaum noch erwarten.

*

Dirnberger fühlte sich zum Narren gehalten. Die Sache mit dem Saunaschmierer war einfach zu lächerlich. Es hatte ungefähr vor einem halben Jahr damit begonnen, dass in Saunaanstalten, Fitnessstudios oder Schwimmbädern mit angeschlossenen Saunen in M. und Umgebung eigenartige Schmierereien aufgetaucht waren. Es handelte sich um abstruse Texte, die ein Unbekannter mit roter Förstersprühfarbe an die hölzernen Innen- oder Außenwände der Saunahütten schrieb. Dieser Unbekannte, bald als *der Saunaschmierer von M.* in aller Munde, musste über bemerkenswerte Fähigkeiten verfügen, denn seine Botschaften waren plötzlich da – meist wurden sie vormittags bei der Öffnung entdeckt –, ohne dass man auch nur den geringsten Hinweis auf ihren Urheber gefunden hätte. Wilde Mutmaßungen spukten durch die Presse. Der bekannte Esoteriker Hanus-

Hanussen, der eigentlich in eine ganz andere Geschichte gehört, wollte die Texte sogar als Warnungen Außerirdischer gedeutet wissen, die den nahenden Weltuntergang ankündigten. Nüchternere Geister sahen in der Sache eher einen geschickt gemachten pubertären Streich, der den Tatbestand der Sachbeschädigung erfüllte.

Alles in allem eine unterhaltsame Sache für die überwiegende Mehrheit der Bevölkerung, die nicht der Sauna- und Wellnessbranche angehörte. Dabei wäre es im Wesentlichen auch geblieben, wenn die Angelegenheit nicht unversehens politisch geworden wäre. Das wiederum lag an den Inhalten. Trotz der verwegenen Orthografie waren sie allesamt unschwer als eigentümlicherweise gegen Finnland gerichtete Schmähungen zu erkennen. Derbere Varianten lauteten zum Beispiel: „*Finlant ist Sheisse*“ oder „*Fuk Finlandt*“, aber es gab auch subtilere, wie: „*Makkaraa go hom!*“

Da man einen harmlosen Spinner hinter den Schmierereien vermutete, machten sich die Behörden des Freistaates B. zunächst mit einer gewissen Ruhe an die Nachforschungen. Das änderte sich, als offizielle finnische Stellen von der Sache erfuhren. Man unterstellte B. absichtlich schleppende Bearbeitung, ja sogar stillschweigende Duldung, zumal die Fahnder nicht die geringsten Erfolge vorweisen konnten, während der Saunaschmierer mit fast wöchentlicher Regelmäßigkeit von sich lesen machte. Es kam zu mehreren offiziellen Protestnoten, finnische Unternehmen kündigten Verträge mit Firmen aus B. Sogar Gruppenreisen von Helsinki nach Berchtesgaden wurden abgesagt. Diese und etliche weitere Nadelstiche führten dazu, dass die Kripo enorm unter Druck geriet und ihren Personaleinsatz vor Ort erheblich ausweiten musste – es gab Wochen, in denen Zeck sich nur noch wie ein Kochschinken vorkam. Dennoch gelang es dem Saunaschmierer, sein Werk unbehelligt fortzusetzen. Die Finnische Regierung tobte. Und dann, vor vielleicht eineinhalb

Monaten, war plötzlich Schluss gewesen. Keine neuen Schmierereien mehr. *Es wird ihm doch nichts passiert sein?*, titelte eine bekannte Boulevardzeitung.

Da die Finnen zwar über ein hohes Maß an Nationalstolz verfügen, aber im Allgemeinen kein nachtragendes Volk sind, begannen sich die Beziehungen zu B. eben wieder zu normalisieren – und jetzt ging der ganze Zirkus vielleicht wieder los. Wenn, dann diesmal mit dem UGB als dem Blamierten. Wenn.

Dirnberger hielt es, in diesem Punkt konnte er sogar Bilchlinger zustimmen, für viel wahrscheinlicher, dass der Tipp, den die Kripo bekommen hatte, eine Ente war, ein Streich, den irgend so ein Spatzenhirn da draußen lustig fand. Mit ziemlicher Sicherheit würde heute Nacht in Mutzenlechner's Finlandia Saunapark rein gar nichts passieren.

*

Dirnberger stand auf seinem Balkon und konnte die Abenddämmerung nicht recht genießen. Er war unruhig. War Moritz noch eine Gefahr? Oder war es der Bruderschaft von Kairo gelungen, ihn als vermeintlichen Dirnberger endgültig zu auszuschalten? Unwahrscheinlich. Es hatte ihm wenig Mühe bereitet herauszufinden, dass Falahi und zwei seiner Kumpane tödlich verunglückt waren. Dazu ein brutal ermordeter Feuerwehrmann am Unglücksort. Insgesamt sah das entschieden so aus, als habe Moritz die Oberhand behalten. Früher oder später – eher früher – würde er mit einem erneuten Angriff rechnen müssen. In der Wohnung stand an strategisch günstigen Stellen Rex & Zockmann Montageschaum griffbereit. Den Gedanken, so eine Dose nachher mit in die Sauna zu schmuggeln, verwarf er wieder.

Der Himmel war wolkenlos. Das regnerische Intermezzo hatte der Hitzewelle kaum etwas anhaben können. Im Zenit funkelte das kalte Licht der Wega. Später würde sie Richtung Westen abtauchen und weniger hellen Sternen Platz machen. Dirnberger spähte nach unten in den Hof. Wieselhuber schlurfte an den Garagentoren vorbei. Trug der seinen Hut eigentlich auch im Bett? Sonst nur das ewige Hämmern von Wittkowski-Kramer. Nichts Verdächtiges. Scheinbar.

Das Telefon klingelte. Dirnberger ging nach innen, nicht ohne die Balkontüren abzuschließen. Er zögerte, dann nahm er ab.

„Ja?"

„Susan Myers hier. Wir kennen uns. Ich würde Sie gerne besuchen."

„…"

„Herr Dirnberger?"

„Sind Sie sicher, dass Sie mich meinen?"

„Absolut."

„Ja, äh … wann wollen Sie denn kommen?"

„Am liebsten jetzt."

„Also in einer halben Stunde? Ich habe aber später noch einen Termin …"

„In zwei Minuten. Muss ich an diesem Gerümpel vorbei?"

*

Das satte *Plop* blieb aus. Stattdessen machte sich ein hinterhältiges feines Bröseln bemerkbar.

Scheiße, dachte Dirnberger und errötete bis in die Ohrenspitzen. Die obere Hälfte des Korkens hatte sich in Krümel aufgelöst, die untere steckte noch im Flaschenhals. Immerhin ein Mittelklasse-Barolo, da sollte so etwas nicht passieren. Er lief in die Küche und kam mit einem Kochlöffel zurück.

„Entschuldigen Sie", sagte er, „das hilft jetzt nichts."

Er steckte den Löffelstiel in den Flaschenhals, hielt die Flasche fest und dosierte ein paar Schläge mit der flachen

Hand auf die Löffelkelle. Es spritzte ein wenig. Dirnberger grinste unbeholfen.

„Haben wir als Studenten immer so gemacht."

Susan rang sich ein Lächeln ab.

Dirnberger schenkte sich einen Schluck ein und kostete. Dann füllte er erst ihr, dann sein Glas. Wegen des abgerissenen Korkenstückes im Inneren schien die Flasche den Wein unter Krämpfen auszuhusten. Susan ekelte sich. Sie hatte in den letzten viereinhalbtausend Jahren eine Menge gesehen. Auch Menschen mit fortgeschrittener Tuberkulose. Wollte der wirklich, dass Sie das Zeug trank?

Offensichtlich.

„Äh, auf Ihr Wohl, was kann ich für Sie tun?"

Wir werden sehen, dachte Susan und zwang sich, an ihrem Glas zu nippen. Korkkrümel wanderten zielstrebig unter ihre Zunge.

„Hat Ihnen Herr Bilchlinger von mir erzählt?"

Dirnberger grinste linkisch.

„Damenbesuche verschweigt er meistens. Zumindest die Details."

Sie schaute ihn an. Wieder dieses distanzierte Beobachten, das ihm schon in Bilchlingers Büro aufgefallen war. Ihre Sommerjacke trug sie lässig auf der rechten Schulter, darunter ein oranges Top mit schmalen Trägern über kaffeebrauner Haut. *Auch nicht schlecht*, dachte Dirnberger.

„Ich bin freie Journalistin, schreibe Storys, die ich dann verschiedenen Zeitschriften anbiete."

„*Frau im Leben* oder so etwas?", fragte Dirnberger ahnungslos.

„*Vogue* oder *National Geographic*", sagte sie. „Mich interessieren die Machenschaften im internationalen Gemüsemarkt. Das könnte eine Geschichte hergeben."

„Machenschaften?" Eine Reporterin. Also kein Interesse an ihm persönlich. Eigentlich war er sogar froh darüber.

Dirnberger begann sich wohler zu fühlen. Mit Reportern konnte er umgehen.

„Sie haben heute Morgen etwas von einem Konkurrenten auf dem Rettichmarkt erzählt …"

„Konkurrenz ist etwas völlig Normales auf einem Markt. Können Sie bei Milton Friedman nachlesen, oder bei Adam Smith."

Den Langweiler habe ich gekannt, smartass, dachte Susan und spielte eine andere Karte:

„So haben Sie sich aber bei Ihrem Chef nicht angehört." Das Zucken um Dirnbergers Augen entging ihr nicht. Treffer.

„Der Chef mag's gerne dringend."

Mit spitzen Fingern fischte Susan Bilchlingers Visitenkarte aus ihrer Geldbörse. Dem pappsüßen Geruch nach musste der General seine Karten einzeln in Parfüm tunken.

„Verband der Gemüseeinzelhändler in B.", las sie. „Er hat einige Andeutungen über Ihre Organisation gemacht."

Innerlich verfluchte Dirnberger seinen Vorgesetzten. Hatte der den Eid nicht schwören müssen?

„Der Chef macht sich halt gerne wichtig vor schönen Frauen", sagte er. „Wer will's ihm verdenken, bei dem langweiligen Job."

„Wörtlich hat er gesagt: *Wir machen hier wichtige Dinge.*"

„Wissen Sie", Dirnberger räusperte sich, „wissen Sie, wie viele Schweinshaxen ein Durchschnittsbürger im Jahr verzehrt?"

Susan bedachte ihn mit einem Blick, der mäßiges Interesse transportierte.

„Ich weiß es auch nicht. Aber es sind viele. Und das ist ungesund."

„Was Sie nicht sagen."

„Darum tun Leute, die sich um die Verbreitung von Gemüse kümmern, etwas sehr Wichtiges. Im Ernst: Was wir zu bieten haben, interessiert höchstens die Zeitschriften, die man umsonst in der Apotheke kriegt."

Susan sah ein, dass auf dieser Schiene nichts zu holen war. Themenwechsel also.

„Vorhin, auf dem Weg hierher, hatte ich ein ungutes Gefühl."

„Doch nicht wegen mir?" Dirnberger gab sich amüsiert.

„Jemand treibt sich hier herum. Er hat mich beobachtet."

„Sie sehen gut aus …"

„Der nicht."

Das hörte sich doch sehr nach Moritz an. Dirnbergers „Wo war das?" kam zu schnell, um den Schein der Beiläufigkeit zu wahren.

„Ganz in der Nähe. Sie kennen ihn?"

„Nicht näher."

„Bedroht er Sie?"

„Wie kommen Sie darauf?"

„Ich habe einmal, so vor drei Jahren, für eine Reportage recherchiert. Es ging um ein ägyptisches Unternehmen. Ziemlich dubios. Plötzlich gab es Anrufe. Mitten in der Nacht. Morddrohungen. So etwas macht mir eigentlich nichts aus. Zeichen für gute Arbeit. Aber dann hat mich ein Kerl beschattet, genau so einer wie der heute. Unheimlich. Extrem dürr. Sehr verwahrlost insgesamt. Ich glaube immer noch, dass er nur auf den Befehl gewartet hat …"

„Was haben Sie unternommen?"

„Beschlossen, dass der Job nicht das Wichtigste ist, und mit der Recherche aufgehört. Ich bin bis heute überzeugt, dass das richtig war."

„Warum?"

„Ich habe ihn nie wieder gesehen. Haben Sie Feinde?"

„Na ja", sagte Dirnberger wahrheitsgemäß.

„Einer genügt."

„Vielleicht habe ich einmal jemandem einen schlechten Radi verkauft …"

„Das reicht nicht, fürchte ich. Es wird so sein wie bei mir: Sie tun irgendetwas, was jemanden stört und diesem Jemand liegt daran, dass Sie damit aufhören. So oder so."

„Hatten Sie je einmal Ärger mit einem gewissen Bellman, nein Beringman, äh … Bollingman, Billingstone …"

Bellingham, hätte Susan beinahe gesagt. Nette Falle. Hätte sie es überhaupt sagen können?

„Sollte ich?", entgegnete sie stattdessen.

„Man ist oft überrascht, wie klein die Welt ist – jetzt weiß ich's wieder: Burningman. Ein alter Feind der Familie. Hatte das Wirtshaus *Zum Engländer* bei uns im Dorf. Mein Großvater sagte immer, der sei zu allem fähig, so wie der gekocht hat." Er grinste. Hübsches Solo.

„Amüsant."

„Wenn Sie das sagen … Entschuldigen Sie mich einen Moment."

„Bitte."

Dirnberger stand auf. Er brauchte eine kurze Auszeit, um seine Gedanken zu ordnen. Wenn die Frau die Wahrheit sagte, dann konnte Moritz nicht weit sein. Er ging in die Küche, ohne das Licht dort einzuschalten und spähte durch die Balkontür nach draußen. Nichts zu sehen. Aber das hatte nicht viel zu bedeuten. Es wurde dunkel. Oben am Himmel waren Deneb und Wega schon deutlich zu sehen.

Wer war diese Susan Myers? Wirklich eine Journalistin, die aufgeschnappt hatte, dass es mit dem Verband der Gemüseeinzelhändler in B. etwas Besonderes auf sich hatte? Was hatte diese Warnung zu bedeuten? Hatte sie wirklich Moritz gesehen? Wie wahrscheinlich war es, dass auch sie früher ein Erlebnis mit solchen … Dienern gehabt hatte? Eine Agentin des Raubfisches – dieses Bellingham? Dagegen sprach allerdings, dass sie auf seinen unfehlbaren Trick nicht die Spur einer Regung gezeigt hatte. Und Agentinnen des Bösen waren nur im Film nervenzerfetzend schön und cool wie Schokoladeneis.

Das wusste er aus Erfahrung. Er beschloss, sie in die Schublade *vielleicht sogar harmlos* einzusortieren und ihre Gesellschaft bei aller Vorsicht ein wenig auszukosten.

Er fasste an den Griff der Balkontür. Fest verschlossen. Dann ging er zurück ins Wohnzimmer.

Susan war aufgestanden. Sie schien sich für seine Wandvitrine zu interessieren.

„Gefällt sie Ihnen?"

„Sie spielen Klarinette?"

„Möchten Sie etwas hören?"

Auch das noch.

„Warum nicht?"

Behutsam nahm Dirnberger seine Klarinette aus der Vitrine und machte das Mundstück spielbereit.

„Ich bin Wickler."

„Ich bin Wassermann, glaube ich."

„Klarinettisten sind entweder Wickler oder Schrauber. Je nachdem, ob sie das Blatt mit einer Schnur festmachen oder mit einer Schraube anklemmen."

„Schön, dass Sie kein Schrauber sind."

„Das brächte ich nicht übers Herz."

Meinte der das ernst? Nicht zu fassen.

Dirnberger setzte die Klarinette an und schloss die Augen. Was könnte dieser Frau gefallen? Ihr Duft war sehr nahe, erinnerte ihn an Mocca, an Sand, Palmen, Feigen … Dirnberger spielte das tiefe E, bis es den Raum ganz erfüllte. Weiter. F-Gis-A-H-C-Dis-E. Ahava Rabboh mit erhöhter Siebter. Zigeuner-Dur. Bittersüß, wie das Leben, wie Schokolade mit viel Kakao, wie … Istanbul, Jerusalem, Mekka, Kairo … Er steigerte das Tempo, entwickelte wilde Kaskaden von Klagen, Schreien, Freudenausbrüchen, sang seine eigene Zerrissenheit, seine Sehnsucht, das Verlangen, einfach mit allem Schluss zu machen, stürzte sich vom

Turm eines Minaretts, fiel schneller und schneller und fiel … auf etwas Weiches. Das tiefe E.

Er setzte das Instrument ab und öffnete die Augen. Sekundenbruchteile vor Susan.

„Entschuldigen Sie. Ich war woanders. Wie lange habe ich gespielt?"

„Das spielt keine Rolle. Wirklich nicht."

Verlegen nahm Dirnberger das Mundstück von der Klarinette, holte den Wischer, einen hässlichen Lappen, aus der Vitrine und zog ihn mehrmals durch das Instrument. Kondenswasser tropfte auf den Fußboden. Es roch nach feuchtem Hund. Susan warf einen Blick auf ihre Armbanduhr.

„Ich sollte jetzt gehen."

„Ich auch", sagte Dirnberger, der beinahe seine Nachtschicht vergessen hätte.

*

Mit jedem Schritt nach unten kehrte Susans Distanz zurück. Sie war froh darüber. Interessant, was es doch für Typen gab. Sie trat vor die Haustür und hielt inne. Ein Rest kaltweißen Lichtes drang von der Straße her in die Passage ein. Das Gerümpel warf lange gezackte Schatten. Es erinnerte an eine hollywoodeske Vampirburg. Der ausrangierte Kleiderschrank war die halb offene Pforte ins Reich des Bösen. Susan fröstelte trotz der milden Nacht. Es raschelte. Über dem schalen Sperrmüllgeruch machte sich eine scharfe Note von Ammoniak bemerkbar. Es raschelte wieder.

Susan blickte kurz nach beiden Seiten. Sie stieß ein paar kehlige Laute aus. Die Antwort aus dem Inneren des Schrankes kam sofort. Susan sah sich noch einmal um. Dann stieg sie in die dunkle Öffnung.

Der Uringestank war so stark, dass ihr Magen rebellierte. Susan unterdrückte ein heftiges Würgen. Sie konnte kaum die Hand vor Augen sehen, aber kein Zweifel: Ihr Gegenüber war Abr Kuman Kasatj alias Katalognummer 152 in Bellinghams Sammlung und auch alias Moritz, was sie nicht wissen konnte. Seine Stimme war ein Flüstern, eingebettet in Geräusche, die an langes Ausatmen erinnerten.

„Rache!"

„Rache an wem?"

„D'rnb'rg'r. Rache!"

„Warte auf meinen Befehl!"

„Meister Befehl Tod D'rnb'rg'r."

Susan sprach das Wort aus. Die Antwort war ein lang gezogenes Zischen.

„Der Meister hat mir die Macht über dich gegeben. Warte auf meinen Befehl!"

Sie spürte Widerstand und Zorn, aber auch Einschüchterung.

„Rache!"

„Warte auf meinen Befehl!"

„Rache." Es klang resigniert.

„Wo ist der andere? Dein … Bruder?"

„D'rnb'rg'r. Hart gemacht. Rache."

„Hart gemacht?"

Moritz sog tief Luft ein.

„Hart. Feuer dann."

„Und du?"

„Flach gemacht. Wasser dann."

„Danke." Susan fragte nicht weiter. Für detailliertere Erklärungen würde der Wortschatz der Mumie nicht genügen.

„Was … Auftrag?"

Susan hätte Moritz am liebsten in den zeitweiligen Tod versetzt, damit er ihr nicht in die Quere käme, aber sie besann sich anders. Sonst müsste sie sich noch darum kümmern, dass die Mumie nicht mit dem Sperrmüll abgeholt würde, sie irgendwo verstecken, was bei ihren momentanen Möglichkeiten ziemlich knifflig gewesen wäre.

„Vertreib dir die Zeit, wie du willst, aber warte auf meinen Befehl“, sagte sie schließlich. „Und wasch dich.“

Sie stieg aus dem Schrank, klopfte sich den Staub aus der Kleidung und ging auf die Straße hinaus.

Wenn Wesen wie Abr Kuman Kasatj sich für oder gegen etwas entscheiden können, dann entschied er sich, den ersten Teil von Susans Anweisung, das *wie-du-willst*, wörtlich zu nehmen. Er hasste diese Frau, die die Macht hatte, ihm seine Rache zu nehmen. Und woher kam dieser schneidend süße Geruch, der ihn quälte wie die Krätze? Er bückte sich und hob ein kleines Kärtchen auf. Die Frau musste es verloren haben. Er schnüffelte daran. Das aufdringliche Parfüm fuhr wie ein glühendes Eisen in seine empfindlichen Sinne. Er stöhnte vor Schmerzen. Trotz der Dunkelheit konnte er gut erkennen, dass etwas, ein Name, auf der Karte geschrieben stand. Allerdings in keiner Schrift, die ihm geläufig war. Das brauchte ihn auch nicht zu interessieren. Jemanden, der so roch, konnte er noch auf große Entfernungen ausfindig machen. Wieder schnüffelte er an der Visitenkarte. Es schmerzte schon weniger. Die seltsamen Stimmen, die vielleicht seine Gedanken waren, flüsterten ihm zu, da sei eine Möglichkeit, sich ein wenig an der Frau zu rächen, ohne ihre Anweisungen missachten zu müssen. Durfte er sich nicht die Zeit vertreiben, wie *er* wollte?

Er wartete, bis Susans Schritte auch für seine Wahrnehmung völlig verklungen waren. Dann trat er witternd ins Freie.

*

Dirnberger hockte auf einer einfachen Bank aus Kiefernholz und schwitzte aus allen Poren. Affenhitze. Im Halbdunkel um ihn herum nichts als nassglänzende Leiber. Schnaufen. Leises Murmeln. Versammlung der Walrosse. Es roch käsig. Sein weißes Badetuch hatte er zu einem festen Bündel gewickelt und hielt es etwas verkrampft mit beiden Händen im Schoß.

Saunabesuche vermied er normalerweise.

Sturzbäche von Schweiß liefen ihm über das Gesicht. Seine Augen brannten, hatten sich aber mittlerweile ganz gut an das schwache Licht gewöhnt. Er blickte sich um. Normales Publikum, soweit er das beurteilen konnte. Ältere Herren unterschiedlicher Schlankheitsgrade, die vergebens hofften, einer der jüngeren Frauen zu imponieren. Dickliche ältere Damen, die meist vergebens hofften, einem der besser aussehenden älteren Herren zu gefallen, Typen mit Goldkettchen und Solariumkarte, die den Erfolg hatten, der den älteren Herren verwehrt blieb und so weiter und so weiter. Und mittendrin Alfons Dirnberger im Dienste des kleineren Übels.

Er schloss die Augen und versuchte nachzudenken. Immer noch keine gute Idee, wie er so an Bellinghams Adresse kommen könnte, dass es niemand mitbekäme. Musste er wirklich noch Huber zwo beauftragen? Es fiel ihm schwer, sich zu konzentrieren. Ständig kamen ihm wie in Fieberträumen andere Gedanken in die Quere. Sie drehten sich um Trudi und Susan Myers, vor der er sich natürlich auch gleich wieder wie ein Trottel benommen hatte. Und dann noch dieser dämliche von Knappertsheim mit seinem Gemaule vorhin, weil er ihn eine Viertelstunde zu spät abgelöst hatte. Sollte er sich doch beschweren, der Bubi, und ihn in Ruhe nachdenken lassen. Aber war es überhaupt möglich, bei solchen Temperaturen einen klaren Gedanken zu fassen? Es sah entschieden nicht danach aus. Missmutig stand er auf und ging nach draußen.

Laternen im Edelstahldesign beleuchteten die mit Rindenmulch bestreuten Fußwege. Dampfende Saunabesucher drehten ihre Abkühlungsrunden. Dem Hörensagen nach war Mutzenlechner's Finlandia Saunapark ein erfolgreiches Unternehmen – trotz des Apostroph-Genitivs, der für Dirnbergers Sprachempfinden einem ansteckenden Hautausschlag vergleichbar war. In der riesigen Halle hatte man auf fünftausend Quadratmetern eine mehr oder weniger nordisch anmutende Kunstlandschaft mit begehbaren Hügeln und Höhlen aus echten Granitblöcken gestaltet. Das Ganze war gar nicht einmal ungeschickt mit Plastikbirken und -kiefern bestückt. Dazwischen gab es Blockhütten, jede eine Sauna. In kleinen Teichen blauschimmerte eiskaltes Wasser. Aparte Unterwasserbeleuchtung. Dirnbergers Herz krampfte bei dem bloßen Gedanken, nach finnischer Manier in eines dieser Becken zu springen. Einer Gruppe fröhlicher Kegelverein-Walrosse, die sich gerade prustend und mit vor Kälte blauen Gemächten ans Ufer wälzten, schien das weniger auszumachen.

Unweit davon öffnete sich eine geräumige Grotte, aus deren Eingang gedämpftes grün-blaues Licht nach außen drang. In etwa drei Metern Höhe waren an ihren steilen Innenwänden etliche Holzkübel befestigt, von denen jeder vielleicht dreißig Liter mörderisch kaltes Nass fasste. Die Kübel konnten in ihren Halterungen gekippt werden. Damit das auch von unten möglich war, hatte man an jedem ein grobes Hanfseil befestigt. Dirnberger sah schaudernd zu, wie eine wabbelige Frau vom Typ Tortentante sich per Seilzug eine Eiszeitdusche verpasste. Als der Wasserschwall auf sie herabklatschte, begannen seine Hoden zu schrumpeln. Die Frau lächelte ihm auffordernd zu, während sich der leere Kübel mittels einer geschickt kaschierten Wasserleitung wieder füllte. Sie zog noch einmal, wahrscheinlich um ihm zu zeigen, was für ein Weichei er sei. Dirnberger wandte sich ab. Manche Verhaltensweisen des so genannten *Homo sapiens* würden ihm für immer fremd bleiben.

Nirgendwo eine Uhr. Hoffentlich war schon viel Zeit vergangen. Er beschloss, in der nächsten Saunahütte ungefähr eine Viertelstunde abzusitzen, dann eine weitere Viertelstunde draußen herumzulatschen, dann in die übernächste Saunahütte und so weiter. *Systematische Zeitvernichtung zur Strukturierung des Sinnlosen.* Wenigstens ein nettes Motto. Auf zur nächsten Saunahütte.

Deren Tür knallte vor Dirnbergers Nase auf. Eine kleine Gestalt wieselte an ihm vorbei. Verblüfft drehte er sich um und spürte im gleichen Moment einen heftigen Aufprall im Rücken, der ihn zu Boden warf. Ein bärenhafter Mann, er war ebenfalls gestürzt, fluchte etwas, rappelte sich auf und rannte hinter der Gestalt her, die schon einigen Vorsprung hatte. Etwas benommen stand Dirnberger auf. Rindenmulch klebte an seiner Haut. Er spuckte ein paar faserige Brocken aus. Langsam ging er in die Richtung, in die die beiden gelaufen waren. Vor dem Eingang der Kübelgrotte wuchs eine Menschentraube.

„Was ist denn los?", fragte Dirnberger die Frau von vorhin, die auf Zehenspitzen stand, um in die Grotte sehen zu können.

„Da macht sich einer über ein Kind her", sagte sie. „Schlimm, oder?"

Dirnberger drängte sich nach vorne, eine mörderische Wut im Bauch auf alle, die nichts unternahmen, sondern zuschauten und darauf warteten, dass ein anderer eingreifen würde. Nun gut, diesen anderen konnte er gerne abgeben. Er rempelte einen bebrillten Mann vom Typ Oberstudiendirektor zur Seite, der in der ersten Reihe stand.

Um Gottes willen, dachte er.

Ein dicklicher, nackter Junge lag auf dem Bauch, ziemlich in der Mitte der Grotte. Neben ihm eine Kindersporttasche mit einem Porträt von Donald Duck. Seine Haut war dunkel, als hätte er Ferien am Strand hinter sich, und seine Haare waren nachtschwarz. Der Kopf des Jungen lag auf der Seite, zum Inneren der Grotte gewandt, so dass Dirnberger sein Gesicht nicht sehen konnte. Auf dem Rücken, eigentlich auf dem Hintern des Jungen saß rittlings ein nackter Wikinger mit fettigem rotem Haar und ebensolchem Vollbart. Sein gewaltiger Bauch mit dem zu einer kleinen Spitze nach außen gedrückten Nabel hätte einem Orang-Utan-Patriarchen alle Ehre gemacht. In den eng stehenden Augen des Mannes loderte blaues Feuer. Wieder und wieder packte er den Jungen am Schopf, schüttelte ihn und brüllte etwas in einer fremden Sprache. Der Junge schrie wie am Spieß und wand sich unter dem Gewicht des Berserkers, den Dirnberger mit Entsetzen als seinen Kollegen Purkki Palatainen vom finnischen Geheimdienst erkannte.

Bevor Dirnberger einschreiten konnte, drängte sich ein vierschrötiger Mann in weißer Sportkleidung an ihm vorbei. Jemand musste den Dienst habenden Saunameister verständigt haben. Der Mann trat von hinten an den tobenden Finnen heran, hob ihn scheinbar mühelos in den Achseln hoch, stellte ihn auf beide Beine, drehte ihn zu sich um und verabreichte ihm einen Kinnhaken der Monsterklasse. Purkki taumelte rückwärts an die Hinterwand der Grotte, rutschte nach unten in eine gegrätschte Sitzhaltung und knickte wie ein Mehlsack nach vorne ein. Der Saunameister drehte sich um. Sein Gesicht war zornrot.

„Ich möcht nur wissen, warum da erst ich kommen muss!", brüllte er.

„Warum ist keiner von euch imstand', dass er dem Buben hilft?"

Hinter ihm richtete sich der Junge auf und rieb sich die schmerzenden Glieder. Dann griff er mit einer überraschenden Behändigkeit nach seiner Sporttasche. *Das ist überhaupt kein Kind,* durchfuhr es Dirnberger. Auch das Kollektiv der Zuschauer schien das zu bemerken und wurde unruhig. Der Saunameister drehte sich zu dem vermeintlichen Jungen um. Der grinste ihn aus bösartig funkelnden Augen an.

„*Thanks nothing*", sagte er mit einer verwegenen Aussprache. Er griff in seine Tasche, hatte plötzlich ein hellbraunes Röhrchen von der Größe eines Bleistiftes in der Hand und setzte es an seine Lippen. Der Saunameister griff sich irritiert an die Schläfe, als habe ihn eine Bremse gestochen. *Ein Kopfjäger,* dachte Dirnberger und erkannte im selben Moment den kleinen Mann wieder. Er hatte ihn zuletzt vor sieben Jahren in Jakarta gesehen. Sein Name war Gubak.

Der Saunameister riss die Augen weit auf. Er fasste sich mit beiden Händen an den Hals, wollte etwas sagen, brachte jedoch nur ein stummes Würgen zustande. Seine Knie gaben nach. Er brach zusammen.

Gubak deutete der Menge gegenüber eine Verbeugung an. Er zeigte auf Purkki, der allmählich wieder zu sich kam.

„*I kill him, I go. Okay?*", sagte er. Seine Stimme war klar und durchdringend wie die eines Countertenors.

Auch wer kein Englisch verstand, begriff unschwer die Botschaft. Stillschweigend machte sich die Auffassung breit, dass das ein ganz vernünftiger Handel sei. Die erste Zuschauerreihe wollte zurückweichen, wurde aber von der zweiten und dritten dabei behindert, die sich einigermaßen sicher fühlte und deswegen nichts verpassen wollte. Gubak lächelte. Er kannte das alles. Er würde problemlos verschwinden können. Wenn es nicht auf Anhieb funktionierte, mussten eben noch zwei, drei dran glauben. Ärgerlich nur, dass er die Trophäen hierlassen musste.

„*Excuse me. Will take just one moment.*"

Er drehte sich um. Purkki hatte sich aufgerichtet, lehnte aber immer noch an der Wand und hielt sich sein Kinn.

„*You're dead, Purkki*", sagte Gubak und steckte einen winzigen Giftpfeil in sein Blasrohr.

„*Paska*", sagte Purkki.

Dirnberger blickte nach oben.

Gubak hob das Blasrohr an die Lippen.

Purkki bekreuzigte sich und schloss die Augen.

Dirnberger machte einen Satz nach vorne und riss an dem Seil, das neben Gubak von der Wand hing.

Dreißig Liter Eiswasser stürzten nach unten und ergossen sich über den Kopfjäger. Dessen Haltung versteifte sich mit einem Ruck ins Kerzenhafte. Das Blasrohr fiel zu Boden. Wie in Zeitlupe kippte er nach hinten und blieb in der Pfütze liegen.

Die Menge atmete auf.

„Ich bin Ärztin", sagte eine dünne junge Frau. „Kann ich …?"

„Bitte", sagte Dirnberger, der sich sicher war, dass weder der Saunameister noch sein Mörder zu retten waren. Gegen ein gutes Pfeilgift war ebenso wenig auszurichten, wie der Kreislauf eines Tropenbewohners einem nordischen Eiswasserschock standhalten konnte.

„Alles in Ordnung, Purkki?", fragte Dirnberger.

„Danke, Dirrnberkker." Purkki nickte. „Hier beruflich?", fragte er nach einer Pause.

„Ja. Wegen dem Saunaschmierer eigentlich."

Purkki schaute drein, als würde er nicht ganz verstehen.

„Ist Saunaschmirrer", sagte er und zeigte auf Gubak, den die Ärztin gerade einer vergeblichen Herz-Lungen-Massage unterzog.

Von hinten näherten sich Stimmen: „Auf d'Seit'n, Leut', lasst's uns durch. Auf d'Seit'n, du auch mit deiner Wampen, lasst's uns durch …" Der Tonfall verriet eine gewisse Routine. Jemand musste die Polizei alarmiert haben.

„Name, Geburtsdatum, Wohnort, was machen Sie hier?", sagte jemand hinter Dirnberger. Er drehte sich um. Ein surreales Bild. Umgeben von Nackten standen vier uniformierte Beamte vor ihm. In ihrer Mitte, beiger Trenchcoat und Maigrethut, stand Eduard Speck. Er seufzte, als er Dirnberger erkannte.

„Ich hätt's mir denken können."

*

Wie gebannt starrte der Junge das Wesen an, das aus seiner dunklen Welt zu ihm heraufgekommen war. Der Waller musste von seinem breit grinsenden Maul bis zu der kleinen Schwanzflosse gut dreieinhalb Meter lang sein. Alles an ihm war Kraft. Der breite Rücken glänzte in einem prächtigen Lackschwarz, an den Flanken mit weißen Sprenkeln durchsetzt. Ebenso wie der Junge bewegte sich der Fisch nicht von der Stelle. Dort, wo seine mächtigen Kiemendeckel sich langsam öffneten und schlossen, bildeten sich kleine Wirbel an der Oberfläche. Aus seinen winzigen Augen schien der Fisch den Jungen böse zu mustern, als wolle er sich das Gesicht seines Gegners einprägen. Mit ruhigen, beinahe kunstvoll geschnörkelten Bewegungen der zwei langen Barteln am Oberkiefer tastete er wie beiläufig das Wasser um sich herum ab. Der Junge konnte sehen, dass sein Haken rechts vorne im Maul des Riesen festsaß. Fasziniert beobachtete er, wie sich das Tier mit nicht mehr als einem winzigen Beben seiner Flossen auf der Stelle halten konnte. Die Zeit schien stillzustehen.

Der Junge beschloss, es zu wagen. Er würde jetzt ins Wasser steigen. Doch schon die Vorahnung seiner Bewegung zerriss den Waffenstillstand. In einem knallenden Wasserschwall verschwand der Fisch und jagte hinaus in den Fluss. Er schwamm wieder weit stromauf und schien jetzt zwischen Ufer und Flussmitte hin und her zu pendeln. Dem Jungen fiel auf, dass er nicht mehr zum Grund hinab strebte, sondern nahe der Oberfläche blieb. Konnte das ein Zeichen dafür sein, dass der Kampf auch an der Kraft des Fisches zehrte? Er war sich jetzt sicher, es konnte gelingen, wenn er nur durchhielt. Und wenn … Er schaute nach oben. Der Himmel hatte sich in eine stahlblaue Drohung verwandelt.

*

Obwohl sie bei jedem Atemzug heftiges Seitenstechen spürte, rannte Maren weiter in die Nacht hinaus. Scheiße! Weiß Gott, sie konnte einiges vertragen, das brachte schon der Job mit sich, aber das … Sie musste stehen bleiben und krümmte sich um Luft ringend nach hinten. Die Gassen zwischen den Marktständen waren menschenleer. Ihr eigenes Keuchen dröhnte in ihren Ohren wie ein chinesischer Tempelgong. War er hinter ihr her? Sah so der Tod aus? Maren riss sich die knallroten *high heels* von den Füßen und rannte wieder los, wenngleich sie wusste, dass sie gegen ihn keine Chance haben würde. Ihre schwarzen Nylonstrümpfe hielten dem rauen Asphalt keine drei Schritte stand. Maren spürte, wie der Zug der Strapse oben nachließ. Nur weiter, irgendwie weiter, dorthin, von wo sie schon den Verkehrslärm hören konnte.

Ihre Füße flogen plötzlich nach hinten. Maren fiel der Länge nach in den Lichtkreis einer Straßenlaterne. Ihre Handflächen schmerzten, in ihrem Mund breitete sich metallischer Geschmack aus.

„Papa, hilf mir! Jag ihn weg!“, weinte sie laut. Beim dritten Versuch schaffte sie es, sich aufzurichten. Ihr weißer Lackmantel sah aus wie die Öljacke eines Hafenarbeiters. Niemand kam. Nichts. Nur wieder ihr eigenes Keuchen. Verzweifelter Mut. „Komm schon, du Schwein!“, schrie sie. Sie tastete ihren Gürtel nach der Peitsche ab. Scheiße. Die musste sie oben liegen gelassen haben. „Komm endlich raus, Drecksack! Lass dir in die Eier treten, wenn du welche hast!“ Nichts. Ein kleiner krummbeiniger Straßenköter, bei Tageslicht wohl weiß-braun gescheckt, trabte vorüber, ohne Notiz von ihr zu nehmen. Die Bananenschale, auf die sie getreten war, lag unschuldig neben einem Kanaldeckel.

Maren atmete durch und zwang sich zur Ruhe. Einfach weitergehen. Noch zwanzig Meter und sie wäre in Sicherheit. Fünfzehn Meter. Zehn Meter. Fünf Meter. Ein Meter. Auf der Frauenstraße war um diese Zeit immer noch reger Verkehr. Maren drängte sich zwischen den parkenden Autos hindurch. Ein Taxi hielt auf ihr Winken. Sie stieg ein.

„Bringst du mich nach Hamburg?", sagte sie und hielt dem Fahrer ihre Visa-Karte hin. Er musterte sie. Dann zuckte er mit den Achseln.

„Wennst ma nix duast", sagte er und gab Gas. Kurz bevor sie einschlief, dachte Maren an den Kunden. Wahrscheinlich hatte der das schreckliche Ende gefunden, das sie schon über sich hatte kommen sehen. Sie überlegte, ob sie über ihr Handy die Polizei rufen sollte, verwarf den Gedanken aber wieder. Dem Kunden, ein unsympathisches Arschloch nebenbei, war ohnehin nicht mehr zu helfen, und sie musste jetzt vor allem an sich selbst denken. Daran, wo sie untertauchen sollte zum Beispiel. Die Wahrheit würde ihr jedenfalls niemand abkaufen, die Bullen am allerwenigsten. Als das Taxi auf den Beschleunigungsstreifen der A9 einbog, war Maren schon vor Erschöpfung eingeschlafen.

*

Purkki schenkte beide Gläser voll. Er hatte sich nicht mit Kleinkram aufgehalten, sondern gleich eine ganze Flasche Koskenkorva geordert.

„*Hölkyn kölkyn!*", sagte er und prostete Dirnberger zu, der den Überblick über die bereits konsumierte Menge schon vor einiger Zeit verloren hatte. Das Zeug war so stark, dass es einem den Scheitel zog, aber es tat wirklich gut. *Man lernt nie aus,* dachte Dirnberger. Zum Beispiel hatte er nicht gewusst, dass es in M. eine finnische Kneipe gab. So viel er bei der schwachen Beleuchtung sehen konnte, hatte die Einrichtung den düsteren Charme von Pete Coffins Walfängerlokal aus Melvilles *Moby Dick*. Purkki und er schienen zumindest in Sichtweite die einzigen Gäste zu sein. Kein Wunder um diese Zeit. Der Wirt, ein milchgesichtiger junger Mann, hielt sich abseits und spülte Gläser. Er gähnte. Hinter dem Tresen blickte General Mannerheim aus einem großformatigen Ölbild ins Dunkel.

„Der alte Gubak war also der Saunaschmierer", sagte Dirnberger. „Hätte ich nicht gedacht."

Purkki überlegte.

„Ideale Perrsonn für Job", sagte er. „Dschungelmann. Kenntt Tricks alle. Winzig klein, kann sich verrstecken, wo sucht niemand", fügte er nach einigen Minuten Schweigens hinzu.

„Er war einer der besten Mehrfachagenten überhaupt", sagte Dirnberger. Purkki füllte die Gläser nach.

„Und billig für alle Geber-Auftrrag", murmelte Purkki nach einer Weile. Gebremst vom Koskenkorva brauchte Dirnberger ein paar Minuten, bis er verstand.

„Natürlich. Ein Pabau-Hiri. Geld bedeutet denen nichts."

„Prraktisch." Purkki nickte zustimmend.

„Warum hat er's überhaupt gemacht?"

Nach einer Weile In-die-Dunkelheit-Starrens zuckte Purkki die Achseln.

„Spaß an Blasrohrr?"

„Weißt du, wer dahintersteckt, Purkki?"

Dem Finnen war die Frage ganz offensichtlich unangenehm.

„*Ikävä kyllä*", sagte er schließlich, mehr zu sich selbst. „Gehörtt aber in andere Geschichte."

Dirnberger hob sein Glas.

„Egal. Auf dein Wohl, Purkki."

Beide Männer leerten schweigend die Gläser, hingen ihren eigenen Gedanken nach und hatten das Gefühl, sich großartig zu verstehen. Eine auf Alkohol basierende Kommunikationsform, die in den höheren Breitengraden der Nordhalbkugel virtuos beherrscht wird.

„Hast mirr Leben gespart", sagte Purkki irgendwann mit schwerer Zunge. In seinen Augenwinkeln formten sich schwere Rührungstränen.

„Na, na", sagte Dirnberger und klopfte ihm auf die Schulter.

„Kann dirr helfen? Irgendwie?"

Ein Geistesblitz zerriss Dirnbergers dumpfe Müdigkeit.

„Ich brauche eine Adresse, Purkki. Eine in Finnland."

Purkki schaute ihn fragend an.

„Keiner darf das erfahren. Nur du und ich. Verstehst du?"

„Wortt-Ehre", sagte Purkki, so feierlich er konnte.

*

Dirnbergers Kopf dröhnte und sein Magen wand sich wie ein Karpfen in einem Netz. Eine halbe Flasche Koskenkorva. Dass er das überhaupt überlebt hatte. Purkki schien so etwas deutlich besser zu vertragen. Er hatte eben in bester Laune angerufen und das Ergebnis seiner Nachforschungen durchgegeben.

Dirnberger las noch einmal durch, was er sich notiert hatte: *Landhaus Perheporkkana. Hat B. vor drei Jahren gekauft. Straße von Savonlinna nach Joensuu. Elf Kilometer nach Savonlinna rechts in Wald. Fünfhundert Meter auf Waldweg. B. in Finnland 100% unauffällig.*

Die Schrift begann sich vor seinen Augen zu drehen. Er stand auf und stolperte zur Toilette. *Anbetung des Porzellanaltars,* dachte er, während er auf die Knie fiel und grünlichen, sauer dampfenden Schleim in die Schüssel würgte.

Wieder begann das Telefon zu klingeln und hörte nicht mehr auf. Im Verein mit Dirnbergers überdrehten Sinnen verwandelte es die Welt in eine akustische Folterkammer. Gnade war nur durch Annahme des Gesprächs zu erhoffen.

„Was ist los?“ Er gab sich keine Mühe, nicht unbeherrscht zu klingen.

„Haben Sie getrunken Dirn… Herr Major?“ Ernesto, das Adelsfrüchtchen. Dirnberger unterdrückte den Wunsch, den Hörer auf die Gabel zu knallen.

„Keine Zeit dafür. Werde dauernd angerufen.“

„Wissen Sie, dass es schon elf ist? Sie müssen sofort ins Hauptquartier kommen.“ Wichtigtuer. War die Aufregung echt oder nur Gehabe?

„Kommen Sie nicht klar dort, Herr von Knappertsheim?“

„Befehl von *ganz* oben.“ Beleidigt. Sehr schön. Dirnberger fühlte sich etwas besser.

„Sagen Sie ihm, dass ich gleich da bin. Wiederhören.“

*

Die Tür zum großen Besprechungsraum quietschte. Alle drehten sich nach Dirnberger um. Wieder einmal hatte er es geschafft, als Letzter zu kommen. Er nickte kurz, zog den Kopf ein und ließ sich in den nächstbesten der billigen Schichtholzstühle sinken. In der vordersten Reihe saß – Trudi. Sie warf ihm ein schüchternes Lächeln zu. Das einzige freundliche Gesicht. Der Raum roch stark nach dem neuen Teppichboden, aber vor allem nach den ungefähr vierzig überwiegend männlichen Kollegen, die sich in dem fensterlosen, neonflackernden Saal versammelt hatten. Er sah sich um. Es schienen alle zu sein, deren Einsatzorte nicht mehr als ein paar Stunden von M. entfernt waren. Würden die anderen auch noch kommen, die Fernostagenten und die Kuba-Truppe zum Beispiel? Sonst hatte man immer das Gefühl, Einzelkämpfer zu sein, aber solche seltenen Anlässe konnten einen eines Besseren belehren.

Ernesto von Knappertsheim trat ans Podium und schnippte zweimal an das Mikrofon. Er trug einen dunklen Anzug mit weißem Hemd und schwarzer Krawatte, was auf Dirnberger recht deplatziert wirkte. Ernesto wartete, bis die Stimmenbrandung abebbte.

„Liebe Kolleginnen und Kollegen, ich bin beauftragt, Ihnen mitzuteilen …"

Neben Dirnberger saß, stoppelbärtig und übergewichtig, Megawatt-Toni, den sie immer holten, wenn ein Job Starkstromtechnik erforderte.

„Was ist los?", raunte ihm Dirnberger zu.

„Der Bilchlinger soll hin sein", brummte Toni.

„Da schau her", sagte Dirnberger überrascht.

Ernesto schoss einen giftigen Blick in die letzte Reihe. Er räusperte sich.

„… Ihnen mitzuteilen, dass Herr General Bilchlinger … unpässlich ist. Die kommissarische Leitung des UGB wird Herr Oberst a.D. Dr. Leutzinger übernehmen. Herr Dr. Leutzinger ist gerade auf dem Weg hierher. Er wird jeden von Ihnen einzeln zu sich holen lassen, um das weitere Vorgehen zu besprechen. Bitte halten Sie sich in Ihren Büros oder im Sozialraum bereit. Ich bin nicht befugt, Fragen zu beantworten. Danke."

Ernesto verließ das Podium und verschwand. Wie ein Knall setzte das Stimmenrauschen wieder ein. Aufgeregter, lauter jetzt. Alles strebte der Ausgangstüre zu.

„Mich würd' ja interessieren, wie er verreckt ist", sagte Toni.

„Hin ist hin", entgegnete Dirnberger.

Im Gedränge vor der Tür wurde er von hinten angestupst.

„Wie geht's dir, Fons?", fragte Trudi. Dirnbergers Herz machte einen Sprung.

„Trudi, es tut mir so leid, wegen neulich, ich …"

„Ich hab auch überreagiert." Sie lächelte scheu. „Jetzt geht's mir wieder besser."

„Trudi, hast du schon etwas …"

„He Trudi, du sollst sofort zum Knappertsheim kommen.“ Die antrainiert raue Stimme von Hauptfeldwebel Horst „Nussknacker“ Hallschmid.

„Seit wann ist der so wichtig?“, fragte Dirnberger verärgert.

„Weil der Leutzinger die ‚von'-Bürscherl mag und ihn gleich als Erstes zu seinem Adjutanten ernannt hat“, knurrte Nussknacker.

„Aber sonst kann's nur besser werden“, meinte Dirnberger und zwinkerte Trudi zu.

„Auch der Leutzinger darf einen Fehler machen“, pflichtete Nussknacker bei und lachte dröhnend.

„In Stilfragen könntet Ihr *beide* noch was von Ernesto lernen“, entgegnete Trudi etwas pikiert und dampfte ab.

Dirnberger und Nussknacker schauten sich an.

„Ehrlich, Nussknacker, was hat so ein Bubi, was wir nicht haben?“

Nussknacker spannte die Oberarme. Die Ärmel seines Jacketts hoben sich bedeutungsvoll.

„Bei dir würd' ich's verstehen. Aber bei mir?“

*

„Kommen's nur herein, Kollege Dirnberger!“

Dirnberger schüttelte seinem Gegenüber herzlich die Hand.

„Ich freue mich, Sie wiederzusehen, Herr Dr. …“

Leutzinger wischte die förmliche Anrede mit einer Handbewegung weg.

„Ich bitte Sie, unter Kollegen … Sparen wir uns doch die Titel.“

Bilchlingers Vorgänger musste die siebzig mittlerweile deutlich überschritten haben. Verändert hatte er sich äußerlich kaum. Ein gemütlicher, etwas vom Wohlleben gezeichneter älterer Herr. Jede Pore seines knolligen Gesichtes strahlte Leutseligkeit aus. Und doch kannte Dirnberger seinen alten

Chef zu gut, um ihn zu unterschätzen. In seinem Geschäft war Leutzinger ein Fuchs gewesen.

„Dass wir noch einmal zusammenarbeiten, was, Herr Kollege? Für ein halbes Jahr mach ich's, habe ich gesagt, aber dann müsst ihr einen anderen haben. Nehmen's doch bitte Platz."

Dirnberger setzte sich. Das rote Sofa trug noch eine Spur von Susan Myers' Karamellduft.

„Zigarre?"

Leutzinger öffnete eine Schachtel aus dunklem Holz und hielt sie Dirnberger hin. Havannas. Spitzenqualität. Dezenter, vornehmer Duft, kaffeebraun, elegant. Er musste wieder an Susan denken.

„Danke, aber Sie wissen ja, ich habe mir das Rauchen prinzipiell verboten, seit der Sache in Kuba, als uns der Emissär vom alten Castro beinahe in die Luft …"

„Immer noch wie früher? Stört es Sie, wenn ich …?"

„Wenn man Sie ansieht, Herr Leutzinger, könnte man fast meinen, dass es gesund ist."

Leutzinger lächelte mit feiner Melancholie. Aus dem Innenrevers seines Jacketts – legerer englischer Stil – holte er einen silbernen Zigarrenköpfer, eine flache, fein gravierte Streichholzschatulle und zelebrierte den größten Moment im Leben einer Zigarre.

Leutzingers ganze Ruhe breitete sich mit dem Rauch im Raum aus. Dirnberger ließ die Szene auf sich wirken. Bilchlingers, nein Leutzingers Schreibtisch quoll über von Aktenstapeln, aufgeschlagenen Berichten, Rundschreiben und Notizen. Leutzinger bemerkte Dirnbergers Blick.

„Tja, die administrativen Segnungen unserer Zivilisation kann ich heute so schlecht in Ordnung halten wie früher. Stellen Sie sich vor, morgen kommt sogar einer und richtet den Computer da für mich ein. Von mir aus kann er ihn mitnehmen." Er winkte ab.

„Und, Herr Dirnberger, wie ist es Ihnen denn ergangen, in der Zwischenzeit?“

„Soll ich ehrlich sein?“

„Ich weiß schon. Aus dem Ruhestand hab ich kaum etwas für Sie tun können, aber Sie sehen, die Welt ist immer in Bewegung. Was oben ist, muss auch wieder nach unten. Und umgekehrt.“

Er holte eine goldgelb leuchtende Flasche und zwei Gläser aus dem untersten Schreibtischfach und schaute Dirnberger fragend an. Der nickte.

Der Whisky, *finest malt* aus Schottland, bettete Dirnbergers Gemüt auf weiche Kissen. Leutzinger stellte sein Glas ab.

„Der Kollege Bilchlinger – wer immer will, hab ihn selig.“

Bei dem Gedanken an einen seligen Bilchlinger verschluckte sich Dirnberger. Ein heftiger Hustenanfall war die Folge.

Die Tür öffnete sich. Ernesto steckte den Kopf herein. Dirnberger juckte es in den Händen.

„Ist etwas nicht in Ordnung, Herr Oberst Dr. Leutzinger?“

„Schon gut, Herr von Knappertsheim, kein Problem. Danke.“

„Sagen Sie Bescheid, wenn etwas ist, Herr Oberst.“

Die Tür schloss sich wieder. Ernesto hatte Dirnberger keines Blickes gewürdigt. *Schleimsack*, dachte Dirnberger.

„Er hat Ihnen übel mitgespielt, nicht?“, nahm Leutzinger das Gespräch wieder auf.

„Wie ist es passiert?“, fragte Dirnberger ohne echtes Interesse.

Leutzinger hielt sein Glas gegen das Licht und starrte lange hindurch. Dann nahm er einen Schluck.

„Wissen Sie, Herr Dirnberger, es ist unglaublich, was sich für Abgründe auftun können. Mitten unter uns. Wissen Sie, dass ihm im Haus gegenüber ein Appartment gehört hat?“

„Aber er wohnt doch in …“

„Ja, ja, aber dort wohnt auch seine Frau. Jedenfalls war er gestern Nacht in besagtem Appartement. Zusammen mit einer Dame, die sich auf pikante Dienstleistungen versteht. Künstlername Elena Phantasmagoria."

„Bitte?"

„Bürgerlich Maren Kerkhoff. Kommt aus Hamburg. Dort einschlägig bekannt." Leutzinger nahm einen tiefen Zug von seiner Zigarre. „Die zwei haben es zu toll getrieben, und das hat er nicht überstanden." Er blies eine Rauchwolke aus und schaute eine Weile mit zusammengekniffenen Augen den Kringeln zu.

„Heute früh um sieben hat ein Nachbar bemerkt, dass seine Tür offen stand. Der hat ihn gefunden. Auf der Toilette. Zu dem Zeitpunkt schon fünf Stunden tot, sagt der Arzt."

„Auf dem Lokus hat es schon etliche erwischt."

„Das ist noch nicht alles. Die Kloschüssel war verstopft. Mit Heften aus seiner Sadomaso-Kollektion. Grässliches Zeug, sage ich Ihnen. Er ist vor dem Klo gekniet, hatte so gut wie nichts mehr an, außer einer … eigenwilligen Unterhose. Sein Kopf war noch halb in der Schüssel. Wasser in der Lunge, aber nicht viel. Gestorben ist er an einem Herzanfall, bevor er ersticken konnte. Um den Hals hatte er eine Hundeleine und daneben lag eine Reitpeitsche aus dem Werkzeug von der Elena alias Maren. Haben wohl *Pferd an der Tränke* gespielt oder so etwas. Wollen Sie die Bilder sehen?"

„Ich glaub's auch so." Dirnberger leerte sein Glas Whisky und schüttelte sich unwillkürlich. „Haben wir diese Maren?"

„Nur eine Frage der Zeit."

„Woher wissen wir, dass ausgerechnet sie …?"

„Herr Bilchlinger hat auch in privaten Dingen akribisch Buch geführt."

„Kampfspuren?"

„Jede Menge, wenn Sie so etwas einen Kampf nennen wollen. Eigenartig war nur der Geruch auf dem Klo. Natürlich das

Übliche, nicht zu knapp, aber da war noch etwas anderes. Schwer zu beschreiben … Meiner Frau ist einmal ein Kuchen verschimmelt. Ein Gugelhupf, glaube ich … ja, ziemlich genau so."

Dirnberger saß bolzengerade.

„Vergessen Sie die Maren, Herr Leutzinger."

*

„Kommen Sie nur herein, Herr von Knappertsheim." Ernesto salutierte.

„Herr Oberst?"

„Setzen Sie sich doch. Whisky? Zigarre?"

„Niemals im Dienst, Herr Oberst."

„Eigentlich haben Sie Recht." Leutzinger drückte seine Zigarre aus.

„Ich mache mir Sorgen um Major Dirnberger, Herr von Knappertsheim."

„Sorgen, Herr Oberst?"

„Nun, es täte mir leid, wenn einer meiner besten Leute … Hat er schon einmal etwas von … untoten Mumien erzählt, die ihn angeblich verfolgen?"

„So gut kennen wir uns nicht, Herr Oberst."

„Seine Fantasie war immer seine Stärke, aber ich fürchte, sie ist etwas überreizt. Mumien … und die sollen auch noch mit dem Tod von Herrn Bilchlinger zu tun haben."

„Bei allem Respekt, Herr Oberst …"

„Ich meine, ist Ihnen eine Veränderung an ihm aufgefallen? Ist er krank?"

„Ja … nein … nichts Eindeutiges … Ich sollte besser nichts sagen, Herr Oberst."

„Sprechen Sie doch, Herr von Knappertsheim. Jedes Detail ist wichtig. Sie helfen ihm damit."

„Sie haben Recht, Herr Oberst. Ich habe ihn heute früh angerufen. Da war er ganz offensichtlich betrunken."

„Waren Sie denn noch nie betrunken, Herr von Knappertsheim?"

Ernesto überlegte.

„Nicht so betrunken, dass ich mit einem Kaktus Karussell gespielt hätte, Herr Oberst."

„Karussell?"

„Jawohl, Herr Oberst. In seinem Büro."

Leutzinger schwieg eine Weile. Er wünschte sich einen Schluck Whisky.

„Flucht in die Fantasie, Herr von Knappertsheim."

„Jawohl, Herr Oberst."

„Er hat um ein verdecktes Solo in Finnland gebeten. Beginn Sonntag, spätestens Montag. Die Begründung erscheint mir vernünftig. Glauben Sie ...?"

Ernesto antwortete nicht sofort. Wie war es zugegangen, dass er auf einmal so mächtig war? Ein tolles Gefühl. Er setzte eine abwägende Miene auf.

„Ich denke, Herr Oberst, das können wir riskieren. Aber einen M82er sollte er auf jeden Fall machen müssen. Mit Verlaub, Herr Oberst, Herr General Bilchlinger hat auf diese Dinge etwas zu wenig Wert gelegt."

„Meinen Sie?" Leutzinger runzelte die Stirn. Konnte man das einem Mann wie Dirnberger zumuten?

„Absolut, Herr Oberst. Hält die Fantasie in nützlichen Bahnen."

„Das leuchtet mir ein, Herr von Knappertsheim. Ich werde ihm das zur Auflage machen."

„Wenn Sie mich nicht mehr benötigen, Herr Oberst, benachrichtige ich Herrn Dr. Schladerer."

„Sie sind mir eine große Hilfe, Herr von Knappertsheim."

„Herr Oberst." Ernesto schlug unter gleichzeitigem Kopfnicken die Hacken zusammen und zelebrierte einen zackigen Abgang. Er würde sich schon um Dirnbergers M82er kümmern. Persönlich.

*

Leutzinger starrte noch eine Weile auf die Tür, durch die Knappertsheim eben den Raum verlassen hatte. Adel war eben Adel, konnte man sagen, was man wollte. Punkt.

Er seufzte. Gleich musste er diesen Geierl anrufen, den Ministerialdirigenten, und ihn über den Stand von Dirnbergers Ermittlungen unterrichten. Ministerialdirigent. Wahrscheinlich auch einer mit überreizter Fantasie. So wie der AMP. Zu in Vasen gespeicherten Flüchen hatte er, Dr. oec. publ. Franz Leutzinger, eine klare Meinung. Unabhängig davon: saubere Arbeit von Dirnberger. Ein Hauptverdächtiger mit Name und Adresse. Abholfertig in zwei Tagen. Nicht schlecht. Er blätterte in der Akte. Wohlweislich kein Wort von irgendwelchen Mumien, nur ein Vermerk betreffs zweier Angreifer, davon einer *LIU, liquidiert, Identität unbekannt.*

Leutzinger seufzte wieder, klappte die Akte zu und angelte sich den Telefonhörer. Dabei fiel sein Blick auf den Rücken des Ordners. Dort stand in Bilchlingers bonsaigepflegter Handschrift der Deckname *Skarabeus.* Leutzinger seufzte noch einmal und übermalte das „e“ mit einem etwas aufdringlichen „ä“.

*

Geierl legte den Hörer auf und pfiff durch die Zähne. So war das also. Er überlegte kurz, dann wählte er Bellinghams Nummer.

„Sei mir gegrüßt, Hubert! Hast du Neuigkeiten für mich?“

„Für dich sind's wohl keine, alter Freund. Du könntest mir ruhig etwas mehr vertrauen.“

„Das darfst du nicht persönlich nehmen. Meine krankhafte Vorsicht, du kennst mich doch. Dass ihr mir auf die Spur gekommen seid, war mir in der Tat schon fast klar. Chapeau." Er kicherte, als sei das ein passabler Mittelklassewitz.

„Unser Geheimdienstchef, der Bilchlinger, ist übrigens ermordet worden. Letzte Nacht. Auf eine recht pikante Art. Nicht, dass es besonders schade um ihn wäre. Aber das weißt du vielleicht auch schon."

„Nein", sagte Bellingham heiter. „Zumindest glaube ich nicht, dass ich damit etwas zu tun habe. Ändert das etwas in meiner Sache?"

„Sein kommissarischer Nachfolger ist auch ein Trottel. Nur anders."

„Na wunderbar. Ihr werdet die Finnen um Kooperation bitten und ich werde kein Problem haben, die Sache zu glätten. Wegen einer alten Vase verdirbt sich's meine neue Heimat nicht mit einem Bürger, der ihr hin und wieder einen Dienst erweist. Noch dazu, wo euch doch die Finnen zurzeit nicht mögen. Wegen eurem – wie heißt er noch – *Saunaschmierer*. Zu komisch. Ich habe mir von Anfang an zu viele Gedanken wegen euch gemacht und wertvolles Personal verschwendet. Wie unklug von mir." Bellinghams überlegenes Gehabe begann Geierl auf die Nerven zu gehen.

„Niemand wird die Finnen fragen."

„Ach nein. Wozu dann alles?"

„Dirnberger wird dich besuchen."

Dieser Satz verfehlte seine Wirkung nicht. Geierl musste einige Sekunden auf Bellinghams „Wann?" warten.

„Rechne ab übermorgen mit ihm. Und, Edward?"

„Ja?"

„Ich habe dein Wort, dass du mich nicht belastest, wenn du auffliegen solltest. Nicht, dass mir jemand etwas beweisen könnte, aber …"

„Dirnbergers letzter Job", sagte Bellingham. Es klang wie der Titel eines Romans.

*

„Nein, das ist es auch nicht, was der Herr Oberst und ich uns vorstellen." Ernesto schüttelte den Kopf, als rede er mit einem begriffsstutzigen Hausknecht. Dr. Schladerer legte das Abhör-Osterei etwas heftiger als nötig zurück in seine Schachtel. Es knackte leise. Innerlich kochte er. Wie konnte es angehen, dass dieser Arsch von einem Praktikanten auf einmal so wichtig geworden war?

„Vielleicht werfen Sie noch einen *schnellen* Blick auf unseren Periskop-Kugelschreiber, das Rückspiegel-Notizbuch oder das Brillentelefon. Das Schuhsohlenmagazin 9 mm Para hat auch noch keiner getestet. Das Raketentaschenmesser auch nicht." Schladerers Ton verriet mittlerweile eine erhebliche Ungeduld. „Suchen Sie sich was aus, aber beeilen Sie sich. Ich habe auch wichtige Dinge zu tun."

„Der Herr Oberst und ich sind der Meinung, dass die M82er wieder konsequenter gehandhabt werden müssen. Insofern ist etwas Sorgfalt bei der Auswahl angebracht, meinen Sie nicht?"

Schladerer zog es vor, für sich zu behalten, was er meinte. Er drückte einen Wandschalter. Ein weiteres graues Stahlregal voller ungetesteter Ausrüstungsgegenstände materialisierte sich im Licht dreier Energiesparlampen.

„Ich finde es nicht gut, dass derart wichtige Dinge in so einem abgelegenen Kellerraum gelagert werden", ließ sich Ernesto vernehmen.

„Und der Oberst wird es bald auch nicht mehr gut finden", brummelte Schladerer.

Ernesto tat, als hätte er nichts gehört, nahm aber mit Befriedigung zur Kenntnis, dass sein Einfluss auf den Chef richtig eingeschätzt wurde.

„Haben Sie nichts Größeres? Irgendetwas Sperriges? Jemand hat mir mal von Ihrem Tarnnebel-Akkordeon erzählt …"

„Längst im Einsatz. Hat sich beim Kollegen Hallschmid überraschend gut bewährt."

„Sehen Sie", sagte Ernesto in einem Ton, als habe er Schladerer etwas zu erklären. Er nahm mit mäßigem Interesse eine grüne Pappschachtel aus dem Regal, pustete demonstrativ den Staub vom Deckel, entnahm ihr eine Armbanduhr, die er missbilligend hin und her drehte.

„Portabler Mikrofilmprojektor", sagte Schladerer mit unverhohlenem Missmut, während er, die Fäuste in den Taschen seines Laborkittels geballt, darüber nachdachte, wie er Ernesto mittelfristig das Leben schwer machen könnte.

„Der Herr Oberst …", begann Ernesto wieder, brach aber mitten im Satz ab, als er das Ding ganz unten links im Regal entdeckte.

„… und ich", wollte Schladerer ihn nachäffen. Aber ihm stockte der Atem, als er bemerkte, was Ernesto gefunden hatte. *Um Gottes willen.*

„Egal, was es macht, das brauche ich!", frohlockte Ernesto. Er nahm den Gegenstand aus dem Regal und klopfte mit der flachen Hand darauf. Es staubte.

„Vorsicht!", schrie Schladerer.

Auch noch gefährlich? Ernesto war begeistert. Er hielt es Schladerer hin. „Packen Sie's als M82er ein. Es muss sofort raus an unsere Außenstelle Helsinki. Express. Aber sehen Sie zu, dass es jemand vorher abstaubt."

*

… und so, meine lieben Leser freuen wir uns, wenn wir jeden Morgen mit dem Gefühl erwachen, dass unsere Tage nicht gezählt sind. In diesem Sinne grüßt Sie herzlich

Ihr Claus E. Santa
Chefredakteur und Präsident der I.A.W.

Susan pfefferte die neueste Ausgabe von *Eternity Today* auf den Boden ihres Hotelzimmers. Wie sie dieses unreflektierte Gesulber zum Thema Alles-ist-gut-und-wir-sind-die-Besten hassen konnte! Sie würde das Käsblatt bei nächster Gelegenheit abbestellen. Ihr Handy klingelte.

„Bellingham hier. Es gibt etwas zu tun."

„Ich bin gespannt."

„Dirnberger will mir einen Besuch abstatten. Ich möchte, dass ihm das nicht gelingt. Mangels Erlebens."

„Ah ja. Ich werde Katalognummer 152 den Auftrag geben", sagte Susan im Tonfall einer Chefsekretärin.

„Zu unsicher. Du wirst es selbst tun. Ich erwarte eine intelligente Lösung." Es klickte. Bellingham hatte aufgelegt.

*

Hellblaue Fetzen lagen dicht an dicht auf sattem Grün. Darüber zogen sich elegant geschwungene Linien, gepunktet die einen, durchgezogen die anderen, wieder andere gestrichelt. Dazwischen kleine dunkelblaue und grüne Zahlen, kryptische Symbole, Kreise, Quadrate und Polygone mit fremdartigen Namen. Dahinter verbargen sich endlose dunkle Höhenzüge, das Funkeln von Wasser in der Abendsonne, gletschergehobelte Felsen, der Duft von Kiefernharz. Und hier, am Rand eines zerklüfteten blauen Splitters war ein kleiner schwarzer Punkt eingezeichnet. Daneben stand in kaum zu entziffernder Schrift *Perheporkkana*. Treffer. Es lebe die finnische Kartografie.

Dort also saß der Raubfisch, sehr wahrscheinlich mit der Vase, von der sich der AMP so viel versprach. Dirnberger spielte verschiedene Varianten der Annäherung durch. Damit kannte er sich aus. Wie viele Jahre war es her, dass ihm seine Arbeit zuletzt Spaß gemacht hatte? Doch jetzt, wo Bilchlinger … nicht mehr war, fühlte sich alles fast wieder so an wie früher. Dirnberger forschte tief in seiner Seele nach einem Quäntchen Mitleid für den Ermordeten. Erfolglos.

Gut, dass man sich auf Leutzinger besonnen hatte. Der war zwar skeptisch, was die Existenz und Gefährlichkeit von Moritz der Mumie betraf – und wer wäre das nicht gewesen? –, aber auf die Fairness des neuen alten Chefs konnte man bauen. Auch dass er einen M82er bekommen sollte, war letztlich in Ordnung. Gehörte eben dazu bei einem Auslandseinsatz, auch wenn sogar Bilchlinger altgediente Agenten damit meistens in Ruhe gelassen hatte. Alles in allem schienen sich die Vorzeichen seines Lebens doch sehr zum Guten zu wenden. Zumindest beruflich …

Etwas vibrierte in der Brusttasche seines Hemds. Das private Handy. Reiner Zufall, dass es überhaupt an war.

„Ja?"

„Susan Myers. Haben Sie morgen Abend schon etwas vor?" Die Überraschung traf ihn wie ein Faustschlag.

„Ich?"

Ihr Lachen klang geschmeidig und überhaupt nicht spöttisch.

„Wer sonst?"

„Schade, ich muss morgen eigentlich nach Finn…" *Halt, Dirnberger. Bist du wirklich blöd genug, so eine Chance zu verschenken? Kommt es wegen diesem Bellingham auf ein, zwei Tage hin oder her an? Na also.*

„…land und habe es mir gerade anders überlegt."
„Ich konnte Sie umstimmen?"
„Äh, ja. Was kann ich für Sie tun?"
„Morgen beginnt doch das Oktoberfest. Ich würde gern hingehen, aber nicht alleine. Haben Sie Lust?"
„Ich bin ja eher ein Volksfestmuffel …"
Susan lachte.
„Einen Abend werden Sie schon aushalten. Sagen wir acht Uhr am Haupteingang?"
„Gut, äh, ja, ich werde da sein."
„Ich freue mich. Bis dann."

Als Dirnberger sein Handy wieder in die Hemdtasche steckte, bemerkte er, dass sein Herz bis zum Hals schlug. Konnte es wahr sein, dass *diese* Frau *seine* Bekanntschaft suchte? Er lehnte sich zurück, schloss die Augen und begann sich auszumalen, wie Susan und er auf dem Oktoberfest flanieren würden und vielleicht …
Es klopfte leise.
„Herein!", hörte er sich sagen.
Trudi trat schüchtern ein, blieb aber gleich hinter der Tür stehen.
„Bist du mir noch böse, Fons?"
„Ich hab doch gar keinen Grund, Trudi."
Ihre Miene verwandelte sich in Sonnenschein.
„Fons, hättest du vielleicht Lust aufs Oktoberfest? Ich würd' gern hingehen. Nur mit dir! Gleich morgen?"
Think quick, Dirnberger …
„Hmmm, schade, Trudi, aber das wird nicht gehen. Äh … meine Tante, die auf dem Land, die ist ins Krankenhaus gekommen und ich muss heute noch hin, alles Mögliche für sie erledigen. Um die Katzen kümmern und so. Das wird bis morgen Abend dauern. Sie ist fünfundachtzig und da weiß man halt nie."

„Das tut mir leid, Fons. Brauchst du Hilfe?“

„Sehr lieb von dir, aber die Tante, äh, weißt du, die ist ein bisschen komisch. Es ist besser, ich geh alleine hin.“

„Und übermorgen?“

„Hab ich Auslandseinsatz. Kann ein paar Tage dauern. Heimholung der Vase. Mit oder ohne Fluch. Tot oder lebendig.“ Er salutierte zum Spaß.

Trudi war sichtlich enttäuscht.

„Versprichst du mir, dass du dich meldest, wenn du wieder zurück bist?“

„Ja, natürlich“, sagte Dirnberger sehr verlegen.

Trudi trat näher.

„Sei vorsichtig“, flüsterte sie.

Plötzlich war sie ganz nahe bei ihm, hauchte ihm einen zarten Kuss auf die Wange und war verschwunden, bevor die Verblüffung Dirnberger wieder losließ.

Einige Minuten saß Dirnberger wie abgeschaltet in seinem Drehstuhl. Dann wandte er sich zum Fenster, wo sein treuester Gefährte kugelrund, grün und stachelig in der Nachmittagssonne schwelgte.

„Was sagst du dazu, Sepp?“

Sepp zeigte das normale Verhalten eines *Echinocactus grusonii.* Er schwieg. Hätte er etwas sagen können, wäre sein Rat für Dirnberger sehr simpel gewesen:

Du sollst nicht lügen.

*

Susan musterte Mr. Fips, den sie gerade so genannt hatte. Ein Straßenköter. Klein, weiß-braun gescheckt, vielleicht einmal der Liebling eines Kindes, später in die Heimatlosigkeit entsorgt. Gierig verschlang er das teure Futter und sabberte dabei eine Mischung aus braunen Krümeln und Speichel auf den Teppichboden. Sie hatte ihn gegen Mittag in der Nähe des berühmten Marktes aufgelesen, einem spontanen Einfall folgend, kurz nach dem Anruf von Bellingham.

„Na komm, Mr. Fips, du bekommst noch eine Portion." Sie tätschelte den Hund, der sich wie im Himmel fühlen musste. Er bellte ein kleines zufriedenes Bellen. Vielleicht ein Dank in Hundesprache. Wieder hörte sie das leise Rasseln in seiner Brust. Sie gab ihm einen sanften Klaps.

„Guter alter Mr. Fips, lange hätte es nicht mehr gedauert, mit dir. Ein Monat? Zwei?"

Mr. Fips schaute sie fragend an.

„Schon gut. Sei froh, dass du eine Perspektive hast. Ich habe keine."

Während Mr. Fips sich wieder seinem Futter widmete, kümmerte sich Susan um den kleinen Edelstahltopf, den sie auf eine transportable Kochplatte gestellt hatte. Darin blubberte, vielleicht zwei Zentimeter hoch, eine sämige Flüssigkeit von der Farbe trüben Honigs. *Penang'tan* – der Anteil des Tages. Honig war im Übrigen auch eine der genau vierundzwanzig Zutaten. Susan war immer noch überrascht, dass nicht mehr als der Besuch einer Drogerie, der Lebensmittelabteilung eines großen Kaufhauses, eines Asienladens und einer Bahnhofstoilette nötig gewesen war, um alle Ingredienzien zu bekommen. Sie rührte kräftig um und schaltete die Kochplatte auf die höchste Stufe. Aus der gekühlten Minibar holte sie einen Joghurtbecher, in den sie eine schwärzliche Brühe gefüllt hatte. *Pilang'men* – der Anteil der Nacht. Als es im Topf zu schäumen begann, schüttete Susan den Inhalt des Joghurtbechers in die brodelnde Masse und schaltete die Kochplatte aus. Mr. Fips hatte inzwischen seine Mahlzeit beendet und lag friedlich schlummernd auf einem der Kopfkissen des Doppelbettes. Sollte er. Hin und wieder entfuhren ihm zufriedene kleine Hundefürze. Susan ging ins Bad und kühlte den Topf im Waschbecken ab. Die

Schaumkrone fiel sofort in sich zusammen. Es zischte. Im Topf blieb eine Flüssigkeit zurück, die aussah wie klares Wasser und auch so roch. Susan wusste es besser. Am Rand des Waschbeckens lagen zwei gläserne Ein-Milliliter-Injektionsspritzen mit kurzer Nadel, wie sie gewöhnlich für Heparingaben verwendet werden. Sie nahm einer der beiden Spritzen die Gummikappe ab und zog eine kleine Menge der klaren Flüssigkeit auf, so dass die Spritze etwa zu einem Fünftel gefüllt war. Sie setzte sich ans Bett zu Mr. Fips, der sie in seinem Schlaf gar nicht bemerkte. Er träumte, dass er hinter seinem neuen Frauchen her über eine Wiese tollte, ein Meer aus Düften und wogenden Grashalmen mit furchtsamen Kaninchen, brummenden Käfern, bunten Schmetterlingen, sirrenden Schwebfliegen und … eine Wespe stach ihn ins Hinterteil. Alles wurde schwarz. Dann war nichts mehr.

Susan fühlte Mr. Fips' Puls. Nichts. Es wirkte also. Plötzlicher Herztod, keine Rückstände. *Irgendwann kann man alles brauchen, was man einmal gelernt hat, dachte sie, und wenn es tausend Jahre dauert. Wer ist schuldig, wenn ein Mensch auf Befehl eines anderen umgebracht wird? Der, den Befehl ausführt, oder der, der den Tod wirklich will? Will ich, dass Dirnberger tot ist? Es ist mir egal. Egal. Nicht ganz egal, um genau zu sein, aber ich kann mir das nicht aussuchen. Bellingham ist der Mörder. Ich kann nichts dagegen tun. Jeden Tag sterben Tausende zu früh. Ist ein langes Leben schön? Meines vielleicht? Bellingham ist der Mörder. Dirnberger wäre ihm nie entkommen. Auch ohne mich. Bellingham. Ich muss mich mit ihm arrangieren, ihn einfach überleben. Dauert höchstens zwanzig Jahre. Nicht viel, aber er wird verhindern, dass ich den Ausweg suche. Ich werde durchdrehen. Bellingham ist der Mörder. Der von Dirnberger und irgendwie auch meiner. Ich bin nicht schuld. Es ist mir egal. Ich muss den Ausweg finden …*

Susan stand auf. Auf dem Nachttisch lag die Süddeutsche Zeitung vom Vortag. Sie nahm den Anzeigenteil heraus und wickelte Mr. Fips darin ein. Er fühlte sich schon kalt an. Sie packte das Bündel in ihre Sporttasche, schloss ihr Zimmer ab und nahm den Fahrstuhl in die Eingangshalle des Hotels. Während sie nach draußen ging, dachte sie an Dirnberger, der, wenn es hoch kam, noch dreißig Stunden zu leben hatte. Sie beschloss, dass er ein wenig Nettigkeit verdient habe. Vielleicht würde sie ihm im entscheidenden Moment einen Kuss geben. Ihr machte es nichts aus und ihn würde das vielleicht eine letzte halbe Sekunde lang glücklich machen. Und im Übrigen – ein Kerl mehr oder weniger, was machte das schon? Mr. Fips warf sie in eine offene Mülltonne am Straßenrand.

*

Wega hat bei einer scheinbaren Helligkeit von 0,4 etwa die sechsundfünfzigfache Leuchtkraft der Sonne. Sie ist 25,3 Lichtjahre von uns entfernt – was nicht besonders viel ist – und gehört dem Spektraltyp A0 an. Mitte September ist sie einer der ersten Sterne, die bei Einbruch der Dunkelheit in Zenitnähe sichtbar werden. Kaum jemand unter den Tausenden, die auf dem größten Volksfest der Welt vor der Sinnfrage flohen, hätte nur den Namen des stechend blauen Lichtpunktes dort oben nennen können. Der Mann und die Frau, die es gekonnt hätten, hatten gerade mit anderen Gedanken zu tun und außerdem befand sich zwischen Wega und ihnen das Dach eines der bekanntesten Festzelte. Im Freien hatten sie keinen Platz mehr gefunden. Immer noch war es für die Jahreszeit viel zu warm. In der feuchten Luft schwitzten die adretten Kellnerinnen mit den weißen Schürzen und Häubchen um die Wette mit den rotgesichtigen Blasmusikanten und den Gästen, unter denen sich die schmalen Holzbänke bogen.

Das Zelt blähte sich unter einem Sammelsurium von Gerüchen, das einen Hannoveraner Schweißhund den Verstand gekostet hätte. Der Mann nahm das ebenso wenig bewusst wahr wie das erbarmungslose *Umpah* der Blaskapelle. All das gehörte zusammen und es gehörte einfach dazu. Er fühlte sich ungewohnt glücklich, während die Frau versuchte, ihn dorthin zu bringen, wo sie ihren Plan vollenden konnte.

„Die Achterbahn würde mich interessieren. Soll ganz neu sein."

Dirnberger schaute Susan über seine fast leere Maß Bier hinweg an. Sein Blick verlor sich einen Moment bei den beiden herrlichen schokoglasierten Bratäpfeln im Ausschnitt ihres Dirndlkleides. *Fesch*, dachte er. *Ganz sicher Maßarbeit. Kein Schnickschnack, nur die pure Essenz, der Logos von so einem Kleid sozusagen.* Sein eigener Aufzug, Jeans, Karohemd und – immerhin – Haferlschuhe konnte da nicht so recht mithalten. Aber kam es darauf an? Noch ein wenig hier bleiben …

„Die läuft uns nicht weg."

Sie lachte. „Es gibt dort einen dreifachen *Heartline-Spin*, steht in der Zeitung. Hört sich gefährlich an. Aber mit Ihnen zusammen …"

Sie musterte Dirnberger. *Plötzlicher Herztod in der Achterbahn. Kommt vielleicht öfter vor, als man so denkt.* Auf jeden Fall plausibel. Dirnberger beschlich für einen Moment die Vorstellung, eine kalte Hand in seinem Nacken zu spüren. Das Raubfischgefühl war ganz nahe. Aber hier hatte es nichts zu suchen. Überhaupt nichts. Er winkte eine der schwer beladenen Kellnerinnen heran, die gegen Zahlung von achtzehn Euro zwei mäßig eingeschenkte Krüge vor ihnen abstellte.

„Prost!", sagte er. „Von mir aus kann heute noch die Zeit stehen bleiben."

„Warum nicht?“ Susan lächelte und Dirnberger vergaß sein Unbehagen.

*

Moritz alias Abr Kuman Kasatj schlüpfte durch das Gedränge. Er trug einen grauen Trachtenjanker und einen Oberlandlerhut mit zwei Spielhahnfedern darauf. Um seinen Hals baumelte ein Lebkuchenherz mit der Aufschrift *Hauptsach' g'sund!* Es hatte kaum einer Anstrengung bedurft, den Vorbesitzer, einen volltrunkenen Australier, zur kampflosen Übergabe der beiden Kleidungsstücke und des über-dimensionierten Naschwerks zu bewegen. Aber auch ohne diese notdürftige Tarnung wäre er kaum aufgefallen. Auf dem größten Volksfest der Welt gehören weit seltsamere Figuren noch zum Spektrum des Normalen.

Moritz war aufgebracht. Er hatte die beiden verloren. Wie Antennen zitterten die Spielhahnfedern, wenn er stehen blieb, um Witterung aufzunehmen. Aber hier waren die Gerüche so stark, ein olfaktorischer Höllenlärm aus Urin, halb verdauten Brezen, gebratenen Mandeln, Schweiß und Hähnchen am Spieß, dass er höchstens eine größere Jauchegrube hätte orten können. Sein eigener Ekel erregender Gestank, an dem niemand anderer als Dirnberger schuld war, tat ein Übriges. Stünde Wesen wie ihm diese Option frei – er hätte sich übergeben müssen. Weil er aber nichts loswerden konnte, staute sich ein berserkerartiger Hass in ihm auf. Ein Hass, der nach Freiheit schmeckte. *Nicht mehr gehorchen. Finden. Dirnberger und die Frau. In dieser Nacht. Finden. In dieser Nacht. Finden. Nicht mehr gehorchen. In dieser Nacht. Rache. Finden. Rache. In dieser Nacht. Nicht mehr gehorchen. Finden …*

Er wandte sich nach links und bog in eine schmälere Gasse ein. Ein vierschrötiger Ordner, der den Seiteneingang eines Feinschmeckerzeltes überwachte, blickte ihm eine Zeitlang misstrauisch nach, was nur für die feine Wahrnehmung des Ordnungspersonals auf der Welt größtem Volksfest spricht.

*

Die berühmte Wirkung des Oktoberfestbieres besteht darin, dass es nur eine Frage der Dosis ist, wann einem auch die absurdesten Situationen völlig normal und in Ordnung vorkommen. Susan staunte über sich selbst. Zu Beginn der ersten Maß hatte es noch Überwindung gekostet, von dem stinkenden öligen Zeug auch nur zu nippen, bei der zweiten Maß hatte sie eine regelrechte Gier gepackt und die dritte, die sie sich gerade mit Dirnberger teilte, war eine Art krönender Abschluss, nicht zuletzt wegen der ofenwarmen Breze, deren zartes Innenleben in knuspriger Kruste den idealen Gegenpol zur kühlen Würze des Bieres abgab.

Sie lächelte Dirnberger an. *Schade, dass sich unsere Wege heute trennen,* dachte sie. *Schade um dich, wirklich. Aber c'est la vie. Wir können nichts tun. Machen wir uns einen schönen Abend. Eine Zeitlang noch.*

„Wirklich gut, aber wahnsinnig teuer, das Bier“, sagte sie. „Dort wo ich herkomme, hätte man hätte den Wirt gevierteilt. Wegen räuberischen Handels mit Nahrungsmitteln oder so ähnlich.“

„Draußen warten Fünfhundert, denen's nicht zu teuer ist“, raunzte eine walkürenhafte Kellnerin im Vorübereilen.

Dirnberger grinste.

„Banditen sind sie alle, vom Schankkellner bis zum Wirt, aber Vierteilen find ich schon arg rustikal.“

„War nicht ernst gemeint ...“ *Verdammt. Verplappert.*

„Sie haben mir noch gar nicht erzählt, wo Sie herkommen", sagte Dirnberger.

„Wissen Sie, wo Khartum liegt?"

„Ich war schon dort."

Susan kicherte. „Gemüseeinkauf vermutlich."

„So ähnlich. Kommen Sie aus Khartum?"

„Ich bin in der Nähe geboren. Die Gegend hieß lange Zeit Kusch …"

„Nubien also …", sagte Dirnberger mehr zu sich selbst.

„Meine Familie hat immer Wert auf den alten Namen gelegt." Das stimmte. Susan verschwieg allerdings, dass niemand aus ihrer Familie auch nur den Hauch einer Chance gehabt hatte, mit dem neuen Bekanntschaft zu machen.

„Ist ihre Familie noch dort?"

„Ich bin die Letzte." Das stimmte auch.

„Es gibt niemanden mehr?"

„Ja."

„Aber Sie haben doch einen Mann, oder … einen Freund?"

„Ich komme ganz gut alleine zurecht."

„Sie … Sie machen sich gar nichts aus Männern?"

„Das erspart mir jede Menge Kummer."

„Entschuldigung … Sie haben gar niemanden … auch keine Frau?"

Susan lachte.

„Heute bin ich gern mit Ihnen hier. Und …"

„Und?"

„Sollte ich mir jemals etwas aus Männern machen, dann frage ich Sie zuerst. Versprochen."

In diesem Moment wusste Dirnberger, dass er sich in Susan verliebt hatte.

Er wusste auch, dass er sich nicht die Spur einer Hoffnung zu machen brauchte.

Die Blaskapelle spielte eine Dixie-Fassung der *Fischerin vom Bodensee.* Es hörte sich nach einem Dezibel-Rekordversuch an.

Dirnberger beugte sich weit über den Tisch hin zu Susan. „Darf ich Ihnen etwas gestehen?“, brüllte er.

Susan rollte innerlich die Augen. Musste das sein? Irgendwann machte ihr jeder das Geständnis. Allerdings war es noch nie in einem Bierzelt dazu gekommen. Originell.

„Ich bin Spezialistin für Geständnisse“, schrie sie zurück und versuchte süß-säuerlich zu lächeln.

„Wirklich?“

„Sie sagen mir jetzt gleich, dass es Ihnen schwerfällt, es mir zu sagen, aber Sie können nicht mehr anders, weil Sie ja den Anfang schon gemacht haben.“

„Genau!“ Dirnberger war ehrlich verblüfft.

„Wollen Sie immer noch gestehen?“

„Ja, äh, schon als Kind und später als Teenager wollte ich immer mutig sein, aber komisch, davor habe ich immer Angst gehabt. Obwohl ich immer wusste, dass es Blödsinn ist. Einmal war ich sogar schon fast drin und bin wieder weggerannt.“

Susan staunte. Eines der schrägsten Geständnisse bisher.

„War sie denn so schlimm?“

„Ich weiß es gar nicht, ehrlich gesagt. Ich war ja gar nicht richtig drin. Mein Vater hat geschimpft, wegen dem Geld, weil er schon für mich bezahlt hatte.“

„Ihr Vater hat bezahlt?“

„Klar. Ich habe nie Taschengeld bekommen, aber hin und wieder ging dann auch so etwas. Wäre gegangen, wenn ich nicht fortgelaufen wäre. Ich habe Sachen gemacht, in meinem Leben, die Sie so einem Gemüsefritzen nicht zutrauen würden, wirklich. Aber das habe ich irgendwie verdrängt. Die ganzen Jahre. Sie werden es nicht glauben …“

Susan schaute ihn mit großen Augen an. Die Lautstärke der Musik ließ nach.

„… ich war noch nie in einer Geisterbahn. Suchen wir uns eine?“

Als Susan aufstand, wollten ihre Knie zuerst den Dienst versagen. War sie wirklich so betrunken? Sie musste sich mit den Händen auf den Biertisch stützen, um nicht nach vorne zu fallen, was dem männlichen Publikum nicht unwillkommene Einblicke bescherte. Ihr Banknachbar, ein rotgesichtiger Mittvierziger im *Golf-GTI-Club-Finsterdorf*-T-Shirt, auf Festbesuch mit einer Gruppe Gleichgesinnter, schien sie zum ersten Mal wirklich zu bemerken. Er straffte sich, aber die Worte kamen träge wie Nacktschnecken.

„He du, was gehst’ denn scho?“ Noch bevor er eine anzügliche Bemerkung loswerden konnte, traf ihn Dirnbergers Blick. Eine Schnellkalkulation seiner Chancen ergab, dass Dirnberger etwa eineinhalb Köpfe größer und gut zwanzig Kilo schwerer sein musste als er. Eine weitere Kalkulation bezog seine anwesenden GTI-Clubfreunde mit ein und führte zu dem Ergebnis, dass sie in ihrem augenblicklichen Zustand kaum zu einem Sieg über Dirnberger würden beitragen können. Er sackte wieder zusammen und hielt sich an seinem Maßkrug fest.

„A guat’s Einikemma dann no, du blede Sau“, murmelte er – prophetisch, wie er meinte – in sein Bier, wohl darauf bedacht, dass ihn Dirnberger nicht hören konnte.

An der frischen Luft bekam Susan die volle Wirkung des Alkohols zu spüren. Sie fühlte sich nicht schlecht dabei, aber ihre Beine schienen mit zehn Sekunden Verzögerung und dann höchst unwillig auf Befehle zu reagieren. Hätte sie sich nicht bei Dirnberger untergehakt, wären sie kaum je bei *Pharao’s Tomb* angekommen.

*

Moritz alias Abr Kuman Kasatj starrte nach oben. Die bunten Lichter, die Erschütterungen, der donnernde, regelmäßig wiederkehrende Lärm, alles zerrte an seinen ohnehin schon überreizten Sinnen. Gleichzeitig wusste er, dass es für ihn nur den Weg dort hinauf geben konnte, wollte er Dirnberger und Susan ausfindig machen. Er schlüpfte unbemerkt durch die Absperrung und schlich geduckt an die wenig beleuchtete Rückseite der riesigen Stahlkonstruktion. Er sah sich witternd um, dann ergriff er einen der unteren Holme und zog sich hoch.

*

„Richtig furchterregend sieht der aber nicht aus", kicherte Susan. Dirnberger musste ihr beipflichten. Der Wagen, ein Zweisitzer, sah aus wie ein überdimensionaler Skarabäus, ein ins Ägyptische übertragener VW-Käfer. Die Facettenaugen blinkten in allen Farben und beleuchteten die ersten paar Meter Schmalspurschienen, die auf das Kunststoffimitat eines großen steinernen Tores zuliefen. Orientalische Musik dröhnte überlaut, untermalt von gelegentlich eingespielten Schreien.

„Was für ein Kitsch!", amüsierte sich Susan, während ihr Dirnberger in den Wagen half. Ohne seine Unterstützung wäre ihr das Einsteigen alkoholbedingt kaum möglich gewesen.

Eine junge Frau, genauer ein dickliches, mit Gewalt auf Altägypterin geschminktes Schulmädchen, gekleidet in so etwas wie eine Tunika aus goldenen Plastikpailletten, trat seitlich an den Wagen heran.

„Drei-De-Brillen. Müssensieaufsetzen. Könn' Sie hinterherbehalten. Gehtgleichlos. Vielspaß." Es klang leicht sächsisch, der Blick signalisierte so etwas wie *Ihr seid schuld, dass ich heute arbeiten muss.*

Dirnberger bedankte sich. Susan verschluckte ein Lachen.

Er blickte sie von der Seite her an. Trotz Dirndlkleid wirkte sie noch sehr viel ägyptischer als das aufgedonnerte Mädchen. *Wie ein Stück Ebenholz neben einem Buchenscheit,* dachte er. In der Enge des Gefährts drückte ihr rechter Oberschenkel sanft gegen seinen linken. Er tat nichts, um der Berührung auszuweichen.

Langsam setzte sich der Wagen in Bewegung und glitt auf das Tor zu, das sich langsam öffnete und einen dunklen Rachen freigab.

Dirnberger stellte fest, dass er die Situation, obschon harmlos, nicht mochte. Er fühlte sich eingesperrt, wurde unruhig. Susan nahm das mit einem Schmunzeln zur Kenntnis.

„Na, na, keine Angst. Alles Mumpitz." Sie deutete plötzlich nach oben und lachte laut auf. „Wissen Sie, was das bedeutet?" Über der Einfahrt waren einige grell beleuchtete Hieroglyphen erschienen. Sie wartete gar nicht erst auf Dirnbergers Antwort.

„Es heißt ungefähr *Hornviper und Felsen rasieren Bekleidungspriester*", gluckste Susan. Dirnberger lachte nervös mit und verschwendete keinen Gedanken daran, sich darüber zu wundern, dass seine Begleiterin so etwas lesen konnte.

Im Schritttempo ging es bergab. Oder bergauf? Die Illusion war perfekt, fand Dirnberger. Zu beiden Seiten des grob gemauerten Ganges waren Fackeln angebracht. Echt oder nur Projektion? Kalte Luft wehte ihnen entgegen. Fledermäuse überholten den Wagen knapp über ihren Köpfen.

„Finden Sie das wirklich gruselig? Solche Fledermäuse gibt es in Ägypten gar nicht", sagte Susan etwas spöttisch.

Dirnberger schwieg, fand aber, dass die Fledermäuse als Unheilsvorboten durchaus nicht ungeeignet waren. An den Wänden tauchten vereinzelt Malereien auf. Er glaubte, soweit reichte seine Schulbildung noch, den schakalköpfigen Anubis zu erkennen, den falkenköpfigen Horus, Re mit der Sonnenscheibe … Jeden Augenblick musste etwas passieren und er war völlig orientierungslos, konnte nicht mehr unterscheiden zwischen der Bewegung des Wagens und der projizierten Illusion.

„Da passt ja wieder gar nichts zusammen", ließ sich Susan vernehmen. „Nephthys und Seth werden niemals so dargestellt."

Sie fuhren in einen breiten Raum, den das Licht der Fackeln nur teilweise erleuchten konnte, und in diesem Moment setzte von allen Seiten ein unmenschliches Kreischen wie von großen Raubvögeln ein. Gebückte Gestalten mit entstellten Fratzen, halb verfaulten Gesichtern, lösten sich aus den Schatten und verstellten ihnen in Straßenräubermanier den Weg. Manche trugen Schwerter, andere Instrumente, die Dirnberger an Posaunen erinnerten, wieder andere schwangen Netze. Der Wagen bremste ab. Die Figuren kamen näher. Hinter dem Fahrzeug krachte ein Felsblock aus dem Nichts und versperrte den Rückweg.

Dirnberger war überrascht. Aber gruselig konnte er das nicht finden. Mit dergleichen Situationen kannte er sich beruflich aus. Fast vergnügt stieß er Susan in die Seite.

„Wenn das nicht die Orks aus *Der Herr der Ringe* sind! Haben sie euch in die Geisterbahn recycelt, Buben? Wer will als Erster seine Watschen?" Er fand die letzte Bemerkung außerordentlich witzig und stieß Susan noch einmal an, damit sie mitlachte. Als sie nicht reagierte, drehte er sich zu ihr hin und sah – auch das nicht zum ersten Mal – einen Menschen am Abgrund des totalen Entsetzens.

Susan saß stocksteif und starrte die Dämonen an. Ihr Mund formte leise Worte in einer kehligen Sprache, die Dirnberger nicht verstand. Er schüttelte sie. Keine Reaktion. Sie sprach jetzt lauter, schneller, beschwörender. Er fühlte ihre Stirn. Eiskalt. Die Dämonen rückten näher heran. Im Hintergrund schälte sich eine große Gestalt aus dem Halbdunkel. Sie trug ein weißes Gewand mit einem langen roten Gürtel. Auf ihrem Kopf saß ein seltsamer hoher Hut. Eine Krone?

Unvermittelt wandte sich Susan zu Dirnberger.

„Es sind die Zweiundvierzig! Ich brauche den Papyrus, verstehen Sie?“, schrie sie. Sie machte Anstalten, aus dem Wagen zu klettern. Dirnberger gelang es unter Aufbietung aller Kräfte, sie zurück in den Sitz zu drücken und dort zu halten.

„Ruhig, ruhig, das geht auch ohne Papyrus. Mach die Augen zu.“

Susan dachte nicht daran. Sie versuchte sich freizukämpfen.

„Idiot! Wir müssen fliehen!“

Die hochgewachsene Gestalt hob ihren Krummstab. Die Dämonen setzten zum Sprung an. Im selben Augenblick beschleunigte der Wagen und bahnte eine Schneise durch ihre Reihen. Einige davon wanden sich zerquetscht und blutig am Boden. Susan schrie.

Dirnberger konnte sich hinterher nicht mehr erinnern, welche und wie viele Szenen sie sonst noch passiert hatten. Es konnte kaum mehr als zehn Minuten gedauert haben, aber bei seinen ebenso verzweifelten wie vergeblichen Versuchen, Susan zu beruhigen, war ihm die Zeit beinahe endlos vorgekommen.

„Daskommtdavonwennmanvorherlacht“, sächselte die rundliche Pseudoägypterin, als Dirnberger der schwer atmenden Susan draußen aus dem Wagen half.

„Das war … echt“, sagte Susan nach einiger Zeit. „Osiris und die Zweiundvierzig hätte ich hier nicht erwartet.“ Die beiden saßen auf dem breiten Treppenaufgang zu *Pharao's Tomb*, was das Mädchen ihnen gnädig erlaubt hatte.

„Ja, es kommt allerhand Prominenz zur Wies'n“, grinste Dirnberger. „Geht's wieder?“

„Ich habe immer gedacht, dass eine Geisterbahn etwas für Kinder ist.“

„Genau das ist mir heute klar geworden. Das war doch alles ziemlich plump, mit den Orks und so. Ich hab immer geglaubt, so etwas wär subtiler, psychologischer. Gruselig war, was mit Ihnen passiert ist.“

„Meine Fantasie geht manchmal mit mir durch. Entschuldigung. Und danke.“ Susan stand etwas unsicher auf. Dirnberger bot ihr seinen Arm.

„Wollen Sie immer noch Achterbahn fahren?“ fragte er unvermittelt.

Sie sah ihn an.

„Es muss sein.“

*

Der Dreier-Revolution-Looping, eine der diesjährigen Hauptattraktionen, war naturgemäß zentral auf dem Festplatz aufgestellt. So konnten Susan und Dirnberger sich, immer noch untergehakt, auf einer der breiteren Gassen durch das Gedränge treiben lassen. Dirnberger fühlte sich wieder halbwegs nüchtern und so kam das Gefühl, beobachtet zu werden, einigermaßen klar in seinem Bewusstsein an.

„Jemand folgt uns“, raunte er Susan ins Ohr – wie ihr Haar duftete! – und dachte an Moritz alias Abr Kuman Kasatj.

„Wer sollte sich für uns interessieren?“, sagte sie gleichmütig und dachte ebenfalls an Moritz. Wehe ihm, wenn er ihren Befehl missachtete. Sie sah sich wie zufällig um, aber in dem Gewühl wäre auch King Kong als Beschatter nicht aufgefallen.

„Gehen wir ruhig weiter. Vorne bei der Zuckerwatte ducken wir uns, biegen ums Eck und warten. Wenn er nicht gerade ein hundertprozentiger Profi ist, läuft er an uns vorbei."

„Ein Gemüsehändler, der solche Tricks draufhat?"

„Eine Reporterin, die die ägyptische Unterwelt persönlich kennt?"

Susan lachte.

Es lief wie im *Lehrbuch für angehende Agenten,* dem berühmten LfaA von Dr. K. Urlberger, mit Ausnahme der Tatsache, dass der oder die Verfolger, wenn es ihn oder sie denn gab, Dirnberger und Susan nicht den Gefallen taten, sich zu zeigen. Vielleicht hielten die beiden auch nur zu gezielt Ausschau nach jemanden, der dem Bild einer zum Leben erwachten Mumie entsprach, ganz im Gegensatz zu Urlbergers großem Leitsatz Nr. 2: *Sei immer unvoreingenommen* (LfaA, S. 5, oben).

„Wahrscheinlich habe ich mich getäuscht", sagte Dirnberger nach etwa zehn Minuten, in denen wohl Hunderte von Menschen an ihnen vorbeigeströmt waren.

„Sie sind ein vorsichtiger Mann."

„Überraschungen mag ich nur zum Geburtstag." Der Ehrlichkeit halber sah Dirnberger sich zu einem Nachsatz genötigt: „Aber da bekomme ich nie welche."

*

Auch Leute, die sich nichts aus Achterbahnen machen, geben zu, dass der Dreier-Revolution-Looping ein imposantes Gebilde ist. Mehr noch als seine Vorgänger auf dem größten Volksfest der Welt beeindruckt er durch eine wilde Streckenführung, himmelstrebende Anstiege, endlose Stürze, atemberaubende Schrauben und schließlich den weltberühmten Dreier-Revolution-Looping selbst. Wie eine gotische Kathedrale erhob sich das Gerüst vor Susan und Dirnberger in den Nachthimmel. Auch die bunten Lichter unterstrichen den Eindruck einer großen Kirche, wenn man sich einmal an den Gedanken gewöhnt hatte. Die Züge, jeweils sechs Wägen mit vier Sitzplätzen nebeneinander, donnerten über die Stahlschienen, übertönt von den Schreien der Insassen, wenn es im Stroboskopgewitter durch besonders halsbrecherische Passagen ging. Ein Arsenal von Lautsprecherboxen steuerte – nicht unpassend – den Säbeltanz von Aram Chatschaturjan bei.

„Hier steht", sagte Dirnberger und zeigte auf ein beleuchtetes Schild, „dass man bei jedem dieser Revolution-Loopings den Scheitel einer Parabel durchfährt. Dabei ist die Bahn auch noch so in sich verdreht, dass der Zug eine komplette Schraube in Fahrtrichtung hinlegt." *Na bravo*, ergänzte er im Geist und bekam ein wenig Angst vor dem eigenen Schneid.

„So viel zur Theorie. Jetzt kommt die Praxis", entgegnete Susan. Wer unsterblich ist, hat im Allgemeinen wenig Respekt vor Achterbahnen.

Plötzlich wurde es Dirnberger eiskalt im Schritt und in der Leistengegend. Wo kam diese Nässe her?

„Verflucht! Jemand hat mir Eiswürfel in die Taschen geschoben!" Wütend warf er die kalten, tropfenden Brocken auf den Boden. Die Umstehenden lachten, beteuerten aber, nichts gesehen zu haben. Der Spaßvogel musste schon über alle Berge sein. Als Dirnberger nach dem letzten angeschmolzenen Eiswürfel kramte, schloss sich seine Hand um ein durchnässtes Stück Papier. „Moment", sagte er zu Susan und bahnte sich einen Weg zur nächsten Laterne. Kurvige Handschrift, Kringel statt i-Punkten. Gut zu lesen, auch wenn die Tinte etwas zerlaufen war:

Herzlichen Glückwunsch zu deiner Mieze.
Trudi
P.S. Habe den Urlberger auch gelesen.

Dirnberger gab es einen Stich ins Herz. Keine Chance mehr, irgendetwas geradezubiegen. Jeder Versuch einer Erklärung musste sich für Trudi absurd anhören, zumal er sie *de facto* belogen hatte.

„Eifersucht?“ Susan war hinzugetreten und las über seine Schulter mit.

„Ich hab ihr gesagt, dass ich mich um die Katzen von meiner Tante kümmern muss.“ Susan musste lachen. Dirnberger fühlte sich nicht besonders gut. „Vielleicht sollte ich ihr am Montag einen Strauß Blumen ins Büro …“

„Bis dahin kann sich viel erledigen.“

Dirnberger lachte gezwungen.

„Jedenfalls ist jetzt klar, wer uns verfolgt hat.“ Sein sechster Sinn gab sich mit dieser Erklärung zufrieden. Er ahnte nicht, dass ihn, von weit oben, ein gefährlicher Gegner erspäht hatte.

*

Susan setzte sich neben Dirnberger in den letzten Wagen. Rechts von ihm und links von ihr war jeweils noch ein Platz frei. Was ihren Plan betraf, hätte es ihr auch anders nicht viel ausgemacht, aber es war schon besser so. Sie hatte sich den Weg der Achterbahn genau eingeprägt. Kurz vor der Einfahrt in den ersten Revolution-Looping gab es ein zwar nicht besonders langes, aber relativ ebenes Stück, leicht erkennbar daran, dass es genau unter dem riesigen giftgrünen Buchstaben *D* der Leuchtschrift *Razor's Dreier-Revolution-Looping* begann. Dort würde sie Dirnberger die Spritze in den Oberschenkel drücken. Von den Loopings würde er schon nichts mehr mitbekommen. Alles in allem ein gnädiges Schicksal, das sie vollstrecken musste. In viereinhalbtausend Jahren hatte sie, weiß G…, weiß wer auch immer, schon anderes gesehen.

Ein extrem magerer Kerl mit Backenbart, schmutzigen Jeans und Matrosen-T-Shirt, Kettenraucher, kassierte die Fahrchips und klappte die Brustbügel herunter, die die Fahrgäste in ihren Sitzen halten sollten. Im Wagen vor ihnen saßen vier Halbstarke, Lehrlinge bei BMW, die dem Alkohol schon reichlich zugesprochen hatten und sich gegenseitig in einer an Kraftausdrücken reichen Sprache ihres Mannesmutes versicherten. Erst unter Androhung eines Fahrverbotes waren sie bereit, dem Mageren ihre halb vollen Bierflaschen auszuhändigen.

„Und los geht's – festhalten, Herrschafteen!", dröhnten die Lautsprecher. Zu den Anfangstakten von Richard Strauss' *Also sprach Zarathustra* kroch der Zug den steilen Startanstieg hinauf. Die BMW-Lehrlinge wurden mit jedem Höhenmeter stiller. Dirnberger blickte nach unten. Er hätte sich eigentlich unwohl fühlen müssen, aber dieser Anblick war viel zu schön. Tausende von Lichtern in allen Farben bildeten wabernde Muster, malten komplizierte Figuren in die Nacht, Ausdruck einer Stadt, die sich in einem verzweifelten Taumel amüsieren wollte, als sei es das letzte Mal. Er musste an seinen Großvater denken, der ihn, den kleinen Buben, einmal nach Straubing zum Gäubodenfest mitgenommen hatte. Eine Tüte gebrannte Mandeln und ein blauer Luftballon mit einem lustigen Gesicht, den er kurz darauf versehentlich losgelassen hatte. Er spürte den Schmerz fast so stark wie damals. Der Großvater. Wo mochte er jetzt sein? Im Himmel? Hätte er da hingewollt? Zurückgekehrt in das Nichts? Schon eher. *Egal, was du gemacht, gelernt, gelitten hast, alles wird gelöscht, in einem einzigen Moment.*

Die Lichter blieben für einen unendlich langen Augenblick stehen. Bevor Dirnberger das bewusst wahrnehmen konnte, verwandelten sie sich in lang gezogene grelle Striche. Fahrtwind, heftig wie ein Orkan, brüllte in seinen Ohren und drückte ihm Tränen aus den Augenwinkeln.

„Herrschafteen, das ist ein Sturzflug! Nur bei uns im Dreier-Revolution-Looping!“ Zarathustra wurde vom Säbeltanz abgelöst.

Dirnberger wagte einen Blick nach links zu Susan. Ihr offenes Haar sah aus wie eine schwarzseidene Fahne. Sie saß kerzengerade, den Blick nach vorne gewandt, als sei sie völlig in sich selbst versunken. Ein Bild vollkommener Ruhe in einem Achterbahnzug, der fast senkrecht in die Tiefe raste.

Lichter jagten vorbei, das Stroboskop knallte in die Augen, Fliehkräfte zerrten in allen Richtungen an Dirnberger, drückten seinen Magen in die Halsgegend und verbogen sein Gefühl für Raum und Zeit bis zur Unkenntlichkeit.

Seine Augen rasteten plötzlich an etwas ein, das nicht passte. Da vorne bewegte sich etwas. Ein Arbeiter? Mitten in der Nacht bei Hochbetrieb auf der Bahn? Dirnbergers Gehirn schaltete auf Zeitlupe. Kein Arbeiter, nein, da stand ein Trachtler mit Janker über der Schulter, Lebkuchenherz um den Hals und Spielhahnfedern am Hut, als warte er auf einen Zug der Oberlandbahn.

„He, pass auf!“, schrie Dirnberger unnötigerweise. Moritz sprang.

Wie eine Spinne klammerte er sich an Dirnberger fest. Dirnberger hörte, wie Susan Moritz anschrie, was diesen völlig unbeeindruckt ließ. Er presste seine gummiartige linke Hand in Dirnbergers Gesicht und drückte ihm den Kopf nach hinten. Mit der anderen Hand tastete er den Brustbügel ab. *Er sucht den Auslöseknopf!* Dirnberger stieß seine Hände nach vorne, griff durch einen Spalt zwischen den Binden in Moritz' Rippen und zog ihn zu sich hin, so kräftig er konnte. Es schnalzte, als eine der Binden abriss. Dirnberger bekam das lose Ende zu fassen – es fühlte sich Ekel erregend elastisch und lebendig an – und knotete es, ohne eigentlich zu wissen warum, an einem der Haltegriffe fest. Moritz schien zu spüren, dass etwas nicht stimmte. Er drückte mit noch mehr

Gewalt auf Dirnbergers Nasenbein. Dirnberger rang nach Luft, Susan schrie etwas. Der Schmerz wurde unerträglich. Er spürte, wie eine warme Mischung aus Blut, Wasser und Rotz aus seiner Nase quoll.

Dann ging alles ganz schnell. Moritz' Hand glitt wie auf Schmierseife nach oben ab. Dirnberger konnte den Mund wieder öffnen, endlich Luft, griff nach dem Lebkuchenherz und riss es mit beiden Händen kräftig nach unten. Das zwang Moritz zu einem Purzelbaum über Dirnberger hinweg, der geradewegs ins Nichts führte. Der Luftwiderstand bremste Moritz' Horizontalgeschwindigkeit abrupt ab, während ihm der Zug mit fast neunzig Stundenkilometern die Binde abspulte. In rasender Rotation löste sich die Mumie auf. Ihre dünnen Knochen sprühten in alle Richtungen davon, um nur wenige Minuten später zusammen mit unzähligen Brathendlgebeinen, Zuckerwattestäbchen und anderem Abfall in den Staub der Festwiese getreten zu werden.

Oben jagte der Zug durch das grüne *D*. Etliche Meter von Moritz' Mumienbinde flatterten wie ein Wimpel hinterher.

„Der stört uns nicht mehr", sagte Dirnberger zu Susan und versuchte zu grinsen.

Sie schaute ihm in die Augen. Ihm fiel auf, dass sie etwas Kleines, Glänzendes in der linken Hand hielt.

„Ich kann nichts dafür", sagte sie sanft. Er spürte ihre rechte Hand auf seinem Oberschenkel. Ihre Lippen öffneten sich halb – und aus irgendeinem Grund wusste er, dass ihm in diesem Leben nur noch Sekunden blieben.

„Wer bist du?", fragte er und war von seiner eigenen Gelassenheit überrascht.

Draußen verfing sich das knallwehende Ende der Mumienbinde in einer Gerüststrebe. Gleichzeitig schoss der Zug in einem steilen Bogen aufwärts. Die Binde straffte sich und schleuderte im Abreißen Susans linken Arm nach oben. Die kleine Spritze flog wie eine Silvesterrakete senkrecht in den Nachthimmel.

„Und jetzt: Revolution-Looping Nummer eins – Herrschafteen!“

Dirnbergers Hirn schaltete wieder auf Normalzeit um.

*

Eine Steilkurve. Susan fühlte sich in ihren Sitz zurückgerissen. Und plötzlich schwebte sie. Wo war oben, wo unten? Von allen Seiten regnete es Lichtpunkte, die immer größere, blendend helle Kleckse in ihren Augen hinter-ließen. Die Übelkeit wurde unerträglich. Mintgrüne, rosarote und neongelbe Farbflecken waberten vor ihren Augen wie die Blasen in einer Lavalampe, sie wollte schreien – und der Spuk war vorüber. Trägheitskräfte drückten sie fest in den Sitz.

„Herrschafteen! Revolution-Looping Nummer Zwei!“

Susan glitt durch die Zeit. Menschen, Autos, Mondraketen, Panzerschlachten, Dampfschiffe, Pferdekutschen, Stadtmauern, Scheiterhaufen, Ritter, Kathedralen, Pyramiden, Schwärme von Heuschrecken, Blut, Streitwagen, ockergelber Sand. Dünen. Eine hochgewachsene, schlanke Frau. Dunkle Haut, schwarz glänzende Haare. Lächeln. Geborgenheit. „Mutter“, sagte Susan leise, „bleib ...“

Der Zug verließ in rasender Fahrt die Parabelbahn. Die Bilder platzten. Dunkelheit.

„Und für alle, die immer noch nicht genug haben: Revolution-Looping Nummer Drei. Herrschafteeen!“

Der Verstand der Menschen hat eine Gemeinsamkeit mit GPS-Systemen. Es scheint, als habe der Konstrukteur absichtlich Unschärfen eingebaut, um sich einen Informationsvorsprung vor seinen naseweisen Kreaturen zu sichern. Es ist, als ob man die Welt durch einen – je nach Veranlagung – mehr oder minder trüben Duschvorhang betrachtet. Susan spürte voller Erstaunen, wie der Vorhang zur Seite glitt und kristallene Klarheit in ihr Bewusstsein einließ.

Völlig einleuchtend: Die in sich gedrehte Parabelbahn des Dreier-Revolution-Looping musste bei Durchfahrt zu Schwerelosigkeit führen und das dreimal hintereinander. Also hatte sie sich eben dem Diktat der Schwerkraft, *der Kraft, die alles unterwirft*, regelrecht entwunden. Das passte doch irgendwie. Und zuvor, eine Begegnung mit den Zweiundvierzig, den *Dämonen der Unterwelt!* Sie hatte ihre Reihen *durchschritten*, mit Hilfsmitteln des Industriezeitalters zwar, aber jedenfalls ohne *innezuhalten.* Und vorher? Gut, alles Geschmackssache mit der *stinkenden Brühe*, aber sie hatte schon ordentlich zugelangt, und wer Bier zu den hier geltenden Preisen verkaufte, musste schon ein *räuberisch* veranlagtes Gemüt sein. Und das alles in einer *Nacht. Hey, natürlich, das müsste doch durchgehen!* Sie schloss die Augen und richtete ihr ganzes Denken auf einen winzigen Punkt irgendwo im Universum, von dem sie ganz sicher war, dass es ihn geben musste. *To whom it may concern: Ich-habe-alle-Bedingungen-erfüllt. Lasst-mich-los! To whom it may concern …*

*

Susan öffnete die Augen. Der Wagen bewegte sich nicht mehr. Dirnberger war gerade dabei, ihr die Wangen zu tätscheln und machte ein besorgtes Gesicht, was, blutverschmiert wie er war, fast schon komisch aussah. Hinter Dirnberger tauchte der magere Fahrchip-Kassierer auf. Er vollführte einen Indianertanz und schrie immer wieder „Seid's ihr wahnsinnig? Ich hab's genau gesehen! Was habt's ihr aus dem Wagen geschmissen? Bluadsakrament!"

Dirnberger drehte sich nicht einmal zu ihm um.

„Alles okay?", hörte Susan ihn sagen. Seine Stimme kam von weit her, die Schreie des Mageren von noch viel weiter.

Sie versuchte zu nicken.

„Terroristen, Arschlöcher!", schrie der Kassierer von hinten. Niemand schien ihn ernst zu nehmen. Er wandte sich an die BMW-Lehrlinge, die eben bleich und unsicher dem Wagen entstiegen. „Was haben die hinter euch getrieben? Raus damit!" Einer der Burschen schien das wörtlich zu nehmen. Er klammerte sich mit beiden Händen am Matrosen-T-Shirt des Tobenden fest und übergab sich würgend. Der Schrei des Besudelten, jetzt viel näher, erinnerte Susan an das Brüllen eines Büffels, den ihr Vater vor … Jahrtausenden auf der Jagd schwer, aber nicht tödlich verwundet hatte. Es kam zu einem Handgemenge zwischen dem Mageren und den Lehrlingen.

„Verschwinden wir, solange er beschäftigt ist", flüsterte Dirnberger. „Er ist scheinbar der Einzige, der etwas mitbekommen hat."

Susan richtete sich auf und sah ihm in die Augen.

Dirnberger war fast schockiert. Er las in ihrem Blick einen Hunger nach Wärme, Geborgenheit, Liebe, der den seinigen noch weit übersteigen musste, aber auch den unbändigen Wunsch, geben zu dürfen. Ihm?

„Fons, ich möchte nach Hause. Mit dir. Jetzt."

*

Wenige Sekunden später kam der Magere, umgeben von einem Miasma aus halb verdautem Bier und Brezen und rasend vor Wut, zurück. Der Wagen war leer. Scheiße. Leer bis auf ein ramponiertes Lebkuchenherz – wie hatten die Arschlöcher das an ihm vorbeischmuggeln können? – und an einem Haltebügel war etwas festgemacht. Ein Stück Band aus altem Stoff, trocken und spröde. Als er es berührte, löste sich das Gewebe auf und rieselte zu Boden wie Sand. Weg. Er gönnte sich einen tiefen Lungenzug von seiner Zigarette.

Das beruhigte ihn ein wenig. Alles Einbildung? In Zukunft würde er noch besser aufpassen müssen. Auf dem Weg zur Einlassschranke lag ein grüner Oberlandlerhut mit zwei Spielhahnfedern. Eine war etwas eingeknickt. Er beförderte den Hut mit einem kräftigen Tritt in die Dunkelheit.

*

Wirkliche Liebe kommt ganz ohne Verrenkungen und Akrobatik aus. Dirnberger und Susan drückten sich, noch etwas außer Atem, eng aneinander, als wollten sie nie wieder voneinander lassen. Ein angenehmer Luftzug strich durch Dirnbergers Wohnung. Von weit her drangen vereinzelt Geräusche des Großstadtdschungels herein, aber sie klangen nicht bedrohlich.

„Liebst du mich, Fons?"

Er küsste sie sanft auf die Stirn. „Bleib bei mir."

„Ich muss dir viel erzählen."

„Du wolltest mich umbringen", sagte er ruhig. „Das ist kein Vorwurf."

„Da ist *la petite mort* schon besser, hmm? Ich bin dem armen alten Abr Kuman Kasatj wirklich dankbar, dass er das Schlimmste verhindert hat."

„Abr … wer? Meinst du Moritz, die Mumie?"

„Die Beschreibung passt jedenfalls."

„Er hat mir übel mitgespielt, aber ich ihm auch, glaube ich."

„Mehr als du denkst. Aber heute hast du ihn erlöst. Und mich erst …"

Sie musterte ihn mit dem Blick einer verliebten Pantherin.

„Geht's schon wieder?", schnurrte sie.

„Was?", fragte er etwas unbedarft.

„Komm her."

*

„Fons, unter deinem Kopfkissen ist etwas Hartes.“

„Wer? Ich?“, murmelte Dirnberger benommen.

Susan förderte einen zylindrischen Gegenstand zu Tage, der metallisch schepperte, als sie ihn schüttelte. Sie zog die grüne Nachttischleuchte – schwedisches Design – näher heran.

„*Rex & Zockmann Industrie-Montageschaum. Die Nummer 1, wenn es um schnelles Aushärten geht*“, las sie. „Du dopst, Fons?“

„Das war noch für den Dings, den Abr …, den Moritz, wenn er hier hereingekommen wäre. Den anderen, den Max hab ich damit ausgeschäumt.“ Dirnberger gähnte.

„Hart gemacht. Jetzt verstehe ich.“ Susan lachte, wurde aber plötzlich ernst.

„Fons, ich muss dir alles erklären. Warum ich dich beinahe auf dem Gewissen hätte und wegen der Mumien und …“

„Morgen. Ich liebe dich auch so.“ Er überlegte einen Moment. „Magst du *Rhapsody in Blue*?“

„Eigenartiger Typ, der Gershwin. Bin nie schlau aus ihm geworden. Bisschen eingebildet, aber …“

„Er ist 1937 gestorben“, schmunzelte Dirnberger.

„Ich erklär's dir morgen. Hast du eine Aufnahme?“

„Warte.“

Dirnberger stand auf, ging ins Wohnzimmer, kramte eine Schallplatte hervor und legte sie auf den Teller seines Plattenspielers. Niemals hätte er dieses filigrane Gerät dem Digitalzeitalter geopfert. Katzenweich lief der Plattenteller an, der Tonarm hob sich mit einem ruhigen Klicken und glitt zum Rand der rotierenden schwarzen Scheibe. Dirnberger beeilte sich, zurück unter die Decke zu kommen, und nahm Susan in den Arm. Sie schmiegte sich eng an ihn. Er spürte ihre Brustwarzen, die sanft an seinen Körper drückten. Viel zu wirklich, um nur Traum zu sein.

Der Tonarm senkte sich. Dirnberger mochte das leise Knacken und Knistern, für ihn die Seele einer Schallplatte.

Es war wie vor einem Konzert, wenn sich schon erahnen lässt, dass der Vorhang sich jeden Moment öffnen wird …

Susan seufzte im Halbschlaf, als die Klarinette mit ihrem atemberaubenden Glissando die *Rhapsody* eröffnete. Auch Dirnberger hatte seine Müdigkeit unterschätzt und war bald in einem vanillepuddingartigen Dämmerzustand aus Liebe zu Susan, eingebettet in Gershwins Meisterwerk, angekommen. Bevor er gänzlich einschlief, erkannte er mit einem Mal in aller Klarheit das Geheimnis der Fluchvase.

*

Eineinhalb Stunden später war der Kampf noch nicht entschieden. Arme und Rücken taten dem Jungen so weh wie noch nie. Konnte er das noch einmal so lange aushalten? Dem Fisch mochte es ähnlich gehen. Eine ganze Weile hielt er schon still. Nur das sanfte Beben, das der Junge mit dem Zeigefinger in der Schnur fühlen konnte, gab ihm die Gewissheit, dass immer noch ein lebendiges Wesen am Haken hing.

„Kampfpause, Fisch?", sagte er. „Nur ein paar Minuten."

Keine Bewegung am anderen Ende der Schnur. Der Junge deutete das als Zustimmung.

Er klemmte die Rute wie zuvor hoch aufgerichtet zwischen die beiden Steine und sah zu, dass die Schnur gut gespannt war. Seine Hände waren voller Blasen, alle Muskeln verkrampft, aber das Gefühl, wieder Kraft sammeln zu können, brachte ihm seine Zuversicht zurück. Und wenn es die ganze Nacht dauern sollte, Kapitulation kam nicht infrage. Er bückte sich zum Griff der Angelrute. Sie saß fest in ihrer improvisierten Halterung. So würde sie zumindest den nächsten Stoß abfedern können. „Du bist am Zug, Fisch", sagte er.

*

Susan wachte auf, weil ihr Kopf von Wellen tiefer, wummernder Schmerzen dröhnte. Sie setzte sich auf den Bettrand und presste die Handflächen gegen ihre Schläfen. Etwas war nicht richtig und – da brauchte sie sich nichts vorzumachen – sie wusste auch was. Die ruhigen Atemzüge neben ihr verrieten, dass Dirnberger irgendwo weit entfernt seine wohlige Erschöpfung ausschlief. Sie sah eine Weile zu, wie sich die Decke auf seiner Seite hob und senkte. Er seufzte leise. Susan lächelte.

Eine wahre Brandung krachte von innen gegen ihre Schädelwand und spülte sie von Dirnberger weg. Sie erhob sich und ging leise auf und ab, die Hände wieder gegen die Schläfen gedrückt, als könne sie die Schmerzen zerquetschen. Es musste so kommen. Keine *all-inclusive*-Erlösung also. Wäre auch zu schön gewesen. Was waren ihre Möglichkeiten? Ihr Blick fiel wieder auf Dirnberger und ihre Augen wurden hart. Mit der Routine einer Frau, die oft auf Reisen ist, kleidete sie sich an und verließ ohne einen Blick zurück Dirnbergers Schlafzimmer. Das Schwarz der Nacht über den Hausdächern wich gerade einem müden Grau, als Susan unten auf die Schleißheimer Straße trat.

*

„Ja. Danke für die Auskunft. Wiederhören."

Dirnberger schaute den Hörer in seiner Hand noch eine Zeitlang ungläubig an, bevor er geistesabwesend auflegte. Es war nicht schwer gewesen, herauszufinden, dass Susan noch beim Nachtportier aus dem Hotel am Promenadeplatz ausgecheckt hatte, mit einem Taxi zum Flughafen gefahren und mit der ersten Maschine nach Helsinki Vantaa geflogen war. Business Class. Anschlussflug nach Savonlinna. Ihre Spur endete bei einer Autovermietung. Sie musste jetzt mit einem schwarzen Mercedes-Coupé unterwegs sein und er glaubte ziemlich sicher zu wissen, wohin. Vor ihm, auf seinem Schreibtisch, lag eine Ansichtskarte mit einem dämlichen Seppl-Motiv und dem Text *Oktoberfest M.* Er fühlte sich noch viel, viel dämlicher. Er drehte die Karte um. Zum zehntausendsten Mal. Mindestens. So hatte er sie auf seinem Küchentisch gefunden. In einer klaren, unverspielten Handschrift, die die von Susan sein musste, stand darauf

Wünsch mir Glück.
Kuss, S.

*

Im Büro, wohin er sich geflüchtet hatte, war die Leere auch nicht leichter auszuhalten. *Wünsch mir Glück.* Was war daraus zu machen? Dirnberger verachtete aus tiefstem Herzen seinen Filmkollegen James Bond, den er nicht einmal als Karikatur von seinesgleichen akzeptieren mochte. Aber nun schien er, Alfons Dirnberger vom UGB, in ein klassisches Bond-Klischee geraten zu sein: Schöne Agentin des Bösen verliebt sich in Agenten des Guten, in Klammern *des kleineren Übels,* unternimmt im Alleingang etwas Edelmütiges, aber äußerst Unkluges. Woraus zwingend folgt: Edelmütig gewordene Agentin des Bösen gerät in Lebensgefahr. Ausgang ungewiss. Wann hatte er sich zuletzt ähnliche Sorgen um einen anderen Menschen gemacht? Vielleicht nur damals, als sie seinen Großvater ins Krankenhaus gebracht hatten. Was tun? Stand nur zu hoffen, dass es hier nicht auf James-Bond-Qualitäten ankam.

Er schwang sich in seinem Drehstuhl zum Fenster hin. „Was meinst du, Sepp?" Doch der Kaktus war verschwunden. Ein großer kreisrunder Fleck, etwas heller als das übrige Fensterbrett, verriet noch den Platz, an dem Sepp jahrelang treu die Stellung gehalten hatte.

*

Unwillig strich Bellingham mit dem Handrücken über das Pergament. Der Text, eine Routineübersetzung eigentlich, steckte voller Schwierigkeiten, die er nicht erwartet hatte. Dazu kam, dass die Mittagssonne ihn müde machte. Er überlegte gerade, ob er aufstehen und die Fensterläden schließen sollte, da hörte er, wie hinter ihm die Tür geöffnet wurde. Er grinste.

„Schon?“, fragte er, ohne sich umzusehen.

*

Es war schon spät am Abend. Dirnberger hievte seinen Koffer vom Gepäckband. Seine Knie schmerzten immer noch von dem beengten Sitzplatz im Flugzeug. James Bond jedenfalls hätte einen Economy-Flug als Zumutung abgelehnt. Im wirklichen Leben war der Luxus den Agenten des Bösen vorbehalten, während die verbeamteten Agenten des kleineren Übels sich schon mit ihren Transportmitteln lächerlich machten. Wenn er hier etwas anderes als einen japanischen Kleinwagen mietete, würden sie ihm die Reisekostenrechnung beanstanden. In so einer Sardinenbüchse durfte er schätzungsweise die nächsten vier, fünf Stunden zubringen, weil die UGB-Außenstelle Helsinki natürlich nicht fähig gewesen war, die sensiblen Teile der Ausrüstung in Savonlinna zu hinterlegen. Ein Ding der Unmöglichkeit, mit dem Zeug in den Finncomm-Anschlussflug zu kommen.

Missmutig packte er den Koffer auf einen Gepäckkarren und machte sich auf den Weg zum Stand einer Autovermietung, mit der der UGB – natürlich unter dem Gemüsepseudonym – einen Vertrag hatte.

Was war denn da vorne los? Fünf oder sechs Damen jüngeren bis mittleren Alters, teils im Lufthansa-Dress, teils in Musikantenstadel-Tracht, hatten sich entlang der ganzen Breite der Passage aufgestellt und hängten jedem, der es sich gefallen ließ, eine Riesenbreze an einem weiß-blau gerauteten Band um den Hals. Ein gewaltiges Transparent verriet den Zweck der Aktion.

„*Visit Oktoberfest in M. with Lufthansa*" stand darauf, darunter ein Satz auf Finnisch, der wohl das Gleiche bedeuten mochte. Daneben, überlebensgroß, eine Stewardess und eine aufgebrezelte Dirndlschönheit, die vor dem üblichen Bavarica-Hintergrund – weißblauer Himmel, Bergkulisse, Frauenkirche, Blaskapelle, Kastanienbäume und Maßkrug – ins Publikum winkten. Musste er wirklich da vorbei? Womöglich quatschten die Gänse einen noch voll.

Dirnberger sah keine Möglichkeit, die Brezensperre zu umgehen. Es gelang ihm jedoch, sie, sozusagen im Schatten einer amerikanischen Großfamilie, die die Aufmerksamkeit der Brezendamen stark in Anspruch nahm, unbehelligt zu passieren. Na also.

„*Pretzel for you, Sir?*"

Eine Einheimische, dem Akzent nach. Dirnberger drehte sich um.

Die Tracht stand ihr. Gut aufgepasst hatte sie auch.

„*No*", raunzte Dirnberger und wandte sich zum Weitergehen.

„*Pleease*", sagte das Mädchen und schaute ihn an wie ein Kind, dem man einen Herzenswunsch verweigert.

Dirnberger musste lachen.

Das Mädchen lachte auch.

„*Come on, Sir*", sagte sie augenzwinkernd und hielt ihm eine Breze hin.

„Von mir aus", seufzte Dirnberger und ließ sich das Gebäck umhängen. Die Breze war noch warm.

„*Thanks*", sagte er abwesend.

„*Everything okay, Sir?*" Das Mädchen musterte ihn mit einer Mischung aus Besorgnis und Belustigung.

„*Not really*", entgegnete er. Sie hatte nicht mit einer ehrlichen Antwort gerechnet und sah erschrocken zu ihm auf. Keine zwanzig, hübsche Zöpfe. Dirnberger fühlte sich unendlich alt.

Bei der Autovermietung hob sich seine Stimmung etwas. Der Trainee hinter dem Schalter teilte ihm mit, dass der für ihn reservierte japanische Kleinwagen mit einem Navigationssystem ausgestattet sei. Dirnberger unterschrieb und nahm den Schlüssel entgegen.

Er sah sich um. Langsam konnten sich die Deppen mal melden. Man hatte ihm versprochen, jemand von der UGB-Außenstelle würde am Flughafen mit ihm Kontakt aufnehmen und ihm den bewussten sensiblen Teil der Ausrüstung, Waffe und M82er, aushändigen. Etwa eine halbe Stunde lang ließ er sich durch den Flughafen treiben, ohne dass er auch nur im Entferntesten den Eindruck gewann, dass sich jemand für ihn interessierte. Das Band, an dem die Breze baumelte, begann in seinem Nacken zu scheuern. Der Gedanke *Ich bring dich um, Huber zwo* wurde ihm immer sympathischer. Ausgerechnet diesen Volltrottel hatten sie zum Leiter der Außenstelle gemacht. Kein Wunder, dass der UGB nur in der zweiten Liga spielte.

Er setzte sich auf eine Bank, zückte sein Handy und wählte die Nummer der Außenstelle. Belegt. Eine Bodenreinigungsmaschine, am Steuer ein scheintoter Flughafenarbeiter, kroch an ihm vorbei. Wahlwiederholung. Immer noch belegt.

Wenigstens brauchte er nicht zu verhungern. Er brach die Breze auseinander – sie war inzwischen kalt geworden – und biss in seinem Ärger kräftiger als nötig zu. Ein jäher Schmerz im Gaumen und gleich darauf der Geschmack von Blut. So musste sich ein gehakter Fisch fühlen. In Panik würgte er einen rot-beige marmorierten Klumpen in seine rechte Hand. Etwas Hartes verbarg sich darin. Ein kleiner, scharfzackiger Schlüssel mit einer verbogenen Blechplakette. Schließfach Nr. 06-775.

*

„Hottentotten in Ketten packen Patronen in Batterien."

„Halt's Maul", sagte Dirnberger.

„Bratkartoffeln, Kolben, Rhabarber?" Es klang wie eine Frage.

„Blöde Sau", sagte Dirnberger.

Die krächzende Stimme, sie hörte sich an wie die eines Kettenrauchers, wollte ihm mit schöner Regelmäßigkeit wichtige Dinge mitteilen, aber was half's? Der Sprecher wurde seine Geheimnisse mit ins Grab nehmen müssen, oder, was wahrscheinlicher war, in die Recyclinganlage.

Dirnberger schalt sich ein Rindvieh. Beim Versuch, das Navigationssystem von der hässlichen Männer- auf eine Frauenstimme umzustellen, hatte er versehentlich die Spracheinstellung von Englisch auf Finnisch gesetzt. Mangels ausreichender Kenntnisse des Finnischen konnte er diesen Schritt nicht mehr rückgängig machen. Natürlich zeigte das Ding auf dem Bildschirm immer noch den richtigen Weg, aber das unverständliche Gequatsche ging ihm auf die Nerven, zumal das Gerät ganz im Gegensatz zur Landessitte die reinste Plaudertasche war. Und das in einem Auto, in dem er sich fühlte wie in einer zu engen Hose, obwohl er den Fahrersitz so weit wie möglich nach hinten gestellt hatte. Er spürte, wie seine Haarspitzen die Decke des Zwergfahrzeugs berührten, und beschloss, das Gefühl nicht zu mögen.

Müdigkeit und üble Laune kämpften um die Vormacht in seiner Gemütswelt. Eine Stunde Nachtfahrt musste er mindestens noch durchstehen. Er gähnte.

Die Stimme sagte etwas. Für Dirnberger klang es wie „Backe, backe Kuchen?“ und nach einer Pause kam etwas wie „Karotten sind vom Karren gefallen.“ Wenn er den Bildschirm richtig deutete, hieß das, dass er demnächst von der Autobahn abfahren sollte.

„Ja, ja, ja!“, sagte er gereizt und setzte den Blinker.

*

Die großen schwarzen Augen starrten Dirnberger an. Er nahm die Waffe hoch und visierte über Kimme und Korn zwischen die beiden glänzenden Flecke. Sein Gegenüber bewegte sich nicht. Wie das Kaninchen vor der Schlange. Er fühlte den Abzugswiderstand und erhöhte langsam den Druck. Da war nichts als dieser fragende Blick.

Dirnberger seufzte müde, ließ die Pistole sinken und wog sie in den Händen. Sie stammte aus der blauen Reisetasche aus dem Schließfach am Flughafen Helsinki Vantaa. Tatsächlich eine FN-Browning. 9 mm Para. Kriegsmodell. Trug, wenn man genau hinsah, noch die Beschusszeichen mit dem Hakenkreuzadler. Tadelloser Zustand, gut gepflegt, roch süßlich nach Waffenöl. Zuverlässiger als viele der neumodischen Dinger. Damit konnte er jedenfalls sehr gut leben. Aber dieser M82er war das Letzte.

Dirnberger lag halb angezogen in seinem Hotelbett. Auf dem Schreibtisch gegenüber stand ein kleiner, weiß-brauner Stoffhund – auf den ersten Blick hätte es ein echter Welpe sein können – und schien ihn penetrant-treuherzig zu mustern. Dirnberger kramte die Papiere, die zu dem Hund gehörten, aus der Reisetasche. Das erste war ein alter Bekannter.

Erprobung von neu entwickelten Ausrüstungsgegenständen für den Außendienst (Formular M82)

Sehr geehrte Kollegin, sehr geehrter Kollege!
Um konkurrenzfähig zu bleiben, muss unsere Organisation den technischen Fortschritt nutzen. Das heißt einerseits, dass wir in unseren Laboratorien laufend neue Hilfsmittel entwickeln, andererseits, dass diese auch unter Einsatzbedingungen erprobt werden müssen. Dies in angemessenem Umfang zu tun ist Ihre Pflicht gem. UGBVO Art. 211, Abs. 3c. Ich übergebe Ihnen daher beiliegenden Gegenstand zur Tauglichkeitsprüfung im Rahmen Ihres laufenden Auftrags und erwarte Ihren Bericht mit anhängendem Formular spätestens zwei Wochen nach dessen Beendigung.

Mit Gruß
Bilchlinger, General

Bilchlingers Name war durchgestrichen worden. Unterschrieben hatte Leutzinger. Gute Güte, der war doch sonst ein vernünftiger Mensch. Warum hatte er nicht wenigstens etwas halbwegs Brauchbares ausgesucht? Kopfschüttelnd las Dirnberger das Formular.

Formular M82, UGBVO, 211, 3c
Gegenstand Nr.: 3321-40a
Bezeichnung: Zamperlbombe
Entwickler: Schladerer, Dr.

Zamperlbombe. Von Schladerer. Natürlich. Wie viel Ahnung hatte der vom Außendienst? So wenig, dass es nach Dirnbergers Einschätzung schon wieder eine Leistung war …

Beschreibung: In unserem Arbeitsalltag kommt es oft vor, dass wir nur wenige Meter von uns entfernt eine größere Explosion auslösen möchten, wir jedoch versteckt bleiben müssen. Demzufolge muss die Sprengladung unauffällig an den Ort der vorgesehenen Detonation gebracht werden.
Dieses Problem löst die Zamperlbombe. Ihr Äußeres wirkt unverdächtig. In ihrem Inneren befindet sich eine Aluminiumkapsel, die 520 g formbaren Sprengstoff C4 (Materialnummer Ex-P-72z) enthält. Aktivierung: Die Z. verhält sich wie ein handelsüblicher mechanischer Spielzeughund, wenn der Schalter (schwarz) an der Unterseite auf „On" gestellt wird. Die Figur bewegt sich dann ca. 120 cm vorwärts, macht einen Luftsprung mit Salto, bewegt sich dann wieder 120 cm vorwärts, u.s.w.
Achtung: Wird der rote Wollfaden (2 cm) neben dem Schalter aus der Figur gezogen, wird beim dritten Luftsprung der Sprengstoff gezündet.
Viel Erfolg wünscht
Ihre Entwicklungsabteilung

Dirnberger sah zu dem Hund hinüber, dann wieder auf den Text. Welches kranke Hirn konnte auf die Idee kommen, ein süßes Stofftier in eine vollkommen nutzlose Bombe zu verwandeln? *Was soll's,* dachte er, *das System will einfach belogen sein.* Er würde die Zamperlbombe morgen auf den Grund des Sees schicken und jetzt gleich noch den Erfahrungsbericht ausfüllen. Ein Schicksal, das wohl mehr als die Hälfte der M82er ereilte. Was hatte Nussknacker Hallschmid damals mit Schladerers Tarnnebel-Akkordeon angestellt? Irgendetwas mit einem Schiff im Bermuda-Dreieck oder so ähnlich. Wie auch immer, der Testbericht war so enthusiastisch ausgefallen, dass Bilchlinger schon beinahe beschlossen hatte, allen Agenten das Mitführen eines Tarnnebel-Akkordeons zur Pflicht zu machen. Wie dämlich Chefs doch sein konnten. Berichte wurden gern als Ersatz für die Wirklichkeit genommen, weil das die Mühe ersparte, sich mit letzterer auseinanderzusetzen. Je unwahrscheinlicher ein Bericht, desto wahrscheinlicher wurde ihm Glauben geschenkt. Bloß keine halbherzigen Lügen.

Nicht einmal für Leutzinger würde sich er, Dirnberger, der Gefahr aussetzen, die Zamperlbombe tatsächlich zu testen. Wo doch die Sache mit ein wenig Kreativität noch vor dem Einschlafen ganz risikofrei zu erledigen war.

Er setzte sich an das Tischchen und breitete das Formular vor dem Stoffhund aus. *Dann lass uns mal nachdenken, was du so alles kannst …*

… Frage 17: Hat der Gegenstand die Abwicklung Ihres Auftrages beschleunigt? Schätzen Sie die Zeitersparnis.

Ja. 96,5 Stunden.

Frage 18: Hat der Einsatz des Gegenstandes im Rahmen Ihres Auftrages zur Kostenersparnis beigetragen? Wenn ja, schätzen Sie den Betrag (Angabe bitte in ganzen €).

Ja. 2560 €

Frage 19: Wie könnte der Gegenstand verbessert werden?

Dirnberger dachte einen Moment nach, dann grinste er. *Schwimmfähigkeit.*

Frage 20: Beschreiben Sie konkret, wie der Gegenstand zur Erfüllung Ihres Auftrags beigetragen hat.

Hier durften es schon große Worte sein. Dirnberger musste eine Zeitlang am Druckknopf des Hotelkugelschreibers kauen, bis ihm der Gedanke kam:

Hat mir das Leben gerettet.

Geschafft. Er faltete das Formular zusammen und steckte es in ein Seitenfach seines Koffers. Dann bestückte er ein Magazin mit einer Handvoll kühler, messingglänzender Patronen und schob es in den Griff der Pistole. Es rastete mit einem leisen Klicken ein. Dirnberger löschte das Licht und wartete, bis seine Augen sich an die Dunkelheit gewöhnt hatten. Er zog die Vorhänge zur Seite, öffnete die Tür und trat auf den Balkon hinaus. Angenehm laue Luft umgab ihn. Immer noch viel zu warm für die Jahreszeit. Unten am Kai spiegelte sich das Licht der Hafenlaternen im tintenschwarzen Wasser. Was Susan wohl gerade tat? Dirnberger hoffte inständig, sie möge keine Dummheit machen. Er schloss die Augen und stellte sich vor, sie wäre bei ihm, er könne sie an sich drücken, sie küssen, mit ihr lachen. Vom Hafen herauf kam Musik. Eine Klarinette mit Klavierbegleitung. *Bei mir bist du scheijn,* eine seiner Lieblingsnummern, leider erbärmlich gefühllos gespielt. Ein Ausflugsschiff legte an, wahrscheinlich das letzte in dieser Nacht. Schlussakkord. Moll-Sieben-Neun. Applaus. Ein letztes Rumoren der Schiffsdiesel. Lachende Menschen ergossen sich auf das Kai. Hoch am Himmel gaben die Wolken den Blick auf das Sternbild Leier und das Kopfende des Schwans frei. Wega funkelte blaukalt, unberührt von den Sorgen eines Alfons Dirnberger.

*

Unter anderen Umständen wäre Dirnberger glücklich gewesen. Das Boot wiegte sich ruhig in der Nachmittagssonne. Vor der Kulisse blaugrün bewaldeter Hügel glitt weiter draußen ein schwer beladener Holzfrachter vorbei. Nach ein paar Minuten – das Schiff war nur noch ein dunkelblauer Klecks in der Ferne – schwappten die letzten Ausläufer seiner Bugwellen an die Bordwand. Dirnberger lehnte sich nach vorne und spannte mit drei, vier Kurbeldrehungen die Angelschnur an. Er konnte fühlen, wie in der Tiefe, es mussten ungefähr acht Meter sein, das Blei und der Köder, ein toter kleiner Fisch, über den Grund rutschten. Er justierte die Halterung, aus der die Angelrute aufragte, so dass die Schnur rechtwinklig von der Spitze weg ins Wasser zeigte. Dirnberger war überrascht, wie selbstverständlich er die Handgriffe noch beherrschte. Seit seiner Jugend hatte er keine Gerte mehr angerührt und jetzt tat er es auch nur, weil es sich unter den gegebenen Umständen als Tarnung anbot. Auch der Erfolg ließ nicht zu wünschen übrig. In der weißen Kühltasche mit orangem Blümchendekor lagen drei beachtliche Zander. Den kleinsten schätzte er auf sechs Pfund. Die würde er dem alten Toppinen schenken, von dem er sich Boot und Angelzeug geliehen hatte.

Weniger erfolgreich war dagegen die Observierung. Seit Dirnberger auf seinem Posten war, immerhin seit neun Uhr dreißig vormittags, lag das Haus ruhig da, halb versteckt zwischen rotbraunen Kiefernstämmen, und schien entschlossen, die Sache auszusitzen. Keine Bewegung, kein Geräusch. Zumindest keines, das bis zu Dirnberger, der in vielleicht hundert Metern Entfernung Anker geworfen hatte, durchgedrungen wäre. War der Raubfisch gerade auf Beutezug? Hatte er Susan mitgenommen? Wie riskant war es, an Land zu gehen? Was tun, wenn weiterhin nichts passierte? Ach ja, *das* hätte er beinahe vergessen.

Er griff in die blaue Reisetasche und stellte den Stoffhund auf das andere Sitzbrett.

Tja, mein Freund, hier trennen sich unsere Wege.

Der Hund sah ihm mit einem *Ich-hab-dich-doch-lieb*-Blick in die Augen und Dirnberger wusste, dass er einen Fehler gemacht hatte. Hätte er bloß das Vieh einfach ohne es anzusehen über Bord geworfen! Jetzt musste er wieder gegen diese blödsinnige Sentimentalität ankämpfen. Alfons Dirnberger, ein Opfer des Kindchenschemas. Stand nur zu hoffen, dass ihn die Freudianer niemals in die Finger bekämen. Er versuchte sich vorzustellen, was fünfhundert Gramm Plastiksprengstoff anrichten konnten. Zamperlbombe. Pervers. Dirnberger schaute den Hund an. Wie glücklich wäre er als Kind über so ein Spielzeug gewesen.

Jetzt aber wirklich. In den See damit …

Vom Haus her kam ein Motorengeräusch.

Dirnberger richtete sich mit einem Ruck auf, was das Boot mit heftigem Schaukeln quittierte. Aus der Scheune neben dem Haus schob sich ein Fahrzeug und blieb mit laufendem Motor auf dem Hof stehen. Ein weißer Pick-up, eine wahre Rostlaube. Am Steuer saß jemand mit blonder Glockenfrisur. Demnach eine Frau. Dirnberger hob den 7x50er Feldstecher an die Augen. Konnte das Susan sein, mit Perücke vielleicht? Die verdammten Bäume machten es einem nicht leicht. Er bekam die Person nicht scharf zu sehen. Zudem schaukelte das Boot immer noch.

Die Haustür öffnete sich. Ein kleiner, etwas dicker Mann schritt eilig auf das Fahrzeug zu und stieg ein. Das musste er sein. Bellingham, der Raubfisch. Dem hässlichen Krachen nach nötigte die Fahrerin dem Getriebe mit Gewalt den ersten Gang auf. Das passte nicht zu Susans Geschmeidigkeit. Unter heftigem Rucken verschwand der Wagen im dichteren Wald, dort, wo, wie Dirnberger wusste, der Weg von der Landzunge zur Hauptstraße nach Mikkeli führte.

Dirnberger wartete noch etwa zehn Minuten, dann stand sein Entschluss fest. Er holte die Angel ein, hievte den Betonanker ins Boot und ruderte in einem weiten Bogen auf die

Spitze der Landzunge zu, wo die Kiefern etwas dichter standen. Dort landete er das Boot an, vertäute es an einem Baumstamm und schob es unter ein überhängendes Gebüsch. Gut versteckt, aber im Notfall schnell flott zu machen. Er warf einen letzten Blick in den Kahn. Angelzeug, Kühltasche, blaue Reisetasche … die Zamperlbombe war weg. Musste ins Wasser gefallen sein, als er das Boot vorhin zum Schaukeln gebracht hatte.

Umso besser.

Er tastete nach dem Schulterhalfter unter seiner Windjacke, wo er die schwere Browning wusste und atmete tief durch. Diesmal war es anders. Kein normaler Krokodiljob im Dienste des kleineren Übels, sondern Dirnberger in eigener Sache. Er sah sich noch einmal um und tauchte dann im blaugrünrotbraunen Pastell des Waldes unter.

*

Orangerote Moltebeeren leuchteten auf dem Moosgrün des Waldbodens wie Zwergenlaternen. Wäre im nächsten Augenblick Tomte Tummetot vor ihm gestanden, Dirnberger hätte sich kaum darüber gewundert. Überhaupt hatte dieser Wald etwas Unwirkliches. Das Haus und die Scheune, deren Umrisse zwischen den rotbraunen Stämmen gut zu erkennen waren, kamen viel zu langsam näher. War er auf eine Irrwurzel getreten? Mit einem Mal umschwirrten ihn Myriaden von Mücken. Dirnberger widerstand nur mit Mühe dem Drang, wild um sich zu schlagen.

Er versuchte sich auf seinen Plan zu konzentrieren: Der alte Toppinen hatte ihn nicht nur mit Angelzeug versorgt, sondern ihm bei einer gemeinsamen Flasche Koskenkorva einiges über das Anwesen erzählen können. Als Faktotum des Vorbesitzers, des mysteriös in den Bankrott gestürzten Papierfabrikanten Olevinnen, wusste er bestens Bescheid und hatte es *dem Engländer* nie verziehen, dass er ihn auf seine alten Tage zum Arbeitslosen gemacht hatte. Wenn Toppinen zu trauen war, musste es ungefähr hier, vielleicht noch ein paar Meter auf das Haus zu, eine Art geheimen Notausgang geben. Dirnberger schwebte vor, diesen als Einstieg zu nutzen.

Es juckte überall, im Nacken, auf der Stirn, auf den Oberarmen. Dirnberger schlug sich auf seine kribbelnden Schläfen. Vollgesogene Mücken platzten und zerliefen zu roten Klecksen. Er wischte sich die Hand an seiner Jacke ab. Das war der Unterschied zwischen dem echten Job und einer Bond-Story: Der große James hätte jetzt ein Mobiltelefon mit Sonar zur Ortung bequemer Geheimgänge gezückt. In Wirklichkeit und ganz besonders beim UGB fand man Geheimgänge trotz aller M82er immer noch durch Umherstapfen, Auf-den-Waldboden-Starren und Totschlagen von Insekten, die alles daran setzten, einen auszusaugen.

Ein stechender Schmerz im Rist. Dirnberger fiel der Länge nach auf den weichen Waldboden.

„Sakrament!", fluchte er halblaut ins Moos, wollte sich aufrichten und stellte fest, dass das nicht ohne weiteres möglich war. Im selben Moment wusste er, dass er den Geheimgang gefunden hatte.

Sein rechter Fuß steckte in einem rostigen Eisenring von etwa fünfzehn Zentimetern Durchmesser. Der Ring gehörte zu einem Betondeckel, der unter einer Schicht modriger Nadelstreu und einem Mikrokosmos von Moosen und Zwergfarnen nahezu unsichtbar geworden war.

Der Deckel war nicht so fest eingewachsen, wie es den Anschein hatte. Ein runder Schacht öffnete sich vor Dirnberger. Trockene Kiefernnadeln rieselten in die Dunkelheit. Es schien mehrere Meter in die Tiefe zu gehen. In die Wand waren Eisenholme eingelassen. Ziemlich verrostet allesamt. Mangels besserer Ideen machte sich Dirnberger auf den Weg nach unten.

Er hatte mit einer klammen, feuchtkalten Umgebung gerechnet. Tatsächlich war die Luft aber trocken, fast überheizt. Er befand sich in einer kleinen Kammer, die jemand in den dunklen Granit gehauen hatte. Der Schein seiner Taschenlampe erfasste einen altmodischen Dreh-Lichtschalter, der mit einem anklagenden Knirschen gehorchte. An der Decke erwachte eine 40-Watt-Leuchte mit dickem Glasgehäuse und Drahtkreuz. Er sah sich um. Zwei unangenehm schmale und niedrige Gänge liefen im spitzen Winkel von der Kammer weg. Der rechte, der ungefähr in Richtung des Hauses zeigen musste, wies in eine lauernde Schwärze. Im linken konnte er in einiger Entfernung einen bläulichen Schimmer ausmachen. Dieser Gang schien zur Scheune zu führen. Dirnberger schaltete die Kellerleuchte ab und wartete, bis seine Augen sich an die Dunkelheit gewöhnt hatten. Dann folgte er dem linken Gang, der sich nach einer Biegung zu einer kleinen Halle weitete.

Von der Decke flutete blaues Neonlicht. Leises Summen aus allen Richtungen. Transformatoren? Jedenfalls hing der Geruch von betriebswarmer Elektronik in der Luft. In den grob behauenen Fels waren drei Türen eingelassen, Labortüren mit jeweils einem Bullauge in der oberen Hälfte und einer quadratischen Klappe von etwa fünfzehn Zentimetern knapp über dem Boden. Gegenüber von Dirnberger gab es einen Gang, in dem, wie es aussah, eine Treppe steil nach oben führte. Er drückte sich mit dem Rücken an die Wand und bewegte sich vorsichtig weiter in den Raum hinein, jeden Moment darauf gefasst, so etwas wie einen Alarm auszulösen. Nichts passierte. War Susan hier unten gefangen? Gut möglich. Er hatte die erste Tür erreicht und spähte durch die runde Glasscheibe. Der Raum dahinter, in blaues Dunkel getaucht, schien nicht besonders groß zu sein. An der rechten Wand blinkten hin und wieder kleine grüne und rote Lichter an Geräten, die in ein schmales Regal montiert sein mussten. Die Mitte des Raumes beherrschte ein unförmiger Gegenstand, den Dirnberger in der Dunkelheit zunächst nicht identifizieren konnte. Der Lichtkegel seiner Taschenlampe enthüllte Stück für Stück eine Maschine, die in ihrem früheren Leben eine Drehbank gewesen war. Sie stand unter einem Sturz aus Glas oder durchsichtigem Kunststoff. Dort, wo man das Werkstück einspannte, war der offizielle Grund seiner Anwesenheit befestigt. Die Fluchvase. Dirnberger war vorsichtig genug, nicht durch die Zähne zu pfeifen. Volltreffer. In natura kam sie ihm noch weniger ungewöhnlich vor als auf den Bildern. Knapp oberhalb der Vase befand sich eine Art Roboterarm, an dessen Ende ein Holzgriffel montiert war. So ähnlich hatte sich Dirnberger das vorgestellt. Klar. Genug gesehen. Er knipste die Taschenlampe aus, hielt den Atem an und konzentrierte sich auf seine Umgebung. Außer dem Transformatorsummen und dem Pochen in seinen Schläfen war nichts zu hören.

Weiter zur nächsten Tür. Ein kleines Labor mit einem Arbeitstisch, der die gesamte linke Seite des Raumes einnahm. Darüber Regale voller Flaschen, Dosen, Glaskolben und allerhand Gerätschaften. Auf der rechten Seite stand eine Glastheke, wie man sie aus Bäckereien kennt, aus der jedoch oberschenkeldicke Schläuche zur Decke führten. In der Theke standen zwei Reihen große Hüte, nein … Dirnberger musste erneut seine Taschenlampe bemühen, auch das war keine echte Überraschung. Jeder dieser fußballgroßen Haufen war ein Gugelhupf. Manche von den Kuchen schienen noch relativ frisch zu sein, andere waren sehr zerkrümelt, und auf einigen gedieh ein dicker Pilzrasen von undefinierbarer Farbe. Nicht auszudenken, wenn Bellingham Susan … *Ruhig, Dirnberger.* Er riss sich von dem eklig-faszinierenden Anblick los, schlich zur letzten Tür und spähte durch das Bullauge. Da war jemand.

Schräg mit dem Rücken zur Tür saß ein Mann, ein junger Mann, fast noch ein Kind, an einem Schreibtisch. Eine

Schirmlampe machte den Arbeitsplatz zu einer warmhellen Insel in der Dunkelheit. Mit seinen fettigen Haaren und dem schmuddeligen T-Shirt sah der Junge aus wie jemand, den die Besessenheit von einer Idee sich selbst vergessen lässt. In unglaublicher Geschwindigkeit tippte er mit dem linken Zeigefinger auf einer Computertastatur, während er mit der rechten Hand die Maus ständig in ruckender Bewegung hielt. Auf dem Schreibtisch des Jungen standen zwei Flachbildschirme, Einundzwanzigzöller. Links tobte lautlos ein Inferno. Ein mausgesteuerter Held in Militärkombi schlachtete sich mit Hilfe einer Panzerfaust, einer Maschinenpistole und etlicher Handgranaten quer durch eine von Kampfrobotern wimmelnde Fabrikhalle. Rechts wuchs in einem schlichten Editor, völlig unabhängig von dem Gemetzel, ein komplizierter Text heran. Vermutlich ein Computerprogramm. Der junge Mann schien von seinen beiden Tätigkeiten völlig absorbiert zu sein. Er trug Ohrhörer, die ihn wahrscheinlich mitten in die virtuelle Fabrik versetzten, wo es vom Gefechtslärm nur so dröhnen musste. Nach größeren Treffern seinerseits nahm er abwesend einen Schluck Cola aus der Flasche, die einzige Gelegenheit, bei der er die Maus losließ. Der ganze Schreibtisch war bedeckt von einer dicken Schicht aus zerknülltem Kekspapier, Bleistiften, aufgeschlagenen Büchern und leeren Joghurtbechern.

An den Wänden drängten sich Racks, in denen sich wiederum Computer drängten. Tausende von Leuchtdioden in Rot, Grün und Gelb funkelten, als seien Schwärme von Glühwürmchen unterwegs. Eine nicht ganz billige Hochleistungsanlage. Der junge Mann drückte eine Taste und schien auf etwas zu warten. Auf dem rechten Bildschirm erschien eine Reihe von Diagrammen, denen er sich mit steigendem Interesse und zunehmend angespannter Körperhaltung zuwandte. Unbemerkt baute links eine Gruppe von Elite-Kampfrobotern einen Hinterhalt auf, aus dem der nunmehr blind geführte

Recke bestenfalls als ein Sack Hackfleischbällchen hervorgehen würde. Der Junge tippte in schneller Folge auf der Tastatur, ohne die Augen vom rechten Bildschirm zu nehmen. Andere Diagramme erschienen. Links marschierte der Held militärisch-töricht vorwärts. In Sekundenbruchteilen würden die Roboter mit ihren Kettensägen auf ihn losgehen. Dirnberger, der nicht wegsehen konnte, unterdrückte einen Warnschrei, dessen es nicht bedurfte. In einer schnellen Drehbewegung feuerte der Soldat sechs Raketen ab, die vier Roboter in weißglühende Schrotthaufen verwandelten. Zwei überlebten und waren unintelligent genug, auf ihn loszustürmen. Ihre Köpfe rollten noch auf dem Boden, als der Held sein Laserschwert schon längst wieder eingesteckt hatte und sich nach ernsthafteren Gegnern umsah. Der Junge sah kurz nach links, wie um sich zu vergewissern, dass wirklich alle erledigt waren, und wandte sich wieder seinen Diagrammen zu. Links drangen neue Roboter ein. Sie wussten noch nicht, dass sie es mit Kasperi zu tun hatten.

*

Die Treppe war steil, die Stufen uneben und viel zu schmal für einen großen Mann. Kein Geländer. Ohne die Taschenlampe wäre Dirnberger mehrmals danebengetreten, vermutlich mit fatalen Folgen für sein Genick. Der Gang endete in einer grob gezimmerten quadratischen Luke mit einem ebenfalls quadratischen Loch an einer Ecke. Dirnberger fasste mit einer Hand durch diese Öffnung und klappte die Luke vorsichtig zurück.

Noch bevor seine Augen sich an die hellere Umgebung gewöhnt hatten, wusste er, wo er angekommen war. Es roch nach Heu und Sägespänen, aber auch nach Diesel und Schmieröl, dabei ein Hauch Terpentin. Eine Scheune mit Werkstatt, wie es sie in allen ländlichen Gegenden des

Planeten geben musste. Von den Fenstern her, es waren nur wenige, schoben sich Lichtriegel in die staubige Luft. Dirnberger unterdrückte ein Niesen.

Die Scheune war sehr geräumig. An ihren Wänden wechselten sich Stapel von Holzkisten und Brettern aller Größen mit Regalen ab, in denen Kanister, Farbdosen und Blechtonnen, alle von der gleichen schmierig-braunen Patina überzogen, vor sich hindämmerten. An langen Wandleisten stand eine Armee von Werkzeugen zu Befehl. Die wenigsten sahen so aus, als seien sie in den letzten zehn Jahren benutzt worden. Eine gewaltige Hobelbank, ein schartiger brauner Leviathan, stand unweit des Schiebetores. Ölflecken auf dem Estrich daneben markierten wohl den Abstellplatz des Pick-ups. Dirnberger zog sich nach oben und schloss die Luke. Erst jetzt bemerkte er, dass es ein zweites Stockwerk gab. Etliche Holzständer unterteilten den Raum und auf ihnen ruhte ein zum Tor hin offener Heuboden. Soweit Dirnberger erkennen konnte, lagerten dort massenhaft Strohballen, die Jahrzehnte alt sein mochten. Vermutlich hatte Bellingham das Anwesen so übernommen und war einfach zu faul gewesen, all die Dinge, die er nicht brauchte, die ihn aber auch nicht störten, wegzuschaffen.

Eine Bretterwand, die neben der Hobelbank einen kleinen Raum abzutrennen schien, fiel Dirnberger auf, weil ihr Holz noch kaum nachgedunkelt war. Die Tür sah, einschließlich der kleinen Klappe an der Unterseite, genauso aus wie die Labortüren, die er im unterirdischen Gang gesehen hatte. Einziger Unterschied, dass diese hier mit einem gewaltigen Stahlriegel blockiert werden konnte. Sie war nicht versperrt. Dirnberger schob den Riegel bis zum Anschlag nach links, drückte die Klinke und spähte hinein. War die Tür schon zehn Zentimeter dick, mussten die Wände noch deutlich massiver sein. Der Raum wirkte viel kleiner als man von außen vermutet hätte. Hier war man also auf Schalldämpfung aus. Es roch nach

Putzmittel. Alles weiß gekachelt, ein Abfluss in der Mitte. An der linken Wand gab es einen Wasserhahn. Daneben hing ein roter Schlauch säuberlich aufgewickelt in einer Plastikhalterung. Fleischerhaken an einem Stahlrohr. Ein Schlachtraum. Allerdings keine Spur von irgendwelchem Vieh, das man hätte schlachten können.

Etwas raschelte. Reflexartig fuhr Dirnberger herum und zog die Waffe. Hinter ihm fiel die Tür ins Schloss. Fauchen, Katzenbuckel. Er musste lachen. Auch die schmuddelige Perserkatze schien sich von ihrem Schreck erholt zu haben und trollte sich würdevoll. Sie verschwand in einer Wolke weißer Haarbüschel durch das Katzenloch in der Bodenluke. Dirnberger wollte gerade die Waffe wegstecken, da packte jemand von hinten seinen linken Arm und drehte ihn in eine höllisch unnatürliche Position. Die Browning fiel polternd zu Boden.

*

„Sie möchten wirklich keinen Whisky? Weiß Gott, Sie hätten ihn sich verdient."

„Wo ist Susan?", fragte Dirnberger. Er versank fast in einem der dunkelbraunen Ledersessel in Bellinghams Salon. Ihm gegenüber saß Bellingham selbst und schenkte sich Blended Scotch in einen Tumbler ein. Er tat das mit einer beiläufigen Arroganz, die Dirnberger nur deshalb nicht veranlasste, auf ihn loszugehen, weil hinter ihm Olga mit entsicherter Pistole stand.

Bellingham hielt den Tumbler prüfend gegen das Licht, ließ die Flüssigkeit kreisen und nahm einen Schluck.

„Ich muss Ihnen gratulieren, Dirnberger. Meine Gegner kommen normalerweise nicht so weit. Aber haben Sie wirklich gedacht, es gäbe einen Eingang, den wir nicht unter Kontrolle hätten? Das wäre ja wie bei James Bond, nicht? Ich habe gerade meiner guten Olga Fahrstunden gegeben – sie kann zwar Panzer fahren, aber immer noch keine PKWs –, als das Warnsignal kam. Natürlich war mir klar, dass das nur Sie sein konnten. Deshalb habe ich Ihnen noch etwas Zeit zum Umsehen gelassen. Olga hat dann den Rest erledigt." Er grinste.

„Wo ist Susan?", wiederholte Dirnberger.

„Wer?", fragte Bellingham und freute sich über Dirnbergers Verblüffung. „Nur ein Scherz, nur ein Scherz. Meiner fast treuen Assistentin geht es gut. Ich freue mich, dass sie wieder bei mir ist." Er wiegte den Tumbler in der Hand, nahm scheinbar gedankenverloren einen Schluck und sagte dann: „Sie heißt übrigens Tetaphrate."

„Das glaube ich nicht", antwortete Dirnberger mechanisch, während er zu verstehen begann. Zu verstehen, dass er nach allen Regeln der Kunst zum Esel gemacht worden war.

„Ah, ich sehe, Sie sind informiert. Wie schön, mit einem Profi zu plaudern."

„Er hat Recht, Fons. Du hättest niemals hierher kommen dürfen."

Susan trat ein. Sie trug ein langes schwarzes Kleid mit goldener Knopfleiste. Dirnberger hätte gern mit einer Humphrey-Bogart-Antwort pariert, musste aber feststellen, dass ihm in seinem Zustand aus Verzweiflung, Enttäuschung und Wut nichts dergleichen über die Lippen kommen wollte. Er brachte nicht einmal ein Kopfnicken zustande. Seine Schläfen pochten.

Als Susan sich setzte, tätschelte ihr Bellingham den Po. Dirnberger gab es einen Stich und Olga hinter ihm ließ einen ochsenfroschartigen Missfallensgrunzer hören. Susan lächelte, dann musterte sie Dirnberger mit dem distanziert-interessierten Blick, den sie – wie lange war das schon her – in Bilchlingers Büro zur Schau getragen hatte, als er ihr zum ersten Mal begegnet war. Es schien ihr nichts auszumachen, ihm in die Augen zu sehen. Der Vergleich mit einer Katze, der es Spaß macht, die gefangene Maus zu quälen, drängte sich Dirnberger auf. Er wandte sich ab von dieser fremden Frau.

„Was haben Sie mit ihr gemacht?"

„Ich?", Bellingham tat entrüstet. „Was sollte ich gemacht haben? Sie ist alt genug, ihre eigenen Interessen zu haben."

„Sie hatte schon Zweifel wegen gewisser Qualitäten Ihrerseits", fuhr er im Plauderton fort, „aber letztendlich hat sie sich doch auf mich zurückbesonnen. Ich bin ein Genie und sie ist eben … Tetaphrate."

„Tja", sagte Susan und bedachte Dirnberger mit einem bedauernden Lächeln nebst Achselzucken. Sein Herz gefror zu einem Eisklumpen. Was für ein Idiot er doch war. Wie konnte ausgerechnet er sich einbilden, jemandem etwas zu bedeuten? Immerhin, die UGB-Rolle konnte er noch mit Anstand zu Ende spielen, vorausgesetzt, er vermied es, Susan anzusehen.

„Was haben Sie vor, Bellingham?" Es gelang ihm, seine Stimme nicht allzu belegt klingen zu lassen.

„Ich werde eine Spur auf der Welt hinterlassen. Keine schöne, versteht sich, sondern eine, die in Erinnerung bleiben wird. Genugtuung für alle Missachtung und Geringschätzung an drei Generationen Bellinghams." Der letzte Satz klang beiläufig, aber Dirnberger konnte den Hass dahinter spüren.

„Ich vermute, Sie wollen den Fluch der Pharaonen loslassen?"

„Loslassen?" Bellingham hüstelte gespielt. „Was für ein billiges Wort. Ich denke eher an so etwas wie *entfesseln.* In wenigen Tagen werden Millionen Computer auf der ganzen Welt eine kleine Tonsequenz abspielen, die von hier kommt. Sie kennen meine unterirdischen Räumlichkeiten."

„Wie muss man sich das Ergebnis vorstellen?"

„Gute Experimente sind ergebnisoffen." Bellingham kicherte. „Aber die grobe Richtung steht natürlich fest. Sehen Sie hin."

Ein Beistelltisch gegenüber dem Kamin trug ein altmodisches Fernsehgerät und einen Videorekorder. Auf einen Wink Bellinghams zog Olga eine Fernbedienung hervor und schaltete beide Geräte ein. Nach einigem Rauschen und Flackern zeigte der Bildschirm zwar unscharf und verwackelt, aber doch deutlich erkennbar …

„Den gefliesten Raum haben Sie zuletzt besichtigt, Sie erinnern sich? Haben Sie die kleine Kamera bemerkt? Vermutlich nicht. Vielleicht die Lautsprecher?"

„Die Katzenklappe", sagte Dirnberger trocken.

Bellingham verzog das Gesicht. „Die einzige Tür, in der ich keine haben wollte. Aber erklären Sie das einem Handwerker …"

Auf dem Bildschirm erschien Olga, die ein großes Tier, ein Schwein, das sich heftig wehrte, in den Raum zerrte und dort einsperrte. Die Aufnahme war zwar ohne Ton, aber man konnte sich den Lärm gut vorstellen. Nachdem Olga gegangen war, tobte das Schwein noch eine Weile, dann schien es sich etwas zu beruhigen, vielleicht war es auch nur erschöpft.

„Passen Sie auf, Dirnberger, jetzt spielen wir den Fluch ein."

Das Schwein horchte auf. Sekunden später begann es wie wahnsinnig gegen die Tür, gegen die Wände anzurennen. Nach wenigen Minuten bäumte sich das Tier in der Mitte des Raumes auf, stellte sich auf die Hinterbeine, das Maul weit geöffnet, es musste entsetzlich gebrüllt haben – und dann ging alles ganz schnell. Blut quoll plötzlich aus Maul, Augen und Ohren, und das Schwein kippte unter Krämpfen, gleichzeitig urinierend und kotend, in eine Pfütze aus rotem Schaum und Exkrementen. Es zuckte zwei- dreimal und verendete schließlich mit angezogenen Vorder- und Hinterbeinen. Dirnberger musste an Wimmers Buzi denken. Olga betrat den Raum und begann Schwein und Boden mit Schlauch und Schrubber abzuwaschen.

Auf ein Zeichen von Bellingham stoppte die wirkliche Olga das Band. Das Bild blieb stehen und zeigte sie als ungeschlachten Todesengel über dem verendeten Schwein.

„Sehen Sie, Sehen Sie!“, frohlockte Bellingham und fuchtelte in Richtung Bildschirm. „Die klassische Grabräuberhaltung! Fast alle, die man tot gefunden hat, lagen genauso da wie die Sau. Übrigens auch die Archäologen, die es erwischt hat. Ich bin ein Genie!“

„Selbst konnten Sie sich den Fluch ja nicht anhören“, sagte Dirnberger.

„Exakt. Hätte ich diese Dummheit begangen, wäre aus unserer kleinen Plauderei nichts geworden. Und das arme Schwein hat uns, wenn auch nur indirekt, doch das Wesentliche bewiesen, was meinen Sie?“

„Tun Ihnen die Menschen nicht leid?“

„Wer hatte je Mitleid mit mir? Sie sind herrlich naiv, Dirnberger.“ Er lächelte Susan zu.

„Er hat Recht, Fons“, hauchte sie und blickte ihm wieder in die Augen.

Das tat weh. Dirnberger kämpfte gegen seine kalte Wut, die er als schlechten Ratgeber kannte, und den Wunsch, Susan anzuschreien. Ihm war übel. Am liebsten hätte er geweint.

Der Junge, den Dirnberger unten am Bildschirm gesehen hatte, latschte herein und ließ sich in einen freien Sessel plumpsen. Ein käsiger Geruch erstickte Susans Karamellduft und sogar Olgas handfeste Schweißnote.

„Sieht alles sehr gut aus, Mr. Ed.“

„Bravo, Kasperi. Darf ich dir Herrn Major Dirnberger vorstellen? Mein gefährlichster Gegner in diesem Level.“

Kasperi machte große Augen. „Ist er gefangen? Dann kommen wir bald in den nächsten, oder?"

„Die Welt, eine Kaskade von Levels, ein riesiges Computerspiel. Können Sie sich das vorstellen, Dirnberger? Heute sind wir Feinde, aber wer weiß …? Im nächsten Level kann alles anders sein." Bellingham nippte an seinem Whisky. „Ich habe keine Ahnung, wie es Ihnen geht, aber mir sind schon weitaus dümmere Ideen begegnet."

„Ich finde, dass er in Behandlung gehört."

„Nehmen Sie unsere gute Susan. In einem Level, von dem ich keine Ahnung habe, war sie eine Todfeindin von Kasperi. Heute stehen beide auf der gleichen Seite. Auf meiner. *Dragon Queen* dort, *Susan* hier, *Tetaphrate* in meinem persönlichen *Bonuslevel.*"

„Sie benutzen einen verrückten Teenager."

„Was heißt benutzen? Kasperi bekommt von mir das Einzige, was er wirklich braucht. Anerkennung nämlich. Alle anderen glauben, dass er meschugge ist. Ein Schicksal, an dem schon Genies zerbrochen sind."

„Ich nehme an, er ist Ihr Computermensch."

Bellingham setzte sein breitestes Froschgrinsen auf. „Kasperi ist in der Tat der technische Kopf meines kleinen Vorhabens. Mittlerweile haust in achtzig Prozent aller Computer, die am Internet hängen, ein kleines Programm aus seiner Werkstatt. Völlig unbemerkt natürlich. Es kennt viele Wege, kommt als automatisches Update von Antiviren-Software, hängt sich an alle möglichen Downloads, findet Lücken in Firewalls, baut sich in E-Mails ein, verändert sich bei Bedarf von selbst, verbreitet sich als Wurm oder als Makrovirus und was-weiß-ich-noch-alles, ist praktisch unauffindbar … Richtig so, Kasperi?"

Kasperi, der sich während des Gesprächs in eine Art Stand-by-Betrieb geschaltet hatte, reagierte sofort.

„Nein, Mr. Ed. Es ist viel besser. Ich nutze die rekursiven Potenziale der XR256-Schnittstelle und emuliere dort normalen TCP/IP-Verkehr, um unerkannt …"

„Großartige Arbeit, Kasperi", unterbrach ihn Bellingham. „Auf deine Weise bist du … fast ein Genie. Und morgen Vormittag, um zehn Uhr, Dirnberger, gibt es kein Zurück mehr. Wir speisen dann von hier aus den zweiten Teil ins Netz: den Fluch der Pharaonen im O-Ton. Alle infizierten Rechner werden sich gegenseitig zu erkennen geben und ihn unter sich weiterreichen. Das dauert natürlich, weil es so viele sind."

„Soll ich beeindruckt sein?", sagte Dirnberger.

„Kasperi hat ausgerechnet, dass die Verteilung nicht mehr als achtzehn Stunden in Anspruch nehmen wird, aber dann ist es erst vier Uhr früh hier in Finnland …"

„Keine gute Sendezeit", wandte Dirnberger ein.

„Eben. Ich gebe also noch zwölf Stunden zu. Das macht sechzehn Uhr in Helsinki, fünfzehn Uhr in M., vierzehn in London, neun Uhr früh in New York, acht in Dallas, sieben in Denver, sechs in San Francisco. Dann spielen ein paar hundert Millionen Computer den Fluch ab. Einmal nur, aber das sollte genügen. Kleine Frühstücksüberraschung für die Amis, Nachmittagsdepression für die Europäer."

Sein Lachen erinnerte Dirnberger allzu deutlich an *J.R. Ewing.*

„In San Francisco kriegen Sie jedenfalls nur die Frühaufsteher."

Bellingham winkte ab.

„Ach woher. Wer später einschaltet, den erwischt es eben später. So schnell wird niemand dahinterkommen. Wer den Fluch gehört hat, kann es keinem mehr sagen. Haben Sie Fantasie Dirnberger? Stellen Sie sich vor, Industrie, Verwaltung, Universitäten, ganze Staaten, was Sie wollen, alles am Boden, auf einen Schlag."

„Haben Sie für Asien auch Programm?"

„Die haben mir nichts getan. Aber die Arbeit im großen Stil bringt eben Kollateralschäden mit sich. Alles in allem darf ich mit einer überzeugenden Wirkung rechnen. Denken Sie an das Schwein." Er rieb sich die wurstfingrigen Hände.

„Kasperi", sagte Dirnberger, „die Menschen werden nicht hinter dem Bildschirm sterben, sondern davor. Überleg' dir das."

Kasperi tat gelangweilt. „Mr. Ed und ich mischen nur durch. Jeder kommt in irgendeinem Level wieder. Das hab ich schon oft gesehen."

„In diesem Level hier wird sich jedenfalls etwas tun", sagte Bellingham.

Kasperi kratzte sich am Kopf. „Ich glaub ich muss noch mal bei *Robo Warrior* aufräumen, sonst kommen die auch noch hier rein." Er schlurfte nach draußen. Sein ranziger Körpergeruch entschloss sich, noch etwas zu bleiben.

Bellingham sah ihm nach.

„Schlechte Karten, Dirnberger. Sie haben sich mit einem Genie angelegt. Wer außer mir wäre darauf gekommen, dass die Fluchvase …"

„… eigentlich eine Schallplatte ist", ergänzte Dirnberger. Unter anderen Umständen hätte er an Bellinghams und Susans Verblüffung seine helle Freude gehabt.

„Sie auch?", fragte Bellingham mit einer Stimme, die eine gewisse Sorge um sein Genialitätsmonopol verriet. „Wie, zum Teufel …?"

„Es war ganz einfach", sagte Dirnberger, weil er wusste, dass sich Bellingham darüber ärgern würde, „nachdem ich erfahren hatte, dass der Fluch sich sozusagen technisch konservieren musste."

„Dieser Yusuf also", murmelte Bellingham.

„Auf allen Bildern von der Vase sind mir diese Rillen eigenartig vorgekommen, bis mir klar geworden ist, dass es eine einzige Rille sein muss. Eine Spirale, die von oben bis unten durchläuft. Einen Hinweis darauf habe ich sogar geträumt. Kommt vor, in meinem Beruf." Er machte eine wegwerfende Handbewegung. „Jedenfalls findet man regelmäßige Hell-Dunkel-Muster in der Rille, wenn man die Fotos vergrößert. Bei Schallplattenrillen sieht das ganz ähnlich aus.

Damit hat der Griffel, den wir im Museum gefunden haben, Sinn gemacht. Der ist natürlich eine grobe Tonnadel, die in die Rille passt, und die eingeklemmte Pappscheibe ist ein primitiver Verstärker, so etwas wie ein Grammofontrichter. Der Hocker ist ein improvisierter Plattenteller. Ihre Diener mussten ihn mitbringen, weil sich die Töpferscheibe im Museum nicht drehen lässt. Mit dieser Ausrüstung haben sie die Vase angespielt. Zum Test vermutlich. Mit schlimmen Folgen für den Hamster Buzi."

„Brillant, Dirnberger, in der Tat. Nanaphar muss den Fluch genau zu der Zeit ausgesprochen haben, als unmittelbar daneben TT mit so einem Griffel die Rille in den weichen Ton gezogen hat. Der Fluch sieht nur eine Chance, stellen Sie sich das vor! Seine Schallwellen übertragen sich auf den Griffel, die Schwingungen werden zu Unebenheiten in der Rille, TT brennt die Vase und er ist in Sicherheit."

„Wer ist TT?", fragte Dirnberger.

„Der *T*aubstumme *T*öpfer wird unter Fachleuten so abgekürzt. Sein Name ist nicht überliefert."

„Eines ist mir noch nicht klar. Dass den Dienern der Fluch nichts ausmacht, kann ich mir vorstellen. Aber den Ebermayr müsste er doch erwischt haben, wenn er die Vase abgespielt hat."

Bellingham erhob sich wortlos, fischte einen der vielen fremdartigen Gegenstände vom Kaminsims und drückte ihn Dirnberger in die Hand. Das Ding sah aus wie der Henkel eines Eimers, war allerdings aus einem dunklen, schweren Holz gemacht. Dirnberger tippte auf Eibe. Teilweise war er mit einem löchrigen Kaninchenfell umwickelt, und an den Stellen, wo der Eimer hätte hängen müssen, waren zwei muschelartige Schalen angebracht, bierfilzgroß, mit daumendicken Wülsten aus bröseligem – Dirnberger schnupperte daran – Bienenwachs an der Innenseite.

„Was ist das?“

„Renaissance-Ohrenschützer. Aus dem Besitz von Ebermayr.“

„Scheinbar auch ein Genie.“

„Ich habe nichts dem Zufall überlassen“, dozierte Bellingham mit Unmut in der Stimme. „Meine Diener haben den Glassturz im Museum zerschlagen und es so aussehen lassen, als sei es dieser Trottel von einem Aufpasser gewesen. Dadurch war am Tag X die Alarmanlage außer Betrieb. Ich wusste auch, dass er den Käfig mit seinem Hamster nachts immer in den Ausstellungsraum brachte. Ideal für einen Test vor Ort. Für den Großeinsatz habe ich natürlich meinen Vasenplattenspieler im Keller. Sie haben ihn schon gesehen.“

„Wer baut so etwas?“

„Russische Technik, einfach und robust. Olga hat ein Ingenieurstudium absolviert. Bei der Roten Armee.“

„Ich hätte nicht gedacht, dass die der Welt noch einmal gefährlich wird …“

„… worauf Sie Gift nehmen können.“ Bellingham nahm einen Schluck Whisky. „Wie gesagt, die Einzigen, die den Fluch gefahrlos hören konnten, waren meine beiden Sonderbeauftragten. Lautlos. Intelligent. Zumindest intelligenter als der Durchschnittseuropäer. Treue Seelen.“ Der Gedanke schien etwas in ihm auszulösen. Er schniefte und wischte sich die Augen. „Sie haben sie zerstört“, sagte er leise, als sei ihm das erst in diesem Moment klar geworden. „Die letzten, die es noch gab. Unersetzliche Kulturgüter und treu wie Cockerspaniel …“

„Wir reden von diesen Ungeheuern?“, unterbrach ihn Dirnberger. Bellingham schien nachzudenken.

„Wie wär's, wenn Sie sich selbst ein Bild davon machen? Sie schulden mir Ersatz, Dirnberger. Erraten Sie, was ich im Keller züchte?"

„Ich hab's gesehen."

„Brillant, brillant. Ich möchte Sie zu einer Prise Sporen überreden. Jetzt. Was hält meine Assistentin von dieser Eingebung?"

„Gute Idee", sagte Susan und sah Dirnberger ins Gesicht. Ein Schatten huschte über ihre Augen, aber selbst wenn dies ein letztes Zeichen von Zuneigung gewesen wäre – Dirnberger hätte nichts mehr darauf gegeben.

*

„Aufstehen."

Bellingham hielt auf einmal eine Waffe in der Hand. Dirnberger erkannte sie als seine Browning wieder.

„Hände auf den Rücken. Vorwärts."

Dirnberger erhob sich und trottete los, so langsam, wie es die Situation erlaubte. Seine Gedanken überschlugen sich auf der Suche nach einem Strohhalm, den er ergreifen konnte. Bellingham und Olga waren dicht hinter ihm, beide mit gezückten Waffen. Susan betrachtete die seltsame Prozession mit distanziertem Interesse.

Sie kamen vom Salon in die Eingangshalle. Eine breite Treppe, deren Geländer sich im zweiten Stock in einer Galerie fortsetzte, beherrschte den Raum.

Dirnberger wurde grob in den Rücken gestoßen.

„Hier entlang."

Im Unterbau der Treppe gab es eine Tür. Sie musste abwärts zu den Laborräumen führen.

„Halt."

Dirnberger blieb etwa drei Meter vor der Tür stehen.

„Keine Mätzchen."

Olga kam nach vorne, steckte die Waffe in das Halfter unter ihrem Strickjäckchen, holte einen altertümlichen Schlüssel hervor und machte sich daran, die Türe aufzusperren. Etwas schien zu klemmen. Sie ging leicht in die Knie, wobei ihr muskulös-kantiges Hinterteil im knappen Dienstmädchenrock sich ein Stück auf Dirnberger zubewegte. Dessen Kapriolen schlagender Verstand bekam mit einem Mal ein loses Ende zu fassen. Hatte er nicht vor langer Zeit bei Oskar Maria Graf gelesen, dass die Russen auf eine ganz seltsame Art prüde waren? Und wenn er an ein Detail von vorhin dachte, dann gab es nur eines …

Blitzartig ließ er seine rechte Hand nach vorne schnellen und gab Olga einen Klaps auf die rechte Pobacke. In derselben Bewegung tauchte er nach links unten ab.

„Heee!", sagte Bellingham völlig überrascht, aber bevor er irgendetwas tun konnte, fuhr ihm schon Olgas für Dirnberger bestimmte Faust wie ein Rammbock ins Gesicht. Es gab ein hässliches Knirschen. Durch die Wucht des Stoßes flog die Browning aus Bellinghams Hand. Er taumelte rückwärts. Dirnberger hechtete der Waffe hinterher, fing sie in der Luft auf und richtete sie sofort auf Olga. Gleichzeitig drehte er sich so, dass er die Eingangstür im Rücken und damit alle drei im Blick hatte.

„Waffe runter."

Olga blickte entsetzt abwechselnd auf ihre Faust, dann wieder auf den am Boden liegenden Bellingham, der gerade stöhnend und mit blutender Nase zu sich kam. Sie begriff, dass sie verloren hatte. Ihr Schulterhalfter mit der Armeepistole glitt aus dem Strickjäckchen, blieb kurz an ihren Hüften hängen und schlug dann mit einem dumpfen Pochen auf den Fußboden. Susan schien der ganze Coup unbeeindruckt zu lassen. Es war, als gehöre sie nicht dazu.

„Dort hinüber. Hände an die Wand, Beine auseinander. Du auch!" Er würde es nie wieder fertigbringen, Susan mit einem Namen, welchem auch immer, anzusprechen. Alle drei gehorchten wortlos. Mit der linken Hand hob Dirnberger Olgas Schulterhalfter auf, fingerte, ohne seine Gefangenen aus den Augen zu lassen, die Waffe heraus und steckte sie sich in den Hosenbund.

„Bravo Dirnberger", ließ sich Bellingham vernehmen. Seine Stimme klang breiig, weil seine Nase von Olgas Schlag verschwollen und wahrscheinlich gebrochen war. Zwischen seinen schwarzen Lackschuhen waren etliche dunkelrote Kleckse, so groß wie Zweieuromünzen. „Und was jetzt?"

Die Tür im Treppenunterbau öffnete sich.

„Entschuldigung, Mr. Ed. Hab meinen Schlüssel versehentlich stecken lassen, aber was …"

„Gib mir dein Handy, Kasperi. Und dann an die Wand. Neben Olga."

Kasperi, der solcherlei Bedrängnis in Hunderten von Computerspielwelten durchlebt hatte, wusste, dass es Situationen gab, in denen nur noch entschlossenes Handeln die Sache retten konnte. Dies war eindeutig keine davon. Er gehorchte, nicht ohne die Szene um eine neue Geruchsnote zu bereichern. Bellingham fluchte leise.

Kasperis Handy war nicht das, was Dirnberger auf Anhieb als ein Telefon erkannt hätte. Er brauchte einige Minuten, um herauszufinden, wo man zwischen Filmkamera-Funktion, Organizer, MP3-Player, Schulkalender, Dia-Show, Newsticker und vielem anderen eine Nummer wählen und auf Verbindung hoffen konnte.

Ein kurzer Anruf bei der UGB-Außenstelle, und in einer halben Stunde würde sich der Vorhang über den Schlussakt des Dramas senken. Des offiziellen Dramas. Das persönliche Drama würde ihn für den Rest seines Lebens quälen. Er begann die Nummer zu tippen, was mangels Fingerfertigkeit nur schleppend vor sich ging.

Er war noch keine vier Ziffern weit gekommen, da klapperten draußen Hufe wie von mehreren leichtfüßigen Tieren, begleitet von einem feinen, fast schönen metallischen Scheppern. Eine Stimme rief einen Befehl. Das Klappern verstummte. Jemand ging auf die Haustür zu.

„Keinen Mucks“, zischte Dirnberger und ging zwei Schritte rückwärts, so dass er die Tür einsehen konnte, ohne die vier Gefangenen aus den Augen zu lassen.

Der schwere Türklopfer dröhnte. Auf der anderen Seite wartete jemand auf Antwort. Ein weiterer Schlag. Und noch einer.

„Ho! Jemand zu Hause?“ Die Stimme war tief und volltönend.

Der Ankömmling drückte die Klinke herunter. Die Tür schwang auf und gab den Blick auf eine Gestalt frei, die fast zu groß und zu breit für den Eingang war. Die letzten Strahlen der Abendsonne tauchten sie in ein kitschig karminrotes Licht. Nicht dass das notwendig gewesen wäre. Der dicke, rauschebärtige Mann trug ein rotes Kostüm mit weißen Pelzabsätzen an den Ärmeln, an der Knopfleiste, an Kragen und Mütze. Dazu auf Hochglanz polierte schwarze Stiefel.

„Cool“, sagte Kasperi. „Ein Weihnachtslevel.“

*

Schnaufend zwängte sich Mr. Claus durch den Eingang. Er schwenkte einen großen weißen Umschlag, auf dem ein stilisierter Adler mit einer liegenden Acht in den Klauen abgebildet war.

„Hi Susan! Hab mich extra schön gemacht für dich“, dröhnte er. „*Here are your documents!*“ Er schwenkte wieder den Umschlag. Die Absurdität der Situation nahm er nicht im Geringsten wahr, führte ihn sein Beruf doch regelmäßig in weitaus seltsamere Abgründe menschlichen Verhaltens.

„An die Wand. Zu den anderen“, sagte Dirnberger und wies ihm mit der Mündung der Browning den Weg. Mr. Claus schaute ihn ungläubig an. Dann leuchtete Verstehen in seinen Augen auf.

„Ah, *assessment center!*“, sagte er zu Susan gewandt und deutete auf Dirnberger. „Euer Trainer?“

„An die Wand mit Ihnen. Sofort!“, wiederholte Dirnberger.

„*Bold as brass*“, sagte Mr. Claus mehr zu sich selbst und schüttelte den Kopf. Dann richtete er sich zu voller Größe auf.

„Vor ihnen steht der *Weihnachtsmann*, sie … äh … Trainer!“

„Für mich gibt es nur den Nikolaus“, sagte Dirnberger hitzig.

Mr. Claus musste herzlich lachen.

„*That ole bishop dude?* Der ist schon lange aus dem Geschäft. Katastrophales Marketing. Wir hatten einen *contract,* ich musste seinen … äh … Krampus noch eine Weile weiter beschäftigen. *Stupid guy,* hat einmal unseren *president* in den Sack gesteckt …“

„Santa!“, schrie Susan über ihre Schulter. Mr. Claus drehte sich zu ihr um. „Das ist kein Trainer. Wir werden bedroht!“

Langsam wandte Mr. Claus seinen Kopf wieder Dirnberger zu. Der massige Körper folgte nach. Er kniff die Augen zusammen und sah mit einem Mal Bud Spencer sehr ähnlich.

„*Okay*“, sagte er langsam und krempelte die Ärmel hoch.

„An die Wand jetzt!“, sagte Dirnberger.

Mr. Claus bewegte sich auf ihn zu wie ein Grizzlybär, der sich seiner Beute sehr sicher ist.

„Liegt Ihnen etwas am Leben?“ Dirnberger richtete die Pistole auf die rote Lawine, die da in Zeitlupe auf ihn zuquoll.

„*That's a good one!*“ Mr. Claus blieb stehen. In bester Weihnachtsmann-Manier hob er den Zeigefinger. „Now, *be a …* ein guter Junge, *and give me that gun*“, sagte er. „Sonst werde ich, äh, böse.“

Der Gedanke, auf einen eigentlich harmlosen Irren zu schießen, gefiel Dirnberger überhaupt nicht. Wie alle Profis war er auf den Grundsatz der Verhältnismäßigkeit trainiert. Abgesehen davon bedeutete jeder im Dienst produzierte Tote oder mehr als bagatellmäßig Verletzte eine Menge Papierkram, besonders bei Auslandseinsätzen. Um Zeit zu gewinnen, tastete er sich rückwärts ein Stück die Treppe hinauf, die Waffe weiter auf Mr. Claus gerichtet. Der rückte unbeeindruckt nach. Nun gut. Ein Warnschuss vor die Füße hatte schon ganz anderen Typen den Schneid abgekauft.

„Das ist kein Krippenspiel, Meister", sagte Dirnberger und drückte den Abzug durch. Er spürte den satten Rückstoß der Browning. Holz splitterte vor Mr. Claus' Stiefeln. Aus dem Augenwinkel sah Dirnberger, dass Susan unten fehlte. Verdammt. Der Knall schwoll in seinem Kopf zum Dröhnen eines burmesischen Tempelgongs. Dann war alles dunkel.

Susan ließ die schwere Bratpfanne sinken und stieg über Dirnberger, der wie eine Marionette mit durchgeschnittenen Fäden auf der Treppe lag, nach unten.

„Danke, Santa."

*

Diesen Moment wählte das Unwetter, um über den Jungen herzufallen. Zuerst klang es, als ob ein papierener Himmel zerreiße. Dann folgten gleichzeitig ein Aufleuchten und ein Donnerschlag, dessen Wucht ihn auf den Rücken warf. Noch während er sich hochstemmte, brodelte vor ihm das Wasser im Platzregen auf, kalte Böen vom Fluss her schrien in den Baumkronen und peitschten Nässe in sein Hemd. Aus seinen Gummistiefeln quoll Wasser. Wieder kamen Blitz und Donner fast im selben Augenblick. Der Junge sah sich verzweifelt um. Er musste sich irgendwo unterstellen, wo es nicht ganz so schlimm war. Nur ein kleines Stück weiter hinten unter den Bäumen vielleicht.

Die Rute ruckte nach vorn und ihre Bewegung passte nicht zum Sturm. Sie verneigte sich wieder, sanft, fast spöttisch. Ein ironisches „Störe ich?". Der Junge biss die Zähne zusammen. Kein Pardon also. Er stemmte sich gegen die Böen und nahm die Rute hoch. Gemächlich, wie um zu zeigen, dass er sich gut erholt habe, zog der Fisch stromauf, ließ sich dann wieder auf Höhe des völlig durchnässten, vor Kälte zitternden Jungen treiben und wiederholte sein Spiel. Es schien ihn keine Mühe zu kosten. Der Junge kämpfte gegen den Sturm und gegen den ruhigen Zug, den er nicht aufhalten konnte. Damit würde der Fisch ihn fertigmachen. Es gab nur eine Chance – ihn in kopflose Raserei zu versetzen, damit er seine Kraft unbedacht verspielte. Er zupfte mit der linken Hand an der Schnur wie an einer Kontrabasssaite und stellte sich vor, wie der Haken im Maul des Fisches davon vibrierte.

„Zahnweh, Fisch?", brüllte er auf den schäumenden Fluss hinaus. Er zupfte wieder, stärker als zuvor. Und noch einmal. Der Fisch hielt an und der Junge konnte fühlen, dass er vor Wut und Schmerzen bebte.

„Jetzt gibt's eine Tonleiter, Fisch", sagte er. Augenblicklich ließen Wind und Regen nach, als sei das ein geheimes Sesam-öffne-dich gewesen. In den Ohren des Jungen sang noch der Nachhall der Böen, aber sonst war es still. Etwas platschte im Wasser. Wer warf da mit Steinen? Wieder dasselbe Geräusch. Rechts von ihm plumpste etwas Schweres in einen Fleck aufgeweichten Bodens. Es war rund und glasig weiß. Ein Hagelkorn, so groß wie die Äpfel im Pfarrergarten. Der Fisch ruckte, als wolle er dem Jungen sagen, dass er jetzt nicht zu kneifen habe. Mit einem Mal prasselten die Eisbrocken wie Granaten aus jeder Ecke des Himmels, schlugen schnalzende Fontänen aus dem Fluss, zerfetzten Baumkronen, zersplitterten auf den Ufersteinen. Der Junge musste an den Großvater denken, der einmal erzählt hatte, wie sie in ein Sperrfeuer der Russen geraten waren. Ich muss jetzt Glück haben, dachte er. Ein heftiger Schlag traf ihn auf den Kopf. Im Zusammenbrechen kippte er ins Wasser.

*

Dirnberger richtete seinen Oberkörper auf und befühlte die Beule an seinem Hinterkopf. Er versuchte das schmerzende Summen in seinem Schädel zu ignorieren. Nach einigen Minuten konnte er seine Augen zwingen, ihn halbwegs vernünftig über seine Umgebung zu informieren. Es war nicht besonders hell, aber das bisschen Licht, das durch das Bullauge in der Tür fiel, genügte, um die weißen Kacheln, den roten Schlauch an der Wand und die Fleischerhaken an der Decke zu erkennen. Dirnberger stöhnte. Er saß auf einer alten Matratze, sie roch schäbig, die auf zwei aneinander geschobenen Europaletten lag. Eingewickelt hatten sie ihn in kratzige, höllisch warme Militärdecken. Vermutlich von Olga bei der Roten Armee abgezweigt. Am Fußende stand ein Zinkeimer, daneben eine Rolle gelbes Toilettenpapier. „Herzlichen Dank", sagte Dirnberger sarkastisch. Er sah auf seine Armbanduhr. Es war neun Uhr dreißig.

*

„*Golly, it's nine-thirty!* Höchste Zeit, dass ich abreise."

Mr. Claus starrte überrascht auf seine riesenhafte Taschenuhr. Er trug jetzt eine Latzhose und ein Holzfällerhemd. Geräuschvoll schlürfte er den letzten Rest Kaffee.

„Also vielen Dank für das Nachtquartier und das großartige Abendessen gestern. *What kind of fish?*"

„*Pike Perch,* Zander, glaube ich", sagte Bellingham. Olga nickte. Susan lächelte. „Cool", sagte Kasperi.

„Muss mich noch um meine *reindeer* kümmern, dann bin ich auch schon weg." Er erhob sich.

„Stimmt es denn wirklich", warf Bellingham ein, „dass Sie mit diesem Schlitten überallhin reisen?"

Mr. Claus wurde rot. „Nein, *too slow,* das ist *just for the show.* Mein Fernlaster parkt weiter vorne im Wald. Mit dem

Schlitten mache ich immer nur die letzten hundert Meter." Er zwinkerte Susan verlegen zu.

„Andere Zeiten, andere Mittel", sagte Bellingham höflich. „Wir haben ihnen zu danken. Wenn Sie nicht gekommen wären, mit oder ohne Schlitten …"

Mr. Claus hielt inne, wie jemand, der beinahe etwas Wichtiges vergessen hätte.

„Haben Sie die Polizei schon angerufen?"

„Ja, ja", log Bellingham. „Aber wenn keine akute Gefahr mehr besteht, dann haben die hier keine Eile. Der Kerl wird wohl noch bis zum Nachmittag unser Gast bleiben müssen."

„Ich gehe nochmal nach ihm sehen. Er hat ja einiges abbekommen."

„Wenn Sie meinen. Aber machen Sie unter keinen Umständen die Tür auf. Er ist gefährlich", versetzte Bellingham.

„Und er tröstet sich mit Stofftieren", sagte er grinsend zu Susan, als Mr. Claus den Salon verließ, die Katastrophe im Schlepptau.

*

Neun Uhr vierzig. Um zehn Uhr würde Bellinghams Plan nicht mehr aufzuhalten sein. Dirnberger erhob sich, versuchte die Tür zu öffnen und rempelte an die Wände. Nicht, weil er sich irgendetwas davon erhoffte, sondern, weil das unter Profis zum Ritual des Eingesperrtseins gehört. Als er sich wieder zu seinem Lager umdrehte, bemerkte er überrascht, dass seine blaue Reisetasche am Kopfende stand. Darin war wohl noch die Reservegarnitur Kleidung eingepackt, die er für alle Fälle mitgenommen hatte. Wie edel, ihm diesen Komfort zu gönnen. Er fasste in die Tasche. Da war die Unterhose, das Hemd, die Socken, aber auch etwas Flauschiges, überraschend Schweres … Er hob den Gegenstand heraus. Zwei große schwarze Augen blitzten ihn an. Der kleine Hund schien ihn mit einem *Wie-schön-dass-ich-wieder-bei-meinem-Herrchen-bin*-Blick zu begrüßen.

„Warum liegst du nicht draußen im See?", sagte Dirnberger laut. Erwartungsgemäß schwieg der Hund, aber Dirnberger kannte die Antwort. Als das Boot ins Schwanken gekommen war, musste der Hund nicht über Bord, sondern in die offene Reisetasche gerutscht sein.

„Was machen wir jetzt, wir zwei?", sagte Dirnberger. Da fiel sein Blick auf die Katzenklappe.

*

Susan war auf ihr Zimmer gegangen. Der Digitalwecker auf dem Nachtkästchen zeigte neun zweiundvierzig. Sie sah aus dem Fenster. Mr. Claus stand auf dem Hof und tätschelte einem seiner Rentiere den Hals. Die Viecher durften offenbar frei herumlaufen, wenn er sie nicht gerade als Zugtiere brauchte. Neben der Scheune parkte der Schlitten. Ein Gefährt wie aus einem Walt-Disney-Film. Schrecklich. Mit Gummirädern an den Kufen, für den Sommereinsatz. Ein schlichtes Gemüt wie Santa war einfach im Vorteil. Was immer er tat, es war schon deshalb richtig, weil er es tat. Vielleicht ein typischer Vertreter seiner Nation. Die Welt war für so einen immer in Ordnung. Sie dagegen glaubte vor Selbstekel und Hass gleich platzen zu müssen. Unten ging Mr. Claus quer über den Hof auf die Scheune zu. Es sah so aus, als hätte er schon immer hier gewohnt. Wie sie diesen Idioten beneidete!

*

Neun Uhr achtundvierzig. Dirnberger band einen letzten Knoten in den roten Schlauch. Die Matratze war jetzt fest an die beiden Paletten gezurrt. Auf die Längsseite gestellt bildete alles zusammen hoffentlich eine ausreichende Deckung, wenn jetzt gleich auf der anderen Seite der Tür etwas mehr als fünfhundert Gramm C4 losgehen würden. Dirnberger nahm noch einmal seine Behelfswaffe, eine Latte mit angenageltem Holzklotz, zur Hand und schwang sie prüfend, als würde er einen Golfschläger ausprobieren. Besser als nichts. Es war nicht schwer gewesen, sie aus einer der Paletten zu brechen.

Er nahm den Stoffhund, drehte ihn um und zog ihm den roten Wollfaden mit einem Ruck aus dem Nabel. Etwas klickte im Inneren der Figur. Dirnberger nickte zufrieden. Dann stellte er den kleinen schwarzen Schalter auf *On*. In seiner Hand spürte er, wie im Bauch des Hundes etwas zu vibrieren begann. Träge setzten sich die Beine in Bewegung. Es knirschte erbärmlich. Strampeln in Zeitlupe. Nach vielleicht zwanzig Sekunden rastete etwas ein. Die Beine erstarrten in einem Zustand, angesichts dessen ein Tierarzt *krampfartige Lähmung* diagnostiziert hätte. Der kleine Hund ließ jetzt ein staccatoartiges Metallklicken hören, wobei die Hinterläufe sich langsam zum Körper hin anwinkelten. Man konnte meinen, es koste ihn unendliche Mühe, sich zum Sprung vorzubereiten. Das Klicken hörte auf und im gleichen Moment schnalzten die Hinterläufe wieder in ihre gestreckte Ausgangshaltung. *Salto Nummer eins,* dachte Dirnberger, während alle vier Beine wieder ihren mühsamen Trott aufnahmen. Er wartete noch auf Salto Nummer zwei, zählte bis fünf, stellte den Hund auf den Boden und schob ihn durch die Katzenklappe. „Servus, alter Freund“, sagte er. Der kleine Hund tat ihm ein wenig leid, als er im Schildkrötentempo nach draußen wackelte.

*

Neun Uhr neunundvierzig. Mr. Claus betrat die Scheune, um nach Dirnberger zu sehen. Aber dort begegnete ihm etwas so Entzückendes, dass er vorübergehend vergaß, weshalb er gekommen war. „Ho! Mr. Bellingham! Susan!“

*

Das Fenster stand offen. Bellingham hörte, dass der Weihnachtsmann drüben in der Scheune nach ihm rief. „Was will der Trottel denn noch?“, brummte er und stemmte sich aus seinem Drehstuhl.

*

Susan hatte nichts gehört, aber sie sah durch das Fenster, wie Bellingham über den Hof ging und die Scheune betrat. Ihr Herz pochte bis zum Hals. Die Frage *Was ist der Sinn?* tobte in ihrem Kopf. Sie presste die Hände an ihre Schläfen und schloss die Augen. Durch das Dröhnen, durch ihre Tränen hindurch fühlte sie, wie die Frage, die sie immer als belanglos abgetan hatte, ihr das Quäntchen Freiheit für den letzten Entschluss verschaffte. Der Gedanke *Ich-habe-immer-nur-an-mich-selbst-gedacht* wollte sie schier auffressen, während sie die Treppe hinunterging und Bellinghams Büro betrat. In der Schreibtischschublade lag Dirnbergers Browning. Sie fühlte sich warm an.

*

Neun Uhr einundfünfzig. Der längst fällige Knall ließ auf sich warten. Dirnberger wusste jetzt, dass er auf einen unzuverlässigen Verbündeten gesetzt hatte. Was er nicht wusste, war der Grund dessen Versagens. In den feinmechanischen Eingeweiden des kleinen Hundes hatte sich – wegen der langen Standzeit in Schladerers Regal – eine Exzenterscheibe mit einer Zahnstange verhakt. Dem Spielwert des Stofftiers hätte dies keinen Abbruch getan. Blockiert war lediglich die Zündung des Sprengsatzes.

Geheimagenten, Terroristen und Philosophen kennen das klassische Bombenproblem: Kann man bei Bomben, die pünktlich losgehen, ganz sicher sagen, dass sie funktionieren, sind solche, die nicht pünktlich losgehen, weit schwerer zu beurteilen. Voraussichtlicher Zeitpunkt der Detonation: irgendwann zwischen jetzt gleich und niemals.

*

„Kommen Sie, Mr. Bellingham, *look here!*"

„Wie kommt der hierher?"

Der kleine Stoffhund wirkte in der linken Pranke von Mr. Claus fast verloren. Mit der Rechten streichelte ihm der Weihnachtsmann zärtlich den Kopf. Er schien Bellingham gar nicht gehört zu haben.

„*Jumpy-Dumpy-Dog* von *Wang Industries*, Hongkong, Serie WX233b", sagte er feierlich. Seine Backen glühten.

„Ja nun …"

„Ein ganz seltenes Springhund-Modell. Wurde schon nach fünfhundert Stück wieder eingestellt. Materialien zu hochwertig, *by the way.* Von der Serie WX233c gibt's Millionen, verschenke ich dauernd, aber von dem hier …" Er lächelte den Hund selig an, fast, als hätte er ein freudiges Gebell zur Bestätigung erwartet.

„Er gehört Ihnen", sagte Bellingham mit einer etwas ungeduldigen Verbeugung.

„*Look!*", sagte Mr. Claus, stellte den Hund auf den Boden und schaltete ihn wieder ein. Als dieser sich wie ein unterkühltes Reptil in Bewegung setzte, gab ihm Mr. Claus einen liebevoll gemeinten Klaps, der einem echten Hund mit Glück nur ein, zwei Wochen Tierklinik eingebracht hätte. Spielzeughunde sind in dieser Hinsicht weniger empfindlich. Dafür löste die Erschütterung eine mechanische Blockade. Gemächlich lief der Zündmechanismus im Inneren der Zamperlbombe an.

„Mr. Claus, nehmen Sie den Hund mit, wenn Sie wollen. Ich muss wieder an meine Arbeit." Bellingham wandte sich um. Da stand Susan. Sie zitterte am ganzen Körper, Tränen liefen über ihr Gesicht. Es sah so aus, als versuche sie etwas zu tun, etwas zu sagen, aber es gelang ihr nicht. Bellingham begann zu lachen.

*

Neun Uhr vierundfünfzig. Immer noch nicht das kleinste Anzeichen einer Explosion. Dirnberger fluchte. So viel zum Nutzen von M82ern im Allgemeinen und Schladerers Fähigkeiten im Besonderen. Obwohl er in seiner Lage weiß Gott über andere Dinge hätte nachdenken müssen, malte er sich aus, was er Schladerer erzählen würde, sollte er je wieder hier herauskommen. Beim dritten Hornochsen zerbarst die Tür.

*

Immer noch hinter seinen improvisierten Schutzwall geduckt konnte Dirnberger hören, wie draußen ein Klagen einsetzte, zu dem sich eine zweite, dritte, vierte und weitere Stimmen gesellten. Ein gespenstischer Akkord, den ein Mussorgski kaum hätte in Noten fassen können, verlieh dem Chaos akustischen Ausdruck. Die wenigen Holzständer, die die Explosion nicht zerfetzt hatte, kreischten unter dem Gewicht des Heubodens. Sie zerbrachen mit dem Krachen einer Gewehrsalve.

Zwei Atemzüge später schlug der Heuboden donnernd auf. Eine Staubwolke wogte durch die geborstene Türöffnung.

Dirnberger sah auf seine Uhr. Neun siebenundfünzig. Er griff nach seinem Palettenholzschläger und rannte los.

*

Dirnberger kümmerte sich nicht um die Verwüstung, die die Zamperlbombe angerichtet hatte. Trotz des dichten Nebels aus Staub und beißendem Rauch fand er schnell sein Ziel. Der Heuboden hatte sich zur anderen Seite hin geneigt, so dass die Falltür zugänglich geblieben war. Dirnberger riss sie auf und hastete so schnell er konnte die Treppe hinunter. Das schwache blaue Licht und das leise Summen wirkten beruhigend. Hier unten war die Zerstörung nicht angekommen, so wie ein Orkan an der Oberfläche den Gleichmut des Meeresgrundes nicht zu stören vermag. Dirnberger lief zu der Tür, hinter der er den Vasenabspielapparat wusste. Er spähte durch das Bullauge. Die Vase in ihrer Halterung begann sich zu drehen. Neun Uhr achtundfünfzig.

Schritte von oben.

Jemand kam die Treppe herunter und war auf der Hut. Dirnberger presste sich mit dem Rücken an die Wand, auf der rechten Seite der Öffnung, durch die der andere kommen musste. In der linken Hand hielt er den Schläger wie einen zu kurzen Spazierstock. Die Schritte waren jetzt ganz nah. Sie hielten an. Dirnberger hörte verhaltenes Atmen. Langsam, wie tastend, schob sich eine Pistole aus der Öffnung. Russisches Armeemodell in kantiger Hand. Mit einer blitzartigen Bewegung seiner Linken ließ Dirnberger den Schläger schräg nach oben und nach hinten in die Öffnung schnellen. Der Holzklotz traf sein Ziel mit einem harten *Pock.* Wie ein gefällter Baum stürzte Olga in den Raum und blieb auf dem Bauch liegen. Dirnberger drehte sie hastig auf den Rücken und ertastete ihren Puls an der Halsschlagader. Kräftig wie der eines Elefanten. Abgesehen von einer

Jahrhundertbeule an der Stirn würde sie keine größeren Schäden davontragen.

Zehn Uhr. Dirnberger nahm Anlauf und warf sich gegen die Tür. Sie war nicht abgesperrt. In Zeitlupe sah er sich auf das Vasenabspielgerät zustürzen. Die Vase rotierte langsam unter ihrem Glassturz und der Roboterarm senkte den Holzgriffel auf den tönernen Körper. Gleichzeitig begannen auf einem Computerbildschirm daneben gezackte Linien zu tanzen. Auf Sendung! Sekundenbruchteile später krachte Dirnberger gegen das gläserne Gehäuse. Die Wucht des Aufpralls riss das Gerät aus seiner Verankerung. Es kippte zur Seite. Das Glas zersprang in Tausende winziger Scherben. Dirnberger spürte eine ekelhaft lebendige Bewegung unter sich. Er war auf den Roboterarm gefallen, der sich ziellos hin und her wand wie ein abgestochener Aal. Er sprang auf, und erst jetzt wurde ihm bewusst, dass er die Vase im Arm hielt, als sei sie ein kleines Kind. Instinktiv hatte er sie im Fallen gerettet. Eine schlichte Schönheit, in der Tat. Er drehte sie um ihre Längsachse. Die Ringe schienen den Vasenkörper entlang gemächlich aufwärts zu wandern. Eine einzige Rille also, in der eine Macht verborgen war, die nur darauf wartete, entfesselt zu werden. Er versuchte sich vorzustellen, was der AMP damit machen würde. *Nicht viel. Die anderen werden ihm das Spielzeug gleich wegnehmen.* Musste man vor etwas Respekt haben, nur weil es alt war?

Dirnberger hob die Vase mit beiden Händen über seinen Kopf. Dann schleuderte er sie mit aller Kraft in die Glasscherben.

*

Draußen lag Olga, immer noch bewusstlos. Sie schnarchte leise. Dirnberger brachte sie, gelernt ist gelernt, in stabile Seitenlage, nicht ohne ihre Arme und Beine mit Kabeln aus dem Wrack des Vasenabspielgerätes zu fesseln. Das würde sie eine Zeitlang aufhalten. Die Pistole, eine Makarov PMM, 9x18 mm, lag neben ihr auf dem Boden. Dirnberger entspannte die Waffe und steckte sie ein. Fehlten noch Bellingham, der Weihnachtsmann, Kasperi und … Susan. Er entschied sich dafür, den Weg nach oben zu nehmen, den er gekommen war.

Als er die Falltür öffnete, wurde sie ihm von einem rasenden Luftzug aus der Hand gerissen. Sengende Hitze fuhr ihm gegen die Stirn. Wenige Meter entfernt, dort wo der Heuboden abgestürzt war, verwandelten sich die trockenen Strohballen brüllend in einen Feuerberg. *Empedokles,* dachte Dirnberger unwillkürlich, hätte aber nicht sagen können, warum. Er kletterte aus dem Loch und befand sich im Freien. Die Scheune war vollends eingestürzt, nur noch ein Gewirr aus geborstenem Holz, das ihm immerhin den Gefallen getan hatte, die Falltür nicht zu blockieren. Er stieg über das Chaos hinweg dorthin, wo er die schwere Hobelbank erkannte, die stoisch an ihrem Platz geblieben war. Darunter lag ein großer, von der Explosion zerfetzter Sack Putzlumpen. Hier war die Hitze einigermaßen erträglich. Er ging neben dem Ungetüm in Deckung und wartete. Wo, zum Teufel, steckten die alle?

„Gewonnen", sagte der Sack. Die Stimme klang, als hätten die Putzlumpen unter größten Anstrengungen eben erst sprechen gelernt.

Es war Bellingham.

Man musste kein Arzt sein, um zu erkennen, dass er keine Chance hatte. Sein Gesicht war rußverschmiert, darunter schimmerte elfenbeinerne Blässe. Der Frack, die graue Weste, das Seidenhemd waren versengt und zerrissen. Rote Kleckse bildeten fremdartige Sternbilder überall dort, wo der Stoff noch halbwegs hell geblieben war. Bellingham hielt beide Hände auf seinen Bauch gedrückt, wie um etwas zurückzuhalten, das hervorquellen wollte. Seine Brust begann sich schneller zu heben und zu senken, als er wahrnahm, dass Dirnberger sich über ihn beugte. „Gewonnen“, ächzte er noch einmal und nickte Dirnberger zu. Jede Bewegung musste ihm höllisch wehtun.

Dirnberger schluckte. Seine Kehle war so ausgetrocknet, dass er mehrmals zum Sprechen ansetzen musste. Bellinghams im Sterben ausgesprochener Glückwunsch machte ihn verlegen. Englischer Sportsgeist noch im Letzten. Er wollte sagen, dass er, Dirnberger, auch nur dem kleineren Übel, notabene aber einem Übel, zu dienen hatte und fragen, ob er Bellingham eine letzte Zigarre anzünden solle, brachte aber nur ein heiseres „Danke“ heraus.

„Schwachkopf!“ In Bellinghams Augen war plötzlich ein wildes Leuchten. Obwohl er kaum lauter sprach als zuvor, ließ die unvermittelte Schärfe Dirnberger zurückfahren.

„*Ich* habe gewonnen. Ich, Edward Cicero Bellingham! Verloren hast du, erbärmlicher, lächerlicher *Alfons Dirnberger.*“ Die beiden letzten Worte klangen aus seinem Mund wie Verwünschungen. Es begann zu regnen. Noch verzischten die dicken Tropfen in dem weit heruntergebrannten Strohfeuer, würden aber bald die Oberhand gewinnen. Wasser tropfte von der Hobelbank auf Bellinghams Stirn und zeichnete helle Spuren in den Ruß. Mit solch bizarren Masken mochten die alten Völker Afrikas ihre toten Krieger bestattet haben. Der Sterbende hatte die Augen geschlossen. Aber Dirnberger konnte fühlen, dass er nicht schlief, dass er ein letztes Mal alle Energie, die noch in seinem zerbrochenen Körper steckte, seinem Willen gefügig machte. Seine Stimme war leise, aber glasklar, als er wieder zu sprechen begann.

„Du kannst nichts mehr aufhalten, Dirnberger. Die Vase habe ich längst nicht mehr gebraucht, alles schon lange digital. Mein Vermächtnis an diese Welt ist schon unterwegs. Die Aufnahme heute um zehn war nur Symbolik. Wäre ein

Festakt im kleinen Kreis geworden. *Just for the show.* Hättest du dir denken können. Aber enttäuschte Liebe macht eben blind, nicht?" Er saugte Dirnbergers Fassungslosigkeit auf wie ein Vampir.

„Die Tetaphrate oder Susan, wenn du willst, hast du auch auf dem Gewissen. Erst erlöst du sie von der Unsterblichkeit und gibst ihr dann auch gleich noch den Rest. Sie ist dort drüben, ein Häufchen Asche, genau wie der dicke Trottel. Der müsste ein ganzer Haufen sein." Er überdrehte seine Augen in die Richtung, in der jetzt weiße Dampfwolken über der ersterbenden Glut aufstiegen. „Riechst du das verbrannte Fett? Ich glaube übrigens, er war der echte Weihnachtsmann. Du hast die Welt von Millionen Kindern ärmer gemacht, weißt du das, Dirnberger? Dagegen bin ich ein Anfänger." Sein Lachen war mit großen Schmerzen erkauft, aber seine Kraft schien mit jeder Demütigung, die er aussprach, zuzunehmen.

„Sie ist tot?", fragte Dirnberger leise.

„Sie hat dich geliebt. Die ganze Zeit. Von Djosers Fluch hast du sie erlöst, aber die Bindung an *mich* war immer noch ziemlich stark. Ich habe dir ein Marionettentheater vorgespielt, Dirnberger. Beinahe hätte sie es geschafft, die Fäden abzureißen. Schade. Für dich natürlich. Es war nicht besonders klug von ihr, noch einmal zu mir zu kommen, wollte ihr lächerliches Placebo wiederhaben. Ich hatte sie sofort wieder in meiner Gewalt. Ich bin ein Genie."

„Ihr Placebo?"

„Jeder von denen hat eines. Keine Ahnung, was ihres darstellen soll." Aus Bellinghams rechtem Nasenloch quoll eine Blase aus Blut und platzte. Der Regen wischte ihm das dünne rote Rinnsal über die Wange.

„Bitte", sagte Dirnberger fast flehentlich. Bellingham sah ihn zufrieden an.

„Eigentlich habe ich keine Verwendung mehr dafür …"

„Wo?“

„Nicht so verzweifelt, Dirnberger.“

„Bellingham, wo haben Sie es? Bitte.“

„Ein Andenken an mich und die arme Susan? Rührend. Hier, in meiner Weste. Nur zu, mein Blut klebt sowieso schon an deinen Händen.“ Er grinste schwach.

Dirnberger griff behutsam in die von warmer Feuchtigkeit durchweichte Westentasche und zog Susans Jadestein hervor. Bellingham schloss die Augen und stöhnte leise. Die Kraft wich jetzt schnell von ihm, aber er zwang sich noch einmal zu sprechen.

„Sind wir uns nicht ähnlich, Dirnberger? Uns beiden geben sie das nicht, wonach wir uns sehnen. Anerkennung und vielleicht auch … Liebe. Aber ich sterbe als Held in eigener Sache. Als Sieger. Über dich, Dirnberger, Musikclown im Dienste des kleineren Übels, wird man noch lange lachen. Denk an mich, morgen um drei …“. Bellingham waren die Augen zugefallen. Dirnberger konnte sehen, wie die Erschöpfung an ihm hochkroch wie Raureif.

All the King's horses and all the King's men
Couldn't put Humpty together again.

Was einem so alles durch den Kopf ging … Bellinghams Atem wurde flacher und setzte immer öfter aus. Seine Gesichtszüge wurden mit einem Mal spitz und kantig. Dirnberger tastete nach seiner Halsschlagader. Kein Puls mehr.

Der Herr gebe ihm die ewige Ruhe, hörte Dirnberger sich sagen. In jedem Eingeborenen von B. ist der katholische Glaube weitaus tiefer verwurzelt, als er denkt. Dirnberger erinnerte sich an die letzten Stunden seines Großvaters, umgeben von hilfloser Hightech. Was hätte der gegeben, so sterben zu dürfen wie Bellingham?

Das ewige Licht leuchte ihm,

Herr, lass ihn ruhen in Frieden, Am…

„Mr. Ed!", schrie jemand. Dirnberger fuhr herum. Kasperi. Dirnberger fühlte eine unbändige Wut aufsteigen auf diesen Idioten, der ihn beim Beten erwischt hatte und mit seinem Gebrüll den letzten Dienst an einem Verstorbenen störte.

„Na, wie passt das in deine Level?"

Kasperi schien nicht zuzuhören. Er fiel neben Dirnberger auf die Knie und begann Bellingham zu schütteln.

„Mr. Ed!", schluchzte er.

„Hast du's endlich kapiert?", brüllte Dirnberger ihn an. „In diesem Level wird richtig gestorben und ich kann dir flüstern, dass es sonst keinen gibt!"

„Aber Sie haben gebetet", sagte Kasperi schüchtern.

„Keinen!", schrie Dirnberger. „Verstanden?"

Kasperi sah den Toten an. Der Regen hatte den Ruß größtenteils aus Bellinghams Gesicht gewaschen. Seine Totenblässe, das Schwarz, Grau und Weiß seiner Kleidung, das Blut und der Regen, der alles zu einem Aquarell verlaufen ließ, gaben der Szene etwas surreal Feierliches.

„Mr. Ed", flehte Kasperi noch einmal und versuchte wieder, Bellingham wachzurütteln. Er zog seine Hände zurück und starrte sie mit weit aufgerissenen Augen an. Blut tropfte von seinen Fingern. Hätte sich Dirnberger dafür interessiert, ihm wäre klar geworden, dass in Kasperi etwas zusammenbrach.

„Ob du mich verstanden hast?", herrschte er den Jungen an.

Kasperi drehte sich zu ihm hin. Regenwasser klebte die Haarsträhnen an seine Stirn. Genau wie Dirnberger war er völlig durchnässt.

Er nickte wortlos. Dann, mit einer schnellen, gierigen Bewegung, drückte er sich an Dirnberger und weinte, als wolle er nie wieder damit aufhören.

„Ich bring dich heim", sagte Dirnberger.

*

Es zischte leise, als der Rest einer Zigarre in einen Aschenbecher aus ägyptischem Alabaster gedrückt wurde. Stahlblauer Rauch malte duftende Arabesken und erzählte im Sterben von Palmen, Meer, Che Guevara, bittersüßer Musik, alten Männern und harter Arbeit. Dr. Leutzinger seufzte und griff zum Telefon. Die Durchwahl.

Noch während des ersten Klingelns wurde auf der anderen Seite der Hörer von der Gabel gerissen.

„Ja? Dr. Leutzinger? Geht es um die Aktion äh … Sarkophagus?“

Leutzinger sandte einen leidenden Blick zur Decke.

„Die Aktion Skarabäus ist beendet, Herr A-Emm-Pe.“

„Erfolgreich?“ Die Aufregung war nicht zu überhören.

„Unser Agent lebt. Im Gegensatz zur Zielperson. Ein gewisser Bellingham.“

„Ja, ja, schon. Aber die Vase?“

„Ist Geschichte.“

Es wurde still. Auch Leutzinger sagte nichts. Ein letzter Rauchfaden schlängelte sich aus dem Aschenbecher. Leutzinger schaute zu, wie sich die blaue Spur vor seinen Augen verlor. Endlich fand der AMP die Sprache wieder.

„Ein Jammer, Herr Leutzinger, bedenken Sie doch … dieses Potenzial! In den richtigen Händen …“

„Glauben Sie an den Fluch, Herr A-Emm-Pe?“

„Was weiß ich, was ich glaube? Ich, äh, wir hätten ihn jedenfalls gut gebrauchen können, den, äh, Fluch.“

„Der Kollege Dirnberger geht davon aus, dass die Welt ihn morgen ab fünfzehn Uhr zu hören bekommt.“

„Ich denke, die Vase ist hin?“

„Wenn Dirnberger Recht hat, dann ist es diesem Bellingham selig noch irgendwie gelungen, den Fluch von der Vase zu kopieren, ihn in einen Computervirus zu verpacken und auf der ganzen Welt zu verbreiten. Morgen sollen ihn alle infizierten Computer abspielen.“

„Unsere Sicherheit ist bedroht! Ich werde sofort … äh …"

„*Wenn* er Recht hat, Herr A-Emm-Pe. Herr Dirnberger ist einer unserer besten Agenten. Leider hat ihn mein Nachfolger und Vorgänger, der verstorbene Kollege Bilchlinger, in den letzen Jahren nicht besonders fair behandelt. Privat hat er auch nicht gerade Glück gehabt. Wir glauben, dass seine Fantasie etwas überreizt ist."

„Wer ist wir?"

„Herr von Knappertsheim und ich. Sie erinnern sich? Herr Bilchlinger hat ihn auf Ihre Empfehlung hin eingestellt. Ein Glücksgriff. Vielleicht sein einziger. Wird eine großartige Karriere hinlegen, wenn mich nicht alles täuscht."

„Freut mich, freut mich", sagte der AMP, während er verzweifelt nachdachte, wann und warum er sich je für einen Knapperts… – wie gleich noch mal? – eingesetzt hatte.

„Jedenfalls haben wir beide die Sachlage eingehend diskutiert. Wir kommen zu dem Ergebnis, dass die Zielperson …"

„Äh... dieser, äh ... Bunnyhill?"

„… Bellingham, die Vase einfach als Kuriosum für seine Sammlung haben wollte. Alles andere ist eine Mischung aus Bluff und Herrn Dirnbergers überanstrengtem Gemüt."

„Ja, aber ein Computervirus …"

„Herr A-Emm-Pe, genau das ist es. Herr von Knappertsheim kennt sich hervorragend mit Computern aus. Er sagt, ein Computervirus mit den Eigenschaften, die Herr Dirnberger beschreibt, sei absolut unmöglich. Ich bin davon überzeugt, dass er Recht hat."

„Herr von äh … er ist wirklich ein Fachmann?"

„Stellen Sie sich vor, er macht jede Excel-Tabelle, die Sie sich wünschen können, kann Briefe in farbigen Schriften eintippen und verwaltet alle meine E-Mails."

„Ein echter Profi", sagte der AMP ehrlich beeindruckt.

„Eben. Aber es schadet natürlich nichts, wenn Sie das Innenministerium oder den Emm-Pe informieren."

„Natürlich", wiederholte der AMP und dachte nach. Das Innenministerium informieren? Nein danke. Sich wieder vor allen blamieren wie damals, als er noch der Emm-Pe gewesen war und sie ihn mit diesem Computer-Aprilscherz *Machen Sie den Kabel-Test* drangekriegt hatten. Und deshalb würde er den Teufel tun und den so genannten Freunden auch noch einen Brüller in die Hand spielen, wenn eh nichts an der Sache dran war.

Überhaupt großartig, die ganze Aktion. Der beste Agent beim UGB, ein Trottel mit – man stelle sich vor – überreizter Fantasie. Nicht in der Lage, eine gestohlene Vase zurückzubringen. Ein Reformfall, der ganze Betrieb. Er schrieb das Wort *Reformfall* auf seinen Notizblock und sah zu, wie die Tinte trocknete. Dann setzte er drei kräftige Rufezeichen dahinter.

„Herr A-Emm-Pe?"

„Äh …?"

„Alles in Ordnung?"

„Ja. Danke, Herr Leutzinger, ich werde alles Notwendige in die Wege leiten."

„Von Herrn Dirnberger gibt es bisher nur einen telefonischen Bericht. Die Niederschrift mit den Einzelheiten bekommen Sie, so schnell es geht."

„Danke, ja. Wo ist er überhaupt, der Dirnberger?"

Leutzinger sah auf seine Armbanduhr. Fünfzehn Uhr zehn. „Er wird schon unterwegs sein."

*

Der bullige schwarze Koffer, Kaufhausmodell, Hartschale immerhin, schien dem Gepäckband einige Mühe zu bereiten. Dirnberger schaute zu, wie er, aus der Tiefe des Flughafengebäudes kommend, langsam über die Kante geschoben wurde, das Übergewicht bekam und wie ein tauchender Pottwal die Rampe hinunterglitt. Er presste eine karierte

Sporttasche gegen die Bande, es knackte unschön, und schwenkte dann auf den allgemeinen Rundkurs ein. Ein rußgeschwärzter Ozeandampfer auf einem von Schiffen aller Größen und Farben befahrenen Fluss.

Langsam leerte sich das Band. Finnische Oktoberfest-Touristen unterhielten sich in dem knatternden Staccato, das ihre Sprache so unverwechselbar macht. Alle waren unbekümmert, fotografierten sich gegenseitig mit ihren Handys, während sie ihr Gepäck auf Transportwägelchen hievten. Bald waren Dirnbergers Koffer und die Sporttasche, für die sich niemand interessierte, allein. Dirnberger war als Letzter zurückgeblieben und starrte immer noch auf die beiden Gepäckstücke, die so einträchtig nebeneinander herglitten. Manchmal, besonders in den Kurven, schienen sie sich zärtlich anzustupsen.

„Vertragt euch gut", murmelte Dirnberger und wandte sich dem Ausgang der Halle zu. Was brauchte er einen Koffer? Morgen schon würde er gar nichts mehr brauchen. Ein tröstlicher Gedanke, eigentlich.

„Alles in Ordnung?", fragte ihn ein Sicherheitsmann. Er musste ihn schon eine Weile beobachtet haben.

„Ja", sagte Dirnberger automatisch und war sich nicht einmal sicher, ob das wirklich gelogen war.

Er beschloss, sich noch etwas auf dem Flughafen treiben zu lassen und den Menschen zuzusehen. Hatte er sie nicht alle gerettet? Leutzinger würde sich um den Rest kümmern, die Regierung informieren und so weiter, so dass Bellinghams Plan wahrscheinlich jetzt schon vereitelt war. Wenn überhaupt, dann würde es nur zu technischen Unregelmäßigkeiten kommen. Morgen.

Spätnachmittagsstimmung machte sich im Zentralbereich des Flughafens breit. Das sonst so hektische Getriebe wirkte unversehens weniger aufgeregt. Business-Class-Geschäftsleute grüßten Pauschaltouristen und sogar die Polizeistreifen scherzten hier und dort mit ungewaschenen Rucksackreisenden.

Als ob sie wüssten, dass die allgemeine Katastrophe wieder einmal nicht stattfindet, dachte Dirnberger. *Im Gegensatz zu meiner eigenen. Da fehlt nur noch der Schlussstrich.* Er ließ sich auf eine der Lehne an Lehne gedoppelten Wartebänke aus lackiertem Stahlgitter fallen. Aus dem Mülleimer an der Seite roch es schwach nach irgendeinem Burger und Erbrochenem. Hinter ihm setzten sich Leute und gingen wieder. *Der reinste Taubenschlag.*

„Schatz, ich hab's geschafft!", sagte plötzlich eine sanfte Stimme direkt hinter ihm. „Zwei Tickets nach Madeira, *last minute,* Verwöhnhotel, in einer Stunde geht's los!"

Trudi! Woher wusste sie, dass er hier war?

Bevor er sich zu ihr umdrehen konnte, antwortete der andere Mann.

„Komm her", sagte er, und auch seine Stimme war Dirnberger gut bekannt. Die Bank schaukelte ein wenig, als Trudi sich setzte und hörte auch nicht damit auf, als die beiden heftig zu knutschen begannen. Trudi kicherte.

„Ich wusste gar nicht, dass du *noch* eine Trompete hast."

„Magst du sie ausprobieren?"

„Nachher. Im V-e-r-w-ö-h-n-h-o-t-e-l."

„Ich liebe dich, Trudi", sagte der Trompeter. Dirnberger spürte, dass es ehrlich gemeint war. Die beiden bemerkten ihn überhaupt nicht. Sollte er sich zu erkennen geben? Etwa: *Tut mir leid, wenn ich euch störe. Habe eben noch die Welt gerettet und mach jetzt Schluss. Denkt hin und wieder an mich, wenn ihr nichts Besseres zu tun habt.* Dann auf keine Antwort warten, sondern Abgang. Der tragische Held.

„Was meinst du, wen ich liebe, Adalbert?", flüsterte Trudi.

Die Bank quietschte ein bisschen. Der Trompeter, der jetzt einen Namen hatte, seufzte.

Dirnberger stand leise auf und ging.

*

Eine Dreiviertelstunde später, es dämmerte schon, schloss Dirnberger sein Auto ab – *wozu eigentlich?* – und ging über den Hof auf die Haustür zu. Alles machte einen ungewöhnlich gepflegten Eindruck. Nagelneue Kübelpflanzen, saubere Fenster. Sogar die Gerümpelkollektion im Durchgang war auf einen kümmerlichen Rest zusammengeschmolzen. Darüber, an der Wand, im Licht einer nach Monaten ausgewechselten Glühbirne, eine Bekanntmachung. Verspielte Computerschrift, DIN A4, in Plastikfolie eingeschweißt und mit Klebeblümchen verziert:

Libe Hausbewoner, bitte entschuldigen Sie, das der Spermüll noch nicht gantz entsorgd werden konnte. Ich werde dass Erledigen. So schnell wie es get.

Hertzlichst, Ihr Hausmeister Franz Wieselhuber.

Was war denn in den gefahren?

Dirnberger erschrak fast, als sein Hausschlüssel butterweich ins Schloss rutschte und sich geräuschlos drehen ließ. Wieselhuber musste den Schließzylinder geschmiert haben. Nach so vielen Jahren Gleichgültigkeit. *Dass ich das noch erleben darf,* dachte Dirnberger. Aus dem Keller holte er eine Flasche Rotwein, ein Spitzengewächs aus Südafrika, das er vor etlichen Jahren für einen ganz besonderen Tag beiseite gelegt hatte. Genau richtig für den letzten. Mit klopfendem Herzen stieg er die Treppe empor. Die Flasche fühlte sich beruhigend kühl an. Ein Glas Wein, vielleicht noch ein zweites, und dann abtauchen ins gnädige Nichts. Hoffentlich war man hinterher wirklich einfach nur weg.

*

Die Luft in seiner Wohnung war abgestanden, aber immer noch durchwebt von Susans Karamellduft. Kaum auszuhalten. *Unsterblichkeit verloren. Schuldig: Alfons Dirnberger. Nicht an ihre Liebe geglaubt. Schuldig: Alfons Dirnberger. Qualvoll verbrannt. Schuldig. Schuldig. Schuldig.*

Aus der Küche holte er ein bauchiges Weinglas und einen Korkenzieher. Er ging nach draußen auf den Balkon, es war noch angenehm warm, und stellte Glas und Flasche auf den kleinen Tisch. Mit einem Geräusch, das ihn an ein leises Zungenschnalzen erinnerte, gab der Korken nach. Dirnberger musste daran denken, wie er sich bei ihrem ersten Besuch vor Susan blamiert hatte. Der Wein schwenkte sich mit aristokratischer Lässigkeit im Glas. Dirnberger schloss die Augen und sog das Bouquet ein. Da waren Weingärten vor fremdartigen Bäumen, harzduftende Kiefernwälder und auf einmal die hohen, flüsternden Eschen seiner Jugend. Der große Fluss leuchtete im Abendrot. Ein alter Mann und ein Junge schoben ein Boot ins Wasser.

Mit jedem Schluck wurde er ruhiger. Das alles war vorherbestimmt. Der große Fluss, ein verlorener Kampf um einen hohen Einsatz – heute war eben Zahltag. *Den Schlussstrich mit fester Hand ziehen* – nur darum ging es noch. Jetzt. Es war schon fast dunkel, die Flasche bis auf einen fingerbreiten Rest geleert. Im Abstellraum fand er eine kleine Staffelei. Die Höhe passte – nur wenige Zentimeter niedriger als das Balkongeländer. Unten im Hof war es ruhig. Von der Straße her ließ sich der nächtliche Großstadtdschungel vernehmen. Entferntes Aufbranden von Volksfestlärm. Er stieg auf die Staffelei.

„Auf Gegenseitigkeit", sagte er laut. „Ich hab für euch aufgeräumt. Da könnt ihr auch einmal mich aufräumen." Wieselhuber schien ohnehin Gefallen am Aufräumen gefunden zu haben. Mit Zentimeterschritten tastete sich Dirnberger von der Staffelei auf das schmale Balkongeländer und war überrascht, wie mühelos sich das Gleichgewicht halten ließ. Vom Dach her floss ein kühlender Lufthauch an ihm herab. Er breitete die Arme aus und musste an die Christusstatue von

Rio de Janeiro denken. Was würde danach kommen? *Wenn es dich gibt, bitte lass mich einfach weg sein. Bitte lass mich einfach weg sein.* Er konzentrierte sich auf diesen Gedanken und schloss die Augen. Plötzlich waren da wieder die Stimmen, die er nur zu gut kannte. *Angst, Dirnberger? Noch verkorkster, noch schuldiger als beim letzten Mal! Spring! Spring! Spring endlich!* Dirnbergers Knie begannen zu zittern. Das Balkongeländer quietschte. Die Stimmen lachten höhnisch. *Es gibt kein Zurück mehr! Der Efeu ist tot. Der neue Wieselhuber hat ihn abgeschnitten. Spring! Spring! Spring!* Der Chor schwoll an wie Meeresbrandung. Namenlose Furcht erfasste Dirnberger. Und wenn alles noch schlimmer würde?

„Komm zu mir, Fons." Die Stimme war ruhig, sanft, sie ließ die Quälgeister verstummen. „Alles wird gut."

„Ich liebe dich, Susan", flüsterte Dirnberger und gab dem Zug der Schwerkraft nach.

*

Wie schön und warm doch alles war! Er trieb gemächlich dahin und es machte ihm nichts aus, dass er so gut wie tot war. Durch seine geschlossenen Augenlider drang das letzte Licht eines Sommerabends, rot und golden, als hätte es nie ein Unwetter gegeben. Gleich würde er untergehen, für immer. Vielleicht wieder beim Großvater sein. Auf der Seite, von der er kam, gab es ohnehin niemanden mehr, dem er etwas bedeutet hätte. Schon gar nicht seinen Eltern, denen Schein wichtiger war als Sein, die immer vorgaben, alles gut zu meinen. Für seine Lehrer am Gymnasium in der Kreisstadt war er nichts weiter als ein Werkstück, und die um zwei Jahre ältere Franzi vom Ehbauer, in die er heimlich verliebt war, würde auch nicht um ihn weinen, soviel stand fest. Die Hoffnung auf Zuneigung und Liebe konnte er diesseits sowieso begraben. Und das ganze Gerede darum waren nur Märchen für Kinder wie der Osterhase oder der

Nikolaus. Die einen zum Deppen machten, wenn man sie glaubte. Warum also gegen die herrliche Schläfrigkeit, gegen das Schweben ankämpfen, wenn es so einfach ging? Danke, Fisch, dachte er.

Um ihn wurde es dunkel. Tief unter ihm bewegte sich etwas Großes. Es mussten zwei, drei, vielleicht sogar vier sein. Sie warteten. Kälte tastete nach seinen Beinen, seinen Armen, seiner Brust. Und wenn es doch anders war? Er klammerte sich an einen Ast, der von irgendwoher kam.

*

Im zweiten Stock saß Martha Kramer kerzengerade im Bett. Sie atmete schwer unter ihrer beträchtlichen Speckschicht. Infolge der Anstrengung entfuhr ihr ein knatternder Furz. „Romuald, hast du den Schrei gehört? Jemand muss nachsehen!“

Ihr Ehemann, der arbeitslose Dimplomingenieur Wittkowski-Kramer, blickte fragend über seine Lesebrille und seine Bettlektüre, eine Paperback-Ausgabe des Bestsellers *Naturgesetze und ihre Überwindung,* in die schreckgeweiteten Augen seiner Frau.

„Ja, ja“, brummte er und las weiter.

*

Dunkel. Stille. Susan. Sie küsste ihn sanft auf die Stirn.

„Bin ich tot?“

„Wenn, dann wir beide.“

Dirnberger lag auf dem Rücken. Worauf auch immer er gestürzt war, es war hart und kühl. Wenigstens keine Schmerzen. Er wandte den Kopf zur Seite. Sie kniete neben ihm und schien in Gedanken versunken. Der weiße Umhang mit den bunten Zeichen an den Säumen ließ sie unwirklich erscheinen. Hatte er sie schon einmal so gesehen?

„Ich glaube aber nicht", sagte Susan nach einer Weile.

„Wo bin … sind wir?"

„Auf deinem Balkon."

„Wer hat mich heraufgebracht?"

„Du warst gar nicht unten."

„Aha", sagte Dirnberger völlig verständnislos.

„Ich war vor dir in deiner Wohnung. Hab mich in dein Bett gelegt und muss eingeschlafen sein. Die Anstrengung. Als ich aufgewacht bin, warst du schon auf dem Geländer."

Sie wischte sich eine Träne weg.

„Du darfst mich doch nicht allein lassen."

„Nie wieder", sagte Dirnberger.

„Ich hab mir eine deiner Hemdfalten gegriffen und dich nach innen gezogen. Du hast nur den Balkontisch zertrümmert. Sonst ist nichts passiert." Sie lächelte. „Aber dein Absturzschrei hätte dem Matterhorn Ehre gemacht."

Dirnberger rieb sich den Hinterkopf. Die Wirklichkeit, was auch immer sie ist, kam zögernd zurück.

„Wie bist du hergekommen?"

„Santa."

„Der Nikolaus?"

„Weihnachtsmann. Er ist Amerikaner."

„Ich dachte, ihr seid beide verbrannt."

„Der verbrennt nicht leicht. Als alles eingestürzt ist, hat er mich in seinen Laster gezerrt und Gas gegeben.

„Aber so schnell …?"

„Der Laster ist eine Wucht. Gleiche Technik wie der Rentierschlitten, nur anders. Ich habe Santa gebeten, mich hier abzusetzen." Sie lächelte wieder. „Gern hat er's nicht gemacht. Aber mit dem Hausmeister ist er jetzt dick befreundet."

„Woher hast du gewusst, dass ich wiederkomme?"

„Ich war mir einfach sicher."

Sie beugte sich über Dirnberger und gab ihm einen Kuss, der ihn alle Fragen vergessen ließ.

*

„... Washington, Buenos Aires, Berlin, Kapstadt, Peking, Canberra. Eilmeldung. Ein neuartiger Virus hat weltweit Millionen von Computern befallen. Betroffen sind nach bisherigen Erkenntnissen alle verbreiteten Betriebssysteme. Bis zur Veröffentlichung von Gegenmaßnahmen wird empfohlen, Computer möglichst nicht einzuschalten. Heute seit fünfzehn Uhr unserer Zeit wird auf jedem befallenen Rechner eine rätselhafte Sounddatei abgespielt. Es handelt sich mutmaßlich um ein Gedicht oder ein Lied in einer bisher nicht identifizierten Sprache. Sie hören den Text im Anschluss an diese Nachrichten. Sachdienliche Hinweise nimmt jede Polizeidienststelle entgegen. Sprecher aller Regierungen betonten, dass keinerlei Gefahr für die jeweilige Bevölkerung besteht.

Jakarta. Die Entführung zweier neuseeländischer Touristen ...“

Dirnberger fuhr senkrecht aus dem Halbschlaf auf. Die Schlafzimmervorhänge leuchteten orangegelb vom Sonnenlicht. Unbeirrt plapperte der Radiowecker weiter. Schon vor Stunden hatte er sich pflichtbewusst, aber wirkungslos eingeschaltet. Diese Nachricht jedoch musste neu sein. Dirnberger hätte sie noch im tiefgefrorenen Zustand wahrgenommen.

„Idioten!“, schrie er.

Susan setzte sich auf und gähnte.

„Was kann dich noch aufregen, mein Schatz?“

„Der Fluch kommt gleich im Radio! Warum hat niemand ...“

„Du hast doch Bescheid gesagt, oder?“

„Ich hätte nie gedacht, dass der Leutzinger so schwer von Begriff ist …"

„… wir bitten, die technischen Schwierigkeiten zu entschuldigen. In Kürze werden wir eine Aufnahme des Textes übertragen. Sachdienliche Hinweise …"

„Schnell, schalt das Radio aus!", rief Dirnberger. Der rotziffrige Wecker stand auf Susans Seite. Er zeigte 15:21.

Sie zögerte. „Ich weiß nicht, ob …"

„Bist du lebensmüde?"

„Haben sie etwas von einer Katastrophe gesagt?"

„Wenn du mich so fragst …"

„Dann hat Bellingham einen Fehler gemacht. Still jetzt."

Es begann mit einem Knacken und Knistern wie von einer Schallplatte, die ihre besten Tage lange hinter sich hat. Darunter mischte sich ein rhythmisches Geschrei, ein Gesang beinahe, es klang wie Beschwörungsformeln im Wechsel mit einer wiederkehrenden Wortfolge, wurde immer lauter, immer eindringlicher – und brach ab.

„… diese Aufnahme kann unter folgenden Telefonnummern abgehört werden …"

„Uns ist nichts passiert", murmelte Dirnberger verblüfft.

Susan drehte sich zu ihm um. Sie rang nach Luft. Unkontrollierte Stöße schüttelten ihren Körper, als sei ein Wesen in ihr eingesperrt, das wütend ans Tageslicht drängte.

*

„He, was hat eigentlich der Dicke gestern von dir gewollt?" Therese Wieselhuber stellte den Plastikeimer etwas zu hart auf den Tisch. Putzwasser spritzte auf die geblümte Kunststofftischdecke und die Planzeichnungen, die ihr Mann auf dem Tisch ausgebreitet hatte. Er wischte die Flüssigkeit mit dem Handrücken weg, sah auf und lächelte sie an.

„Ihr habt's ein Geschäft ausgemacht, bei dem ein Geld geht und ich soll nichts wissen davon!" Sie stach mit dem Zeigefinger auf das Gewirr von blauen, grünen, gelben, braunen und roten Linien ein, mit dem ihr Mann sie offensichtlich hintergehen wollte.

Wieselhuber lächelte weiter.

„Lach nicht so blöd! Ich komm dir schon noch dahinter."

Wieselhuber musterte, immer noch lächelnd, seine Frau. Verhärmt, dürr, chronisch unzufrieden, die Arme in die Hüften gestemmt, keifend. Was sie im Einzelnen sagte, nahm er gar nicht wahr, hörte er doch nur eine Variation der Melodie, die seit dreieinhalb Jahrzehnten sein Leben begleitete. Ob sie seinen Vornamen – Franz – überhaupt noch kannte?

Zwanzig Jahre noch, vielleicht auch dreißig, dachte er, *das ist keine Ewigkeit.* Sein Lächeln wurde noch breiter.

„Der Sinn besteht vielleicht darin, dass man versuchen soll, ihn zu finden", sagte er. „Das könnte bedeuten, dass es für jeden Menschen einen persönlichen Sinn gibt und nicht einen einzigen für alle."

„Depp", entgegnete seine Frau, packte den Eimer und stampfte davon.

Ein schöner, einfacher Sinn. Aber armselig, dachte Wieselhuber und wandte sich wieder dem Plan zu. Was hatten die noch für eine Netzspannung in Neuseeland? Welche Frequenz? Der Chefelektriker für die kommenden achtunddreißig Jahreskongresse der I.A.W. – wie dankbar er dem Dicken doch war – machte sich eine Notiz an den Rand des Plans. Als Chefelektriker lag auf jeden Fall auch die Beleuchtung in seiner Verantwortung, und das klang schon einmal so ähnlich wie Erleuchtung. Nicht schlecht für den Anfang. Er lachte. Und was die Suche nach dem Sinn betraf, konnte er sich rüsten. Er erinnerte sich an ein oberflächlich konsumiertes Fernsehquiz, in dem der Begriff *Vorsokratiker* gefallen war.

Vorsokratiker. Ein schwieriges, schönes Wort. Mit denen würde er anfangen.

„Vorsokratiker", sagte er laut.

*

„Bleib bei mir", flüsterte Dirnberger entsetzt und wollte sie in den Arm nehmen. Aber Susan schubste ihn weg. Und dann brach das Lachen aus ihr heraus. Sie schüttelte sich wie in Krämpfen, musste ihre Brüste festhalten, japste nach Luft, warf sich dem verdutzten Dirnberger auf den Bauch und küsste ihn in den Atempausen.

„Ich muss das noch mal hören", gluckste sie. „Hast du einen Computer?"

„Ja, nebenan, natürlich, vielleicht …", entgegnete Dirnberger, immer noch völlig perplex.

„Ich werd ihn schon finden." Susan schlüpfte aus dem Bett und ging nach nebenan.

„Kennwort?", rief sie nach einer Weile.

„Groß I, groß D, klein d, klein k, groß Ü, Punkt."

„Wie?"

„*Im Dienste des kleineren Übels.* Die Anfangsbuchstaben. Der Punkt gehört auch dazu."

Tasten klapperten. Kurz darauf erklang die Willkommen-Fanfare des Betriebssystems, prompt gefolgt von Bellinghams akustischem Vermächtnis – *Respekt, Kasperi,* dachte Dirnberger – und einem neuerlichen Lachanfall Susans. Dirnberger stellte sich unwillkürlich das aparte Auf und Ab ihres Busens vor und vergaß einen Moment lang sein Interesse daran, was an dem Text so lustig sein sollte.

Nach einer Weile kam Susan wieder, in der Hand ein vollgekritzeltes DIN-A4-Blatt aus Dirnbergers Drucker, hinter dem rechten Ohr einen seiner angeknabberten Bleistifte. Sie setzte sich neben Dirnberger. Ihre Nähe tat unbeschreiblich gut.

„Man kann es ganz passabel übersetzen“, sagte sie und musste wieder lachen. „Ich hab mir Mühe gegeben. Hör zu:

Ein Töpfer aus Theben, der langte daneben,
Holjihophumdideldei,
Fiel der Topf von der Scheib', da schimpfte sein Weib,
Holjihophumdideldei,
Der Töpfer nicht faul, haut ihr eine aufs Maul,
Holjihophumdideldei,
Ja-ja, ja-ja, jetzt muss sie Brei fressen.
Ein Seemann aus Memphis, der wusst' nicht was Senf is',
Holjihop –

An der Stelle bricht es ab. Schade.“

„Das ist aber nicht der Fluch“, bemerkte Dirnberger unnötigerweise.

„Unterägyptischer Handwerkerdialekt“, sagte Susan sachlich. „Ich denke, außer mir versteht das niemand mehr. Du magst doch alte Volkslieder?“

„Ist das eins?“

„Ja. Aber schlecht gesungen.“

„Die Frage ist nur, wie so ein Gassenhauer auf die Vase gekommen ist.“

„*Trivial, Watson.*“ Susan lachte und biss Dirnberger ins Ohrläppchen. Für den Hauch eines Momentes spürte er ihre Zungenspitze. „Du bist nicht konzentriert, mein Lieber“, flüsterte sie.

„Wer sagt, dass ich das sein will?“

„Erst die Arbeit.“ Susan tauchte geschickt vor seinem Kuss ab. Dirnberger fand sich in sein Schicksal.

„Ich meine“, sagte er, „der Sänger ist unser Freund TT. Er war vielleicht taub, aber nicht stumm, so wie er gebrüllt hat. Scheinbar ein fröhlicher Mensch, immer ein Lied auf den

Lippen. Also hat sich nicht der Fluch aufgezeichnet, sondern der *Töpfer aus Theben.*"

Susan überlegte. „Von Geburt an kann er nicht taub gewesen sein, sonst hätte er nicht sprechen und singen gelernt. Und Bellingham hat ihn auf seine alten Tage groß rausgebracht. Die klassische Spätzünderkarriere."

„Moment mal." Dirnberger kratzte sich am Kinn. „Das wird doch nicht die einzige Vase gewesen sein, die er gemacht hat."

Susan bekam große Augen. „Und auch nicht der einzige Song, den er draufhatte."

„Schon gar nicht der einzige Töpfer …"

„Ist ja ein Ding", sagte Susan.

„Das muss ich dem Haberl sagen."

Susan sah ihn fragend an.

„So ein Ägyptologen-Fuzzi."

Sie lachten. Diesmal wich Susan Dirnbergers Kuss nicht aus.

„Komm her", hauchte sie gedehnt und lehnte sich in seinen Armen zurück.

Dirnberger hielt inne.

„Eigentlich habe ich meinen Job nicht erledigt", sagte er mehr zu sich selbst.

„Oh Mann, seid ihr Deutschen wirklich so?" Susan wand sich aus seiner Umarmung und musterte ihn, als sei er ein Fall für den Hautarzt.

„Der A-Emm-Pe ist mir egal. Ich wollte den Fluch unschädlich machen."

„Ach so."

„Ich meine, irgendwo muss er sein."

Susan runzelte die Stirn.

„Wahrscheinlich hat ihn der TT auf dem Gewissen. Mit seinem Gebrüll hat er den Fluch einfach übertönt."

„Es gibt ihn gar nicht mehr?"

„Es gibt kaum mehr einen richtigen Fluch. Die meisten sind irgendwann ins Leere gesprungen."

„Aber der Hamster und das Schwein? Und Ebermayr?"
„Den Hamster hat wahrscheinlich schon der Schlag getroffen, als die beiden … Max und Moritz im Dunkeln um seinen Käfig geschlichen sind. Ich seh's vor mir. Vergebliche Flucht mit Affenzahn im Hamsterrad. Peng, Kollaps. Und gib einem heutigen Zuchtschwein TT in voller Lautstärke …"
„Peng, Kollaps", ergänzte Dirnberger.
„Ebermayr hat vielleicht an den Fluch geglaubt. Auch wenn es in Wirklichkeit nur TT war, hat er damit seine Zeitgenossen gründlich eingeschüchtert."
„Außer der Inquisition."
„Die nicht."
Dirnberger sah Susan an. Susan sah Dirnberger an.
„Damit hätten wir's?", fragte Susan schließlich.
„Damit hätten wir's", bestätigte Dirnberger.
Sie schwiegen.
„Ich hab mir deine Bücher angesehen, während ich gewartet habe."
„Jederzeit wieder."
„Ich lerne gerne was dazu. Besonders kulturell."
„Das hält jung", sagte Dirnberger, um Zeit zu gewinnen. Wie meinte sie das?
„Es gibt Dinge, die muss man einfach ausprobieren."
„Bestimmt", entgegnete Dirnberger noch verwirrter.
„Hast du Lust auf den Altöttinger Stierheber?"

*

Die Air-New-Zealand-Stewardess war groß, hatte blaue Augen, Sommersprossen und feuerrotes Haar. *M. O'Brien,* las der dicke Passagier im Hawaiihemd auf ihrem Namensschild. Es war ziemlich dunkel. Das lag an der Sonnenbrille, mit der er aussah wie eine X-large-Ausgabe von Jake Blues. *Irische Vorfahren,* dachte er und fand, dass sie für seinen Geschmack viel zu mager war. Aber das würde er ja bald anders kriegen. Ganz anders …

„*Did you like your meal, Sir?*"

„*Yes, delicious!*", antwortete er treuherzig, während er ihr das Tablett reichte. „Gott sei Dank muss ich so etwas jetzt lange nicht mehr essen, du Vogelscheuche", fügte er in gemütlichem Tonfall hinzu und nickte freundlich.

„*Thank you so much, Sir.*" Sie lächelte und wandte sich dem nächsten Passagier zu. Weil der Dicke den letzten Satz in seinem breiten süddeutschen Dialekt gesagt hatte – insbesondere hatte er eigentlich nicht das Substantiv *Vogelscheuche,* sondern den für Eingeweihte viel treffenderen Ausdruck *Heigeig'n* verwendet – wurde ein Mitreisender auf ihn aufmerksam, der ebenfalls in Auckland an Bord der Boeing 737 nach Nuku'alofa gegangen war. Der sportliche Endvierziger im Nadelstreifenanzug drehte sich um und hielt ihm die Hand hin.

„Wo Sie Recht haben, haben sie Recht, lieber Landsmann. Geierl, mein Name. Ministerialdirigent in M."

Der Bebrillte griff beherzt zu, was Geierls Finger mit einem Knacken quittierten.

„Freut mich. Zeck, Eberhard, Kriminalkommissar. Das heißt, bis vorgestern." Er lachte, als sei das eine großartige Pointe.

„Was haben Sie denn ausgefressen?", fragte Geierl und bereute es schon, einen offensichtlichen *loser* angesprochen zu haben.

„Bisher gar nichts, aber das wird sich ändern." Zeck lachte wieder. „Bei der Polizei hab ich gekündigt, weil ich meinen Traumjob bekommen habe. Beim König."

Geierl horchte auf. Das klang nach Macht.

„Beim König von Tonga?"

„Volltreffer", grinste Zeck. Und weil Geierl auf eine nähere Erläuterung zu warten schien, fügte er noch hinzu:

„Ich bin eine der Säulen seiner Abteilung für persönliche Sicherheit."

„Das hört sich gefährlich an."

„Nicht in meinem Bereich. Das ist eher ein protokollarischer Posten. Bei umgerechnet dem fünfzehnfachen Gehalt eines Kriminalkommissars, die Kaufkraft in Tonga noch gar nicht einkalkuliert. Dazu kommt, dass mir die Ernährungsgewohnheiten und das Schönheitsideal liegen. Drei Viertel der Frauen haben einen BMI von über 30 und mögen stattliche Männer." Er klopfte sich grinsend auf den Bauch. „Da müssen Sie noch ein bisserl an sich arbeiten, Herr Nachbar."

Geierl verstand das richtig als Frage nach seinen Absichten auf Tonga.

„Sie wissen, dass der Freistaat B. in Ländern, mit denen wirtschaftliche Zusammenarbeit interessant erscheint, unabhängige Vertretungen unterhält. Ab morgen bin ich offiziell zum Vertreter in Tonga bestellt. Das ist so ein Karrierebaustein bei unsereinem."

„Aha", sagte Zeck wenig beeindruckt. „Was macht man in wirtschaftlicher Hinsicht? Denen eine Brauerei hinbauen?"

Geierl schüttelte bedeutungsvoll den Kopf. „Erdöl, eventuell", raunte er.

Zeck pfiff durch die Zähne.

Was Geierl nicht erzählte, war, dass er vor allem das Ansinnen vertreten sollte, auf entlegeneren Inseln des Königreiches Endlager für radioaktiven Abfall einzurichten. Die Machthaber schienen da gar nicht so abgeneigt zu sein, wenn nur die Kohle stimmte. Und natürlich band er Zeck nicht auf die Nase, dass man ihn auf diesen Scheißjob zwangsversetzt hatte. Die Geschichte mit Bellingham wäre ja beinahe ins Auge gegangen. Man hatte ihm letztlich nichts beweisen können, da hätten sie schon früher aufstehen müssen, aber ein gewisser Grauschleier war an seiner bisher weißen Weste geblieben. Darum wollten sie ihn für den Rest seiner Dienstzeit weit vom

Schuss haben, auch wenn sie das nicht so sagten, sondern mit seiner besonderen Qualifikation und heikler Mission argumentierten und blablabla. Auch was die Ernährungsgewohnheiten betraf, hatte er anderes gehört als Zeck. Sein Vorgänger nebst Begleitern war im Mai von der Besichtigung eines möglichen Endlager-Standortes nicht zurückgekehrt. Ein Suchtrupp entdeckte zwei Monate später auf der offiziell unbewohnten Insel einen Haufen menschlicher Gebeine, aus denen jemand offensichtlich Suppe gekocht hatte. Das Parteiabzeichen, das der Suchtrupp bei den Knochen fand, ließ recht eindeutig auf die Verspeisten schließen.

Aber da sollten sie ihm nur kommen. Einen Hubert Geierl parkte man nicht einfach so am Arsch der Welt. Und vielleicht konnte dieser Fettsack mit seinem direkten Draht zum König nützlich sein.

„Herr Zeck?“

„Sagen wir doch Du. Ich bin der Eberhard.“

„Hubert“, entgegnete Geierl mit mäßiger Begeisterung. „Eberhard, was genau für einen Job haben Sie, hast du beim König?“

„Rate doch, da vergeht die Zeit schneller“, sagte Zeck leichthin.

Geierl kochte innerlich. Daheim in M. hätte er nicht so mit sich umspringen lassen. Man stelle sich vor: mit einem stinknormalen Kommissar auf Du. Und dass ihm der Kerl auch noch Ratespiele aufnötigte, anstatt zack-zack die gewünschte Auskunft abzuliefern. Aber es konnte gut sein, dass der dicke Eberhard zunächst einmal mächtiger war als er. Er überlegte.

Unter dem kleinen Fenster glitt der sonnengleißende Südpazifik dahin. Vielleicht noch eine Stunde bis zum Fua'amotu International Airport. Also gut.

„Hmm, du bist zuständig für alle Einreisekontrollen?“

„Du kommst nie drauf", sagte der persönliche Vorkoster des Königs von Tonga und fläzte sich in seinen Sitz. Business Class.

*

Der ausgeborgte Anzug drückte an allen Ecken und Enden. Soweit Haberl sich erinnern konnte, hatte man ihn seit seiner Firmung nicht mehr so ausstaffiert. Der Hemdkragen war zu eng und die groß geratene Fliege, seine Mutter hatte auf dem Familienerbstück bestanden, drückte ihm auf den Kehlkopf. Er schluckte. Hinter sich hörte er das Murmeln und Raunen einer berstend vollen Kongresshalle. Vor sich sah er das Podium, geschmückt mit Palmwedeln, Zypergras und Papageienblumen, darauf das Rednerpult im Tutanchamun-Design. Etwas dick aufgetragen, aber nun ja, das war eben Amerika. Die vom Fernsehen waren immer noch zugange wie die Ameisen, rückten Scheinwerfer zurecht, fuhren Kameras hin und her, verlegten armdicke Kabel, aber allmählich schienen sie mit ihren Aufbauten zufrieden zu sein. Rein verstandesmäßig war ihm klar, dass das alles nur wegen ihm, Haberl, passierte, aber emotional konnte er es immer noch nicht einsortieren. Er rollte sein Manuskript zu einer festen Röhre zusammen und hielt sich mit verschwitzten Händen daran fest. Jemand schaltete den Projektor ein. *42nd Egyptologists' World Congress* stand auf der riesigen Leinwand. Es wurde dunkel im Saal. Der Aufnahmeleiter gab ein Zeichen. Eine rasante Mittvierzigerin trat in den Lichtkegel auf dem Podium. Donnernder Applaus. Haberls Herz schlug bis zum Hals. Hesther Hazelcourt, natürlich. Neuerdings vermutlich die zweitpopulärste Ägyptologin der Welt, wenn es keine reine Frauenwertung war.

„Verehrte Kolleginnen und Kollegen", sagte sie und strahlte. Der Applaus brandete nochmals auf.

„Zuerst möchte ich Herrn Dr. Franz-Michael Haberl zu mir bitten."

Sie sprach Amerikanisch. Um wirklich zu verstehen, musste Haberl sich alles simultan ins Deutsche übersetzen. Lustig, wie sie seinen Namen aussprach. *Fräns-Meikael Heybörl* oder so ähnlich. Er stand auf, ging aufs Podium – der Applaus übertönte sein Herzklopfen – und schüttelte Hesther die Hand. Wohl etwas zu kräftig, wie er ihrem Gesichtsausdruck zu entnehmen glaubte. Ein Assistent klemmte ihm ein kleines Mikrofon an den Hemdkragen. Er trat hinter das Rednerpult und rollte sein Manuskript auf. Es ließ sich nur widerwillig glätten. Hesther blickte zu ihm hinüber, ob er fertig sei. Haberl nickte. Jetzt kam der entscheidende Moment.

Er krallte sich am Pult fest. Sie ergriff das Wort.

„Willkommen zum zweiundvierzigsten Weltkongress der Ägyptologen!" Sie wartete ab, bis der Applaus verklungen war. „Meine Damen und Herren, eigentlich ist es nicht nötig, Ihnen Herrn Dr. Franz-Michael Haberl aus M. vorzustellen, den Mann, dem die bedeutendste Entdeckung seit dem Stein von Rosette gelungen ist."

Das war keineswegs übertrieben. Haberl lächelte verlegen. Sein Griff lockerte sich. Es schien gut zu gehen.

„Dank Franz-Michael ist Altägyptisch für uns keine tote Sprache mehr!" Applaus.

„Alle antiken Töpferwaren sind potenzielle Tondokumente!" Applaus.

„Allein die Erkenntnisse der letzten vierzehn Tage haben unsere Wissenschaft und etliche andere weiter vorangebracht als die vergangenen zweihundert Jahre!" Tosender Applaus.

„Das Wort hat der Begründer der *Phonoarchäologie*." Hesther trat – unter Applaus – nach hinten in die Dunkelheit. Scheinwerferlicht blendete Haberl. Er blinzelte. Es wurde still.

„Danke Hesther. Danke liebe Kolleginnen und Kollegen", sagte er. „Danke." Er war überrascht, seine eigene Stimme so laut und auf Englisch zu hören. War das tatsächlich er selbst? „Es ist mir eine unbeschreibliche Ehre. Wirklich." Applaus. Und jetzt musste er zwei Dinge loswerden, egal für wie blöd sie ihn halten mochten. Er würde sonst nie wirklich frei sein.

„Bevor ich beginne, muss ich ein Geständnis machen. Die entscheidende Idee, ohne die ich nicht hier wäre, verdanke ich einem … ja einem Freund, der ausdrücklich nicht genannt werden möchte. Er lebt in M. und wissenschaftliche Ehren sind ihm egal." Gedankenpause.

„Wahrscheinlich hat er Recht." Die allgemeine Heiterkeit, die er damit auslöste, irritierte Haberl etwas.

„Ich muss Ihnen auch gestehen, dass ich Lampenfieber habe. Enormes Lampenfieber. Vor einem Publikum wie Ihnen habe ich bisher nur den Flohwalzer gespielt. Dabei bin ich doch kein Pianist, sondern Ägyptologe." Er sagte das so ernst, dass es nur ein abgedrehter Scherz sein konnte. Alle lachten, schon um nicht zugeben zu müssen, dass man eine raffinierte Pointe nicht verstand.

Haberl fühlte, wie sich in ihm etwas veränderte. Er nahm die Fliege ab und machte den obersten Knopf seines Hemdkragens auf. Luft. Endlich. „*Sorry*", sagte er und lächelte. Seine Zuhörer klatschten. *Cool,* dieser Deutsche.

„Erstes Bild, bitte." Auf der Leinwand erschien die schematische Zeichnung einer rotierenden Vase. Haberl trat zwei Schritte zurück, um der Leinwand näher zu sein und zückte den Laserpointer. Zwei oder drei seiner Manuskriptseiten rutschten vom Pult und segelten zu Boden. Hesther war schneller als er. Sie brachte mit ein paar Handgriffen das Manuskript in Ordnung und verschwand in den Hintergrund. Als Haberl wieder ans Pult trat, fiel ihm sofort der gelbe Klebezettel auf. Beinahe hätte er ihn laut vorgelesen.

You're so funny, Franz!
Don't let them keep you too long after that.
I'll be waiting for you in my room (# 126).
See you! H.

Das gibt's also auch, dachte er und hoffte, dass man ihm seine Verblüffung nicht anmerkte. Nicht zu fassen, sein Leben hatte eine neue Überschrift bekommen: *Freie Bahn und weit und breit kein Klavier.*

*

Gestiftet vom Piercingstudio Habereder stand auf dem angelaufenen Messingschild. Es war an die Lehne einer Bank geschraubt. Das Holz war noch klamm vom letzten Regenschauer, die Hitzewelle der vergangenen Wochen schien vorüber zu sein. Dirnberger und Susan setzten sich. Vor ihnen zog der große Fluss dahin. Breit war er wie eh und je, aber er war eingesperrt in reißbrettgeplante Ufer aus groben Granitbrocken. Die *Sofiya II,* ein zweiteiliger Koppelverband unter rumänischer Flagge, stampfte schwerfällig gegen den Strom an. Dieselruß mischte sich in den frischen Duft des regennassen Grases. Eine Frau im Blaumann stand auf dem Heck und leerte einen Eimer Küchenabfälle in das wirbelnde Kielwasser. Nahe am Ufer schaukelte eine weggeworfene Dose Montageschaum in den anklatschenden Bugwellen.

Susan fühlte, wie bedrückt Dirnberger war, und legte einen Arm um seine Schulter.

„Früher einmal", sagte er, „habe ich hier das Wasser lesen können. Jeder Wirbel hat etwas bedeutet. Einen großen Felsbrocken am Grund, einen versunkenen Baum, eine tiefe Rinne, eine Steilkante, was du willst." Sie schauten der *Sofiya* nach, hinter der sich das Wasser wieder zu einem schweigenden Band schloss. „Bist du abergläubisch?", fragte Dirnberger unvermittelt.

Susan dachte nach.

„Mein Bild von der Welt ist breit angelegt."

„Genau da, wo wir jetzt sitzen, war früher alles anders. Du musst dir einen Wald vorstellen, hoch wie eine Kirche. Und der Fluss – dem hat man seine Kraft angesehen. Alles ist mir unendlich und verzaubert vorgekommen." Er seufzte. „Jedenfalls hab ich mich auf so etwas wie einen Kampf eingelassen. Mit einem Riesenfisch. Davon hab ich mir Glück im Leben versprochen. Blöd, oder?"

„Erzähl", sagte Susan.

Sie hörte ihm schweigend zu.

„… aber ich bin mir völlig im Unklaren, ob mein Leben deswegen anders gelaufen ist", schloss er. „Sicher ist nur, dass ich verloren habe, damals."

Susan schwieg eine Weile.

„Unentschieden, würde ich sagen."

„Unentschieden?"

„Du bist beim kleineren Übel gelandet."

*

Hinter der trüben Wolkendecke setzte die Abenddämmerung ein. Susan und Dirnberger saßen schweigend Arm in Arm und spürten nichts von der aufkommenden Kälte. Ein Graureiher erhob sich mit schweren Flügelschlägen aus einer Weide am jenseitigen Ufer und glitt gemächlich flussabwärts.

„Komisch, dass es mir erst jetzt einfällt", sagte Dirnberger. „Das gehört dir."

Er zog Susans Anhänger aus seiner Hosentasche. Der Jadestein war angenehm warm. Sie nahm ihn ohne ein Zeichen von Überraschung und drehte ihn zwischen Daumen und

Zeigefinger hin und her. Die Bewegung schien dem langgestreckten spiraligen Tropfen Leben zu verleihen.

„Du hast keine Ahnung, wie wichtig der für mich war. Vorher."

Wie ein Kind, das einen Maikäfer gefangen hat, legte Susan den Stein auf ihre Handfläche und schien darauf zu warten, dass er irgendetwas tun würde.

„Dort wo ich geboren bin", sagte sie nach einer Weile, „gibt es auch einen Fluss. Man muss ihm entgegengehen. Weit nach Süden."

„Erzähl", sagte Dirnberger und küsste sie auf die Wange.

„Der Weg ist beschwerlich. Manchmal sind es schmale Pfade in einem Wald, der dich verschluckt, wenn du nur zwanzig Schritte hineingehst. Manchmal kommst du nur mit dem Boot vorwärts, weil gestürzte Baumriesen dir den Durchgang verwehren. Manchmal hörst du dein eigenes Wort nicht mehr, wenn der Fluss über Stromschnellen rast, wenn er in Wasserfällen tobt und die Luft weiß ist vom Gischt. Dann musst du wieder in den Wald. Das Boot drückt auf deinen Schultern, die Moskitos umschwärmen dich in Wolken so dicht, dass du sie einatmen musst, wenn du nicht ersticken willst. Manchmal spürst du, dass Menschen, die dem Wald gehören, dich beobachten. Sie lassen dich deines Weges ziehen, aber erwarte keine Hilfe von ihnen. Und der Fluss verändert sich seit Jahrtausenden und bleibt doch immer gleich. Über seine Ufer ragen Bäume, die so alt sind wie er. Von ihren Ästen strecken sich langbeinige Blumen zum Licht, sie sind fein wie Glaskelche, ihr Weiß blendet deine Augen vor dem grünen Dunkel, und ihr Duft ist so süß, dass deine Sinne nicht mehr von ihnen loskommen. Weit oben in den Baumkronen flüstert der warme Wind. Große bunte Vögel singen ein Lied aus der Zeit, als sie noch Saurier waren. Und draußen im Fluss, wo es tief ist, leben Fische, auch heute noch, größer als Menschen,

Wesen außerhalb der Ordnung, wer weiß, woher sie kommen. An manchen Tagen spielen sie mit …"

Plötzlich bekam der Jadestein in Susans Hand eine Gestalt für Dirnberger. Wenn er die Lider zusammenkniff, wurde sie noch deutlicher. Einfacher und lebendiger konnte man einen Fisch nicht darstellen. Eine ganz bestimmte Sorte Fisch. Einen großen Fisch, wie er ihn einmal in seinem Leben gesehen hatte … Er sah Susan in die Augen und fühlte die Vertrautheit, die nur wenigen Menschen nach ihren Kindertagen wieder begegnet.

„Wir beide?", flüsterte er.

Susans Augen funkelten. Sie lächelte.

„Wer sonst?"

*

Luft knallte in seine Lunge. Es tat weh. Er lag auf etwas Hartem.

„Das war knapp, Bub", sagte eine Stimme. Ihr Besitzer hatte seine Dienstmütze abgenommen und kratzte sich am Kopf.

„Lass mich schlafen, Kegelmaier", versetzte der Junge und schloss die Augen.

*

„Ich habe Sie kommen lassen, Mepiuk, weil ich Ihnen etwas zeigen möchte."

Der Sprecher hob eine feingliedrige blaugraue Hand und machte mit dreien seiner sieben Finger eine Geste, die nach ortsüblichen Konventionen als einladend verstanden wird. Von Sprechen konnte, genau genommen, keine Rede sein, da die höheren Bioformen im System Wega die telepathische Kommunikation perfektioniert haben. Wegen der dünnen methanbasierten Atmosphäre, die man auf den meisten Planeten der Konföderation vorfindet, hatte sich die akustische Verständigung nicht durchsetzen können.

„Man hört, Ihr letzter Aufenthalt im System Sol war etwas schwierig, General?“

Mepiuk war ein Stück kleiner als Merwan und von gedrungener Gestalt. Sein samtgrüner Umhang mit silbernen Stickereien, die die Gleichungen des WELTBILDES darstellten, wies ihn als Gelehrten der siebenten Drtag-Stufe aus. Merwan dagegen trug die schlichte Uniform eines Offiziers der fünften Universalbrigade, die er der wenig praktischen Repräsentationskleidung vorzog.

„Ich habe eine Schlacht verloren, nicht den Krieg.“

„Glauben Sie, dass sich auf Terra allmählich intelligentes Leben entwickelt?“

Merwan begann auf- und abzuschreiten. Die Bodenkacheln aus ausgesuchtem Bandrag, abgebaut in den mörderischen Minen von K’urg, leuchteten kurz auf, wenn er sie mit seinen Füßen berührte.

„Denkbar, mein lieber Mepiuk. Aber meiner Einschätzung nach nicht schnell genug, um unsere Pläne zu vereiteln. Sehen Sie, durch die Physik der Terraner verläuft eine Kluft, die den so genannten Gelehrten größte Schwierigkeiten bereitet. Der Schritt zum WELTBILD in seiner ganzen Einfachheit und Allgültigkeit liegt auf der Hand, aber sie würden die Lösung nicht sehen und wenn sie leuchtend an ihrem Himmel erschiene. Und so kleben sie auf ihrem schmierigen Planeten wie die Würmer in unseren Bandrag-Minen. Für sie sind wir immer noch fünfundzwanzig Terra-Sol-Umlaufperioden mal Lichtgeschwindigkeit entfernt.“

„Sie könnten doch die Lösung jeden Moment finden?“

„Sie pflegen die Tradition, nicht auf ihre Genies zu hören. Den jungen Feldherrn, gegen den ich die Schlacht verloren habe, verachten sie als verschroben und ungewaschen. Er hat als Einziger erkannt, dass es nicht eine Welt gibt, sondern Kaskaden von Welten, deren Grenzen mit Hilfe von Elektronengehirnen geöffnet werden können.“

„Intelligentes Leben, zweifellos. Der Terraner muss auf unsere Seite gebracht werden oder …“ Mepiuk begann vor Aufregung zu dampfen, was Merwan leicht angewidert zur Kenntnis nahm. Er winkte ab.

„Auf die Terraner ist Verlass. Auch diesen Denker haben sie selbst unschädlich gemacht. Er ist mittlerweile davon überzeugt, einem Irrtum aufgesessen zu sein. Dem Vernehmen nach fühlt er sich jetzt sogar wohler. Kommen Sie.“

Merwan führte den Gelehrten in einen Nachbarraum, der in grober Näherung einem irdischen Labor ähnelte. Unter einem beleuchteten Sturz aus durchsichtigem Bandrag stand ein Wesen, das nicht im Entferntesten an eine im Machtbereich der Konföderation vorkommende Lebensform erinnerte.

„Potzkugelsternhaufen! Stammt es von …“, entfuhr es Mepiuk.

„Die Terraner sind so beschränkt, dass sie nicht einmal ihre wirkliche Macht kennen. Sie haben halb lebendige Wortgebilde, die Großes bewirken können, aber auch Grauenhaftes. In Ihrer Sprache nennen sie sie *Flüche*. Ich fand es der Mühe wert, mich damit zu beschäftigen. Das WELTBILD erklärt, wie sie wirken, gibt aber keinen Aufschluss darüber, wie man sie gezielt formulieren könnte. Auf diesem einen Gebiet ist uns die Intuition der Terraner überlegen. Aber Sie ahnen schon, Mepiuk, auch dieses Wissen geben sie dem Verfall preis.“

„Was ist das, General?“ fragte Mepiuk eindringlich. Er hatte kaum zugehört. Die schiere Existenz eines Wesens, wie er es leibhaftig vor sich sah, hätte er nicht für möglich gehalten.

„Die Terraner nennen es *Pflanze*. Wissen Sie, wie Bioformen auf Terra ihren Lebensplan speichern?“

„Desoxyribonukleinsäure denke ich. Ekelhaft.“

„Exakt. Nun, diese *Pflanze* ist für die Verhältnisse auf Terra ungewöhnlich alt. Mindestens zweitausend dortige Sol-Umlaufperioden. Damals waren die Terraner noch so primitiv, dass sie nicht einmal ihren eigenen Planeten vernünftig bereisen konnten. Ein Terranerstamm, die *Ägypter,* hat eine Expedition entsandt, die unter Strapazen einen Ozean überquert hat. Nicht etwa mit Atmosphärengleitern, nein, mit einem Wasserfahrzeug, das nicht einmal unsere H'gna benutzen würden. Als Beweis dafür, dass sie auf Land gestoßen war, hat die Expedition diese *Pflanze* mitgebracht. Sie wurde anfangs am Hof der Herrscher verehrt und gepflegt, doch allmählich ist ihre Herkunft in Vergessenheit geraten."

„Ich verstehe nicht ganz, General."

„Diese *Ägypter*, Mepiuk, kannten damals den mächtigsten aller Flüche. Ein Zufall wollte es, dass die *Pflanze* im Labor eines schwachsinnigen Handwerkers stand, als dieser Fluch in unmittelbarer Nähe zum letzten Mal ausgesprochen wurde. Ich habe Grund zur Annahme, dass der Fluch sich in die Desoxyribonukleinsäure dieser *Pflanze* gerettet hat."

„Wenn das stimmt ..."

„Ganz recht Mepiuk, dann lohnt sich jeder Aufwand. Der Rest ist jedenfalls schnell erzählt. Die *Pflanze* lebte und lebte weiter, ging von Hand zu Hand und keiner ihrer Besitzer bemerkte, dass er nur nach der Macht zu greifen brauchte. Ein einziges Mal haben zwei Gelehrte etwas geahnt. Prompt beanspruchte jeder die *Pflanze* für sich und in dem Streit sind beide umgekommen. Da haben Sie die Terraner."

„Eine tragische Spezies."

„Zuletzt stand die *Pflanze* zur Zierde im Dienstraum eines durchaus bemerkenswerten Terraners. Trotzdem war es ein Leichtes, sie einer größeren Bestimmung zuzuführen. Ich denke nicht, dass er den Verlust schon bemerkt hat."

„Ein Ausbund an Beschränktheit."

„Das sind sie alle. Keiner hat gesehen, was Ihnen sofort auffallen wird, wenn Sie näher treten."

„Hat die *Pflanze* einen Speziesnamen?"

„Die Gelehrten unter den Terranern nennen sie *Echinocactus grusonii.*"

Mepiuk ging vorsichtig näher an den Sturz heran. In seinen großen tintenschwarzen Augen spiegelte sich der goldgrüne Kaktus.

„Sein letzter Besitzer nannte ihn *Sepp*. Ein Trivialname der Art vermutlich."

„Nun, die Stachelkissen dieses … *Sepp* zeigen ein interessantes Muster. Vom Zentrum aus eine ideale Spirale … nein, nicht ganz ideal. Abweichungen, die zufällig aussehen … aber …" Er wandte sich um.

„General, ich bin mir sicher, die Desoxyribonukleinsäure dieses *Sepp* ist so verändert, dass er unablässig von oben nach unten ein Schallbild des …", er wandte sich Merwan fragend zu,

„… *Fluches* …"

„… in der Anordnung seiner Stacheln niederlegt."

„So weit, so gut, Mepiuk. Sie sind einer unserer besten Mathematiker. Können Sie für mich ein Schallbild des *Fluches* herstellen, wenn ich Ihnen Dichte und Zusammensetzung der Atmosphäre von Terra gebe?"

„Ich bitte Sie, General, so etwas können meine Studenten schon nach zwei Margonts! Eine Tausendstelumkreisung sollte mir genügen."

Merwan dampfte für einen Moment gelblich auf, hatte seine Erregung jedoch sofort wieder unter Kontrolle.

„Entschuldigen Sie, Mepiuk. Die Regierung der Konföderation wird Ihnen zu großem Dank verpflichtet sein."

Mepiuk kreiste vor Rührung und Verlegenheit mit dem Kopf. Er beschloss, das Thema zu wechseln.

„General, der letzte Besitzer dieses *Sepp* … Sie nannten ihn bemerkenswert?"

„In der Tat. Es handelt sich um genau den Terraner, der das junge Genie von der Wahrheit zum Irrtum bekehrt hat."

„Potzkugelsternhaufen!"

„Wissen Sie, Mepiuk, manchmal frage ich mich, ob das WELTBILD wirklich vollständig ist. Es ereignen sich Dinge,

Verflechtungen, die ihm nicht widersprechen, nein, die ihm aber auch nicht unterworfen sind …"

Der Wissenschaftler schien Merwan nicht zu verstehen. Der General winkte ab.

„Wie auch immer. Besorgen Sie mir ein Schallbild und fahren Sie dann für ein paar Hepts auf die Nachtseite. Auf Kosten der Konföderation. Sie sind ein Sturg, nehme ich an?"

„Ein Herg-Mantak."

„Umso besser. Ich werde Ihnen ein Lokal empfehlen, in dem sie sehr … liebenswerte Sturgs und Benek-Mantaks kennen lernen können. Auch auf Kosten der Konföderation, versteht sich."

Jetzt war es an Mepiuk, gelb zu dampfen.

„Ich weiß Ihre Großzügigkeit zu schätzen, General."

„Ich bitte Sie."

Mepiuk verbeugte sich und schickte sich an, zu gehen, hielt aber noch einmal inne.

„Was haben Sie vor, General?"

„Man wird von mir hören."

***

Dank für geduldiges Probelesen, Kritik, Ermutigung, Vertrauen und wirklich guten Rat schulde ich einer anonymen Leserin, Rüdiger Grote, Günter Ohnemus, Simon Riederer, Markus Schaller, Christian Wimmer, Hannelore Biber, Heinz Lang und Barbara.